Te laisser partir

Clare Mackintosh

Te laisser partir

Traduit de l'anglais (Royaume-Uni)
par Mathieu Bathol

ÉDITIONS FRANCE LOISIRS

Publié pour la première fois au Royaume-Uni, sous le titre *I Let You Go*, par Sphere, un département de Little, Brown

Édition du Club France Loisirs.
avec l'autorisation des Éditions Marabout

Éditions France Loisirs,
123, boulevard de Grenelle, Paris
www.franceloisirs.com

ISBN : 978-2-298-12065-3

Pour Alex.

Prologue

Le vent rabat ses cheveux mouillés sur son visage et elle plisse les yeux pour se protéger de la pluie. Par ce temps, tous sont pressés et filent à vive allure sur les trottoirs glissants, le menton enfoui dans le col. Les voitures qui passent éclaboussent leurs chaussures ; le bruit de la circulation l'empêche d'entendre plus de quelques bribes du flot de paroles qui a commencé au moment où les grilles de l'école se sont ouvertes. Les mots sortent pêle-mêle de sa bouche dans l'excitation suscitée par ce nouveau monde dans lequel il grandit. Elle saisit quelque chose à propos d'un meilleur ami, d'un exposé sur l'espace, d'une nouvelle maîtresse. Elle baisse les yeux et sourit de son enthousiasme, ignorant le froid qui se faufile sous son écharpe. Le garçon lui rend son sourire et lève la tête pour sentir la pluie, ses cils mouillés noircissant le contour de ses yeux.

— Et je sais écrire mon nom, maman !

— C'est très bien mon fils, dit-elle en s'arrêtant pour embrasser avec amour son front humide. Tu me montreras à la maison ?

Ils marchent aussi vite que des jambes de cinq ans le permettent. De sa main libre, elle porte son sac d'école, qui claque contre ses genoux.

Presque arrivés.

Les phares se reflètent sur l'asphalte mouillé, les éblouissant à intervalles réguliers. Ils attendent un trou dans la circulation pour traverser rapidement la route encombrée, et elle agrippe plus fort la petite main enfermée dans le gant de laine soyeux, de sorte qu'il doit courir pour la suivre. Des feuilles détrempées sont accrochées aux barrières ; leurs couleurs vives prennent peu à peu des teintes ternes.

Ils atteignent la rue calme au coin de laquelle se trouve leur maison, heureux à l'idée de se retrouver bientôt au chaud. Se sentant en sécurité aux abords de son quartier, elle lui lâche la main pour écarter des mèches de cheveux de ses yeux et rit de la cascade de gouttelettes que cela provoque.

— On y est, dit-elle pendant qu'ils tournent au coin. J'ai laissé la lumière allumée pour nous.

De l'autre côté de la rue, une maison de briques rouges. Deux chambres, une toute petite cuisine et un jardin parsemé de pots qu'elle a l'intention de remplir de fleurs. Juste tous les deux.

— Le premier arrivé a gagné, maman…

Il ne s'arrête jamais, débordant d'énergie depuis l'instant où il se réveille jusqu'au moment où sa tête tombe sur l'oreiller. Toujours en train de sauter ou de courir.

— Allons-y !

En un clin d'œil, c'est la sensation de vide à côté d'elle tandis qu'il court pour retrouver la chaleur de l'entrée éclairée par le porche. Lait, biscuit, vingt minutes de télévision, bâtonnets de poisson au dîner. La routine qu'ils ont si vite adoptée, à peine à la moitié du premier trimestre d'école.

La voiture surgit de nulle part. Un grincement de freins humides, le bruit sourd d'un garçon de cinq ans qui percute le pare-brise et tourne sur lui-même avant de retomber sur la route. Elle se précipite devant la voiture toujours en mouvement, puis glisse et tombe lourdement sur les mains, le choc lui coupe le souffle.

Tout s'est passé en un clin d'œil.

Elle s'accroupit à côté de lui, cherchant désespérément un pouls. Son haleine forme un nuage blanc solitaire dans l'air. Elle voit une ombre s'étendre sous la tête de l'enfant et entend son propre gémissement comme s'il provenait de quelqu'un d'autre. Elle lève les yeux vers le pare-brise flou, dont les essuie-glaces balaient la pluie dans la nuit qui s'épaissit, et crie au conducteur invisible de lui venir en aide.

Elle se penche et ouvre son manteau pour réchauffer le garçon, son ourlet épongeant l'eau de la chaussée. Et alors qu'elle l'embrasse et le supplie de se réveiller, le halo de lumière jaune qui les enveloppe se réduit en un faisceau étroit ; la voiture fait marche arrière. Le moteur hurle son mécontentement lorsque le conducteur essaie deux, trois, quatre fois de faire demi-tour dans la rue étroite, éraflant dans sa précipitation l'un des immenses sycomores qui bordent la rue.

Puis vient l'obscurité.

Première partie

1

Debout près de la fenêtre, le capitaine Ray Stevens contemplait son fauteuil de bureau, dont un accoudoir était cassé depuis au moins un an. Jusqu'à présent, il s'était contenté d'aborder le problème de façon pragmatique – ne pas se pencher à gauche –, mais pendant qu'il était parti déjeuner, quelqu'un avait griffonné « criminel » au marqueur noir sur le dossier. Ray se demanda si les récents inventaires menés par le service logistique aboutiraient au remplacement du matériel, ou s'il était condamné à diriger la brigade criminelle de Bristol sur un siège qui remettait sérieusement en cause sa crédibilité.

Se penchant pour trouver un marqueur dans le premier tiroir chaotique de son bureau, Ray s'accroupit et rectifia : « brigade criminelle ». La porte de la pièce s'ouvrit et il se releva à la hâte en rebouchant le feutre.

— Ah, Kate, j'étais en train… (Il s'interrompit en voyant l'expression de son visage et le fax du commandement qu'elle tenait à la main.) Qu'est-ce qu'on a ?

— Un délit de fuite à Fishponds, patron. Un garçon de cinq ans a été tué.

Ray se saisit du document et le parcourut tandis que Kate restait plantée dans l'embrasure de la porte, l'air gênée. Fraîchement débarquée d'une brigade en uniforme, elle n'était à la Criminelle que depuis deux mois et cherchait encore sa place. Elle était pourtant douée : plus qu'elle ne le pensait.

— Pas de numéro d'immatriculation ?

— Apparemment non. Le périmètre est bouclé et la mère de l'enfant est interrogée en ce moment même. Elle est en état de choc, comme tu peux l'imaginer.

— Ça te dérange de faire des heures sup' ? demanda Ray ; Kate secoua la tête avant qu'il ait fini.

Ils esquissèrent un sourire complice et honteux. La poussée d'adrénaline qu'ils ressentaient paraissait toujours déplacée devant un événement aussi horrible.

— Bon, eh bien, allons-y.

D'un signe de tête, ils saluèrent la foule des fumeurs venus s'abriter près de la porte de derrière.

— Ça va, Stumpy ? dit Ray. J'emmène Kate sur les lieux du délit de fuite de Fishponds. Tu peux contacter le service de renseignements du secteur pour voir s'ils ont quelque chose ?

— OK.

L'homme, d'un certain âge, tira une dernière taffe sur sa roulée. Cela faisait si longtemps que le lieutenant Jake Owen était surnommé Stumpy – le courtaud – qu'il était toujours surprenant d'entendre son vrai nom lu à haute voix au tribunal. Peu loquace, il connaissait plus d'anecdotes sur la police qu'il ne voulait bien en raconter et, sans l'ombre d'un doute, était le meilleur lieutenant de Ray. Les deux hommes avaient fait équipe pendant plusieurs années, et Stumpy, doté d'une force étonnante pour sa petite taille, constituait un allié de premier choix.

En plus de Kate, le groupe de Stumpy se composait du sérieux Malcolm Johnson et du jeune Dave Hillsdon, un inspecteur enthousiaste mais franc-tireur dont, selon Ray, les méthodes frisaient parfois l'illégalité. Ensemble, ils formaient une bonne équipe et Kate apprenait vite à leurs côtés. La fougue dont elle témoignait rendait Ray nostalgique de l'époque où il avait lui-même été un jeune inspecteur motivé, avant que dix-sept années de bureaucratie aient eu raison de lui.

Kate conduisait la Corsa banalisée dans la circulation de plus en plus dense de cette fin de journée en direction de Fishponds. Elle était toujours impatiente : elle exprimait son mécontentement dès qu'un feu rouge les arrêtait et tendait le cou au moindre ralentissement. Elle était sans cesse en mouvement – tapotant sur le volant, fronçant le nez, remuant sur son siège. Quand la circulation reprenait, elle se penchait en avant, comme si ce geste devait les faire avancer plus vite.

— Les gyrophares et la sirène te manquent ? plaisanta Ray.

Kate se fendit d'un large sourire.

— Peut-être un peu.

Excepté un trait d'eye-liner autour des yeux, elle ne portait pas de maquillage. Ses cheveux châtain foncé tombaient en boucles désordonnées autour de son visage malgré la barrette en écaille sans doute destinée à les retenir.

Ray chercha son portable pour passer les coups de fil d'usage. Il s'assura que l'unité d'enquête sur les accidents de la route était en chemin, que le commissaire de service avait été prévenu et que quelqu'un avait demandé le camion d'intervention – un véhicule lourd rempli à ras bord de bâches, d'éclairages d'urgence et de boissons chaudes. Tout avait été fait. En toute honnêteté, pensa-t-il, cela avait toujours été ainsi, mais en tant que capitaine de service, c'était lui le responsable en cas de problème. Les agents sur place étaient en général un peu agacés de voir la Criminelle débarquer et reposer les mêmes questions, mais c'était comme ça. Ils étaient tous passés par là ; même Ray, lui qui avait porté l'uniforme le moins de temps possible avant d'évoluer.

Il avertit le central qu'ils se trouvaient à cinq minutes du lieu de l'accident, mais il n'appela pas sa femme. Ray avait pris l'habitude de téléphoner à Mags les rares fois où il rentrait à l'heure, et non l'inverse. C'était bien plus pratique au regard des longues heures de présence que lui imposait son travail.

En tournant au coin d'une rue, Kate ralentit jusqu'à rouler au pas. Une demi-douzaine de voitures de police étaient éparpillées au hasard sur la chaussée, leurs gyrophares jetant par intermittence une lueur bleue sur le lieu de l'accident. Des projecteurs étaient montés sur des trépieds en métal, leurs puissants faisceaux faisant ressortir la légère pluie qui heureusement s'était calmée au cours de la dernière heure.

En quittant le poste de police, Kate s'était arrêtée pour prendre un manteau et échanger ses escarpins contre des bottes en caoutchouc.

— Le côté pratique passe avant l'apparence, avait-elle dit en riant pendant qu'elle lançait ses chaussures dans son casier et enfilait ses bottes.

Ray pensait rarement à ce genre de choses, mais il regrettait à présent de ne pas avoir au moins pris un vêtement chaud.

Ils garèrent la voiture à cent mètres d'une grande tente blanche, installée là pour protéger les éventuels indices de la pluie. Un côté de la tente était ouvert et, à l'intérieur, ils pouvaient apercevoir une experte de la police scientifique à quatre pattes en train d'effectuer un prélèvement. Plus loin dans la rue, une deuxième silhouette en combinaison blanche examinait l'un des arbres immenses qui bordaient la route.

Tandis que Ray et Kate s'approchaient, un jeune agent les arrêta. La fermeture Éclair de sa veste fluorescente était remontée si haut que Ray pouvait à peine distinguer son visage entre la visière de sa casquette et son col.

— Bonsoir, capitaine. Vous avez besoin de voir les lieux ? Je vais devoir vous faire signer le registre.

— Non merci, répondit Ray. Tu peux me dire où se trouve ton brigadier ?

— Chez la mère de l'enfant, indiqua l'agent. (Il montra du doigt une rangée de petites maisons mitoyennes avant de replonger son menton dans son col.) Au numéro quatre, ajouta-t-il après coup d'une voix étouffée.

— Bon sang, quel boulot pourri ! lâcha Ray en s'éloignant avec Kate. À l'époque où j'étais stagiaire, je me souviens d'avoir monté la garde pendant douze heures sous une pluie battante. Quand le commandant est arrivé le lendemain matin à huit heures, il m'a passé un savon parce que je ne souriais pas.

Kate rit.

— C'est pour ça que tu t'es spécialisé ?

— Pas exactement, mais ça a sans doute joué, confia Ray. Non, c'était surtout parce que j'en avais assez de passer toutes les grosses affaires aux spécialistes sans jamais pouvoir les résoudre. Et toi ?

— Un peu pour les mêmes raisons.

Ils atteignirent la rangée de maisons que l'agent leur avait indiquée. Kate continua de parler pendant qu'ils cherchaient le numéro quatre.

— J'aime m'occuper des affaires sérieuses. Mais c'est surtout parce que je m'ennuie vite. J'aime les recherches compliquées qui donnent mal à la tête. Les mots croisés difficiles plutôt que les simples. Tu comprends ?

— Très bien, affirma Ray. Même si je n'ai jamais été doué pour les mots croisés.

— Il y a une astuce, dit Kate. Je te montrerai un jour. Nous y voilà, numéro quatre.

La porte d'entrée élégamment peinte était légèrement entrouverte. Ray la poussa et lança :

— Brigade criminelle. On peut entrer ?

— Dans le salon, répondit une voix.

Ils s'essuyèrent les pieds et traversèrent l'étroite entrée, écartant au passage un portemanteau surchargé sous lequel une paire de bottes en caoutchouc rouges d'enfant côtoyait une paire pour adulte.

La mère du garçon était assise sur un petit canapé, les yeux rivés sur le sac d'école bleu qu'elle serrait sur ses genoux.

— Je suis le capitaine Ray Stevens. Je suis navré pour votre fils.

Elle leva les yeux vers lui, enroulant si fort le cordon du sac autour de ses mains que celui-ci creusait des sillons rouges sur sa peau.

— Jacob, précisa-t-elle, les yeux secs. Il s'appelle Jacob.

Perché sur un tabouret à côté du canapé, un brigadier en uniforme tenait des papiers en équilibre sur ses genoux. Ray l'avait déjà croisé au poste mais ne connaissait pas son nom. Il jeta un coup d'œil à son badge.

— Brian, tu peux emmener Kate dans la cuisine et la mettre au courant de la situation ? J'aimerais poser quelques questions au témoin, si ça ne te dérange pas. Je n'en ai pas pour longtemps. Tu pourrais peut-être en profiter pour lui préparer une tasse de thé.

D'après sa réaction, c'était manifestement la dernière chose que Brian avait envie de faire, mais il se leva et quitta la pièce avec Kate, sans doute pour se plaindre du comportement de la Criminelle. Ray n'y prêta pas attention.

— Je suis désolé de vous infliger d'autres questions, mais il est indispensable qu'on ait le maximum d'informations le plus tôt possible.

La mère de Jacob hocha la tête sans lever les yeux.

— J'ai cru comprendre que vous n'avez pas vu la plaque d'immatriculation de la voiture ?

— C'est arrivé si vite, dit-elle, ces mots déclenchant une bouffée d'émotion. Il parlait de l'école, et puis… je ne l'ai lâché qu'une seconde. (Elle serra un peu plus le cordon autour de sa main et Ray vit ses doigts pâlir.) Tout s'est passé si vite. La voiture est arrivée si vite.

Elle répondait calmement à ses questions, ne donnant aucun signe du choc qu'elle venait de subir. Ray avait horreur de se montrer aussi pressant, mais il n'avait pas le choix.

— À quoi ressemblait le conducteur ?

— Je n'ai pas vu l'intérieur.

— Il y avait des passagers ?

— Je n'ai pas vu l'intérieur de la voiture, répéta-t-elle d'une voix terne et froide.

— D'accord.

Par où allaient-ils bien pouvoir commencer ?

Elle le dévisagea.

— Vous allez le retrouver ? L'homme qui a tué Jacob. Vous allez le retrouver ?

Sa voix se brisa et les mots s'effritèrent, se transformant en un profond gémissement. Elle se pencha, écrasant le sac contre son ventre, et Ray sentit son cœur se serrer. Il inspira à fond pour évacuer cette sensation.

— Nous ferons tout ce qui est en notre pouvoir, assura-t-il en s'en voulant pour le cliché.

Kate revint de la cuisine suivie de Brian, qui tenait une tasse de thé à la main.

— Je peux finir de prendre la déposition, chef ? demanda-t-il.

Arrête de martyriser mon témoin, tu veux dire, pensa Ray.

— Oui, merci, désolé de vous avoir interrompus. On a tout, Kate ?

Celle-ci acquiesça. Elle était pâle et il se demanda si Brian avait dit quelque chose pour la contrarier. Dans un an ou deux, il la connaîtrait aussi bien que le reste de l'équipe, mais il ne l'avait pas encore cernée. Elle était directe, ça, il le savait, n'hésitant pas à faire valoir son point de vue lors des réunions d'équipe. Et elle apprenait vite.

Ils quittèrent la maison et regagnèrent la voiture en silence.

— Ça va ? demanda-t-il, même s'il était évident que non.

Elle avait la mâchoire crispée et le visage livide.

— Oui, articula Kate.

Sa voix était voilée : Ray se rendit compte qu'elle essayait de retenir ses larmes.

— Hé, dit-il en passant maladroitement un bras autour de ses épaules. C'est à cause de cette affaire ?

Avec le temps, Ray avait développé un mécanisme de défense contre les répercussions des cas de ce genre. La plupart des policiers en avaient un – voilà pourquoi il ne fallait pas s'offusquer de certaines plaisanteries qui circulaient à la cantine –, mais Kate était peut-être différente.

Elle hocha la tête et respira à fond, tremblante.

— Je suis désolée, je ne suis pas comme ça d'habitude, je t'assure. J'ai annoncé des dizaines de décès, mais… bon sang, il avait cinq ans ! Apparemment, le père de Jacob n'a jamais voulu entendre parler de lui et ils n'ont toujours été que tous les deux. Je n'imagine même pas ce qu'elle traverse.

Sa voix se brisa et Ray sentit une nouvelle fois son cœur se serrer. Sa stratégie d'adaptation consistait à se concentrer sur l'enquête – sur les éléments concrets dont ils disposaient – et à ne pas trop s'attarder sur ce qu'éprouvaient les personnes impliquées. S'il réfléchissait trop longtemps à ce que l'on ressent en voyant son enfant mourir dans ses bras, il ne serait d'aucune utilité, en particulier pour Jacob et sa mère. Sans le vouloir, ses pensées se tournèrent vers ses propres enfants et il éprouva le désir irrationnel d'appeler chez lui pour vérifier que tout allait bien.

— Désolée. (Kate déglutit et lui adressa un sourire gêné.) Je te promets que ça n'arrivera pas tout le temps.

— Hé, c'est rien, la rassura Ray. On est tous passés par là.

Elle haussa un sourcil.

— Même toi ? Je ne te croyais pas du genre sensible.

— Ça m'arrive parfois. (Ray lui pressa l'épaule avant de retirer son bras. Il ne se rappelait pas avoir pleuré à cause d'une affaire, mais il n'était pas passé loin.) Ça va aller ?

— Oui. Merci.

Tandis qu'ils démarraient, Kate se retourna vers le lieu de l'accident où la police scientifique était encore à l'œuvre.

— Quel salaud peut bien tuer un gamin de cinq ans et s'en aller comme ça ?

Ray n'hésita pas un seul instant.

— C'est précisément ce qu'on va découvrir.

2

Je n'ai pas envie de thé, mais je prends la tasse quand même. La tenant délicatement entre mes mains, je plonge mon visage dans la vapeur jusqu'à m'ébouillanter. La douleur me brûle la peau, m'engourdit les joues et me pique les yeux. J'essaie de réprimer le réflexe de m'écarter ; j'ai besoin de ça pour effacer les scènes qui hantent mon esprit.

— Et si j'allais chercher quelque chose à manger ?

Il se dresse au-dessus de moi et je sais que je devrais lever les yeux, mais je ne peux pas. Comment peut-il me proposer à manger et à boire comme si de rien n'était ? La nausée monte en moi et je ravale son goût âcre. Il pense que je suis responsable de ce qui est arrivé. Il ne l'a pas dit, mais ce n'est pas nécessaire, ça se voit dans ses yeux. Et il a raison… c'est ma faute. Nous aurions dû prendre un autre chemin ; j'aurais dû me taire ; j'aurais dû l'arrêter…

— Non, merci, dis-je doucement. Je n'ai pas faim.

L'accident tourne en boucle dans ma tête. J'aimerais appuyer sur « pause » mais c'est impossible : son corps percute encore et encore le pare-brise. Je ramène la tasse vers mon visage, le thé a refroidi et la chaleur ne suffit pas à me faire mal. Je ne sens pas les larmes se former, mais de grosses gouttes s'écrasent sur mes genoux. Je regarde mon jean les absorber et gratte une tache d'argile sur ma cuisse.

Je balaie du regard la pièce que j'ai passé tant d'années à aménager. Les rideaux, achetés pour aller avec les coussins ; les œuvres d'art, certaines des miennes, d'autres dont je suis tombée amoureuse dans des galeries. Je pensais créer un foyer : je ne faisais qu'aménager une maison.

Ma main est douloureuse. Je sens mon pouls, rapide et léger, battre dans mon poignet. Je suis contente de cette douleur. J'aimerais qu'elle soit plus forte. J'aimerais avoir été renversée à sa place.

Il parle à nouveau. *La police cherche la voiture partout… les journaux vont lancer des appels à témoins… on en parlera aux informations…*

La pièce tourne et je fixe la table basse, hochant la tête quand ça semble approprié. Il fait deux pas vers la fenêtre, puis revient. J'aimerais qu'il s'assoie, il me rend nerveuse. Mes mains tremblent et je repose la tasse encore pleine avant de la faire tomber, mais la porcelaine heurte bruyamment le dessus de table en verre. Il me lance un regard agacé.

— Pardon, dis-je.

J'ai un goût métallique dans la bouche et je m'aperçois que je me suis mordu la lèvre. J'avale le sang, ne voulant pas attirer l'attention sur moi en demandant un mouchoir.

Tout a changé. Au moment où la voiture a glissé sur l'asphalte mouillé, toute mon existence a basculé. J'y vois plus clair à présent, comme si j'étais spectatrice de ma propre vie. Je ne peux pas continuer comme ça.

Quand je me réveille, l'espace d'un instant j'ai du mal à identifier cette sensation. Tout est pareil, et pourtant tout a changé. Puis, avant même d'avoir ouvert les yeux, un bruit sourd retentit dans ma tête, comme un métro qui arrive. Et les revoilà, ces scènes en technicolor que je ne peux ni arrêter ni mettre en sourdine. Je presse mes mains sur mes tempes comme si je pouvais chasser les images par la force, mais elles défilent toujours, comme si sans elles j'étais susceptible d'oublier.

Sur ma table de chevet se trouve le réveil en cuivre qu'Eve m'a offert quand je suis entrée à l'université – « Parce que sinon tu n'iras jamais en cours » – et je suis surprise de constater qu'il est déjà dix heures et demie. La douleur de ma main a été éclipsée par une migraine qui m'aveugle lorsque je remue la tête trop vite, et tandis que je m'extirpe du lit, tous mes muscles me font mal.

Je remets les mêmes vêtements qu'hier et sors dans le jardin sans m'arrêter pour préparer le café, bien que ma bouche soit si sèche qu'avaler ma salive me demande un effort. Je ne retrouve pas mes chaussures et le givre me brûle les pieds quand je traverse le gazon. Le jardin n'est pas grand, mais l'hiver approche, et le temps que j'atteigne l'autre bout je ne sens plus mes orteils.

Depuis cinq ans, l'atelier du jardin est mon refuge. Guère plus qu'une simple cabane de l'extérieur, c'est là que je viens réfléchir, travailler et m'évader. Le plancher est taché par les morceaux d'argile qui tombent de mon tour de potier, installé au centre de la pièce afin que je puisse me déplacer autour et reculer pour observer mon travail d'un œil critique. Trois murs sont garnis d'étagères sur lesquelles j'entrepose mes sculptures, dans un chaos organisé que je suis la seule à pouvoir comprendre. Travail en cours, ici ; cuit mais pas peint, là ; en attente de livraison, là-bas. Des centaines de pièces différentes, et pourtant si je ferme les yeux je peux encore sentir la forme de chacune d'entre elles sous mes doigts, l'argile humide entre mes mains.

Je prends la clé dans sa cachette sous le rebord de la fenêtre et ouvre la porte. C'est pire que je ne le pensais. Le sol est recouvert d'argile brisée ; des poteries rondes fendues en deux se terminent brutalement en dents de scie. Les étagères en bois sont toutes vides, mon bureau est débarrassé de mon travail, et les figurines sur le rebord de la fenêtre sont méconnaissables, réduites à l'état de tessons qui scintillent au soleil.

Une statuette de femme gît près de la porte. Je l'ai achevée l'an dernier, dans le cadre d'une série que j'ai réalisée pour un magasin de Clifton. Je voulais faire quelque chose de vrai, quelque chose d'aussi imparfait que possible tout en restant beau. J'ai sculpté dix femmes, chacune avec ses propres courbes, ses bosses, ses cicatrices et ses imperfections. Je me suis inspirée de ma mère, de ma sœur, de filles à qui j'ai donné des cours de poterie, de femmes que j'ai vues dans le parc. Celle-ci est à mon effigie. Vaguement, personne ne me reconnaîtrait, mais c'est bien moi. La poitrine un peu trop petite, les hanches un peu trop étroites, les pieds un peu trop grands. Des cheveux emmêlés noués en chignon à la base du cou. Je me baisse pour la ramasser. Je pensais qu'elle était intacte, mais en la manipulant je sens l'argile bouger et me retrouve avec deux morceaux dans les mains. Je les regarde, puis je les lance de toutes mes forces contre le mur où ils se brisent en minuscules fragments qui pleuvent sur mon bureau.

Je respire à fond puis expire lentement.

Je ne sais pas combien de jours ont passé depuis l'accident, ni comment j'ai fait pour tenir toute la semaine alors que j'ai l'impression d'avancer dans le brouillard. Je ne sais pas ce qui me fait penser qu'aujourd'hui, c'est le bon jour. Mais c'est comme ça. Je ne prends que ce qui tient dans mon fourre-tout, sachant bien que si je ne pars pas maintenant, je ne partirai sans doute jamais. J'erre dans la maison en essayant d'imaginer que c'est la dernière fois. Cette pensée est à la fois terrifiante et libératrice. Est-ce que je peux vraiment faire ça ? Est-il possible de simplement abandonner une vie pour en commencer une autre ? Je dois essayer : c'est mon unique chance de m'en sortir en un seul morceau.

Mon ordinateur portable est dans la cuisine. Il contient des photos, des adresses, des informations importantes dont je pourrais un jour avoir besoin et que je n'avais pas pensé à conserver ailleurs. Je n'ai pas le temps de le faire maintenant, et bien qu'il soit lourd et encombrant, je le mets dans mon sac. Il ne me reste plus beaucoup de place, mais je ne peux pas partir sans une dernière relique de mon passé. Je me débarrasse d'un pull et d'une poignée de tee-shirts pour pouvoir emporter le coffret en bois où je cache mes souvenirs, entassés les uns sur les autres sous le couvercle en cèdre. Je ne regarde pas à l'intérieur, c'est inutile. Il renferme des journaux intimes de mon adolescence, tenus de manière irrégulière et avec certaines pages arrachées après les avoir regrettées ; un élastique avec des places de concerts ; mon diplôme de fin d'études ; des coupures de journaux de ma première exposition. Et les photos du fils que j'aimais de toutes mes forces. De précieuses photos. Si peu pour quelqu'un de tant aimé. Un si petit impact sur le monde, et pourtant le centre du mien.

Incapable de résister, j'ouvre le coffret et sors la photo du dessus : un Polaroïd pris par une sage-femme à la voix douce le jour de sa naissance. C'est un tout petit bout de rose, à peine visible sous la couverture blanche de l'hôpital. Sur la photo, mes bras sont figés dans la position maladroite de la jeune maman, submergée d'amour et épuisée. Tout avait été si précipité, si effrayant, si différent des livres que j'avais dévorés pendant ma grossesse, mais l'amour que j'avais à donner n'avait jamais faibli. Soudain incapable de respirer, je remets la photo à sa place et glisse le coffret dans mon fourre-tout.

La mort de Jacob fait la une des journaux. Elle me poursuit à la station-service que je croise, à l'épicerie du coin et dans la queue de l'arrêt de bus où j'attends comme si je n'étais pas différente des autres. Comme si je ne m'enfuyais pas.

Tout le monde parle de l'accident. Comment cela a-t-il pu arriver ? Qui a pu faire ça ? Chaque montée apporte son lot de nouvelles fraîches, et des bribes de conversations auxquelles je ne peux pas échapper me parviennent.

C'était une voiture noire.

C'était une voiture rouge.

La police est sur le point d'arrêter quelqu'un.

La police n'a aucune piste.

Une femme s'assoit à côté de moi. Elle ouvre son journal et j'ai soudain l'impression qu'on m'appuie sur la poitrine. Le visage de Jacob me fixe, ses yeux meurtris me reprochant de ne pas l'avoir protégé, de l'avoir laissé mourir. Je me force à le regarder et un nœud se forme dans ma gorge. Ma vision se trouble et je ne parviens pas à lire le texte, mais cela n'est pas nécessaire, j'ai vu une version de cet article dans tous les journaux devant lesquels je suis passée aujourd'hui. Les déclarations d'enseignants bouleversés, les mots sur les fleurs déposées au bord de la route, l'enquête ouverte puis suspendue. Une deuxième photo montre une couronne de chrysanthèmes jaunes sur un cercueil effroyablement petit. La femme pousse une exclamation indignée et se met à parler ; elle parle toute seule, selon moi, mais elle s'attend peut-être à ce que je donne mon avis.

— Affreux, non ? Et juste avant Noël, en plus.

Je ne dis rien.

— S'en aller comme ça sans s'arrêter ! s'indigne-t-elle à nouveau. Remarquez, il avait cinq ans. Quel genre de mère laisse un enfant de cet âge traverser la route tout seul ?

C'est plus fort que moi, je laisse échapper un sanglot. Sans que je m'en aperçoive, des larmes chaudes coulent le long de mes joues puis dans le mouchoir gentiment placé dans ma main.

— Pauvre chou, dit la femme comme si elle consolait un enfant. (Je ne sais pas très bien si elle parle de moi ou de Jacob.) Personne ne peut imaginer une chose pareille, non ?

Moi si, et j'ai envie de lui dire que peu importe ce qu'elle imagine, c'est mille fois pire. Elle me tend un autre mouchoir, froissé mais propre, et tourne la page de son journal pour lire un article sur les illuminations de Noël à Clifton.

Je n'ai jamais pensé que je m'enfuirais un jour. Je n'ai jamais pensé que j'en aurais besoin.

3

Ray monta au troisième étage où le rythme effréné des services de police ouverts vingt-quatre heures sur vingt-quatre laissait place aux bureaux moquettés de la Criminelle, avec ses horaires de travail classiques. Il préférait être ici le soir, quand il pouvait, sans être interrompu, s'occuper de la pile de dossiers toujours présente sur son bureau. Il traversa l'espace sans cloisons vers la pièce qu'il occupait dans un coin de la salle.

— Comment s'est passé le briefing ?

La voix le fit sursauter. Il se retourna et vit Kate assise à son bureau.

— La quatrième brigade est mon ancienne équipe, précisa-t-elle en bâillant. J'espère qu'ils ont au moins fait semblant d'être intéressés.

— Ça va, répondit Ray. Ce sont de bons gars, et ça aura au moins servi à leur rafraîchir la mémoire.

Ray avait réussi à faire en sorte que le délit de fuite reste à l'ordre du jour pendant une semaine, mais il avait ensuite inévitablement été écarté au profit de nouvelles affaires. Il s'efforçait à présent de faire le tour des brigades pour leur rappeler qu'il avait toujours besoin de leur aide. Il tapota sa montre.

— Qu'est-ce que tu fais encore là ?

— J'épluche les réponses aux appels à témoins, dit-elle en promenant son pouce sur la tranche d'une pile de feuilles. Même si ça ne sert pas à grand-chose.

— Rien d'exploitable ?

— Que dalle, fit Kate. Quelques signalements de voitures qui roulaient mal, deux ou trois sermons sur le comportement irresponsable de la mère et la clique habituelle de tordus et de cinglés. Il y a même un type qui prédit le second avènement du Christ. (Elle soupira.) Il nous faut absolument une piste, quelque chose à quoi se raccrocher.

— Je comprends que ce soit frustrant, dit Ray. Mais tiens bon, ça viendra. Ça vient toujours.

Kate bougonna et s'écarta du tas de feuilles.

— Je crois que je ne suis pas assez patiente.

— Je connais ce sentiment. (Ray s'assit sur le bord du bureau.) C'est le côté ennuyeux d'une enquête, celui qu'on ne montre pas à la télé. (L'air malheureux de Kate le fit sourire.) Mais ça en vaut la peine. Réfléchis un peu : parmi tous ces papiers se trouve peut-être la clé qui nous permettra de résoudre cette affaire.

Kate regarda son bureau d'un air dubitatif et Ray rit.

— Allez, je vais faire du thé et te donner un coup de main.

Ils passèrent en revue chaque document sans trouver le renseignement que Ray avait espéré.

— Bon, tant pis, c'est au moins ça de fait, conclut-il. Merci d'être restée si tard.

— Tu crois qu'on va retrouver le conducteur ?

Ray hocha fermement la tête.

— On doit y croire. Pourquoi les gens nous feraient-ils confiance, sinon ? Je me suis occupé de centaines d'affaires : je ne les ai pas toutes résolues, loin de là, mais je reste convaincu que la réponse n'est jamais très loin.

— Stumpy dit que tu as demandé un appel à témoins dans l'émission *Crimewatch* ?

— Oui. C'est courant pour les délits de fuite, surtout quand un enfant est impliqué. Ce qui veut dire qu'on n'est pas près d'en avoir fini avec ça, j'en ai bien peur.

Il désigna la pile de papiers, à présent destinés au broyeur.

— Ça ira, assura Kate. De toute façon, j'ai besoin d'heures sup'. J'ai acheté mon premier appartement l'année dernière et je dois t'avouer que j'ai un peu de mal à joindre les deux bouts.

— Tu vis toute seule ?

Il se demanda s'il était permis de nos jours de poser ce genre de question. Depuis le moment où il était devenu flic, le politiquement correct avait atteint un point où tout ce qui touchait un tant soit peu à la vie privée devait être évité. D'ici quelques années, les gens ne pourraient plus parler de quoi que ce soit.

— La plupart du temps, répondit Kate. J'ai acheté l'appartement seule, mais mon copain dort assez souvent à la maison. J'ai les avantages sans les inconvénients, je suppose.

Ray ramassa les tasses vides.

— Bon, eh bien tu ferais mieux de rentrer chez toi. Ton mec va se demander où tu es.

— Ça m'étonnerait, il est cuisinier, répliqua-t-elle en se levant. Il a des horaires pires que les miens. Et toi ? Ta femme n'en a pas marre que tu rentres tard ?

— Elle a l'habitude, dit Ray en haussant la voix pour continuer la conversation tandis qu'il allait chercher sa veste dans son bureau. Elle était de la maison, on s'est engagés en même temps.

Le centre de formation de la police de Ryton-on-Dunsmore avait peu d'avantages, mais le bar bon marché assurément en était un. Au cours d'une soirée karaoké particulièrement pénible, Ray avait vu Mags assise à une table avec ses camarades de classe. Elle riait, la tête rejetée en arrière à cause de quelque chose qu'un ami avait dit. Quand elle s'était levée pour aller commander une tournée, il avait vidé sa pinte presque pleine pour la rejoindre au comptoir, où il n'avait pas osé lui adresser la parole. Heureusement, Mags était moins réservée et ils furent inséparables pendant le reste de leurs seize semaines de cours. Ray réprima un sourire en se revoyant se faufiler hors du bâtiment des filles à six heures du matin pour regagner sa chambre.

— Ça fait combien de temps que vous êtes mariés ? demanda Kate.

— Quinze ans. On est passés devant monsieur le maire à la fin de nos périodes d'essai.

— Mais elle ne travaille plus ici ?

— Mags a arrêté à la naissance de Tom et elle n'a jamais repris après l'arrivée du deuxième, expliqua Ray. Lucy a neuf ans maintenant et Tom vient d'entrer au collège. Du coup, Mags commence à envisager de retourner au travail. Elle veut se reconvertir dans l'enseignement.

— Pourquoi a-t-elle arrêté si longtemps ?

Il y avait une vraie curiosité dans les yeux de Kate, et Ray se rappela que Mags était tout aussi incrédule, à l'époque où ils étaient tous deux jeunes recrues. La supérieure de Mags avait démissionné pour avoir des enfants et Mags avait dit à Ray qu'elle ne voyait pas l'intérêt d'entamer une carrière si c'était pour tout laisser tomber ensuite.

— Elle voulait rester à la maison pour pouvoir s'occuper des enfants, répondit Ray.

Il ressentit une pointe de culpabilité. Mags l'avait-elle vraiment voulu ? Ou avait-elle simplement pensé que c'était la meilleure chose à faire ? La garde d'enfants coûtait si cher que la décision la plus logique semblait être qu'elle arrête de travailler, et il savait qu'elle voulait être là pour les emmener à l'école et assister aux différentes fêtes organisées là-bas. Mais Mags était aussi brillante et aussi capable que lui… voire plus, à vrai dire.

— J'imagine que quand tu te maries avec quelqu'un de la maison, il faut accepter les conditions merdiques qui vont avec.

Kate éteignit la lampe de bureau et ils se retrouvèrent un instant dans le noir avant que Ray aille dans le couloir et déclenche la minuterie.

— Ce sont les risques du métier, concéda-t-il. Ça fait combien de temps que tu es avec ton mec ?

Ils se dirigèrent vers la cour où leurs voitures étaient garées.

— Ça doit faire six mois, répondit Kate. Mais c'est déjà pas mal pour moi ; d'habitude je les largue au bout de quelques semaines. Ma mère dit que je suis trop difficile.

— Qu'est-ce qui ne va pas chez eux ?

— Oh, plein de trucs, dit-elle avec entrain. Trop collant, pas assez ; pas de sens de l'humour, parfait bouffon...

— C'est dur, coupa Ray.

— Peut-être. (Kate fronça le nez.) Mais c'est important de trouver le bon, non ? J'ai eu trente ans le mois dernier, je n'ai plus de temps à perdre.

Elle n'avait pas l'air d'avoir trente ans, mais Ray n'avait jamais été très doué pour donner un âge aux gens. Quand il se regardait dans le miroir, il voyait encore l'homme qu'il avait été à vingt ans, même si les rides de son visage lui prouvaient le contraire.

Il chercha ses clés dans sa poche.

— Enfin, ne sois pas trop pressée de te caser non plus. C'est pas rose tous les jours, tu sais.

— Merci du conseil, papa...

— Hé, je ne suis pas si vieux !

Kate rit.

— Merci de m'avoir aidée. À demain matin.

Ray ricana tout seul tandis qu'il sortait prudemment sa voiture de derrière un véhicule de patrouille. *Papa*. Elle ne manquait pas d'air !

Lorsqu'il arriva chez lui, Mags regardait la télévision dans le salon. Vêtue d'un bas de pyjama et d'un vieux sweat-shirt, elle avait les jambes recroquevillées sous elle comme un enfant. Le présentateur du journal télévisé revenait sur les détails du délit de fuite, au cas où des habitants de la région auraient trouvé le moyen de passer à côté de la large couverture médiatique de la semaine précédente. Mags leva les yeux et secoua la tête.

— Je ne peux pas m'empêcher de regarder ça. Pauvre gamin.

Il s'assit à côté d'elle et s'empara de la télécommande pour couper le son. De vieilles images du lieu de l'accident apparurent et Ray entrevit sa propre nuque tandis que Kate et lui sortaient de leur voiture.

— Je sais, dit-il en passant un bras autour des épaules de sa femme. Mais on va le coincer.

Le plan changea et le visage de Ray remplit l'écran tandis qu'il répondait aux questions d'un journaliste hors champ.

— Tu crois ? Vous avez des pistes ?

— Pas vraiment, soupira-t-il. Personne n'a vu ce qui s'est passé, ou disons que si quelqu'un a vu quelque chose, il ne dit rien. On dépend donc entièrement de la scientifique et des renseignements.

— Est-ce que le conducteur aurait pu d'une manière ou d'une autre ne pas se rendre compte de ce qu'il avait fait ?

Mags se redressa et se tourna pour lui faire face. Elle repoussa impatiemment ses cheveux derrière son oreille. Depuis qu'il la connaissait, Mags les avait toujours portés longs et raides, sans frange. Ils étaient aussi bruns que ceux de Ray, mais, contrairement aux siens, ils ne grisonnaient pas encore. Ray avait voulu se laisser pousser la barbe peu de temps après la naissance de Lucy, mais il avait abandonné au bout de trois jours quand il était devenu évident qu'il y aurait plus de sel que de poivre. Désormais, il était toujours rasé de près et tentait de faire abstraction des quelques cheveux blancs qui apparaissaient sur ses tempes et lui donnaient, selon Mags, un air « distingué ».

— Aucune chance, répondit Ray. Il a atterri droit sur le capot.

Mags ne broncha pas. L'émotion qu'il avait aperçue sur son visage en rentrant avait laissé place à cette expression concentrée qu'il avait si souvent vue à l'époque où ils travaillaient ensemble.

— En plus, ajouta Ray, la voiture s'est arrêtée, a reculé et a fait demi-tour. Le conducteur ne s'est peut-être pas rendu compte qu'il avait tué Jacob, mais il a forcément su qu'il l'avait renversé.

— Vous avez fait le tour des hôpitaux ? demanda Mags. Le conducteur a peut-être lui aussi été blessé, et...

Ray sourit.

— On s'en occupe, je t'assure. (Il se leva.) Écoute, ne le prends pas mal, mais la journée a été longue et j'ai juste envie de boire une bière, de regarder un peu la télé et d'aller me coucher.

— Bien sûr, dit sèchement Mags. Tu sais... les vieilles habitudes, tout ça.

— Je sais, et je te promets qu'on va attraper le conducteur. (Il l'embrassa sur le front.) Comme toujours.

Ray s'aperçut qu'il venait de faire à Mags la promesse qu'il avait refusé de faire à la mère de Jacob parce qu'il ne pouvait absolument pas le garantir. *Nous ferons tout ce qui est en notre pouvoir,* lui avait-il dit. Il espérait simplement que ce serait suffisant.

Il alla chercher à boire dans la cuisine. Mags était bouleversée car il s'agissait d'un enfant. Lui donner les détails de l'accident n'avait peut-être pas été une bonne idée. Après tout, il avait déjà du mal à maîtriser ses propres émotions, il était donc normal qu'il en soit de même pour Mags. Il tâcherait à présent de garder ce genre d'informations pour lui.

Ray prit sa bière et retourna dans le salon. Il s'installa devant la télévision à côté d'elle et changea de chaîne pour mettre l'une des émissions de téléréalité qu'elle aimait.

En arrivant à la Criminelle avec une poignée de dossiers récupérés au service courrier, Ray les déposa sur la pile déjà présente sur son bureau, la faisant tomber par terre.

— Merde ! s'exclama-t-il en fixant froidement la table.

La femme de ménage était passée, elle avait vidé la poubelle et essayé tant bien que mal de nettoyer son espace de travail chaotique, laissant des moutons de poussière autour de sa bannette de courrier. Deux tasses de café froid encadraient son clavier et plusieurs post-it collés sur l'écran de son ordinateur lui signalaient qu'il avait reçu des appels plus ou moins importants. Ray les enleva et les colla sur le devant de son agenda, où se trouvait déjà un post-it rose fluo lui rappelant que lui et son équipe devaient faire leurs évaluations. Comme s'ils n'avaient pas déjà assez de boulot ! Il luttait quotidiennement pour supporter les tâches administratives. Il n'allait pas jusqu'à pester contre celles-ci – pas quand il était à deux doigts de monter en grade –, mais cela ne l'enchanterait jamais. Une heure passée à parler de son développement personnel était selon lui une heure perdue, surtout quand il devait enquêter sur la mort d'un enfant.

En attendant que son ordinateur démarre, il fit basculer son fauteuil en arrière et regarda la photo de Jacob accrochée sur le mur d'en face. Il gardait toujours en évidence une photo de la personne qui était au centre de l'enquête, et cela depuis qu'il était entré à la Criminelle et que son lieutenant lui avait rappelé d'un ton bourru que c'était bien beau de coffrer quelqu'un, mais qu'il ne fallait jamais oublier « pourquoi on fait ces conneries ». Les photos se trouvaient autrefois sur son bureau, jusqu'au jour où Mags était passée au poste, des années plus tôt. Elle lui avait apporté quelque chose – il ne se rappelait plus quoi ; un dossier oublié, peut-être, ou un panier-repas. Quand elle avait appelé de l'accueil pour lui faire une surprise, il se souvenait d'avoir été agacé d'être interrompu, puis de s'être senti coupable en réalisant qu'elle s'était donné du mal pour venir le voir. En allant dans le bureau de Ray, ils s'étaient arrêtés pour saluer l'ancien patron de Mags, devenu commissaire.

— Ça doit te faire bizarre de revenir ici, avait dit Ray quand ils étaient finalement arrivés dans son bureau.

Mags avait ri.

— C'est comme si je n'étais jamais partie. Flic un jour, flic toujours.

Son visage était animé tandis qu'elle déambulait dans la pièce en promenant ses doigts sur le bureau.

— Qui est cette femme ? avait-elle demandé pour le taquiner en se saisissant de la photo calée contre le portrait d'elle et des enfants.

— Une victime, avait répondu Ray en lui reprenant doucement la photo des mains pour la remettre à sa place sur son bureau. Elle a été poignardée à dix-sept reprises par son petit ami parce qu'elle ne préparait pas le thé assez vite.

Si Mags était choquée, elle ne l'avait pas montré.

— Tu ne la gardes pas dans le dossier ?

— Je préfère l'avoir sous les yeux. Comme ça je n'oublie pas pourquoi je fais tout ça.

Elle avait hoché la tête. Elle le comprenait parfois mieux qu'il ne le pensait.

— Mais pas à côté de la nôtre. S'il te plaît, Ray.

Elle avait repris la photo et cherché du regard un endroit plus approprié. Ses yeux s'étaient posés sur le panneau en liège inutilisé au fond de la pièce, et elle avait alors pris une punaise dans le pot sur son bureau puis, d'un air décidé, elle avait fixé au milieu du panneau le portrait souriant de la morte.

Et il était resté là.

Le petit ami de la femme avait été inculpé de meurtre depuis longtemps, et d'autres victimes avaient remplacé celle-là. Le vieillard roué de coups par des adolescents, les quatre femmes agressées par un chauffeur de taxi et, à présent, Jacob rayonnant dans son uniforme scolaire. Tous dépendaient de Ray. Il parcourut les notes prises dans son carnet la veille pour préparer le briefing de ce matin. Il n'y avait pas grand-chose sur quoi s'appuyer. Lorsque son ordinateur émit un bip de démarrage, Ray se secoua. Il n'y avait peut-être pas beaucoup de pistes, mais il y avait quand même du travail.

Peu avant dix heures, Stumpy et son équipe passèrent la porte du bureau de Ray. Stumpy et Dave Hillsdon s'installèrent sur deux fauteuils près de la table basse tandis que les autres restèrent debout au fond de la pièce ou appuyés contre le mur. Le troisième fauteuil avait été laissé libre dans un élan de galanterie commun et tacite, et Ray fut amusé de voir Kate ignorer l'offrande pour rejoindre Malcolm Johnson au fond. Leur nombre était grossi par deux agents mis à la disposition de la Criminelle, mal à l'aise dans leurs costumes empruntés à la hâte, et par Phil Crocker, de l'unité d'enquête sur les accidents de la route.

— Bonjour tout le monde, commença Ray. Je ne vais pas vous retenir longtemps. J'aimerais vous présenter Brian Walton de la première brigade et Pat Bryce de la troisième. On est contents de vous avoir parmi nous, les gars, et il y a de quoi faire, alors n'hésitez pas à mettre la main à la pâte.

Brian et Pat hochèrent la tête en signe de reconnaissance.

— Bien, poursuivit Ray. L'objet de cette réunion est de faire le point sur le délit de fuite de Fishponds et de décider de la marche à suivre. Comme vous vous en doutez, le préfet suit cette affaire de très près. (Il jeta un œil à ses notes, même s'il les connaissait par cœur.) À 16 h 28, le lundi 26 novembre, le 999 a reçu un appel d'une femme habitant Enfield Avenue. Elle avait entendu un gros bruit, suivi d'un cri. Le temps qu'elle sorte, tout était fini, et la mère de Jacob était penchée sur son fils au milieu de la route. L'ambulance a mis six minutes pour arriver et Jacob a été déclaré mort sur place.

Ray s'interrompit un instant pour que tout le monde comprenne bien la gravité de l'enquête. Il jeta un coup d'œil vers Kate, mais son expression était neutre, et il ne savait pas s'il était soulagé ou triste de constater qu'elle avait réussi à se forger de solides défenses. Elle n'était pas la seule à paraître dépourvue d'émotions. Un étranger observant la scène aurait pu croire que la police se fichait complètement de la mort de ce petit garçon, alors que Ray savait qu'ils avaient tous été secoués. Il reprit la parole.

— Jacob avait eu cinq ans le mois dernier, juste après avoir commencé l'école, à St. Mary's, dans Beckett Street. Le jour du délit de fuite, il avait participé à une activité après la classe pendant que sa mère travaillait. Dans sa déposition, elle déclare qu'ils rentraient chez eux en parlant de leur journée quand elle a lâché la main de Jacob et qu'il a traversé en courant en direction de leur maison. D'après elle, c'est quelque chose qu'il avait déjà fait. Il ne faisait jamais attention aux voitures et sa mère le tenait toujours quand ils étaient près de la route.

Sauf cette fois-ci, ajouta-t-il intérieurement. Un tout petit moment d'inattention qu'elle ne pourrait jamais se pardonner. Ray frémit malgré lui.

— Elle a vu la voiture ? demanda Brian Walton.

— Pas vraiment. Elle affirme qu'au lieu de freiner la voiture accélérait quand elle a renversé Jacob et qu'elle a bien failli se faire renverser elle aussi ; elle est tombée et s'est fait mal. Les agents sur place ont vu ses blessures, mais elle a refusé d'être soignée. Phil, tu peux nous en dire plus sur l'accident en lui-même ?

Le seul policier en uniforme dans la pièce, Phil Crocker, était un spécialiste des accidents de la route, et avec ses années d'expérience c'était à lui que Ray s'adressait en priorité pour tout ce qui touchait à ce domaine.

— Il n'y a pas grand-chose à dire. (Phil haussa les épaules.) La pluie fait qu'on n'a pas de traces de pneu, je ne peux donc ni vous donner de vitesse approximative ni vous dire si le véhicule a freiné avant le choc. On a retrouvé un fragment de plastique à environ vingt mètres du point d'impact et l'expert a déterminé qu'il provenait des antibrouillards d'une Volvo.

— C'est encourageant, remarqua Ray.

— J'ai donné les détails à Stumpy, signala Phil. C'est tout ce que j'ai, désolé.

— Merci, Phil. (Ray reprit ses notes.) Le rapport d'autopsie de Jacob indique que son décès est dû à un traumatisme contondant. Il avait de multiples fractures et un éclatement de la rate.

Ray avait lui-même assisté à l'autopsie, moins par nécessité professionnelle que pour ne pas laisser Jacob seul à la morgue. Il avait regardé sans voir, détournant les yeux du visage de l'enfant et se concentrant sur les quelques mots prononcés par le médecin légiste du ministère de l'Intérieur. Ils étaient tous les deux contents que ça se finisse.

— D'après le point d'impact, on cherche un petit véhicule, on peut donc éliminer les monospaces et les 4 × 4. Le légiste a retrouvé des morceaux de verre dans le corps de Jacob, mais j'ai cru comprendre qu'on ne pouvait pas les relier à un véhicule en particulier. C'est bien ça, Phil ?

Ray jeta un coup d'œil au spécialiste des accidents, qui acquiesça.

— Le verre en lui-même n'est pas propre à un véhicule, confirma Phil. Si on tenait le coupable, on trouverait peut-être des particules correspondantes dans ses vêtements, il est presque impossible de s'en débarrasser. Mais il n'y avait pas de verre sur le lieu de l'accident, ce qui suggère que le pare-brise s'est fissuré sous l'impact, mais n'a pas éclaté. Trouvez-moi la voiture, et on comparera avec les morceaux retrouvés sur la victime, mais sans ça…

— On a quand même au moins une idée des dégâts qu'a pu subir la voiture, remarqua Ray en essayant de présenter les choses sous un angle positif. Stumpy, tu peux récapituler ce qui a été fait jusqu'ici ?

Le lieutenant contempla le mur du bureau de Ray, où l'enquête se résumait à une série de cartes, de schémas et de grandes feuilles de papier avec, sur chacune d'entre elles, une liste de tâches à accomplir.

— Le porte-à-porte a été fait le soir même, et une deuxième fois le lendemain par une patrouille. Plusieurs personnes ont entendu ce qu'elles ont décrit comme un « gros bruit », suivi d'un cri, mais personne n'a vu la voiture. On a envoyé des agents à la sortie de l'école pour interroger les parents et on a distribué des tracts dans les boîtes aux lettres du quartier pour trouver des témoins. Les affiches sont encore là et Kate assure le suivi des appels.

— Rien d'utile ?

Stumpy secoua la tête.

— C'est mal parti, patron.

Ray ignora son pessimisme.

— *Crimewatch* est diffusée quand ?

— Demain soir. Il y aura une reconstitution de l'accident, et ils ont mis au point des portraits-robots impressionnants de la voiture. Ils passeront ensuite l'interview que le commandant a donnée dans leurs studios.

— Je vais avoir besoin de quelqu'un ici pendant la diffusion, au cas où une piste sérieuse se présenterait, dit Ray au groupe. Le reste n'est pas aussi urgent. (Il y eut un silence et il regarda autour de lui en attendant une réponse.) Quelqu'un doit le faire...

— Ça ne me dérange pas, déclara Kate en agitant la main en l'air.

Ray la remercia du regard.

— Et pour ce qui est des antibrouillards que Phil a mentionnés ? demanda-t-il.

— Volvo nous a donné la référence et on a la liste de tous les garages qui en ont reçu ces dix derniers jours. J'ai chargé Malcolm de les contacter – en commençant par ceux de la région – pour avoir le numéro d'immatriculation des voitures sur lesquelles ils ont été posés depuis l'accident.

— OK, dit Ray. Gardons ça en tête pendant l'enquête, mais n'oubliez pas qu'il ne s'agit que d'un élément, on ne peut pas être absolument certains que c'est une Volvo qu'on cherche. Qui s'occupe des caméras de surveillance ?

— Nous, patron. (Brian Walton leva la main.) On a saisi tout ce qu'on a trouvé : tous les enregistrements des caméras de la ville, et tous ceux des commerces et des stations-service du secteur. On les regarde à partir d'une demi-heure avant l'accident jusqu'à une demi-heure après, mais même comme ça, ça fait des centaines d'heures à visionner.

Ray grimaça en pensant à son quota d'heures supplémentaires.

— Apportez-moi la liste des caméras, dit-il. On ne pourra pas tout voir, on décidera ensemble lesquelles visionner en priorité.

Brian hocha la tête.

— Bon, on a du pain sur la planche, constata Ray.

Il leur adressa un sourire confiant, malgré ses doutes. Deux semaines s'étaient écoulées depuis la première heure cruciale qui suivait le crime, celle où les chances de retrouver le coupable sont les plus élevées, et l'équipe avait beau travailler d'arrache-pied, ils n'étaient pas plus avancés. Il marqua une pause avant d'annoncer la mauvaise nouvelle.

— Vous ne serez pas surpris d'apprendre que tous les congés ont été annulés jusqu'à nouvel ordre. Je suis désolé, et j'essaierai de faire en sorte que vous ayez tous un peu de temps avec vos familles pour Noël.

Il y eut un murmure de mécontentement tandis qu'ils sortaient du bureau les uns derrière les autres, mais personne ne se plaignit, et Ray savait qu'il en serait ainsi. Même si personne ne l'avait dit, ils pensaient tous à la façon dont la mère de Jacob allait passer Noël cette année.

4

Ma détermination faiblit au moment où nous sortons de Bristol. Je n'avais pas réfléchi à ma destination. Je me dirige à l'aveuglette vers l'ouest, me disant que je pourrais peut-être aller dans le Devon, ou en Cornouailles. Je repense avec nostalgie aux vacances de mon enfance ; aux châteaux de sable que nous faisions sur la plage avec Eve, toutes collantes à cause des glaces à l'eau et de la crème solaire. Ce souvenir me pousse vers la mer ; loin des avenues bordées d'arbres de Bristol, loin de la circulation. Je ressens une peur presque physique de ces voitures qui ne peuvent pas attendre pour doubler tandis que le car pénètre dans la gare. J'erre sans but pendant un moment, puis je donne dix livres à un homme dans un kiosque, près des cars Greyhound, qui se fiche autant que moi de ma destination.

Nous franchissons le pont sur la Severn et je baisse les yeux vers la masse tourbillonnante d'eau grisâtre du canal de Bristol. Le car est calme et anonyme, et ici personne ne lit le *Bristol Post*. Personne ne parle de Jacob. Je me laisse aller sur mon siège. Je suis épuisée mais je n'ose pas fermer les yeux. Quand je dors, je suis assaillie par les images et les sons de l'accident, par le fait de savoir que si j'étais partie quelques minutes plus tôt ça ne serait jamais arrivé.

Le car Greyhound va à Swansea et je jette un coup d'œil furtif autour de moi pour voir en compagnie de qui je voyage. Des étudiants pour la plupart, le casque sur les oreilles et le nez dans des magazines. Une femme de mon âge parcourt des documents en prenant soigneusement des notes dans la marge. Ça semble fou que je ne sois jamais allée au pays de Galles, mais je suis à présent contente de n'avoir aucune attache ici. C'est l'endroit idéal pour un nouveau départ.

Je suis la dernière à descendre et je reste dans la gare routière jusqu'à ce que le véhicule se soit éloigné, la poussée d'adrénaline du début de mon voyage n'étant plus qu'un lointain souvenir. Maintenant que je suis arrivée à Swansea, je ne sais plus quoi faire. Un homme est affalé sur le trottoir ; il lève les yeux et marmonne quelque chose d'incohérent, et je prends mes distances. Je ne peux pas rester là, je n'ai nulle part où aller, alors je me mets en marche au hasard. Je joue un jeu avec moi-même : je prendrai la prochaine à gauche, peu importe où elle va ; la deuxième à droite ; tout droit au prochain croisement. Je ne regarde pas les panneaux, choisissant plutôt la plus petite route à chaque carrefour, le chemin le moins fréquenté. Je me sens étourdie, presque hystérique. Qu'est-ce que je fais ? Où est-ce que je vais ? Je me demande si je perds la tête, puis je me rends compte que ça m'est égal. Ça n'a plus d'importance.

Je marche pendant des kilomètres, laissant Swansea loin derrière moi. Je me colle aux haies dès qu'une voiture passe, ce qui se produit de moins en moins maintenant que le jour touche à sa fin. Je porte mon fourre-tout sur les épaules, comme un sac à dos, et les lanières creusent des sillons dans ma peau, mais j'avance à bonne allure et je ne m'arrête pas. Je n'entends rien d'autre que ma respiration et je commence à me calmer. Je ne pense pas à ce qui s'est passé, ni à ma destination, je me contente de marcher. Je sors mon téléphone de ma poche, et sans regarder combien j'ai d'appels en absence je le jette dans l'eau stagnante du fossé. C'était la dernière chose qui me reliait à mon passé ; je me sens aussitôt plus libre.

Je commence à avoir mal aux pieds, et je sais que si je m'arrête pour m'allonger je ne me relèverai jamais. Je ralentis et j'entends alors une voiture derrière moi. Je me mets sur le bas-côté et me détourne tandis qu'elle passe, mais au lieu de disparaître au coin elle stoppe environ cinq mètres devant moi. Il y a un léger sifflement de freins et une odeur de gaz d'échappement. Mon sang bat dans mes oreilles et, sans réfléchir, je me retourne et me mets à courir, mon sac claquant contre ma colonne. Je cours maladroitement, mes pieds couverts d'ampoules frottent dans mes bottes et un filet de sueur coule le long de mon dos et entre mes seins. Je n'entends pas la voiture, et quand je regarde par-dessus mon épaule, perdant presque l'équilibre, elle n'est plus là.

Je reste bêtement plantée au milieu de la chaussée déserte. La fatigue et la faim me brouillent les idées. Je me demande si la voiture a vraiment existé ou si j'ai projeté sur cette route silencieuse le frottement du caoutchouc sur l'asphalte qui résonne dans ma tête.

La nuit tombe. Je sais que je suis près de la mer à présent : je sens le goût du sel sur mes lèvres et j'entends le bruit des vagues qui battent la côte. Le panneau indique « Penfach », et c'est si calme que j'ai la sensation d'entrer dans le village sans permission, levant les yeux vers les rideaux tirés contre le froid hivernal. La lune dispense une lumière plate et blanche, donnant l'impression que tout est en deux dimensions, étirant mon ombre loin devant moi, jusqu'à me faire paraître beaucoup plus grande que je ne le suis. Je traverse le village jusqu'à apercevoir la baie, où des falaises encerclent la plage comme pour la protéger. Je descends avec précaution un sentier sinueux, mais l'obscurité est trompeuse et la panique du vide me saisit juste avant que mon pied ne glisse sur la roche et que je ne pousse un cri. Déstabilisée par mon sac à dos de fortune, je perds l'équilibre et me cogne, roule et glisse jusqu'en bas du sentier. Du sable humide crisse sous mon poids et je reprends mon souffle, m'attendant à avoir mal quelque part. Mais je n'ai rien. Je me demande un bref instant si je suis immunisée contre la douleur physique : si le corps humain est conçu pour gérer à la fois la souffrance physique et morale. Ma main me fait encore mal, mais ça semble loin, comme si elle appartenait à quelqu'un d'autre.

J'éprouve soudain le besoin de ressentir quelque chose. N'importe quoi. Malgré le froid, j'enlève mes chaussures pour sentir les grains de sable sous mes pieds. Le ciel est bleu nuit et sans nuages, et la lune se dresse au-dessus de la mer, pleine et lourde, son reflet miroitant à la surface de l'eau. Loin de chez moi. C'est le plus important. Ça ne ressemble en rien à chez moi. Je m'enveloppe dans mon manteau, m'assois sur mon sac, le dos appuyé contre la roche dure, et j'attends.

Quand arrive le matin, je m'aperçois que j'ai dû dormir ; un demi-sommeil perturbé par le fracas des vagues qui remontent sur la plage. J'étire mes membres douloureux et gelés puis me lève pour voir les premières lueurs orange vif illuminer l'horizon. Malgré la lumière, il ne fait pas chaud au soleil et je frissonne. Ce n'était pas une bonne idée.

L'étroit sentier est plus facile à négocier à la clarté du jour, et je vois à présent que contrairement à ce que j'avais pensé les falaises ne sont pas désertes. Un petit bâtiment trapu et fonctionnel, flanqué de rangées régulières de mobile homes, se trouve à huit cents mètres de là. Cet endroit n'est pas pire qu'un autre pour commencer.

— Bonjour, dis-je d'une voix qui semble petite et aiguë dans la chaleur relative de la boutique du camping. Je cherche un endroit où loger.

— Vous êtes ici en vacances ? (La poitrine généreuse de la femme est posée sur un numéro du magazine *Take a Break*.) Drôle d'époque pour venir.

Un sourire adoucit ses paroles. J'essaie de le lui rendre, mais mon visage ne répond pas.

— J'aimerais m'installer ici.

Je m'aperçois que je dois avoir l'air d'une folle : sale et négligée. Je claque des dents et commence à trembler violemment, le froid pénétrant dans mes os.

— Ah, eh bien dans ce cas vous devez chercher une location, dit la femme avec entrain, nullement perturbée par mon apparence. On est fermé jusqu'à la fin de l'hiver, vous comprenez ? Il y a juste la boutique qui reste ouverte. C'est Iestyn Jones qu'il vous faut, il a un cottage un peu plus loin. Je vais l'appeler, d'accord ? Et si je vous préparais un bon petit thé ? Il fait un froid glacial dehors et vous avez l'air à moitié gelée.

Elle me conduit jusqu'à un tabouret derrière le comptoir et disparaît dans la pièce d'à côté, continuant à parler par-dessus le bruit de l'eau qui bout.

— Je m'appelle Bethan Morgan. Je gère cet endroit, c'est le camping de Penfach, et mon mari Glynn s'occupe de la ferme. (Elle passe la tête par la porte et me sourit.) Bon, c'est l'idée en tout cas, mais l'agriculture, c'est pas évident de nos jours, ça je peux vous l'assurer. Oh ! J'allais appeler Iestyn, non ?

Bethan n'attend pas la réponse, s'absentant pendant quelques minutes tandis que je me mordille la lèvre. J'essaie de réfléchir à ce que je vais lui dire, une fois que nous serons assises avec nos tasses de thé, et le nœud dans mon estomac grandit et se resserre.

Mais quand Bethan revient, elle ne me demande rien. Ni quand je suis arrivée, ni ce qui m'a fait choisir Penfach, ni même d'où je viens. Elle me tend simplement une tasse ébréchée remplie de thé sucré puis se cale dans son fauteuil. Elle porte tellement de vêtements différents qu'il est impossible de distinguer sa silhouette, mais les accoudoirs de son fauteuil s'enfoncent dans sa chair molle d'une façon qui ne doit pas être agréable. Elle doit avoir la quarantaine, bien qu'un visage rond et lisse lui donne l'air plus jeune ; ses longs cheveux bruns sont noués en queue de cheval. Elle porte des bottes à lacets sous une longue jupe noire et plusieurs tee-shirts, par-dessus lesquels elle a passé une veste en laine qui lui arrive aux chevilles et qui traîne sur le sol poussiéreux au moment où elle s'assoit. Derrière elle, un bâton d'encens consumé a laissé une traînée de cendres sur le rebord de la fenêtre et une délicieuse odeur d'épices dans l'air. Une guirlande est accrochée à la vieille caisse enregistreuse sur le comptoir.

— Iestyn arrive, indique-t-elle.

Elle a posé une troisième tasse de thé sur le comptoir à côté d'elle et je suppose donc que Iestyn – qui que cela puisse être – n'habite qu'à quelques minutes d'ici.

— Qui est Iestyn ?

Je me demande si j'ai fait une erreur en venant ici, où tout le monde se connaît. J'aurais dû choisir une ville, un endroit plus anonyme.

— Il a une ferme de l'autre côté de Penfach, répond Bethan. Mais il a des chèvres sur la colline et le long du sentier côtier. (Elle agite son bras en direction de la mer.) On va être voisines, vous et moi, si vous prenez sa maison. Mais je vous préviens, ça n'a rien d'un palais.

Bethan rit et je ne peux m'empêcher de sourire. Sa franchise me rappelle Eve, même si j'ai dans l'idée que ma sœur mince et soignée serait horrifiée de la comparaison.

— Je ne suis pas exigeante.

— Iestyn n'est pas très causant, m'avertit Bethan, comme si j'allais être déçue. Mais c'est quelqu'un de bien. Il garde ses bêtes là-haut à côté des nôtres. (Elle fait un geste vague vers l'intérieur des terres.) Et, comme nous tous, il a besoin d'ajouter des cordes à son arc. Comment on dit déjà ? Se diversifier ? (Bethan part d'un petit rire moqueur.) Bref, Iestyn a une maison de vacances dans le village et Blaen Cedi, un cottage tout près d'ici.

— Et vous pensez que je vais prendre le cottage ?

— Si vous le prenez, vous serez la première depuis un moment.

La voix de l'homme me fait sursauter. Je me retourne et vois une silhouette fluette dans l'embrasure de la porte.

— C'est pas si mal, là-bas ! proteste Bethan. Allez, viens boire ton thé et ensuite tu iras lui faire visiter.

Iestyn a le visage si mat et si ridé que ses yeux sont à peine visibles. Ses vêtements sont cachés sous un bleu de travail poussiéreux avec des taches de graisse sur chaque cuisse. Tout en me dévisageant, il boit bruyamment son thé à travers sa moustache blanche jaunie par la nicotine.

— Pour la plupart des gens, Blaen Cedi est trop loin de la route, explique-t-il avec un fort accent que je m'efforce de déchiffrer. Ils n'ont pas envie de porter leurs bagages aussi loin, vous comprenez ?

— Est-ce que je peux le voir ?

Je me lève, souhaitant que ce cottage abandonné dont personne ne veut soit la réponse.

Iestyn continue de boire son thé, faisant tourner chaque gorgée dans sa bouche avant de l'avaler. Il finit par laisser échapper un soupir de satisfaction et sort de la pièce. Je regarde Bethan.

— Qu'est-ce que je vous disais ? Il n'est pas bavard. (Elle rit.) Allez-y, il n'attendra pas.

— Merci pour le thé.

— Tout le plaisir est pour moi. Passez me voir une fois que vous serez installée.

J'en fais la promesse, tout en sachant que je ne la tiendrai pas, et me dépêche de sortir. Dehors, je retrouve Iestyn assis sur un quad couvert de boue.

Je recule d'un pas. Il ne s'attend quand même pas à ce que je monte derrière lui ? Un homme que je connais depuis moins de cinq minutes ?

— C'est le seul moyen de se déplacer par ici, crie-t-il par-dessus le bruit du moteur.

J'ai la tête qui tourne. J'essaie de peser le pour et le contre entre mon besoin de voir la maison et la peur primitive qui me cloue sur place.

— Bon, il va falloir monter si vous voulez venir.

Je m'avance et m'assois avec précaution derrière lui. Il n'y a pas de poignées et je ne peux pas me résoudre à tenir Iestyn par la taille, je me cramponne donc à mon siège tandis qu'il met les gaz et que le quad part comme une flèche sur le sentier littoral. Nous longeons la baie. La marée est maintenant au plus haut et s'écrase contre les falaises.

Mais au moment où nous arrivons à hauteur du sentier qui descend à la plage, Iestyn s'éloigne de la mer. Il crie quelque chose par-dessus son épaule et me fait signe de regarder à l'intérieur des terres. Le quad fait des bonds sur le terrain accidenté et je cherche ce qui, je l'espère, sera ma nouvelle maison.

Bethan l'a décrite comme un cottage, mais Blaen Cedi n'est guère plus qu'une cabane de berger. Autrefois blanc, l'enduit a depuis longtemps abandonné sa lutte contre les éléments, laissant la maison virer au gris sale. La grande porte en bois a l'air disproportionnée par rapport aux minuscules fenêtres qui pointent le bout de leur nez sous l'avant-toit, et une lucarne me dit qu'il doit y avoir un étage, bien que l'espace soit réduit. Je comprends pourquoi Iestyn a du mal à le louer pour les vacances. L'agent immobilier le plus inventif qui soit aurait des difficultés à minimiser l'humidité qui remonte dans les murs extérieurs ou les ardoises déplacées sur le toit.

Pendant que Iestyn ouvre la porte, je tourne le dos au cottage et regarde en direction du littoral. Je pensais que je verrais le camping d'ici, mais le sentier a plongé depuis la côte, nous laissant dans une cuvette peu profonde qui nous cache l'horizon. Je ne vois pas non plus la baie, mais j'entends la mer se fracasser à intervalles réguliers contre les rochers. Des mouettes tournoient dans le ciel, gémissant comme des chatons dans la lumière qui faiblit ; je frissonne malgré moi, éprouvant soudain le besoin de pénétrer à l'intérieur.

Le rez-de-chaussée fait à peine quatre mètres de long ; une table en bois rustique sépare la pièce à vivre d'une kitchenette tapie sous une grosse poutre en chêne.

L'étage est partagé entre la chambre et une toute petite salle de bains avec une demi-baignoire. Le miroir a subi les ravages du temps : le verre marbré et craquelé déforme mon visage. J'ai le teint pâle des rousses, mais le faible éclairage rend ma peau encore plus diaphane, d'un blanc éclatant par rapport à mes cheveux roux foncé qui tombent plus bas que mes épaules. Je retourne au rez-de-chaussée et trouve Iestyn en train d'empiler du bois près de la cheminée. Il finit son tas et traverse la pièce jusqu'à la cuisinière.

— Elle est un peu capricieuse, observe-t-il.

Il ouvre le tiroir-réchaud avec fracas, me faisant sursauter.

— Est-ce que je peux avoir la maison ? dis-je. S'il vous plaît ?

Il y a une note de désespoir dans ma voix et je me demande ce qu'il pense de moi.

Iestyn me regarde avec méfiance.

— Vous avez de quoi payer, pas vrai ?

— Oui, dis-je fermement, même si j'ignore combien de temps vont durer mes économies et ce que je vais faire quand elles seront épuisées.

Il n'est pas convaincu.

— Vous avez un travail ?

Je repense à mon atelier recouvert d'argile. Je ne souffre plus autant de la main, mais j'ai si peu de sensations dans les doigts que je crains de ne plus pouvoir m'y remettre. Si je ne suis plus sculptrice, que suis-je ?

— Je suis artiste, dis-je finalement.

Iestyn grogne comme si ça expliquait tout.

Nous nous mettons d'accord sur un loyer qui, quoique ridiculement bas, arrivera vite à bout de l'argent que j'ai mis de côté. Mais le petit cottage en pierre est à moi pour les prochains mois et je pousse un soupir de soulagement.

Iestyn griffonne un numéro de portable au dos d'un reçu qu'il sort de sa poche.

— Donnez le loyer du mois en cours à Bethan, si vous voulez.

Il me fait un signe de tête et se dirige à grandes enjambées vers le quad, qui démarre dans un vrombissement.

Je le regarde partir, puis je ferme la porte et tire le verrou récalcitrant. Malgré le soleil d'hiver, je me précipite à l'étage pour tirer les rideaux de la chambre et fermer la fenêtre entrouverte de la salle de bains. Au rez-de-chaussée, les rideaux collent aux tringles en métal comme s'ils n'avaient jamais été utilisés, et je donne un coup sec, libérant un nuage de poussière d'entre leurs plis. Le vent fait trembler les fenêtres, le froid glacial s'infiltre par les interstices des châssis mal joints.

Je m'assois sur le canapé et écoute ma respiration. Je n'entends pas la mer, mais le cri plaintif d'une mouette solitaire ressemble à un bébé qui pleure, et je me bouche les oreilles.

La fatigue me gagne : je me mets en boule, passant mes bras autour de mes genoux, le visage collé contre la toile rêche de mon jean. J'ai beau la sentir venir, je suis submergée par une vague d'émotion, jaillissant avec une telle force de mes entrailles que je peux à peine respirer. La douleur que j'éprouve est si physique qu'il semble impossible que je sois encore en vie ; impossible que mon cœur continue de battre alors qu'il est en lambeaux. J'aimerais graver une image de lui dans mon esprit, mais tout ce que je vois quand je ferme les yeux, c'est son corps sans vie dans mes bras. Je l'ai laissé tomber et je ne me le pardonnerai jamais.

5

— On peut parler du délit de fuite, patron ?

Stumpy passa la tête par la porte du bureau de Ray, suivi de près par Kate.

Ray leva les yeux. Au cours des trois derniers mois, les moyens consacrés à l'enquête avaient progressivement été réduits afin de traiter des affaires plus urgentes. Ray faisait encore le point une ou deux fois par semaine avec Stumpy et son équipe, mais ils ne recevaient plus d'appels et il n'y avait rien eu de nouveau depuis des lustres.

— Bien sûr.

Ils entrèrent et s'assirent.

— On n'arrive pas à mettre la main sur la mère de Jacob, annonça Stumpy en allant droit au but.

— Qu'est-ce que tu veux dire ?

— Simplement ça. Son téléphone ne marche plus et la maison est vide. Elle a disparu.

Ray regarda Stumpy, puis Kate, qui semblait mal à l'aise.

— S'il vous plaît, dites-moi que c'est une blague.

— Si c'en est une, on ne connaît pas la chute, fit Kate.

— C'est notre seul témoin ! explosa Ray. En plus d'être la mère de la victime ! Comment vous avez fait pour la perdre ?

Kate rougit et il s'efforça de se calmer.

— Qu'est-ce qui s'est passé exactement ?

Kate regarda Stumpy, qui lui fit signe de parler.

— Après la conférence de presse, on n'avait plus vraiment besoin d'elle, expliqua Kate. On avait sa déposition et elle avait été débriefée, on l'a donc confiée à l'agent de liaison avec les familles.

— Qui était l'agent ? demanda Ray.

— Diana Heath, de la circulation, répondit Kate après une pause.

Ray nota le nom dans son carnet bleu et attendit que Kate continue.

— Diana est passée voir la mère de Jacob l'autre jour et elle a trouvé la maison vide. Elle avait filé.

— Que disent les voisins ?

— Pas grand-chose. Elle ne les connaissait pas assez bien pour laisser une adresse et personne ne l'a vue partir. C'est comme si elle s'était volatilisée.

Kate jeta un coup d'œil à Stumpy et Ray plissa les yeux.

— Qu'est-ce que vous me cachez ?

Il y eut un silence avant que Stumpy ne prenne la parole.

— Apparemment, des commentaires violents ont été postés sur un forum local. Un fauteur de troubles qui insinuait que c'était une mère indigne, ce genre de choses.

— Des propos diffamatoires ?

— Possible. Tout a été supprimé, mais j'ai demandé aux techniciens du labo d'essayer de récupérer les fichiers du cache. Et c'est pas tout, patron. Il semblerait que les agents qui l'ont interrogée juste après l'accident y soient allés un peu fort, qu'ils aient un peu manqué de délicatesse.

Visiblement, la mère de Jacob pensait qu'on la tenait pour responsable et qu'on avait donc décidé de ne pas tout faire pour retrouver le conducteur.

— Bon sang ! pesta Ray. (Il se demanda si c'était trop beau d'espérer que rien de tout cela ne soit arrivé aux oreilles du préfet.) Est-ce qu'elle s'est plainte du comportement de la police à l'époque ?

— L'agent de liaison est la première personne à nous en parler, déclara Stumpy.

— Allez voir l'école, dit Ray. Il y a bien quelqu'un qui est resté en contact avec elle. Et interrogez les médecins. Il ne doit pas y avoir plus de deux ou trois cabinets de généralistes dans son quartier ; avec un enfant, elle était sûrement suivie par l'un d'entre eux. Si on trouve lequel, il aura peut-être envoyé son dossier à son nouveau médecin traitant.

— OK, patron.

— Et par pitié, faites en sorte que le *Post* ne sache pas qu'on l'a perdue. (Il esquissa un sourire ironique.) Suzy French va s'en donner à cœur joie.

Personne ne rit.

— Mis à part la disparition d'un témoin clé, poursuivit Ray, est-ce qu'il y a autre chose que je devrais savoir ?

— Les enquêtes transfrontalières n'ont rien donné, dit Kate. Deux ou trois voitures volées sont venues dans notre secteur, mais on les a retrouvées. J'ai écarté tous les véhicules qui se sont fait flasher ce soir-là et j'ai fait le tour des garages et des carrosseries de Bristol. Personne ne se souvient de quoi que ce soit de suspect. Du moins, c'est ce qu'ils disent.

— Comment Brian et Pat s'en sortent-ils avec les caméras ?

— Avec un gros mal de tête, répondit Stumpy. Ils ont visionné les enregistrements de la police et de la ville, et ils sont maintenant sur ceux des stations-service. Ils ont repéré sur trois caméras différentes la même voiture qui venait d'Enfield Avenue quelques minutes après le délit de fuite. Elle a fait deux ou trois tentatives de dépassement risquées avant de disparaître des écrans, et on n'a pas réussi à remettre la main dessus. Ils essaient de déterminer la marque, mais rien ne permet de dire qu'elle est impliquée.

— Parfait, merci de m'avoir tenu au courant. (Ray regarda sa montre pour dissimuler sa déception devant l'absence de progrès.) Pourquoi n'iriez-vous pas au pub ? Je dois appeler le commissaire, mais je vous rejoins dans une demi-heure.

— Ça marche, dit Stumpy qui ne se faisait jamais prier pour aller boire une bière. Kate ?

— Pourquoi pas ? Du moment qu'on m'invite.

Ray arriva au Nag's Head presque une heure plus tard et les autres en étaient déjà à leur deuxième tournée. Il leur envia leur capacité à passer à autre chose : sa conversation avec le commissaire lui avait laissé un goût amer. L'officier supérieur ne s'était pas montré désagréable, mais le message était clair : l'enquête touchait à sa fin. Le pub était calme et il faisait bon à l'intérieur. Ray espérait qu'il pourrait oublier le travail pendant une heure et parler de football, du temps ou de n'importe quoi qui n'était pas lié à un enfant de cinq ans et à une voiture disparue.

— Comme par hasard, tu arrives juste après que j'ai commandé, râla Stumpy.

— Ne me dis pas que tu as sorti ton portefeuille ? renchérit Ray. (Il fit un clin d'œil à Kate.) C'est un miracle !

Il alla chercher une bière et revint avec trois paquets de chips qu'il jeta sur la table.

— Comment ça s'est passé avec le commissaire ? demanda Kate.

Il ne pouvait pas ignorer sa question et il ne pouvait certainement pas mentir. Il but une gorgée de sa pinte pour gagner du temps. Kate l'observa, impatiente de savoir si on leur avait accordé plus de moyens. Il avait horreur de la décevoir, mais il faudrait bien qu'elle le sache à un moment ou à un autre.

— Assez mal, à vrai dire. Brian et Pat retournent dans leurs brigades.

— Quoi ? Pourquoi ?

Kate reposa son verre si fort que le vin fut à deux doigts de déborder.

— On a eu de la chance de les avoir aussi longtemps, dit Ray. Et ils ont fait du bon boulot avec les caméras. Mais leurs brigades ne peuvent pas continuer à les remplacer, et la dure réalité, c'est que rien ne justifie de nouvelles dépenses pour cette enquête. Je suis désolé.

Il présenta ses excuses comme s'il était personnellement responsable de cette décision, mais cela n'empêcha pas la réaction de Kate.

— On ne peut pas abandonner comme ça !

Elle s'empara d'un sous-bock et entreprit de le réduire en miettes.

Ray soupira. C'était si difficile, ce juste milieu entre le coût d'une enquête et le coût d'une vie – une vie d'enfant. Comment pouvait-on mettre un prix là-dessus ?

— On n'abandonne pas, répliqua-t-il. Tu es toujours sur les antibrouillards, non ?

Kate acquiesça.

— Soixante-treize feux ont été remplacés la semaine qui a suivi le délit de fuite. Jusqu'ici, les réparations prises en charge par les assurances sont toutes justifiées, et j'essaie de retrouver la trace des propriétaires qui ont payé de leur poche.

— Tu vois ? Qui sait ce que tu vas finir par découvrir ? On lève juste un peu le pied, c'est tout.

Il regarda Stumpy à la recherche de soutien moral, mais n'en trouva pas.

— La direction veut des résultats rapides, Kate, c'est tout ce qui les intéresse, dit Stumpy. Si une affaire n'est pas résolue en quelques semaines – quelques jours, dans l'idéal –, elle n'est plus prioritaire et elle est remplacée par une autre.

— Je sais très bien comment ça marche, affirma Kate. Mais c'est pas pour ça que c'est normal, non ? (Elle poussa les miettes du sous-bock pour en faire un tas au centre de la table. Ray remarqua que ses ongles sans vernis étaient rongés jusqu'au sang.) J'ai le sentiment qu'on y est presque, vous comprenez ?

— Oui, dit Ray. Et tu as peut-être raison. Mais en attendant, tu vas devoir travailler sur d'autres affaires en même temps. La fête est finie.

— Je pensais me renseigner du côté de l'hôpital, indiqua Kate. Le conducteur a peut-être été blessé dans l'accident : coup du lapin ou quelque chose dans le genre. On a envoyé une patrouille aux urgences du Royal Infirmary le soir même, mais on devrait creuser un peu, au cas où il ne serait pas venu se faire soigner tout de suite.

— Bonne idée, dit Ray. (Cette suggestion lui rappela quelque chose, mais il ne savait plus quoi.) N'oublie pas de vérifier aussi à Southmead et à Frenchay. (Son téléphone, posé à l'envers sur la table, vibra et il le prit pour lire le SMS.) Merde !

Les autres levèrent les yeux vers lui, Kate l'air surprise et Stumpy avec un large sourire.

— Qu'est-ce que tu as oublié ? demanda-t-il.

Ray grimaça mais ne répondit pas. Il vida sa pinte et sortit de sa poche un billet de dix livres qu'il tendit à Stumpy.

— Buvez autre chose. Il faut que je rentre.

Mags remplissait le lave-vaisselle lorsqu'il arriva, disposant les assiettes dans le panier avec une telle violence qu'il tressaillit. Elle avait les cheveux ramenés en une vague tresse, et portait un pantalon de survêtement et un vieux tee-shirt à lui. Il se demanda quand exactement elle avait cessé de faire attention à la manière dont elle s'habillait, puis regretta aussitôt cette pensée. Il ne pouvait pas dire grand-chose de ce côté-là.

— Je suis vraiment désolé, fit-il. J'ai complètement oublié.

Mags ouvrit une bouteille de vin rouge. Elle n'avait sorti qu'un verre, remarqua Ray, mais il jugea qu'il serait plutôt malvenu de le mentionner.

— C'est très rare que je te demande d'être quelque part à une heure précise, commença-t-elle. Je sais que parfois le travail passe avant tout. Je le comprends. Vraiment. Mais ce rendez-vous était prévu depuis deux semaines. Deux semaines ! Et tu avais promis, Ray.

Sa voix trembla et Ray passa un bras hésitant autour de ses épaules.

— Je suis désolé, Mags. Ça s'est mal passé ?

— Ça va. (Elle se débarrassa du bras de Ray pour s'asseoir à la table de la cuisine, puis but une lampée de vin.) Enfin, ils n'ont rien dit d'alarmant, mais Tom n'a pas l'air de s'être aussi bien adapté à l'école que les autres enfants et ils sont un peu inquiets à son sujet.

— Et qu'est-ce que font les profs ? (Ray alla chercher un verre dans le placard, le remplit et rejoignit Mags.) Ils ont bien dû lui parler ?

— Tom dit que tout va bien, apparemment. (Mags haussa les épaules.) Mme Hickson a fait tout ce qu'elle a pu pour le motiver et le pousser à être plus impliqué en classe, mais il refuse de participer. Elle dit qu'elle s'est demandé si Tom n'était pas tout simplement quelqu'un d'introverti.

Ray s'étrangla.

— Introverti ? Tom ?

— Eh bien, justement. (Mags regarda Ray.) J'aurais vraiment eu besoin de toi là-bas, tu sais.

— Ça m'est complètement sorti de la tête. Je suis vraiment désolé, Mags. Ça a encore été une journée chargée et je me suis arrêté pour boire une bière après le boulot.

— Avec Stumpy ?

Ray acquiesça. Mags avait un faible pour Stumpy, qui était le parrain de Tom, et elle fermait les yeux sur les bières qu'ils buvaient ensemble après le travail, car elle savait que son mari avait besoin de ces moments « entre hommes ». Il ne parla pas de Kate, il ne savait pas très bien pourquoi.

Mags soupira.

— Qu'est-ce qu'on va faire ?

— Ça va aller. Écoute, c'est une nouvelle école et ce n'est jamais facile pour un enfant d'entrer au collège. Il évoluait en terrain connu jusqu'ici et il se retrouve tout à coup propulsé dans la cour des grands. Je lui parlerai.

— Ne lui fais pas la leçon…

— Je ne vais pas lui faire la leçon !

— … ça ne ferait qu'empirer les choses.

Ray tint sa langue. Lui et Mags formaient une bonne équipe, mais ils avaient des approches très différentes en matière d'éducation. Mags était plus tendre avec les enfants ; elle avait tendance à les couver au lieu de les laisser se débrouiller seuls.

— Je ne lui ferai pas la leçon, promit-il.

— L'école a proposé qu'on voie comment les choses évoluent ces deux prochains mois et qu'on en reparle avec eux après les vacances.

Elle lui lança un regard qui en disait long.

— Fixe une date, dit Ray. Je serai là.

6

Les phares se reflètent sur l'asphalte mouillé, les éblouissant à intervalles réguliers. Les gens filent à toute allure sur les trottoirs glissants, les voitures qui passent éclaboussent leurs chaussures. Des feuilles détrempées s'amoncellent en tas contre les barrières, leurs couleurs vives ternissant peu à peu.

Une rue déserte.

Jacob qui court.

Un grincement de freins humides, le bruit sourd lorsqu'il percute le pare-brise et tourne sur lui-même avant de retomber sur la route. Un pare-brise flou. Une flaque de sang qui se forme sous la tête de Jacob. Un seul nuage d'haleine blanche.

Le cri déchire mon sommeil, me réveillant en sursaut. Il ne fait pas encore jour, mais la lumière de la chambre est allumée : je ne supporte pas l'obscurité. Mon cœur bat la chamade et j'essaie de reprendre mon souffle.

Inspirer, expirer.

Inspirer, expirer.

Le silence est plus oppressant qu'apaisant et j'enfonce mes ongles dans la paume de mes mains en attendant que la panique disparaisse. Mes rêves deviennent plus intenses, plus pénétrants. Je le *vois*. J'entends l'ignoble craquement de sa tête sur l'asphalte…

Les cauchemars n'ont pas commencé tout de suite, mais maintenant qu'ils sont là, ils ne s'arrêtent plus. Chaque soir, en me mettant au lit, je lutte contre le sommeil et imagine des scénarios différents, comme dans ces livres pour enfants où le lecteur choisit sa fin. Je ferme les yeux en serrant fort les paupières et répète ma fin à moi : celle où nous partons cinq minutes plus tôt, ou cinq minutes plus tard. Celle où Jacob est toujours en vie et dort en ce moment même dans son lit, ses cils noirs posés sur ses joues rondes. Mais rien n'y fait. Chaque soir, je me promets de me réveiller plus tôt, comme si en perturbant le cauchemar je pouvais d'une certaine façon changer la réalité. Mais on dirait que c'est devenu systématique. Depuis des semaines maintenant, je me réveille plusieurs fois par nuit au son d'un petit corps qui heurte le pare-chocs et de mon propre cri inutile tandis qu'il roule et retombe sur la route mouillée.

Je me suis transformée en ermite, cloîtrée à l'intérieur des murs en pierre du cottage, ne m'aventurant pas plus loin que le magasin du village pour acheter du lait et me nourrissant presque exclusivement de toasts et de café. Trois fois j'ai décidé d'aller voir Bethan au camping ; trois fois j'ai changé d'avis. J'aimerais me forcer à y aller. Cela fait très longtemps que je n'ai pas eu d'amis et jusque-là je n'en avais pas eu besoin.

Je ferme le poing de ma main gauche, puis déplie mes doigts, engourdis après une nuit de sommeil. Je n'ai presque plus mal à présent, mais ma paume et deux doigts sont restés insensibles. Je presse ma main pour chasser les fourmillements. J'aurais dû aller à l'hôpital, bien sûr, mais cela paraissait si insignifiant par rapport à ce qui était arrivé à Jacob. La douleur semblait si justement méritée ! Alors j'ai préféré bander moi-même la blessure, serrant les dents chaque jour en changeant le pansement. Elle a progressivement guéri, et la ligne de vie de ma main a disparu pour toujours sous une couche de cicatrices.

Je sors mes jambes de sous la pile de couvertures qui recouvre mon lit. Il n'y a pas de chauffage à l'étage et les murs luisent de condensation. J'enfile vite un pantalon de survêtement et un sweat-shirt vert foncé, laissant mes cheveux coincés dans le col, et je descends l'escalier. Le carrelage froid me coupe le souffle et je glisse mes pieds dans mes baskets avant de tirer le verrou pour ouvrir la porte d'entrée. J'ai toujours été matinale, debout au lever du jour pour travailler dans mon atelier. Je me sens perdue sans mon travail, comme si je cherchais désespérément une nouvelle identité.

Je suppose qu'il y aura des touristes en été. Pas à cette heure-ci et peut-être pas vers le cottage, mais sur la plage, sûrement. Pour le moment elle est à moi, et la solitude est réconfortante. Un pâle soleil d'hiver se fraie un chemin jusqu'en haut des falaises et fait miroiter les flaques gelées qui parsèment le sentier littoral contournant la baie. Je commence à courir, et mon haleine laisse des nuages de buée dans mon sillage. Je n'ai jamais fait de footing à Bristol, alors ici je m'oblige à courir pendant des kilomètres.

J'adopte un rythme en cadence avec les battements de mon cœur et me dirige vers la mer. Mes chaussures butent contre des cailloux mais mon pied devient plus sûr à force de courir tous les jours. Je connais désormais si bien le sentier qui va à la plage que je pourrais le descendre les yeux fermés, et je saute les derniers mètres pour atterrir sur le sable humide. Serrant la falaise, je longe lentement la baie jusqu'à ce que la paroi rocheuse me pousse vers la mer.

La marée est au plus bas, ayant laissé derrière elle une traînée de bois flotté et de déchets pareille au rond de crasse dans une baignoire. Tournant le dos à la falaise, j'augmente l'allure et sprinte à la lisière de l'eau, mes pieds s'enfonçant dans le sable mouillé. La tête baissée pour me protéger du vent cinglant, je lutte contre les vagues et cours à toute vitesse le long du rivage jusqu'à ce que mes poumons me brûlent et que j'entende mon sang siffler dans mes oreilles. Tandis que j'approche du bout de la plage, la falaise opposée se dresse devant moi, mais au lieu de ralentir l'allure, j'accélère. Le vent rabat mes cheveux sur mon visage et je secoue la tête pour me dégager. J'accélère encore et, une fraction de seconde avant de m'écraser contre la falaise, je tends les bras devant moi et plaque les mains sur la roche froide. Vivante. Réveillée. À l'abri des cauchemars.

L'adrénaline baisse et je me mets à trembler. Je reviens sur mes pas pour constater que le sable mouillé a englouti mes empreintes, ne laissant aucune trace de ma course entre les falaises. Un morceau de bois flotté gît près de mes pieds, je le ramasse pour dessiner un vague cercle autour de moi, mais le sable se referme avant que j'aie soulevé le bâton du sol. Contrariée, je vais un peu plus haut, là où le sable sèche, et je trace un autre cercle. C'est mieux. J'éprouve soudain une envie irrépressible d'écrire mon nom sur le sable, comme un enfant en vacances, et ma puérilité me fait sourire. Le bois est encombrant et glissant, mais je termine les lettres et recule pour admirer mon œuvre. C'est étrange de voir mon nom écrit de façon si nette et affirmée. Je suis restée invisible pendant si longtemps. Et que suis-je à présent ? Une sculptrice qui ne sculpte plus. Une mère sans enfant. Les lettres sont bien visibles. Elles s'affichent : assez grandes pour être vues du haut des falaises. Je frissonne de peur et d'excitation. Je prends un risque, mais ça fait du bien.

En haut de la falaise, une barrière inefficace rappelle aux promeneurs de ne pas s'approcher trop près du bord à cause des éboulements. J'ignore le panneau et j'enjambe le fil de fer pour me tenir à quelques centimètres du vide. L'étendue de sable passe peu à peu du gris à l'or tandis que le soleil prend de la hauteur, et mon nom s'étale au milieu de la plage, me mettant au défi de m'en emparer avant qu'il disparaisse.

Je décide de le prendre en photo avant que la marée monte et l'engloutisse, afin d'immortaliser le moment où je me suis sentie courageuse. Je retourne en courant au cottage chercher mon appareil. Mes pas sont plus légers à présent et je comprends que c'est parce que je cours vers quelque chose. Je ne fuis rien.

Cette première photo n'a rien de spécial. La composition n'est pas bonne, les lettres sont trop loin du rivage. Je redescends sur la plage et recouvre l'étendue de sable lisse de noms tirés de mon passé, avant de les laisser se faire absorber par le sable mouillé. J'en écris d'autres un peu plus haut ; des personnages tirés de livres que j'ai lus petite, ou des noms que j'aime simplement pour la forme des lettres qu'ils contiennent. Puis je sors mon appareil photo et m'accroupis sur le sable pour jouer avec les angles, prenant d'abord mes mots avec des vagues à l'arrière-plan, puis avec la roche et ensuite avec un joli coin de ciel bleu. Enfin, je grimpe le sentier escarpé jusqu'en haut de la falaise pour prendre mes derniers clichés, en équilibre instable au bord du vide, ignorant la peur qui me tenaille. La plage est recouverte d'inscriptions de toutes tailles, semblables aux gribouillis sans queue ni tête d'un fou, mais je vois déjà la marée montante lécher les lettres, emportant le sable avec elle tandis qu'elle avance sur la plage. Ce soir, quand la mer se sera une nouvelle fois retirée, la plage sera propre et je pourrai recommencer.

J'ignore l'heure qu'il est, mais le soleil est haut et je dois avoir une centaine de photos dans mon appareil. Mes vêtements sont maculés de sable mouillé et, en passant la main dans mes cheveux, je m'aperçois que ceux-ci sont raidis par le sel. Je n'ai pas de gants et mes doigts sont gelés. Je vais rentrer et prendre un bain chaud, puis transférer les photos sur mon ordinateur pour voir le résultat.

J'éprouve un sursaut d'énergie ; c'est la première fois depuis l'accident que ma journée a un but.

Je me dirige vers le cottage, mais quand j'arrive à la fourche du sentier, j'hésite. Je repense à Bethan, à la boutique du camping, et à la façon dont elle m'a rappelé ma sœur. J'ai soudain le mal du pays ; avant de changer d'avis, je prends la direction du camping. Qu'est-ce qui pourrait m'amener à la boutique ? Je n'ai pas d'argent sur moi, je ne peux donc pas prétendre venir chercher du lait ou du pain. Je pourrais poser une question, je suppose, mais j'ai du mal à imaginer quelque chose de plausible. Quoi que j'invente, Bethan saura que c'est un prétexte. Elle me trouvera pathétique.

Ma détermination faiblit avant d'avoir fait cent mètres et je m'arrête en atteignant le parking. Je regarde la boutique de l'autre côté et j'aperçois une silhouette à la fenêtre. Je ne peux pas voir si c'est Bethan mais je ne vais pas attendre pour le savoir. Je fais demi-tour et retourne en courant au cottage.

J'arrive à Blaen Cedi et sors la clé de ma poche ; lorsque je pose la main sur la porte, elle bouge un peu et je me rends compte qu'elle n'est pas fermée. La porte est vieille et le mécanisme peu fiable : Iestyn m'a montré comment la tirer et tourner la clé selon un certain angle pour que les pièces s'emboîtent, et j'ai parfois essayé pendant plus de dix minutes. Il m'a laissé son numéro, mais il ne sait pas que je me suis débarrassée de mon portable. Il y a une ligne téléphonique au cottage, pas de téléphone ; je vais donc devoir aller trouver une cabine à Penfach pour lui demander de venir arranger ça.

Je ne suis à l'intérieur que depuis quelques minutes quand on frappe à la porte.

— Jenna ? C'est Bethan.

Je songe à rester où je suis, mais la curiosité l'emporte et l'excitation me gagne en ouvrant la porte. J'ai beau avoir voulu m'enfuir, je me sens seule à Penfach.

— Je vous ai apporté une tourte.

Bethan me montre un plat recouvert d'un torchon et entre sans attendre que je l'y invite. Elle pose la tourte à côté de la cuisinière.

— Merci. (Je cherche un sujet de conversation, mais Bethan se contente de sourire. Elle enlève son lourd manteau de laine et ce geste me galvanise.) Vous voulez du thé ?

— Seulement si vous en faites. Je suis venue voir comment vous alliez. Je me demandais si vous passeriez à la boutique ; je sais ce que c'est quand on s'installe quelque part.

Elle balaie le cottage du regard et cesse de parler en posant les yeux sur le salon dépouillé, qui n'a pas changé depuis que Iestyn m'a amenée ici pour la première fois.

— Je n'ai pas grand-chose, dis-je, embarrassée.

— Comme nous tous, par ici, observe Bethan avec enthousiasme. Du moment que vous êtes au chaud et que vous vous sentez chez vous, c'est le principal.

Je prépare le thé pendant qu'elle parle, heureuse d'avoir quelque chose à faire de mes mains, puis nous nous asseyons avec nos tasses autour de la table en pin.

— Comment vous trouvez Blaen Cedi ? demande-t-elle.

— C'est parfait. Exactement ce dont j'avais besoin.

— Petit et froid, vous voulez dire ? lâche Bethan avec un rire qui lui fait renverser du thé sur son pantalon.

Elle frotte la toile en vain et le liquide s'infiltre jusqu'à former une tache sombre sur sa cuisse.

— Je n'ai pas besoin de beaucoup de place et le feu me tient assez chaud. (Je souris.) Vraiment, j'aime cet endroit.

— Alors, quelle est votre histoire, Jenna ? Comment est-ce que vous avez atterri à Penfach ?

— Le coin est magnifique, dis-je simplement en baissant les yeux vers la tasse que j'entoure de mes mains pour ne pas croiser le regard perçant de Bethan.

Elle n'insiste pas.

— C'est bien vrai. Il y a pire, même si c'est un peu triste à cette époque de l'année.

— Quand est-ce que vous commencez à louer les mobile homes ?

— On ouvre à Pâques, répond Bethan. Et ensuite, c'est parti pour tout l'été jusqu'aux vacances d'octobre. Vous n'allez pas reconnaître le coin. Prévenez-moi si vous avez de la famille qui vient vous rendre visite et que vous avez besoin d'un mobile home. Vous n'aurez jamais assez de place ici.

— C'est très gentil, mais je n'attends personne.

— Vous n'avez pas de famille ?

Bethan me dévisage et je ne peux pas baisser les yeux.

— J'ai une sœur, mais on ne se parle plus.

— Qu'est-ce qui s'est passé ?

— Oh, les tensions habituelles entre sœurs, dis-je d'un air dégagé.

Je revois encore le visage furieux d'Eve alors qu'elle m'implorait de l'écouter. J'étais trop fière, je le sais maintenant, trop aveuglée par l'amour. Si je l'avais écoutée, peut-être les choses auraient-elles été différentes.

— Merci pour la tourte. C'est très gentil.

— Ne dites pas de bêtises, réplique Bethan, nullement perturbée par le changement de sujet. (Elle met son manteau et enroule plusieurs fois son écharpe autour de son cou.) À quoi servent les voisins ? Bon, vous passerez bientôt prendre le thé alors.

Ce n'est pas une question, mais j'acquiesce. Elle me fixe de ses yeux marron foncé et j'ai soudain l'impression d'être à nouveau une enfant.

— Je passerai, dis-je. Promis.

Et je le pense.

Après le départ de Bethan, je retire la carte mémoire de mon appareil et transfère les photos sur mon ordinateur. Si la plupart sont bonnes à mettre à la poubelle, quelques-unes rendent parfaitement les mots sur le sable, sur fond de mer déchaînée. Je pose la bouilloire sur la cuisinière pour refaire du thé, mais je perds la notion du temps et ce n'est qu'une demi-heure plus tard que je réalise que l'eau n'a toujours pas chauffé.

Je tends la main et m'aperçois que la cuisinière est complètement froide. Elle s'est encore éteinte. J'étais si absorbée par les photos que je n'ai pas remarqué que la température avait chuté : je commence à claquer des dents sans parvenir à m'arrêter. Je regarde la tourte au poulet de Bethan et je sens mon estomac gronder de faim. La dernière fois que ça m'est arrivé, il m'a fallu deux jours pour la rallumer, je désespère à l'idée que ça puisse encore être la même comédie.

Je me secoue. Quand suis-je devenue aussi pathétique ? Quand ai-je perdu la faculté de prendre des décisions ? de résoudre des problèmes ? Je vaux mieux que ça.

— OK, dis-je tout haut, ma voix résonnant de façon étrange dans la cuisine vide. Voyons voir ça.

Le soleil se lève sur Penfach avant que je sois de nouveau au chaud. J'ai les cheveux maculés de graisse et les genoux ankylosés à force d'être restée accroupie sur le sol de la cuisine. Mais j'ai la sensation du devoir accompli – ce qui ne m'était pas arrivé depuis longtemps – tandis que j'enfourne la tourte de Bethan dans la cuisinière pour la faire réchauffer. Il est plus l'heure du petit déjeuner que du dîner, et mon estomac s'est calmé. Peu importe : je mets la table, et je savoure chaque bouchée.

7

— Allez ! hurla Ray dans l'escalier en regardant sa montre pour la cinquième fois en autant de minutes. On va être en retard !

Comme si le lundi matin n'était pas assez stressant, Mags avait passé la nuit chez sa sœur et ne serait pas de retour avant midi ; Ray devait donc se débrouiller tout seul depuis vingt-quatre heures. De façon plutôt imprudente – il s'en rendait compte à présent –, il avait donné aux enfants la permission de regarder un film avant d'aller se coucher et il avait dû les arracher du lit à sept heures et demie ; même Lucy, elle qui d'habitude débordait d'énergie. Il était maintenant huit heures trente-cinq et il fallait qu'ils se bougent. Ray était attendu dans le bureau du préfet de police à neuf heures et demie : à ce rythme, il serait toujours à cette heure-là en train de crier en bas de l'escalier.

— Remuez-vous !

Ray sortit d'un pas résolu en direction de la voiture et mit le moteur en marche, laissant la porte d'entrée grande ouverte. Lucy la franchit en courant, ses cheveux décoiffés flottant autour de son visage, et se glissa sur le siège avant à côté de son père. Sa jupe d'école bleu marine était froissée et l'un de ses mi-bas était déjà au niveau de sa cheville. Une bonne minute plus tard, Tom sortit d'un pas nonchalant en direction de la voiture, les pans de sa chemise claquant dans la brise. Il tenait sa cravate à la main mais n'avait manifestement pas l'intention de la mettre. Il avait beaucoup grandi ces derniers temps et se tenait bizarrement, la tête constamment baissée et les épaules voûtées.

Ray baissa sa vitre.

— La porte, Tom !

— Hein ?

Tom regarda Ray.

— La porte d'entrée ?

Ray serra les poings. Il ignorait comment Mags faisait pour supporter ça tous les jours sans s'énerver. La liste des choses qu'il avait à faire occupait toutes ses pensées et il se serait bien passé de les emmener à l'école, surtout aujourd'hui.

— Ah ! (Tom se traîna jusqu'à la maison et claqua la porte. Puis il revint et s'installa sur la banquette arrière.) Comment ça se fait que Lucy est à l'avant ?

— C'est mon tour.

— Non.

— Si.

— Ça suffit ! hurla Ray.

Personne ne dit plus un mot et, le temps d'arriver à l'école primaire de Lucy, Ray s'était calmé. Il gara sa Mondeo sur des zigzags jaunes et accompagna Lucy d'un pas énergique jusqu'en classe. Il l'embrassa sur le front et revint en courant, juste à temps pour trouver une femme en train de noter son numéro d'immatriculation.

— Oh, c'est vous ! fit-elle quand il s'arrêta en dérapant près de la voiture. (Elle agita le doigt.)

Je pensais que la loi n'avait pas de secret pour vous, capitaine.

— Désolé, s'excusa Ray. Une affaire urgente. Vous comprenez.

Il la laissa en train de tapoter son crayon sur son bloc-notes. Maudite association de parents d'élèves, une vraie mafia, pensa-t-il. Ils avaient trop de temps libre, là était le problème.

— Alors, commença Ray en jetant un coup d'œil furtif vers le siège passager. (Tom s'était glissé à l'avant dès que Lucy était sortie, mais il regardait obstinément par la fenêtre.) Comment ça va l'école ?

— Bien.

Le professeur de Tom avait dit que les choses n'avaient pas empiré, mais qu'elles ne s'étaient certainement pas arrangées. Ray était allé au collège avec Mags et ils avaient eu droit à la description d'un garçon qui n'avait pas d'amis, ne faisait que le strict minimum en classe et ne se mettait jamais en avant.

— Mme Hickson dit qu'il y a un club de foot le mercredi après les cours. Ça te dirait pas ?

— Pas vraiment.

— J'étais pas mauvais à ton âge. Peut-être que c'est dans les gènes, hein ?

Même sans le regarder, Ray savait que Tom levait les yeux au ciel, et il grimaça en se rendant compte qu'il parlait comme son propre père.

Tom enfonça ses écouteurs dans ses oreilles.

Ray soupira. La puberté avait transformé son fils en un adolescent grognon et renfermé, et il redoutait le jour où la même chose arriverait à sa fille. Il n'était pas censé avoir de préférence, mais il éprouvait un faible pour Lucy, qui à neuf ans lui demandait encore des câlins et insistait pour qu'on lui raconte une histoire avant de s'endormir. Même avant la crise d'adolescence de Tom, lui et Ray avaient déjà des prises de bec. Ils se ressemblaient trop, disait Mags, même si Ray ne voyait pas vraiment en quoi.

— Tu peux me laisser ici, lâcha Tom en défaisant sa ceinture alors que la voiture était encore en mouvement.

— Mais on est à deux rues du collège.

— Papa, c'est bon. Je vais marcher.

Il mit la main sur la poignée et l'espace d'un instant Ray crut qu'il allait ouvrir la portière et se jeter dehors.

— Ça va, j'ai compris ! (Ray se rangea sur le côté, ignorant les marquages au sol pour la deuxième fois de la matinée.) Tu sais que tu vas rater l'appel, pas vrai ?

— À plus !

Sur ce, Tom était parti, claquant la porte de la voiture et se faufilant entre les véhicules pour traverser la route. Mais qu'est-ce qui avait bien pu arriver à son fils si gentil et si drôle ? Ce laconisme était-il une sorte de rite de passage pour un adolescent ? autre chose ? Ray secoua la tête. Avoir des enfants pourrait paraître une promenade de santé par rapport à une enquête criminelle complexe, mais il aurait préféré interroger un suspect plutôt que parler avec Tom. Et ça aurait plus ressemblé à une conversation, pensa-t-il avec ironie. Dieu merci, Mags irait chercher les enfants à l'école.

Quand Ray arriva à la préfecture, il avait chassé Tom de son esprit. Nul besoin d'être un génie pour comprendre pourquoi le préfet de police voulait le voir. Le délit de fuite avait eu lieu six mois plus tôt et l'enquête était pratiquement au point mort. Ray s'assit sur une chaise à l'extérieur du bureau lambrissé de chêne du préfet, et sa secrétaire lui adressa un sourire compatissant.

— Elle est en communication, indiqua-t-elle. Elle ne devrait plus en avoir pour longtemps.

Le préfet de police Olivia Rippon était une femme brillante mais terrifiante. Ayant rapidement gravi les échelons, elle dirigeait la police de l'Avon et du Somerset depuis sept ans. Un temps pressentie à la tête de la préfecture de police de Londres, Olivia avait choisi « pour des raisons personnelles » de rester dans sa région d'origine, où elle prenait plaisir à faire perdre leurs moyens aux officiers supérieurs lors des bilans mensuels. Elle faisait partie de ces femmes nées pour porter l'uniforme, ses cheveux châtain foncé tirés en un chignon sévère et de solides jambes dissimulées sous d'épais collants noirs.

Ray frotta la paume de ses mains sur son pantalon pour s'assurer qu'elles étaient parfaitement sèches. La rumeur prétendait que le préfet avait un jour bloqué l'avancement d'un officier prometteur au grade de commandant parce que les mains moites du pauvre homme « n'inspiraient pas confiance ». Ray ignorait si c'était vrai, mais il ne souhaitait prendre aucun risque. Ils arrivaient à s'en sortir avec son salaire de capitaine, mais c'était un peu juste. Mags parlait toujours de devenir enseignante, mais Ray avait fait le calcul : s'il parvenait à obtenir encore une ou deux promotions, ils auraient le petit supplément d'argent dont ils avaient besoin sans qu'elle ait à travailler. Ray songea au chaos de ce matin et se dit que Mags en faisait déjà plus qu'assez. Elle ne devrait pas avoir à travailler juste pour qu'ils puissent s'offrir quelques petits plaisirs.

— Vous pouvez y aller, annonça la secrétaire.

Ray respira à fond et ouvrit la porte.

— Bonjour, madame.

Le silence régna tandis que le préfet prenait de copieuses notes de son écriture illisible caractéristique. Ray s'attarda près de la porte et fit mine d'admirer les nombreuses photos et décorations qui ornaient les murs. La moquette bleu marine était plus épaisse et plus luxueuse que dans le reste du bâtiment, et une énorme table de conférence occupait la moitié de la pièce. À l'autre bout, Olivia Rippon était assise derrière un grand bureau arrondi. Elle finit par cesser d'écrire et leva les yeux.

— Je veux que vous classiez l'affaire du délit de fuite de Fishponds.

Elle n'allait manifestement pas lui proposer de s'asseoir, Ray choisit donc le fauteuil le plus proche d'elle et s'y installa malgré tout. Elle haussa un sourcil, mais ne dit rien.

— Je crois que si on avait un peu plus de temps…

— Vous avez eu assez de temps, coupa Olivia. Cinq mois et demi, exactement. Ça nous met dans l'embarras, Ray. Chaque fois que le *Post* publie les soi-disant derniers développements de l'enquête, ça ne sert qu'à rappeler l'échec de la police. Le conseiller municipal Lewis m'a appelée hier soir : il veut que cette affaire soit enterrée, et moi aussi.

Ray sentit la colère monter en lui.

— Ce n'est pas Lewis qui s'est opposé à la demande des habitants de limiter la vitesse à trente kilomètres heure dans les lotissements ?

Il y eut un silence et Olivia l'observa froidement.

— Classez-la, Ray.

Ils se dévisagèrent sans un mot par-dessus le bureau en noyer poli. Contre toute attente, ce fut Olivia qui céda la première. Elle se carra dans son fauteuil et joignit les mains devant elle.

— Vous êtes un excellent policier, Ray, et votre ténacité est tout à votre honneur. Mais si vous voulez évoluer, vous devez accepter que la politique fasse partie intégrante de notre métier, au même titre que les enquêtes.

— Je le comprends, madame.

Ray lutta pour que sa voix ne reflète pas sa frustration.

— Bien, conclut Olivia tandis qu'elle débouchait son stylo et prenait la note de service suivante dans sa bannette. Alors nous sommes d'accord. L'affaire sera classée aujourd'hui.

Pour une fois, Ray était content qu'il y ait de la circulation en allant au poste. Il n'était pas pressé d'annoncer la nouvelle à Kate et il se demanda pourquoi cette pensée venait avant les autres. Parce qu'elle faisait encore ses armes à la Criminelle, supposa-t-il : elle n'avait pas encore connu la frustration d'avoir à classer une enquête après y avoir consacré tant d'énergie. Stumpy serait plus résigné.

En arrivant, il les appela dans son bureau. Kate fut la première à se présenter, avec à la main une tasse de café qu'elle posa près de son ordinateur, à côté des trois autres à moitié pleines qui se trouvaient encore là.

— Les cafés de la semaine dernière ?

— Ouais. La femme de ménage ne veut plus laver les tasses.

— Ça ne m'étonne pas. Tu peux le faire toi-même, tu sais.

Kate s'assit, juste au moment où Stumpy entra et salua Ray d'un signe de tête.

— Vous vous souvenez de la voiture que Brian et Pat ont repérée sur les caméras pour le délit de fuite ? demanda Kate dès que Stumpy fut installé. Celle qui avait l'air pressée de s'en aller ?

Ray hocha la tête.

— On n'arrive pas à déterminer le modèle sur les images qu'on a et j'aimerais les montrer à Wesley. Au pire, ça nous permettra d'écarter cette piste.

Wesley Barton était un individu maigre et anémique qui avait trouvé le moyen d'intervenir auprès de la police en tant que spécialiste des caméras de surveillance. Depuis le sous-sol sans fenêtres d'une maison étouffante de Redland Road, il utilisait toute une panoplie d'équipements électroniques pour améliorer les images jusqu'à ce qu'elles puissent être utilisées comme preuves. Étant donné que Wesley collaborait avec la police, Ray supposait qu'il n'avait rien à se reprocher, mais il y avait quelque chose de sordide dans tout ça.

— Je suis désolé, Kate, mais je ne peux pas autoriser cette dépense, déclara Ray.

Il rechignait à lui dire que tous ses efforts n'avaient servi à rien. Wesley était cher, mais il faisait du bon travail, et Ray était impressionné par l'approche originale de Kate. Il ne voulait pas l'admettre, même intérieurement, mais il avait l'esprit ailleurs ces derniers temps. Toute cette histoire avec Tom le déconcentrait, et l'espace d'un instant il en voulut à son fils. C'était inexcusable de sa part de laisser sa vie de famille affecter son travail, surtout avec une affaire aussi médiatisée que celle-ci. Mais tout cela n'avait plus beaucoup d'importance, pensa-t-il avec amertume, maintenant que le préfet avait arrêté sa décision.

— Ça ne coûte pas si cher que ça, protesta Kate. Je lui ai parlé, et…

Ray la coupa.

— Je ne peux autoriser aucune dépense, assena-t-il.

Stumpy regarda Ray. Il connaissait suffisamment la maison pour savoir ce qui viendrait ensuite.

— Le préfet m'a demandé de classer cette enquête, annonça Ray sans quitter Kate des yeux.

Il y eut un bref silence.

— J'espère que tu lui as dit d'aller se faire voir ! (Kate rit, mais personne ne l'imita. Elle regarda Ray, puis Stumpy, et son visage s'assombrit.) Tu parles sérieusement ? On va abandonner comme ça ?

— On n'abandonne rien, répondit Ray. On ne peut rien faire de plus. La piste des antibrouillards n'a rien donné…

— Il y a au moins une douzaine d'immatriculations qui manquent encore, indiqua Kate. Tu ne peux pas savoir le nombre de garagistes qui ne gardent aucune trace écrite des réparations qu'ils font. Ça ne veut pas dire que je ne vais pas les retrouver, simplement que j'ai besoin de plus de temps.

— C'est une perte d'énergie, dit gentiment Ray. Il faut parfois savoir s'arrêter.

— On a fait tout ce qu'on a pu, intervint Stumpy. Mais autant chercher une aiguille dans une botte de foin. Pas d'immatriculation, pas de couleur, pas de marque ni de modèle : il nous faut quelque chose, Kate.

Ray apprécia le soutien de Stumpy.

— Et on n'a rien, dit-il. J'ai bien peur qu'il faille donc tirer un trait sur cette affaire pour le moment. Évidemment, si une véritable piste se présente, on la suivra, mais sinon…

Il n'acheva pas sa phrase, conscient que ça commençait à ressembler à un communiqué de presse du préfet.

— Tout ça, c'est politique, pas vrai ? lança Kate. Si le préfet vous dit de sauter par la fenêtre, vous le faites.

Ray mesura alors à quel point elle prenait cette affaire à cœur.

— Allons, Kate, tu es dans la maison depuis assez longtemps pour savoir qu'il y a parfois des choix difficiles à faire. (Il s'arrêta brusquement, ne voulant pas se montrer condescendant.) Écoute, ça fait presque six mois et on n'a rien de concret. Pas de témoins, pas de preuves, rien. On pourrait avoir tous les moyens du monde pour cette affaire et on n'aurait toujours aucune piste sérieuse. Je suis désolé, mais on a d'autres enquêtes, d'autres victimes pour lesquelles il faut se battre.

— Est-ce que tu as essayé au moins ? demanda Kate, les joues rougies par la colère. Ou tu t'es contenté de t'écraser ?

— Kate, avertit Stumpy, calme-toi.

Elle ne fit pas attention à lui et défia Ray du regard.

— Je suppose que tu dois penser à ta promotion. Ce ne serait pas une bonne idée de chercher des noises au préfet, hein ?

— Ça n'a rien à voir avec ça !

Ray essayait de garder son sang-froid, mais il parla plus fort qu'il ne l'aurait voulu. Ils se dévisagèrent. Du coin de l'œil, il voyait que Stumpy l'observait attentivement. Ray aurait dû dire à Kate de sortir. De ne pas oublier qu'en tant qu'inspecteur à la Criminelle elle avait du travail, et que si son chef lui disait qu'une affaire était classée, eh bien elle l'était. Point à la ligne. Il ouvrit la bouche mais fut incapable de parler.

Le problème était qu'elle avait vu juste. Ray ne souhaitait pas plus qu'elle classer l'affaire du délit de fuite, et à une époque il aurait tenu tête au préfet et défendu son point de vue comme elle le faisait à présent. Peut-être avait-il perdu la main, ou Kate avait peut-être raison : il pensait sans doute trop à sa promotion.

— Je sais que c'est dur quand on y a consacré autant de travail, dit-il gentiment.

— Ce n'est pas la question. (Kate désigna la photo de Jacob sur le mur.) C'est ce petit garçon. Ce n'est pas juste pour lui.

Ray repensa à la mère de Jacob assise sur le canapé, le visage marqué par la douleur. Il ne pouvait pas contredire Kate et il n'essaya pas.

— Je suis vraiment désolé. (Il se racla la gorge et tâcha de passer à autre chose.) Quoi de neuf sur les autres dossiers ? demanda-t-il à Stumpy.

— Malcolm est au tribunal toute la semaine pour l'affaire Grayson et il a un dossier à boucler pour les coups et blessures de Queen's Street ; le parquet a décidé d'engager des poursuites. Je m'occupe des vols dans les supermarchés Co-op et Dave est affecté au plan d'action contre les armes blanches. Il est à l'université aujourd'hui pour faire de la « sensibilisation ».

Il prononça ce mot comme s'il s'agissait d'une grossièreté et Ray rit.

— Il faut vivre avec son temps, Stumpy.

— Tu peux toujours leur parler, ça n'empêchera pas ces gamins de se trimballer avec une lame.

— Eh bien, peut-être, mais au moins on aura essayé. (Ray griffonna quelque chose dans son agenda.) Tu me feras un compte rendu avant la réunion de demain matin, OK ? Et j'aimerais avoir ton avis sur une collecte d'armes blanches pendant les vacances scolaires. Essayons d'en récupérer un maximum, ça fera toujours ça de moins dans les rues.

— OK.

Kate fixait le sol, s'arrachant les envies autour des ongles. Stumpy lui donna une tape amicale sur le bras et elle se retourna vers lui.

— Un sandwich au bacon ? proposa-t-il doucement.

— C'est pas ça qui va me remonter le moral, marmonna Kate.

— Non, répliqua Stumpy, mais le mien sera peut-être meilleur si tu ne tires pas la tronche toute la matinée.

Kate rit du bout des lèvres.

— Je te rejoins.

Il y eut un silence et Ray vit qu'elle attendait que Stumpy soit parti. Il ferma la porte et retourna s'asseoir à son bureau, les bras croisés.

— Ça va ?

Kate hocha la tête.

— Je voulais m'excuser, je n'aurais pas dû te parler sur ce ton.

— J'ai connu pire, dit Ray avec un large sourire. (Kate ne broncha pas et il comprit qu'elle n'était pas d'humeur à plaisanter.) Je sais que cette affaire compte beaucoup pour toi, ajouta-t-il.

Kate regarda une nouvelle fois la photo de Jacob.

— J'ai l'impression de l'avoir laissé tomber.

Ray sentit ses défenses céder. C'était vrai, ils avaient laissé tomber Jacob, mais l'avouer à Kate n'arrangerait rien.

— Tu as fait tout ce que tu as pu, dit-il. Tu ne peux pas faire plus.

— Mais ça n'a pas suffi, non ?

Elle se retourna vers Ray et il secoua la tête.

— Non. Ça n'a pas suffi.

Kate sortit de la pièce en refermant la porte derrière elle et Ray frappa un grand coup sur son bureau. Son stylo roula et tomba par terre. Il se laissa aller dans son fauteuil et croisa les mains derrière la tête. Ses cheveux lui parurent clairsemés sous ses doigts et il ferma les yeux, se sentant tout à coup très vieux et très fatigué. Ray pensa aux officiers supérieurs qu'il croisait tous les jours : la plupart plus âgés que lui, mais quelques-uns plus jeunes, gravissant les échelons quatre à quatre. Avait-il la force de se mesurer à eux ? En avait-il tout simplement envie ?

À l'époque où Ray s'était engagé dans la police, tout semblait très simple. Arrêter les criminels et protéger les braves gens. Aider les victimes d'attaques au couteau et d'agressions, de viols et de dégradations, et participer à la construction d'un monde meilleur. Mais le faisait-il vraiment ? Il était enfermé dans son bureau de huit heures du matin à huit heures du soir, ne sortant sur une affaire que lorsque la paperasse pouvait attendre, obligé de se plier aux exigences de la direction même quand cela allait à l'encontre de ses principes.

Ray regarda le dossier de Jacob, qui se résumait à une série de fausses pistes et d'enquêtes infructueuses. Il songea à l'amertume sur le visage de Kate et à sa déception en découvrant qu'il ne s'était pas opposé plus vivement à la décision du préfet, et il n'aima pas l'idée d'avoir baissé dans son estime. Mais les mots du préfet résonnaient encore dans sa tête et il savait qu'il valait mieux ne pas désobéir aux ordres, quoi que pût penser Kate. Il prit le dossier de Jacob et le rangea d'un air décidé dans le dernier tiroir de son bureau.

8

La pluie menace depuis que je suis descendue sur la plage à l'aube et je relève ma capuche pour me protéger des premières gouttes. J'ai déjà pris les clichés que je voulais et la plage est couverte de mots. Je suis devenue experte pour garder le sable lisse et intact autour de mes lettres et je maîtrise mieux mon appareil. J'ai suivi des cours de photographie dans le cadre de mes études d'art, mais la sculpture a toujours été ma grande passion. Je redécouvre avec plaisir mon appareil photo, jouant avec les réglages selon la lumière ; je l'emporte partout, si bien qu'il fait désormais autant partie de moi que les mottes d'argile avec lesquelles je travaillais auparavant. Et bien que ma main soit toujours douloureuse après une journée passée à le tenir, je peux suffisamment la bouger pour prendre des photos. J'ai pris l'habitude de venir ici tous les matins, quand le sable est encore assez humide pour être malléable, et de rentrer l'après-midi au moment où le soleil est au zénith. J'apprends l'heure des marées et, pour la première fois depuis l'accident, je commence à penser à l'avenir, attendant l'été avec impatience pour voir la plage baignée de soleil. Le camping est maintenant ouvert aux touristes et il y a du monde à Penfach. C'est drôle, la vitesse à laquelle je me suis adaptée : je râle contre l'afflux de vacanciers, comme les habitants du coin, ne voulant pas partager ma plage tranquille.

La pluie crible la plage et la marée montante tend à balayer les formes que j'ai dessinées dans le sable mouillé près de l'eau, détruisant les réussites comme les échecs. Chaque jour, je commence par écrire mon nom près du rivage et, à présent, je frissonne en voyant la mer l'engloutir. Mes photos ont beau être enregistrées dans mon appareil, ce côté éphémère me perturbe. Avec l'argile, je pouvais travailler encore et encore, la façonnant jusqu'à la perfection pour révéler sa vraie forme. Ici, je suis obligée de faire vite : je trouve ce processus à la fois exaltant et épuisant.

La pluie tombe dru et se glisse sous mon manteau et dans mes bottes. En me retournant pour quitter la plage, j'aperçois un homme qui se dirige vers moi, un gros chien bondissant à ses côtés. Je retiens mon souffle. Il est encore loin et j'ignore s'il s'approche délibérément ou s'il va juste vers la mer. J'ai un goût métallique dans la bouche et je me lèche les lèvres pour m'hydrater, mais je n'y trouve que du sel. J'ai déjà vu cet homme et son chien : je les ai observés hier matin du haut de la falaise en attendant qu'ils partent et que la plage redevienne déserte. Malgré le vaste espace autour de moi, j'ai l'impression d'être prise au piège et je me mets à longer le bord de l'eau comme si j'avais toujours eu l'intention d'aller par là.

— Bonjour !

Il se détourne un peu de sa route pour marcher parallèlement à moi.

Je ne parviens pas à parler.

— Belle journée pour se promener ! dit-il en levant la tête vers le ciel.

Il doit avoir la cinquantaine : des cheveux gris sous un chapeau huilé, une barbe taillée court qui couvre presque la moitié de son visage.

Je laisse échapper un lent soupir.

— Il faut que je rentre, dis-je vaguement. Je dois…

— Bonne journée !

L'homme m'adresse un petit signe de tête et appelle son chien, puis je fais demi-tour et cours à petites foulées en direction de la falaise. Au milieu de la plage, je me retourne : l'homme est toujours au bord de l'eau et lance un bâton dans la mer. Mon pouls retrouve peu à peu son rythme normal et à présent je me sens ridicule.

Le temps d'arriver tout en haut, je suis trempée jusqu'aux os. Je décide d'aller voir Bethan et je marche vite jusqu'au camping avant de changer d'avis.

Bethan m'accueille avec un large sourire.

— Je vais mettre l'eau à chauffer.

Elle s'affaire en continuant de parler d'un ton enjoué de la météo, des menaces de fermeture des lignes de bus et de la clôture cassée de Iestyn, qui a entraîné la fuite de soixante-dix chèvres pendant la nuit.

— Ça n'a pas plu à Alwen Rees, ça, je peux vous le dire.

Je ris – moins de l'histoire en elle-même que de la façon dont Bethan la raconte, ponctuant ses paroles de grands gestes d'actrice. Je flâne dans la boutique pendant qu'elle finit de préparer le thé. Le sol est en béton et les murs sont blanchis à la chaux, garnis de rayons sur deux côtés de la pièce. Ils étaient vides la première fois que je suis venue ici : ils sont désormais remplis de céréales, de boîtes de conserve, de fruits et de légumes, prêts pour l'arrivée des vacanciers. Une grande vitrine réfrigérante abrite quelques briques de lait et d'autres produits frais. Je prends du fromage.

— C'est le fromage de chèvre de Iestyn, précise Bethan. Vous faites bien d'en prendre tant qu'il y en a, ça part vite quand il y a du monde. Allez, venez vous asseoir près du chauffage et racontez-moi comment ça se passe là-haut. (Un chaton noir et blanc miaule près de ses chevilles et elle le soulève pour le poser sur son épaule.) Vous ne voudriez pas un chat par hasard ? J'en ai trois à donner, notre femelle a eu une portée il y a quelques semaines. Allez savoir qui est le père !

— Non, merci.

Le chaton est incroyablement mignon : une boule de poils dont la queue bat comme un métronome. Ce spectacle fait remonter à la surface un souvenir oublié et j'esquisse un mouvement de recul.

— Vous n'aimez pas les chats ?

— Je ne sais pas m'en occuper, dis-je. Je ne réussis même pas à garder un chlorophytum en vie. Tout finit par mourir avec moi.

Bethan rit, bien que je ne plaisante pas. Elle approche une seconde chaise et pose une tasse de thé sur le comptoir à côté de moi.

— Vous avez pris des photos ?

Bethan désigne l'appareil autour de mon cou.

— Oui. De la baie.

— Je peux les voir ?

J'hésite, mais je fais passer la lanière par-dessus ma tête et allume l'appareil, montrant à Bethan comment faire défiler les images sur l'écran.

— Elles sont magnifiques !

— Merci.

Je me sens rougir. Je n'ai jamais su comment réagir face aux compliments. Quand j'étais petite, mes professeurs faisaient l'éloge de mes œuvres et les exposaient dans le hall d'accueil, mais ce n'est qu'à l'âge de douze ans que j'ai compris que j'avais du talent, encore brut et imparfait. L'école avait organisé une petite manifestation pour les parents et les habitants du quartier, et mes parents étaient venus ensemble, ce qui était rare, même à cette époque. Mon père est resté planté sans dire un mot devant la partie où étaient placés mes tableaux ainsi qu'une statue d'oiseau que j'avais faite avec du métal tordu. J'ai retenu mon souffle pendant un long moment en croisant les doigts dans les plis de ma jupe.

— Incroyable, a-t-il dit. (Il m'a regardé comme s'il me voyait pour la première fois.) Tu es incroyable, Jenna.

J'aurais pu exploser tellement j'étais fière, et j'ai glissé ma main dans la sienne pour l'emmener voir Mme Beeching, qui lui a parlé des Beaux-Arts, des bourses d'études et du tutorat. Je suis restée assise là à fixer mon père, qui pensait que j'étais incroyable.

Je suis heureuse qu'il ne soit plus là. Je ne supporterais pas de lire la déception dans ses yeux.

Bethan regarde encore les clichés que j'ai pris de la baie.

— Vraiment, Jenna, vos photos sont superbes. Vous comptez les vendre ?

Je ris presque, mais elle ne sourit pas et je me rends compte qu'elle est sérieuse.

Je me demande si ce serait possible. Peut-être pas celles-ci – j'apprends encore à maîtriser l'exposition –, mais avec du travail…

— Peut-être, dis-je en m'étonnant moi-même.

Bethan fait défiler les dernières photos et rit quand elle tombe sur son nom écrit sur le sable.

— C'est moi !

Je rougis.

— Je faisais un essai.

— Je l'aime bien. Je peux vous l'acheter ?

Bethan lève l'appareil pour mieux admirer la photo.

— Ne dites pas de bêtises. Je vais la faire imprimer pour vous. C'est la moindre des choses : vous avez été si gentille avec moi.

— Il y a une machine pour les imprimer soi-même à la poste, indique Bethan. J'aimerais bien celle-ci, avec mon nom, et celle-là aussi, où la marée est basse.

Elle a choisi l'une de mes préférées : je l'ai prise le soir tandis que le soleil disparaissait derrière l'horizon. La mer est presque plate, avec des reflets roses et orange, et les falaises tout autour ne sont plus que de vagues silhouettes lisses.

— Je les imprimerai cet après-midi.

— Merci, dit Bethan. (Elle pose l'appareil d'un air décidé et se retourne vers moi. Son regard pénétrant m'est déjà familier.) Maintenant, laissez-moi faire quelque chose pour vous.

— Ce n'est pas la peine, vous avez déjà...

D'un geste, Bethan écarte mes protestations.

— J'ai un peu rangé et je dois me débarrasser de quelques bricoles. (Elle désigne deux sacs noirs soigneusement posés près de la porte.) Rien d'extraordinaire : des coussins et des couvre-lits qui étaient dans les mobile homes avant qu'on les réaménage, et des vêtements qui ne m'iront plus même si j'arrête le chocolat jusqu'à la fin de mes jours. Rien de sophistiqué non plus – les robes de bal ne servent pas à grand-chose à Penfach –, mais des pulls, des jeans et une ou deux robes que je n'aurais jamais dû acheter.

— Bethan, vous ne pouvez pas me donner vos vêtements !

— Et pourquoi pas ?

— Parce que...

Elle me regarde droit dans les yeux et je laisse ma phrase en suspens. Elle est si franche que j'aurais mauvaise grâce à me sentir gênée ; et puis je ne peux pas continuer à porter la même chose tous les jours.

— Écoutez, je finirai par bazarder tout ça de toute façon. Jetez-y un coup d'œil et prenez ce dont vous avez besoin. C'est logique, non ?

Je repars du camping chargée d'habits chauds et d'un sac rempli de ce que Bethan appelle des « accessoires de confort ». En arrivant au cottage, j'étale tout par terre comme s'il s'agissait de cadeaux de Noël. Les jeans sont un peu trop grands, mais ils iront très bien avec une ceinture, et je pleure presque en découvrant la douceur de l'épaisse polaire qu'elle a mise de côté pour moi. Le cottage est glacial et j'ai toujours froid. Les quelques vêtements apportés de Bristol – je réalise que j'ai arrêté de dire « chez moi » – sont usés et rêches à cause du sel et à force de les laver à la main dans la baignoire.

Ce sont les « accessoires de confort » de Bethan qui m'excitent le plus. Je recouvre le canapé en piteux état d'un immense dessus-de-lit en patchwork rouge et vert, et la pièce devient aussitôt plus chaleureuse et accueillante. Sur la cheminée, j'ai disposé des pierres polies par la mer que j'ai trouvées sur la plage : j'y ajoute un vase du sac de Bethan et je décide de le remplir de tiges de saule que je ramasserai cet après-midi. Les fameux coussins vont par terre, près du feu, là où j'ai l'habitude de m'asseoir pour lire ou trier mes photos. Au fond du sac, je trouve deux serviettes de toilette, un tapis de bain et un autre couvre-lit.

Je ne crois pas une seconde que Bethan allait se débarrasser de tout ça, mais je la connais désormais assez bien pour ne pas lui poser la question.

On frappe à la porte et je me fige. Bethan m'a dit que Iestyn passerait aujourd'hui, mais j'attends un instant, juste au cas où.

— Alors, vous êtes là ?

Je tire le verrou pour ouvrir la porte. Iestyn me salue avec sa brusquerie habituelle et je l'accueille avec joie. Ce que j'avais d'abord pris pour de l'indifférence, voire de l'impolitesse, est en réalité la marque d'un homme qui ne se mêle pas aux autres, se souciant plus du bien-être de ses chèvres que des sentiments de ses semblables.

— Je vous ai apporté des bûches, dit-il en montrant le bois de chauffage entassé en vrac dans la remorque accrochée à son quad. Vous en aurez besoin. Je vais les mettre à l'intérieur.

— Vous voulez du thé ?

— Avec deux sucres, crie Iestyn par-dessus son épaule en retournant à grandes enjambées vers la remorque.

Il commence à empiler les bûches dans un seau et je fais chauffer de l'eau.

— Combien je vous dois pour les bûches ? dis-je tandis que nous buvons le thé à la table de la cuisine.

Iestyn secoue la tête.

— Ce sont les restes d'une livraison. Elles ne sont pas assez bonnes pour être vendues.

Avec ce qu'il a entassé près du feu, j'ai du bois pour au moins un mois. Je soupçonne Bethan d'être encore derrière tout ça, mais je ne suis pas en mesure de refuser un cadeau si généreux. Il va falloir que je trouve un moyen de lui rendre la pareille, ainsi qu'à Bethan.

Iestyn hausse les épaules quand je le remercie.

— Je n'aurais pas reconnu l'endroit, constate-t-il en regardant le couvre-lit bariolé ainsi que les coquillages et autres trésors trouvés çà et là. Vous vous en sortez avec la cuisinière ? Elle n'a pas trop fait des siennes ? (Il désigne le vieux modèle en fonte.) C'est une vraie saloperie des fois.

— Je n'ai pas eu de problèmes, merci.

Je réprime un sourire. Je suis devenue une experte – capable de la rallumer en quelques minutes. C'est une petite victoire que je range avec les autres, les accumulant comme si un jour elles pourraient annuler les échecs.

— Bon, il faut que j'y aille, fait Iestyn. J'ai de la famille ce week-end et on dirait qu'on attend une visite de la reine, tellement Glynis est stressée. J'ai beau lui dire qu'ils se moquent que la maison soit propre ou qu'il y ait des fleurs dans la salle à manger, elle veut que tout soit parfait.

Il lève les yeux au ciel, apparemment exaspéré, mais il parle de sa femme d'une voix douce.

— Ce sont vos enfants qui vous rendent visite ?

— Nos deux filles avec leurs maris et les petits, répond-il. On va être un peu à l'étroit, mais tout le monde s'en fiche quand c'est la famille, non ?

Il me dit au revoir et je regarde son quad s'éloigner en cahotant sur le sol accidenté.

Je ferme la porte et reste plantée là à contempler le cottage. Le salon, qui semblait si confortable et accueillant il y a quelques instants, a maintenant l'air vide. J'imagine un enfant – mon enfant – en train de jouer sur le tapis devant la cheminée. Je pense à Eve, ainsi qu'à la nièce et au neveu qui grandissent sans moi. J'ai peut-être perdu mon fils, mais j'ai encore une famille, en dépit de ce qui s'est passé entre nous.

Malgré nos quatre ans de différence, je m'entendais bien avec Eve quand nous étions petites. Je l'admirais et elle veillait sur moi, n'en voulant jamais à sa petite sœur de la suivre partout.

Nous étions assez différentes ; moi avec ma tignasse auburn indisciplinée et Eve avec ses cheveux châtain clair parfaitement lisses. Nous avions toutes les deux de bonnes notes à l'école, mais Eve était plus studieuse que moi, encore plongée dans ses manuels quand j'avais envoyé valser les miens à travers la chambre depuis longtemps. Je préférais passer des heures dans l'atelier d'art de l'école, ou par terre dans le garage – le seul endroit de la maison où ma mère m'autorisait à sortir mon argile et mes couleurs. Ma délicate sœur méprisait de tels passe-temps et poussait des cris aigus en fuyant mes bras tendus, couverts d'argile humide. Un jour, je l'ai appelée « Lady Eve » et c'est resté, même après que nous eûmes toutes deux fondé une famille. J'ai toujours pensé qu'au fond Eve aimait ce surnom, surtout quand au fil des ans je voyais la façon dont elle accueillait les compliments pour un dîner réussi ou un bel emballage cadeau.

Après le départ de notre père, nous n'étions plus aussi proches. Je n'ai jamais pu pardonner à ma mère de l'avoir mis à la porte et je ne comprenais pas comment Eve y était parvenue. Malgré tout, ma sœur me manque terriblement, maintenant plus que jamais. Perdre quelqu'un de vue pendant cinq ans à cause d'une banale remarque, c'est bien trop long.

Je cherche dans mon ordinateur les photos que Bethan m'a demandées. J'en ajoute trois que j'aimerais afficher sur les murs du cottage dans des cadres que je fabriquerai avec du bois flotté. Elles sont toutes de la baie : toutes prises exactement du même endroit, mais toutes différentes.

Les eaux bleu vif de la première, avec le soleil qui miroite sur la baie, laissent place au gris mat de la deuxième, où l'astre est à peine visible dans le ciel. La troisième est ma préférée : je l'ai prise quand le vent était si violent que je devais me concentrer pour ne pas perdre l'équilibre en haut de la falaise, et que même les mouettes avaient abandonné leur ronde incessante dans le ciel. Sur la photo, des nuages noirs plongent vers la mer tandis que celle-ci lance ses vagues à leur rencontre. La baie était vraiment animée ce jour-là. Je sentais les battements de mon cœur pendant que je travaillais.

J'ajoute un dernier cliché sur ma carte mémoire, pris le jour où j'ai commencé à écrire sur le sable, quand j'ai recouvert la plage de noms tirés de mon passé.

Lady Eve.

Je ne peux pas courir le risque de dire à ma sœur où je suis, mais je peux lui faire savoir que je vais bien. Et que je suis désolée.

9

— Je vais chercher à manger au Harry's, tu veux quelque chose ?

Kate apparut dans l'embrasure de la porte du bureau de Ray, vêtue d'un pantalon gris fuselé et d'un pull moulant sur lequel elle avait enfilé une veste légère pour sortir.

Ray se leva et prit sa propre veste sur le dossier de son fauteuil.

— Je viens avec toi. J'ai besoin de prendre l'air.

Il mangeait en général à la cantine ou dans son bureau, mais un déjeuner avec Kate ne se refusait pas. En outre, le soleil brillait enfin et il n'avait pas levé le nez de ses dossiers depuis qu'il était arrivé à huit heures ce matin. Il méritait une pause.

Le Harry's était bondé, comme d'habitude, avec une file d'attente qui serpentait jusque sur le trottoir. L'endroit était très apprécié des policiers, non seulement parce que c'était à deux pas du poste, mais aussi parce que le prix des sandwichs était raisonnable et le service rapide. Il n'y avait rien de plus frustrant pour un flic affamé que de recevoir un appel urgent avant l'arrivée de la commande.

Ils piétinaient dehors.

— Je peux t'apporter le tien au bureau si tu es pressé, proposa-t-elle.

Ray secoua la tête.

— J'ai le temps. Je planche sur les préparatifs de l'opération Break et une pause ne me fera pas de mal. Mangeons sur place.

— Bonne idée. Break, c'est l'affaire du blanchiment d'argent, c'est ça ?

Kate parlait doucement, faisant attention aux gens autour d'eux, et Ray acquiesça.

— Exact. Je peux te montrer le dossier si tu veux, comme ça tu pourras voir comment il est ficelé.

— Ce serait super, merci.

Ils commandèrent à manger et trouvèrent deux tabourets hauts près de la vitrine, gardant un œil sur Harry qui, quelques minutes plus tard, agitait leurs sandwichs en l'air. Deux agents en uniforme passèrent devant la boutique, Ray les salua d'un geste de la main.

— Pris en flag ! On va encore entendre que la Criminelle se tourne les pouces, dit-il à Kate en riant.

— Si seulement ils savaient, répliqua-t-elle en enlevant une tomate de son sandwich pour la manger à part. Je n'ai jamais autant travaillé que sur l'affaire Jacob Jordan. Et tout ça pour rien.

Ray remarqua l'amertume dans sa voix.

— Pas pour rien, tu le sais bien. Un jour, quelqu'un finira par avouer ce qu'il a fait et les gens parleront. Et on le coincera.

— Mais ce n'est pas ce que j'appelle du bon travail de policier.

— Qu'est-ce que tu veux dire ?

Ray ne savait pas s'il devait être amusé ou se sentir insulté par sa franchise.

Kate posa son sandwich.

— Qu'on réagit au lieu d'agir. On ne devrait pas rester assis là à attendre que des informations nous parviennent : on devrait être en train de les chercher.

Il avait l'impression de s'entendre à ses débuts. Ou peut-être Mags, même si, dans ses souvenirs, elle n'était pas aussi sûre d'elle. Kate avait recommencé à manger, ce qu'elle faisait avec autant de détermination que tout le reste. Ray dissimula un sourire. Elle disait exactement ce qui lui passait par la tête, sans aucune censure ni retenue. Elle allait en froisser quelques-uns au poste, mais le franc-parler ne dérangeait par Ray. À vrai dire, il trouvait même ça plutôt rafraîchissant.

— Cette affaire t'a vraiment énervée, hein ? observa Ray.

Elle acquiesça.

— Je ne supporte pas l'idée que le conducteur coure toujours en pensant qu'il s'en est tiré. Et je ne supporte pas l'idée que la mère de Jacob soit partie de Bristol en pensant qu'on ne faisait pas tout pour retrouver le responsable.

Elle ouvrit la bouche pour continuer, puis détourna le regard comme si elle s'était ravisée.

— Quoi ?

Ses joues rougirent légèrement, mais elle leva le menton d'un air de défi.

— Je travaille toujours sur cette affaire.

Au fil des années, Ray avait à plusieurs reprises découvert de la paperasse qui moisissait dans un coin, délaissée par des collègues trop occupés ou trop paresseux pour s'en charger. Mais travailler encore *davantage* ? C'était une première.

— Sur mon temps libre, et je ne fais rien qui puisse t'attirer des problèmes avec le préfet, je t'assure. Je regarde les enregistrements des caméras de surveillance et je réexamine les appels qu'on a reçus après la diffusion de *Crimewatch* pour voir si on n'a pas loupé quelque chose.

Ray imagina Kate assise chez elle, les pièces du dossier éparpillées par terre, et passant des heures à visionner des images granuleuses sur l'écran devant elle.

— Et tu fais tout ça parce que tu crois qu'on peut retrouver le conducteur ?

— Parce que je ne veux pas abandonner.

Ray sourit.

— Tu vas me demander d'arrêter ? dit Kate en se mordant la lèvre.

C'était précisément ce qu'il allait faire. Mais elle était si enthousiaste, si tenace ! Du reste, même si cela n'apportait rien à l'enquête, quel mal y avait-il à cela ? Il aurait pu agir de même à une époque.

— Non, répondit-il. Je ne vais pas te demander d'arrêter. Avant tout parce que je ne suis pas persuadé que ça changerait quelque chose.

Ils rirent en chœur.

— Mais je veux que tu me tiennes au courant et que tu n'y consacres pas trop de temps. Et que ça ne passe pas avant les affaires en cours. D'accord ?

Kate le dévisagea.

— D'accord. Merci, Ray.

Il froissa l'emballage de leurs sandwichs.

— Allez, on ferait mieux d'y retourner. Je vais te montrer le dossier de l'opération Break et après je rentrerai à la maison, sinon je vais encore avoir des ennuis.

Il fit mine de lever les yeux au ciel.

— Je pensais que ça ne dérangeait pas Mags que tu rentres tard ? dit Kate tandis qu'ils se dirigeaient vers le poste.

— Je crois que ça ne va pas très bien entre nous en ce moment, confia-t-il, se sentant aussitôt déloyal.

Il parlait rarement de sa vie privée à ses collègues, sauf à Stumpy, qui connaissait Mags depuis presque aussi longtemps que lui. Cela dit, il ne l'avait pas non plus crié sur les toits : c'était juste Kate.

— Tu crois ? dit-elle en riant. Tu ne devrais pas le savoir ?

Ray esquissa un sourire ironique.

— Je n'ai pas l'impression de savoir grand-chose ces temps-ci. Il n'y a rien de précis, juste… On a des problèmes avec le grand, Tom. Il a du mal à s'adapter à sa nouvelle école et il est devenu grognon et distant.

— Il a quel âge ?

— Douze ans.

— C'est normal à cet âge, remarqua Kate. D'après ma mère, j'étais une vraie petite peste.

— Ah, ça je veux bien le croire ! répliqua Ray. (Kate lui montra le poing et il rit.) Je vois ce que tu veux dire, mais honnêtement, c'est vraiment étrange de la part de Tom et c'est presque arrivé du jour au lendemain.

— Tu crois qu'il se fait harceler à l'école ?

— J'y ai pensé. Mais je ne veux pas l'embêter en lui posant trop de questions. Mags est plus douée que moi pour ce genre de choses, mais elle ne peut rien en tirer. (Il soupira.) Faites des gosses !

— Sûrement pas, lâcha Kate tandis qu'ils arrivaient au poste. (Elle passa son badge pour ouvrir la porte de service.) Pas pour le moment en tout cas. Je compte bien en profiter au maximum avant.

Elle rit et Ray ressentit une pointe de jalousie à l'égard de sa vie simple.

Ils montèrent l'escalier. Quand ils atteignirent le palier du troisième étage, où se trouvait la Criminelle, Ray s'arrêta en posant la main sur la porte.

— À propos de l'affaire Jordan…

— C'est entre toi et moi. Je sais.

Elle sourit et Ray réprima un soupir de soulagement. Si le préfet apprenait qu'il avait quelqu'un sur l'affaire qu'elle avait expressément ordonné de classer, même à titre bénévole, elle ne perdrait pas de temps pour lui faire savoir ce qu'elle en pensait. Et il serait de nouveau en uniforme avant même qu'elle ait raccroché.

De retour dans son bureau, il se pencha sur les préparatifs de l'opération Break. Le préfet lui avait demandé de diriger une enquête sur un blanchiment d'argent présumé. Deux boîtes de nuit du centre-ville servaient de couverture pour des activités illicites et il y avait quantité d'informations à analyser. Étant donné que les deux propriétaires des boîtes de nuit étaient de grandes figures du monde des affaires, Ray savait que le préfet le testait et il avait l'intention de se montrer à la hauteur.

Il passa le reste de l'après-midi à examiner les dossiers de l'équipe numéro trois. Le lieutenant, Kelly Proctor, était en congé maternité et Ray avait demandé à l'inspecteur le plus expérimenté de l'équipe de la remplacer. Sean faisait du bon travail, mais Ray voulait s'assurer que rien ne passait à travers les mailles du filet pendant l'absence de Kelly.

D'ici peu, il pourrait confier plus de responsabilités à Kate, pensa-t-il. Elle était si brillante, elle pourrait apprendre une ou deux choses à certains de ses inspecteurs les plus chevronnés, et elle relèverait le défi avec plaisir. Il repensa à son regard au moment où elle lui avait annoncé qu'elle travaillait toujours sur le délit de fuite : son dévouement était indéniable.

Il se demanda ce qui la faisait avancer. Était-ce simplement qu'elle ne voulait pas s'avouer vaincue ou croyait-elle vraiment qu'elle pourrait résoudre l'affaire ? Avait-il accepté trop vite de classer le dossier ? Il réfléchit un instant, tambourinant des doigts sur son bureau. Il avait fini son service et avait promis à Mags de ne pas rentrer trop tard, mais il pouvait y consacrer une demi-heure et être quand même chez lui à une heure décente. Avant de changer d'avis, il ouvrit le dernier tiroir de son bureau et sortit le dossier de Jacob.

Il ne leva le nez qu'une heure plus tard.

10

— Ah, je me disais bien que c'était vous ! (Bethan me rattrape sur le sentier de Penfach, hors d'haleine, son manteau claquant derrière elle.) Je vais à la poste. Ça tombe bien que je vous voie, j'ai une bonne nouvelle.

— Laquelle ?

J'attends que Bethan reprenne son souffle.

— Le représentant d'une société de cartes de vœux est passé hier, explique-t-elle. Je lui ai montré vos photos et il pense qu'elles feraient d'excellentes cartes postales.

— C'est vrai ?

Bethan rit.

— Oui, c'est vrai. Il aimerait que vous en imprimiez quelques-unes, il les récupérera la prochaine fois qu'il passera.

Je ne peux pas m'empêcher de sourire.

— C'est incroyable, merci.

— Et je les vendrai pour vous à la boutique. En fait, si vous pouvez bricoler un site Internet et mettre quelques photos en ligne, j'enverrai l'adresse à notre liste de diffusion. Il y a forcément des gens qui aimeraient avoir une belle photo de l'endroit où ils sont allés en vacances.

— Je vais le faire.

Je n'ai pas la moindre idée de la manière dont on s'y prend pour créer un site Internet.

— Vous pourriez tracer des messages en plus des noms. « Bonne chance », « Félicitations », ce genre de choses.

— Oui, bonne idée.

J'imagine toute une série de cartes disposées sur un présentoir, reconnaissables au J incliné que j'utiliserais comme logo. Pas de nom, juste une initiale. Elles pourraient avoir été prises par n'importe qui. Il faut que je commence à gagner de l'argent. Je n'ai pas beaucoup de dépenses – je ne mange presque rien –, mais mes économies ne dureront pas indéfiniment et je n'ai aucune autre source de revenus. En plus, le travail me manque. Une voix dans ma tête se moque de moi et je m'efforce de ne pas l'écouter. Pourquoi est-ce que je ne me lancerais pas ? Pourquoi les gens n'achèteraient-ils pas mes photos ? Ils achetaient bien mes sculptures. Je répète :

— Je vais le faire.

— Bon, eh bien c'est réglé, conclut Bethan, ravie. Où est-ce que vous allez aujourd'hui ?

Je m'aperçois que nous sommes déjà arrivées à Penfach.

— Je pensais explorer la côte. Prendre d'autres plages en photo.

— Vous n'en trouverez pas de plus jolie que Penfach. (Bethan regarde sa montre.) Mais il y a un car pour Port Ellis dans dix minutes, c'est un bon point de départ.

Quand le car arrive, je suis contente de monter. Il est vide et je m'assois assez loin du chauffeur pour ne pas avoir à faire la conversation. Le véhicule s'enfonce à l'intérieur des terres sur des routes étroites et je vois la mer disparaître, puis je la cherche de nouveau tandis que nous approchons de notre destination.

La rue calme où s'arrête le car est bordée de murs en pierre qui semblent courir tout le long de Port Ellis. Il n'y a pas de trottoir, je marche donc sur la route vers ce que j'espère être le centre du village. Je vais explorer l'intérieur, puis je me dirigerai vers la côte.

Le sac est à moitié caché dans la haie, le plastique noir fermé par un nœud et lancé dans le fossé peu profond au bord de la route. Je le remarque à peine, le prenant pour des ordures jetées par des vacanciers.

Mais il bouge légèrement.

Si légèrement que je me dis que ça doit être mon imagination, que c'est sûrement le vent qui fait bruisser le plastique. Je me penche vers la haie pour attraper le sac et j'ai alors la nette impression qu'il y a quelque chose de vivant à l'intérieur.

Je tombe à genoux et déchire le sac-poubelle. Une odeur fétide de peur et d'excrément me prend à la gorge et je réprime un haut-le-cœur en voyant les deux animaux à l'intérieur. Un chiot est immobile, la peau de son dos lacérée par les griffes du chien affolé qui se tortille à ses côtés en poussant des gémissements à peine audibles. Je laisse échapper un sanglot et prends le chiot vivant pour le glisser sous mon manteau. Je me relève maladroitement et regarde autour de moi, puis j'appelle un homme qui traverse la route une centaine de mètres plus loin.

— À l'aide ! S'il vous plaît, à l'aide !

L'homme se retourne et approche sans se presser, ma panique n'ayant pas l'air de l'émouvoir. Il est âgé et a le dos tellement voûté que son menton repose sur sa poitrine.

— Est-ce qu'il y a un vétérinaire par ici ? dis-je dès qu'il est assez près.

L'homme regarde le chiot calme et silencieux sous mon manteau et jette un coup d'œil dans le sac noir par terre. Il secoue lentement la tête avec un claquement de langue.

— Le fils d'Alun Mathews, répond-il.

Il fait un nouveau signe de tête, sans doute pour m'indiquer où trouver le fils, puis ramasse le sac noir avec son contenu macabre. Je le suis, sentant la chaleur du chiot contre ma poitrine.

Le cabinet se trouve dans un petit bâtiment blanc au bout d'une ruelle ; une enseigne au-dessus de la porte indique « Cabinet vétérinaire de Port Ellis ». Dans la minuscule salle d'attente, une femme est assise sur une chaise en plastique avec un panier pour chat sur les genoux. Une odeur de chien et de désinfectant plane dans la pièce.

La réceptionniste lève les yeux de son ordinateur.

— Bonjour, M. Thomas, que puis-je faire pour vous ?

Mon compagnon la salue d'un hochement de tête et hisse le sac noir sur le comptoir.

— Elle a trouvé deux chiots dans la haie, indique-t-il. Si c'est pas malheureux, nom de Dieu ! (Il se penche vers moi et me tapote doucement le bras.) Ils vont bien s'occuper de vous ici, assure-t-il avant de quitter le cabinet en faisant tinter joyeusement la cloche au-dessus de la porte.

— Merci de nous les avoir amenés.

La réceptionniste porte sur sa tunique bleu vif un badge avec le nom « Megan » écrit en noir.

— La plupart des gens ne l'auraient pas fait, vous savez.

Des clés se balancent sur sa poitrine au bout d'un cordon parsemé de badges d'animaux colorés et de pin's d'associations caritatives, comme ceux des infirmières en pédiatrie. Elle ouvre le sac et blêmit un instant avant de s'éloigner discrètement avec.

Quelques secondes plus tard, une porte s'ouvre sur la salle d'attente et Megan me sourit.

— Vous voulez bien l'amener par ici ? Patrick va vous recevoir tout de suite.

— Merci.

Je suis Megan dans une pièce à la forme bizarre avec des placards coincés dans les angles. À l'opposé se trouvent un plan de travail et un petit lavabo en inox dans lequel un homme se lave les mains avec du savon vert qui mousse sur ses avant-bras.

— Bonjour, je m'appelle Patrick. Je suis le vétérinaire, ajoute-t-il en riant. Mais vous vous en seriez doutée, j'imagine.

Il est grand – plus grand que moi, ce qui est rare – avec des cheveux blond foncé coiffés dans un style indéterminé. Sous sa blouse bleue, il porte un jean et une chemise à carreaux aux manches retroussées, et il arbore un sourire qui découvre des dents blanches parfaitement alignées. Il doit avoir environ trente-cinq ans, peut-être un peu plus.

— Je suis Jenna.

J'ouvre mon manteau pour sortir le chiot noir et blanc qui s'est endormi et laisse échapper de petits reniflements, nullement traumatisé par la mort de son frère.

— Et qui c'est celui-là ? fait le vétérinaire en prenant doucement le chiot. (Celui-ci se réveille en sursaut et se met à trembler. Patrick me le rend.) Vous pouvez le poser sur la table et le tenir pour moi ? Je ne veux pas le perturber davantage. Si c'est un homme qui a mis les chiens dans le sac, celui-ci ne refera peut-être pas confiance aux hommes avant un moment !

Il promène ses mains sur le chiot et je m'accroupis pour lui murmurer des mots réconfortants à l'oreille sans me soucier de ce que Patrick peut penser.

— Qu'est-ce que c'est comme chien ? dis-je.

— Un moite-moite.

— Un moite-moite ?

Je me relève en gardant une main sur le chiot, qui s'est à présent détendu sous l'examen délicat de Patrick.

Celui-ci se fend d'un large sourire.

— Vous savez : moitié ci, moitié ça. Principalement épagneul, je dirais, d'après ses oreilles, mais allez savoir d'où vient le reste. Colley, peut-être, ou même un peu de terrier. On ne se serait pas débarrassé d'eux s'ils avaient été des chiens de race, ça c'est certain.

Il prend le chiot et me le tend pour que je le câline.

— Quelle horreur ! dis-je en humant la chaleur du petit chien. (Il enfouit son museau dans mon cou.) Qui peut bien faire une chose pareille ?

— On informera la police, mais il y a peu de chances qu'ils découvrent quoi que ce soit. Les gens d'ici ne sont pas très bavards.

— Et lui ? Qu'est-ce qu'il va devenir ?

Patrick enfonce les mains dans les poches de sa blouse et s'appuie contre le lavabo.

— Vous pouvez le garder ?

Il a des traits plus clairs au coin des yeux, comme s'il les plissait à cause du soleil. Il doit passer beaucoup de temps dehors.

— Étant donné les conditions dans lesquelles il a été trouvé, il est peu probable que quelqu'un vienne le réclamer, reprend Patrick. Et on manque cruellement de place au chenil. Ce serait bien si vous pouviez l'adopter. Ça m'a tout l'air d'être un bon chien.

— Mon Dieu, je ne peux pas m'occuper d'un chien !

J'ai la sensation que tout cela arrive juste parce que je suis venue à Port Ellis aujourd'hui.

— Pourquoi pas ?

J'hésite. Comment lui expliquer que j'attire les malheurs ? J'aimerais beaucoup prendre soin d'un animal, mais en même temps ça me terrifie. Et si je suis incapable de bien m'en occuper ? Et s'il tombe malade ?

— Je ne sais même pas si mon propriétaire serait d'accord, dis-je finalement.

— Où est-ce que vous vivez ? À Port Ellis ?

Je secoue la tête.

— À Penfach. Dans un cottage près du camping.

Une lueur traverse les yeux de Patrick.

— Vous louez la maison de Iestyn ?

J'acquiesce. Je ne suis plus surprise d'apprendre que tout le monde connaît Iestyn.

— Ne vous en faites pas pour lui, poursuit Patrick. Iestyn Jones est allé à l'école avec mon père, et j'en sais assez sur lui pour que vous puissiez adopter un troupeau d'éléphants si ça vous chante.

Je souris. Difficile de faire autrement.

— Je crois que je n'irai pas jusqu'aux éléphants, dis-je en me sentant aussitôt rougir.

— Les épagneuls s'entendent très bien avec les enfants. Vous en avez ?

Le silence semble durer une éternité.

— Non. Je n'ai pas d'enfants.

Le chien se tortille pour se libérer de ma main et commence à me lécher furieusement le menton. Je sens son cœur battre contre le mien.

— D'accord, dis-je. Je l'adopte.

11

Ray sortit doucement du lit, tâchant de ne pas déranger Mags. Il lui avait promis un week-end sans travail, mais s'il se levait maintenant, il aurait une heure pour répondre à ses e-mails et avancer sur le dossier de l'opération Break avant qu'elle émerge. Ils allaient faire deux perquisitions simultanées dans les boîtes de nuit, et si leurs sources se révélaient fiables, ils y trouveraient de grandes quantités de cocaïne ainsi que des documents montrant les mouvements d'argent au sein de ces établissements soi-disant honnêtes.

Il enfila son pantalon et partit à la recherche de café. Tandis que l'eau chauffait, il entendit quelqu'un entrer à pas feutrés dans la cuisine et se retourna.

— Papa ! (Lucy jeta ses bras autour de sa taille.) Je savais pas que tu étais réveillé !

— Ça fait longtemps que tu es debout ? dit-il en se libérant de son étreinte pour se baisser et l'embrasser. Je suis désolé, je ne t'ai pas vue hier soir avant que tu ailles au lit. Comment s'est passée l'école ?

— Bien, je crois. Comment s'est passé le travail ?

— Bien, je crois.

Ils échangèrent un sourire.

— Je peux regarder la télé ?

Lucy retint son souffle et leva la tête vers lui avec des yeux suppliants. Mags avait des règles strictes au sujet de la télévision le matin, mais c'était le week-end et cela permettrait à Ray de travailler un moment.

— Allez, vas-y.

Elle se précipita dans le salon avant que Ray puisse changer d'avis, et il entendit le poste se mettre en marche puis les voix haut perchées des personnages d'un dessin animé. Ray s'assit à la table de la cuisine et alluma son BlackBerry.

À huit heures, il avait répondu à la plupart de ses e-mails et se préparait une deuxième tasse de café quand Lucy entra dans la cuisine en se plaignant d'avoir faim et en demandant où était le petit déjeuner.

— Tom dort encore ? dit Ray.

— Oui. Il est feignant.

— Je ne suis pas feignant ! répliqua une voix indignée du haut de l'escalier.

— Si ! cria Lucy.

Des pas lourds résonnèrent à l'étage et Tom dévala l'escalier, le visage grimaçant sous ses cheveux en bataille. Une vilaine éruption de boutons lui barrait le front.

— Je ne suis PAS feignant ! cria-t-il en poussant sa sœur.

— Aïe ! hurla Lucy, et des larmes lui montèrent aussitôt aux yeux.

Sa lèvre inférieure tremblait.

— C'était pas fort !

— Si !

Ray grogna et se demanda si tous les frères et sœurs se chamaillaient autant que ces deux-là. Juste au moment où il allait les séparer de force, Mags descendit l'escalier.

— Se lever à huit heures, ce n'est pas être feignant, Lucy, dit-elle avec douceur. Tom, ne tape pas ta sœur. (Elle prit le café de Ray.) C'est pour moi ?

— Oui.

Ray remit l'eau à chauffer. Il regarda ses enfants, à présent assis à table et qui parlaient de ce qu'ils allaient faire pendant les grandes vacances, leur dispute oubliée – pour l'instant, en tout cas. Mags parvenait toujours à calmer le jeu d'une façon qui lui échappait.

— Comment tu fais ? demanda-t-il.

— On appelle ça être parent, répliqua Mags. Tu devrais essayer quelquefois.

Ray ne répondit pas. Dernièrement, ils passaient leur temps à s'envoyer des piques et il n'était pas d'humeur à se lancer dans un nouveau débat sur le travail et l'éducation des enfants.

Mags s'activait dans la cuisine pour installer le petit déjeuner sur la table, préparant des toasts tout en servant du jus d'orange entre deux gorgées de café.

— Tu es rentré à quelle heure hier soir ? Je ne t'ai pas entendu.

Elle passa un tablier par-dessus son pyjama et entreprit de casser des œufs. Ray lui avait offert ce tablier pour Noël quelques années plus tôt. Il avait fait ça pour plaisanter – comme ces maris horribles qui achètent à leur femme des casseroles ou des planches à repasser –, mais Mags l'avait tout de suite adopté. Il arborait le portrait d'une ménagère des années cinquante, avec le slogan : « J'adore cuisiner au vin... parfois j'en mets même dans les plats. » Ray se revit rentrer chez lui après le travail et passer ses bras autour de sa femme pendant qu'elle était aux fourneaux, sentant le tablier se froisser sous ses doigts. Il n'avait pas fait ça depuis longtemps.

— Vers une heure, je crois, répondit-il.

Il y avait eu un hold-up dans une station-service de la banlieue de Bristol. La patrouille avait réussi à arrêter les quatre responsables en quelques heures et Ray était resté au bureau plus par solidarité envers son équipe que par réelle nécessité.

Le café était trop chaud mais il but quand même une gorgée et se brûla la langue. Son BlackBerry vibra et il jeta un coup d'œil sur l'écran. Stumpy lui avait envoyé un e-mail pour lui signaler que les quatre délinquants avaient été inculpés et présentés à l'audience du samedi matin, où les magistrats les avaient placés en détention provisoire. Ray envoya un rapide message au commissaire.

— Ray ! fit Mags. Pas de travail ! Tu as promis.

— Désolé, je prenais des nouvelles de l'affaire d'hier soir.

— Seulement deux jours, Ray. Ils vont devoir se débrouiller sans toi.

Elle posa une poêle avec des œufs sur la table et s'assit.

— Attention, c'est chaud ! dit-elle à Lucy. (Elle leva les yeux vers Ray.) Tu veux déjeuner ?

— Non, merci, je grignoterai quelque chose plus tard. Je vais me doucher.

Il s'appuya un instant contre le chambranle de la porte et les regarda manger.

— On doit laisser le portail ouvert pour le laveur de vitres lundi, indiqua Mags. Tu pourras penser à l'ouvrir quand tu sortiras les poubelles demain soir ? Ah, et je suis passée voir les voisins pour les arbres, ils vont bientôt les faire élaguer, mais j'attends de voir.

Ray se demanda si le *Post* parlerait du hold-up de la veille. Après tout, ils ne perdaient pas de temps quand la police échouait à résoudre une affaire.

— Ça a l'air super, dit-il.

Mags posa sa fourchette et le dévisagea.

— Quoi ? fit Ray.

Il monta prendre une douche, sortant son BlackBerry pour envoyer un message à l'attaché de presse de service. Ce serait dommage de ne pas tirer profit d'un travail bien fait.

— Merci pour aujourd'hui, dit Mags.

Ils étaient assis sur le canapé, mais ni l'un ni l'autre ne s'était encore donné la peine d'allumer la télévision.

— Pourquoi ?

— D'avoir mis le travail de côté, pour une fois.

Mags rejeta la tête en arrière et ferma les paupières. Les rides au coin de ses yeux se détendirent et elle parut tout de suite plus jeune : Ray s'avisa qu'elle fronçait beaucoup les sourcils ces temps-ci, et il se demanda s'il en faisait autant.

Mags avait ce que la mère de Ray appelait un sourire « généreux ».

— Ça veut simplement dire que j'ai une grande bouche, avait lâché Mags en riant la première fois qu'elle avait entendu ça.

Ray esquissa un sourire en repensant à ce moment. Elle était peut-être un peu moins joviale ces derniers temps, mais c'était toujours la même Mags, après toutes ces années. Elle se plaignait souvent d'avoir pris du poids depuis la naissance des enfants, mais Ray l'aimait bien comme ça ; le ventre rond et mou, la poitrine pleine et tombante. Elle faisait la sourde oreille à ses compliments, et il avait cessé depuis longtemps de lui en faire.

— C'était super, dit Ray. On devrait faire ça plus souvent.

Ils avaient passé la journée à flâner et à jouer au cricket dans le jardin, profitant au maximum du soleil. Ray avait sorti de la remise le vieux spirobole et les enfants s'étaient amusés avec le reste de l'après-midi, bien que Tom ait décrété que c'était « vraiment trop nul ».

— C'était bien de voir Tom rire, remarqua Mags.

— Ça ne lui arrive pas souvent ces temps-ci, hein ?

— Je m'inquiète pour lui.

— Tu veux qu'on retourne au collège ?

— Je ne suis pas sûre que ça serve à grand-chose, dit Mags. C'est presque la fin de l'année scolaire. J'espère que le fait de changer de professeur arrangera les choses. Et puis il ne fera plus partie des plus jeunes, il aura peut-être plus confiance en lui.

Ray essayait de comprendre son fils, lequel avait traversé le dernier trimestre avec le même manque d'enthousiasme qui avait préoccupé son professeur en début d'année.

— J'aimerais au moins qu'il nous parle, ajouta Mags.

— Il jure que tout va bien, dit Ray. C'est un ado, c'est tout, mais il va devoir se secouer, parce que s'il ne s'investit pas plus l'année du brevet, il est foutu.

— Vous avez eu l'air de mieux vous entendre tous les deux aujourd'hui.

C'était vrai, ils ne s'étaient pas disputés une seule fois. Ray n'avait pas répondu aux remarques insolentes de Tom et celui-ci avait moins levé les yeux au ciel que d'habitude. La journée avait été bonne.

— Et ce n'était pas si dur d'éteindre le BlackBerry, non ? observa Mags. Pas de palpitations ? pas de sueurs froides ? pas de tremblements ?

— Ah, ah ! Non, ce n'était pas si dur.

Il ne l'avait pas éteint, bien sûr, et il avait vibré dans sa poche toute la journée. Il avait fini par aller aux toilettes pour regarder ses e-mails et s'assurer qu'il n'avait rien raté d'urgent. Il avait répondu au préfet au sujet de l'opération Break et avait jeté un rapide coup d'œil à un message de Kate à propos du délit de fuite qu'il avait hâte de lire plus attentivement. Ce que Mags ne comprenait pas, c'était que s'il éteignait son BlackBerry tout un week-end, il aurait tant de travail le lundi suivant qu'il passerait la semaine à rattraper le retard sans pouvoir s'occuper d'autre chose.

Il se leva.

— Bon, je vais quand même aller travailler une petite heure dans le bureau maintenant.

— Quoi ? Ray, tu avais dit pas de travail !

Ray était perdu.

— Mais les enfants sont au lit.

— Oui, mais je suis…

Mags s'arrêta et secoua un peu la tête, comme si elle avait quelque chose dans l'oreille.

— Quoi ?

— Rien. C'est bon. Fais ce que tu as à faire.

— Je redescends dans une heure, promis.

Presque deux heures plus tard, Mags poussa la porte du bureau.

— Je t'ai fait du thé.

— Merci.

Ray s'étira et gémit en sentant son dos craquer.

Mags posa la tasse sur le bureau et, par-dessus l'épaule de Ray, jeta un coup d'œil à l'épaisse liasse de documents qu'il lisait.

— C'est l'affaire de la boîte de nuit ? (Elle parcourut la première feuille.) Jacob Jordan ? Ce n'est pas le garçon qui s'est fait renverser l'année dernière ?

— Si.

Mags eut l'air perplexe.

— Je croyais que l'affaire était classée.

— Elle l'est.

Mags s'assit sur l'accoudoir du fauteuil de salon qu'ils avaient mis dans le bureau parce qu'il jurait avec la moquette du rez-de-chaussée. Il détonnait là aussi, mais c'était le siège le plus confortable que Ray ait jamais essayé et il refusait de s'en séparer.

— Alors pourquoi la Criminelle travaille-t-elle encore dessus ?

Ray soupira.

— Elle ne travaille plus dessus. L'affaire est classée, mais j'ai gardé le dossier. On l'examine avec un regard nouveau pour voir si on n'a rien loupé.

— *On ?*

Ray marqua un temps d'arrêt.

— L'équipe.

Il ne savait pas pourquoi il n'avait pas parlé de Kate plus tôt, mais le faire maintenant serait étrange. Mieux valait la laisser en dehors de tout ça, au cas où le préfet aurait un jour vent de cette histoire. Inutile de ternir sa réputation si tôt dans sa carrière.

— Oh, Ray, tu n'es pas déjà assez occupé avec les dossiers en cours sans avoir à revenir sur les affaires classées ? dit Mags d'une voix douce.

— Celle-ci est encore d'actualité, répondit Ray. Et je ne peux pas m'empêcher de penser qu'on nous l'a retirée trop tôt. Peut-être qu'en revenant dessus on trouvera quelque chose.

Il y eut un silence avant que Mags reprenne la parole.

— Ce n'est pas comme Annabelle, tu sais.

Ray serra sa tasse un peu plus fort.

— Arrête.

— Tu ne peux pas continuer à te torturer comme ça pour chaque affaire que tu ne parviens pas à résoudre. (Mags se pencha et lui pressa le genou.) Tu vas devenir fou.

Ray but une gorgée de thé. Annabelle Snowden avait été la première enquête qu'on lui avait confiée en tant que capitaine. La fillette avait disparu à la sortie de l'école et ses parents étaient dans tous leurs états. Du moins, ils semblaient dans tous leurs états. Deux semaines plus tard, Ray avait inculpé le père pour meurtre après la découverte du corps d'Annabelle dans son appartement, dissimulé dans un compartiment sous le lit ; elle y avait été maintenue en vie pendant plus d'une semaine.

— Je savais qu'il y avait quelque chose de bizarre chez Terry Snowden, finit-il par déclarer en regardant Mags. J'aurais dû tout faire pour l'arrêter dès la disparition.

— Il n'y avait pas de preuves. L'instinct de flic, c'est bien beau, mais tu ne peux pas baser une enquête sur ton intuition. (Mags referma doucement le dossier de Jacob.) C'est une autre affaire. D'autres personnes.

— Encore un enfant, constata Ray.

Mags lui prit les mains.

— Mais il est déjà mort, Ray. Tu peux travailler autant d'heures que tu veux, ça ne le ramènera pas. Passe à autre chose.

Ray ne répondit pas. Il se retourna vers son bureau et rouvrit le dossier, faisant à peine attention à Mags qui quitta la pièce pour aller se coucher. Lorsqu'il se connecta à sa messagerie, il avait un nouvel e-mail de Kate, reçu quelques minutes plus tôt. Il lui envoya un message rapide.

— ENCORE DEBOUT ?

La réponse arriva quelques secondes plus tard.

— JE REGARDE SI LA MÈRE DE JACOB EST SUR FACEBOOK. ET JE SUIS UNE ENCHÈRE SUR EBAY. ET TOI ?

— JE FAIS LE TOUR DES VÉHICULES INCENDIÉS DANS LES RÉGIONS VOISINES. J'EN AI POUR UN MOMENT.

— SUPER, TU VAS POUVOIR ME TENIR ÉVEILLÉE !

Ray imagina Kate recroquevillée sur son canapé, son ordinateur d'un côté et un tas de friandises de l'autre.

— BEN & JERRY'S ? ÉCRIVIT-IL.
— COMMENT TU AS DEVINÉ ?

Ray sourit. Il déplaça la fenêtre de sa messagerie dans un coin de l'écran où il pouvait garder un œil sur ses e-mails et commença à parcourir les fax des rapports d'hôpitaux.

— TU N'AVAIS PAS PROMIS À MAGS DE PRENDRE TON WEEK-END ?
— C'EST CE QUE JE FAIS ! JE TRAVAILLE JUSTE UN PEU MAINTENANT QUE LES ENFANTS SONT COUCHÉS. IL FAUT BIEN QUE QUELQU'UN TE TIENNE COMPAGNIE...
— J'EN SUIS TRÈS HONORÉE. QUELLE MEILLEURE FAÇON DE PASSER SON SAMEDI SOIR ?

Ray rit.

— TU TROUVES QUELQUE CHOSE SUR FACEBOOK ? ÉCRIVIT-IL.
— UNE OU DEUX POSSIBILITÉS, MAIS ELLES N'ONT PAS DE PHOTOS DE PROFIL. ATTENDS, LE TÉLÉPHONE SONNE. JE REVIENS.

À contrecœur, Ray ferma sa messagerie pour se concentrer sur la pile de dossiers. Jacob était mort depuis des mois et une petite voix dans sa tête lui disait que tout cela était vain. Le fragment d'antibrouillard de Volvo s'était révélé être celui du véhicule appartenant à une femme au foyer qui avait dérapé sur le verglas et percuté l'un des arbres bordant la route. Toutes ces heures de travail pour rien, et ils continuaient malgré tout. Ray jouait avec le feu en allant à l'encontre des souhaits du préfet et, de plus, il laissait Kate en faire autant. Mais il était déjà allé trop loin. Il ne pouvait plus reculer.

12

L'atmosphère va se réchauffer dans la journée, mais pour le moment l'air est frais et je rentre la tête dans les épaules.

— Il fait froid aujourd'hui, dis-je tout haut.

Je me suis mise à parler toute seule, comme la vieille femme qui se promenait sur le pont suspendu de Clifton, les bras chargés de sacs en plastique remplis de journaux. Je me demande si elle est encore là-bas ; si elle traverse toujours le pont matin et soir. Quand on quitte un endroit, on imagine vite que la vie continue comme avant là-bas, même si rien ne reste jamais pareil bien longtemps. Ma vie à Bristol aurait pu être celle de quelqu'un d'autre.

Je chasse cette pensée puis j'enfile mes bottes et enroule une écharpe autour de mon cou. Comme tous les jours, je bataille avec la serrure qui accroche. Je parviens finalement à fermer la porte et je mets la clé dans ma poche. Beau court sur mes talons. Il me suit comme mon ombre, ne voulant pas me perdre de vue. La première fois que je l'ai ramené au cottage, il a pleuré toute la nuit pour venir dormir sur mon lit. Je m'en suis voulu, mais j'ai enfoui ma tête sous l'oreiller pour ne pas l'entendre, sachant que si je me laissais attendrir je le regretterais. Plusieurs jours se sont écoulés avant qu'il cesse de pleurer et il dort à présent au pied de l'escalier, se réveillant dès qu'il entend craquer le plancher de la chambre.

Je vérifie que j'ai bien la liste des commandes du jour – je les ai toutes en tête, mais je préfère être certaine de ne pas me tromper. Bethan continue de faire la promotion de mes photos auprès des vacanciers et aussi incroyable que cela me paraisse, j'ai du travail. Pas autant qu'avant, avec les expositions et les commandes de sculptures, mais j'ai quand même de quoi faire. J'ai réapprovisionné deux fois la boutique du camping en cartes postales et je reçois quelques commandes sur le site Internet que j'ai bricolé. Il n'a rien à voir avec le joli site que j'avais avant, mais chaque fois que je le regarde, je suis fière d'avoir réussi à le faire toute seule. Ce n'est pas grand-chose, mais je commence lentement à me dire que je ne suis peut-être pas aussi incapable que je le croyais.

Je n'ai pas mis mon nom sur le site : juste une galerie de photos, un système de commandes rudimentaire et assez peu pratique, et le nom de ma nouvelle activité : « Gravé dans le sable ». Bethan m'a aidée à le trouver alors que nous étions ensemble, autour d'une bouteille de vin, un soir au cottage. Elle parlait de mon projet avec un enthousiasme communicatif et n'arrêtait pas de me demander mon avis, ce qui ne m'était pas arrivé depuis très longtemps.

Le mois d'août est la période la plus chargée au camping ; même si je vois encore Bethan au moins une fois par semaine, je regrette le calme de l'hiver, quand nous pouvions discuter pendant une heure ou plus, les pieds collés au radiateur à bain d'huile dans un coin de la boutique. Les plages sont elles aussi fréquentées et je dois me lever à l'aube afin d'être sûre de trouver un coin de sable lisse pour mes photos.

Une mouette crie et Beau court dans le sable, aboyant après l'oiseau qui le nargue dans le ciel. Je donne des coups de pied dans les débris sur la plage et ramasse un long bâton. La marée se retire, mais le sable est déjà chaud et presque sec. Je vais tracer les messages d'aujourd'hui près de la mer. Je sors un bout de papier de ma poche pour me remémorer la première commande.

— Julia, dis-je. Bon, c'est assez simple.

Beau me regarde d'un air interrogateur. Il pense que je lui parle. Peut-être a-t-il raison, même si je dois faire en sorte de ne pas m'attacher à lui. Je le vois de la même manière que Iestyn doit considérer ses chiens de berger : comme un outil ; là pour remplir une fonction. Beau est mon chien de garde. Je n'ai pas encore eu besoin d'être protégée, mais ça pourrait arriver.

Je me penche et trace un grand J, puis je recule pour vérifier les dimensions avant d'écrire le reste du nom. Satisfaite, je me débarrasse du bâton et saisis mon appareil. Le soleil a maintenant franchi la ligne d'horizon et la lumière rasante pare le sable d'un éclat rose. Je prends une douzaine de photos, m'accroupissant pour regarder dans le viseur jusqu'à ce que l'inscription soit nappée d'écume.

Pour la commande suivante, je cherche un coin de plage propre. Je travaille vite, ramassant des bâtons à pleins bras parmi les tas rejetés par la mer. Quand le dernier bout de bois est en place, j'observe ma création d'un œil critique. Des brins d'algues encore luisantes adoucissent les arêtes des bâtons et des cailloux que j'ai utilisés pour encadrer le message. Le cœur en bois flotté fait deux mètres de diamètre : assez grand pour accueillir les lettres ornées d'arabesques avec lesquelles j'ai écrit : « Pardonne-moi, Alice. » Tandis que je tends le bras pour déplacer un morceau de bois, Beau sort de l'eau à toute allure en aboyant, très excité.

— Doucement !

D'une main, je protège mon appareil photo au cas où il me sauterait dessus. Mais le chien m'ignore, passant devant moi dans un nuage de sable mouillé pour se ruer de l'autre côté de la plage et bondir autour d'un homme qui approche. Je crois d'abord qu'il s'agit du promeneur avec son chien qui m'a parlé une fois, mais il enfonce alors les mains dans les poches de sa veste en toile huilée et je retiens mon souffle, car ce geste me dit quelque chose. Comment est-ce possible ? Je ne connais personne ici, à part Bethan et Iestyn, et pourtant cet homme, qui se trouve à présent à moins de cent mètres, se dirige d'un pas décidé vers moi. J'aperçois son visage. Je le connais, mais je suis incapable de l'identifier. Je me sens vulnérable. Une boule de panique se forme dans ma gorge et j'appelle Beau.

— Jenna, c'est bien ça ?

J'ai envie de m'enfuir, mais je reste clouée sur place. Je fais le tour de tous les gens que je connaissais à Bristol. Je sais que je l'ai déjà vu quelque part.

— Excusez-moi, je ne voulais pas vous faire peur, commence l'homme, et je me rends compte que je tremble. (Il a l'air sincèrement désolé et arbore un large sourire comme pour se racheter.) Je suis Patrick Mathews. Le vétérinaire de Port Ellis.

Je me souviens aussitôt de lui et de la façon dont il avait enfoncé les mains dans les poches de sa blouse bleue.

— Désolée, dis-je enfin en retrouvant ma voix qui semble petite et mal assurée. Je ne vous avais pas reconnu.

Je lève les yeux vers le sentier littoral désert. Des vacanciers vont bientôt arriver pour passer la journée à la plage : équipés de paravents, de crème solaire et de parapluies de façon à faire face à tous les temps. Pour une fois, je suis contente que ce soit la haute saison et qu'il y ait du monde à Penfach : le sourire de Patrick est chaleureux, mais je me suis déjà laissé avoir une fois par ce genre d'expression.

Il se penche pour gratter les oreilles de Beau.

— On dirait que vous avez fait du bon travail avec lui. Comment l'avez-vous appelé ?

— Beau.

C'est plus fort que moi : je fais deux pas en arrière, à peine perceptibles, puis je sens le nœud dans ma gorge se desserrer. J'essaie de détendre mes bras le long de mon corps, mais mes mains remontent tout de suite sur mes hanches.

Patrick s'agenouille et cajole Beau, qui roule sur le dos pour qu'on lui gratte le ventre, comblé par cette tendresse inhabituelle.

— Il n'a pas l'air nerveux du tout.

La décontraction de Beau me rassure. Il paraît que les chiens se trompent rarement sur les gens.

— Non, il va bien, dis-je.

— Ça se voit.

Patrick se relève et balaie le sable sur ses genoux. Je reste sur mes gardes.

— Vous n'avez pas eu de problèmes avec Iestyn, j'imagine ? demande Patrick en souriant.

— Aucun. Il pense sans doute qu'un chien est indispensable dans un foyer.

— Je suis assez d'accord avec lui. J'en aurais bien un, mais je travaille tellement que cela ne serait pas raisonnable. Bon, je côtoie assez d'animaux pendant la journée, je n'ai pas à me plaindre de ce côté-là.

Il a l'air dans son élément au bord de la mer, ses bottes incrustées de sable et sa veste usée par le sel. Il désigne le cœur en bois flotté d'un signe de tête.

— Qui est Alice ? Pourquoi est-ce que vous lui demandez pardon ?

— Oh, ce n'est pas moi. (Il doit me trouver bizarre avec mes dessins sur le sable.) Enfin, le sentiment n'est pas le mien. Je le prends en photo pour quelqu'un d'autre.

Patrick semble déconcerté.

— C'est mon travail, dis-je. Je suis photographe. (Je lève mon appareil comme si, sans l'objet, il pouvait ne pas me croire.) Les gens m'envoient des messages qu'ils veulent voir écrits sur le sable. Je viens ici, je les écris et je leur envoie la photo.

Je m'arrête, mais il a l'air réellement intéressé.

— Quel genre de messages ?

— Surtout des mots d'amour, ou des demandes en mariage, mais j'ai toutes sortes de commandes. Là, il s'agit d'excuses, bien sûr, mais les gens me demandent parfois des citations célèbres ou les paroles de leurs chansons préférées. C'est différent à chaque fois.

Je m'interromps, me sentant rougir.

— Et vous gagnez votre vie comme ça ? Quel boulot fantastique !

J'essaie de déceler du sarcasme dans sa voix, mais je n'en trouve pas, et je me laisse aller à ressentir un peu de fierté. C'*est* un boulot fantastique, et je l'ai créé de toutes pièces.

— Je vends aussi d'autres photos. Surtout de la baie. C'est un coin magnifique, beaucoup de touristes veulent en emporter un petit bout avec eux.

— C'est bien vrai. J'adore cet endroit.

Nous nous taisons quelques instants en regardant les vagues se former puis se briser sur le sable. Je commence à me sentir nerveuse et je cherche autre chose à dire.

— Qu'est-ce qui vous amène sur la plage ? Peu de gens s'aventurent ici à cette heure-ci, sauf pour promener leurs chiens.

— J'avais un oiseau à relâcher, explique Patrick. Une dame m'a amené un fou de Bassan avec une aile cassée et on l'a gardé au cabinet quelques semaines, le temps qu'il se rétablisse. Je l'ai amené en haut de la falaise aujourd'hui pour le remettre en liberté. On essaie de les relâcher à l'endroit où ils ont été trouvés pour optimiser leurs chances de survie. Quand j'ai vu votre message sur la plage, je n'ai pas pu résister à l'envie de descendre pour vous demander à qui il s'adressait. Ce n'est qu'en arrivant en bas que je vous ai reconnue.

— L'oiseau a réussi à s'envoler ?

Patrick acquiesce.

— Oui, ça va aller. Ça arrive assez souvent. Vous n'êtes pas d'ici, non ? Si je me souviens bien, vous avez dit que ça ne faisait pas longtemps que vous viviez à Penfach quand vous avez amené Beau. Où est-ce que vous habitiez avant ?

Je n'ai pas le temps de réfléchir à une réponse qu'un téléphone sonne, la petite mélodie tranchant avec l'atmosphère de la plage. Je réprime un soupir de soulagement, bien que mon histoire soit maintenant rodée à force de la répéter à Iestyn, à Bethan et aux quelques promeneurs qui viennent faire la conversation avec moi. Je suis une artiste, mais je me suis blessée à la main dans un accident et je ne peux plus travailler, je me suis donc reconvertie dans la photographie. Ce n'est pas si éloigné de la vérité, après tout. On ne m'a pas demandé si j'avais des enfants, peut-être la réponse se lit-elle sur mon visage.

— Excusez-moi, dit Patrick. (Il fouille dans ses poches et sort un petit pager, enseveli sous une poignée de granulés pour chevaux et de brins de paille qui tombent dans le sable.) Je dois le mettre à fond sinon je ne l'entends pas. (Il jette un coup d'œil sur l'écran.) Il faut que je file, désolé. Je suis volontaire au centre de sauvetage en mer de Port Ellis. Je suis d'astreinte une ou deux fois par mois, et apparemment on a besoin de nous maintenant. (Il remet le pager dans sa poche.) Ça m'a fait plaisir de vous revoir, Jenna. Très plaisir.

Il me fait un signe de la main puis traverse la plage en courant et gravit le sentier sablonneux, disparaissant avant que je puisse lui dire que c'est réciproque.

De retour au cottage, Beau s'effondre dans son panier, épuisé. Je transfère sur mon ordinateur les photos prises le matin en attendant que l'eau chauffe. Elles ne sont pas si mal, compte tenu de l'interruption : les lettres ressortent bien sur le sable et le cadre en bois flotté est parfait. Je laisse la meilleure image à l'écran pour y jeter un coup d'œil plus tard et je monte à l'étage avec mon café. Je vais le regretter, je le sais, mais c'est plus fort que moi.

M'asseyant par terre, je pose ma tasse sur le plancher nu et tends le bras sous le lit pour attraper le coffret auquel je n'ai pas touché depuis mon arrivée à Penfach. Je le tire vers moi et me mets en tailleur pour soulever le couvercle, libérant la poussière en même temps que les souvenirs. Je commence à me sentir mal et je sais que je devrais le refermer sans fouiller davantage. Mais je suis comme une droguée en manque, et rien ne peut m'arrêter.

Je sors le petit album photo qui se trouve au-dessus d'une liasse de documents officiels. Un par un, je caresse ces instantanés d'une époque si éloignée qu'ils semblent appartenir à quelqu'un d'autre. Me voici dans le jardin ; me revoici dans la cuisine, en train de faire à manger. Et me voici enceinte, montrant fièrement mon ventre en souriant à l'appareil. Ma gorge se noue et je sens un picotement familier derrière mes yeux. Je refoule mes larmes d'un battement de paupières. J'étais si heureuse, cet été-là, certaine que ce nouvel être allait tout changer et que nous pourrions recommencer à zéro. Je pensais que ce serait un nouveau départ pour nous. Je caresse la photo en suivant le contour de mon ventre et en imaginant où pouvaient se trouver sa tête, ses membres recroquevillés, ses orteils à peine formés.

Doucement, comme pour ne pas déranger l'enfant à naître, je ferme l'album et le remets dans le coffret. Je devrais redescendre à présent, tant que j'en suis encore capable. Mais c'est comme jouer avec une dent douloureuse ou gratter une croûte. Je fouille jusqu'à ce que mes doigts rencontrent le doux tissu du lapin avec lequel je dormais quand j'étais enceinte, pour l'imprégner de mon odeur et le donner à mon fils à sa naissance. Je le tiens contre mon visage pour le sentir, ayant désespérément besoin d'un souvenir de lui. Je laisse échapper un gémissement étouffé et Beau monte l'escalier sans bruit puis entre dans la chambre.

— Descends, Beau.

Le chien m'ignore.

— Sors !

Je lui crie dessus, une folle avec un jouet d'enfant à la main. Je crie sans pouvoir m'arrêter, car ce n'est pas Beau que je vois, mais l'homme qui m'a enlevé mon bébé ; l'homme qui a mis fin à ma vie quand il a tué mon fils.

— Sors ! Sors ! Sors !

Beau se ratatine par terre, le corps crispé et les oreilles aplaties contre le crâne. Mais il n'abandonne pas. Lentement, centimètre par centimètre, il s'approche de moi sans me quitter des yeux.

La colère s'en va aussi vite qu'elle est arrivée.

Beau s'arrête près de moi, toujours ramassé sur le plancher, et pose sa tête sur mes genoux. Il ferme les yeux et je sens son poids et sa chaleur à travers mon jean. Spontanément, mes mains se mettent à le caresser, et mes larmes commencent à couler.

13

Ray avait constitué son équipe pour l'opération Break. Il avait nommé Kate responsable des pièces à conviction, ce qui était beaucoup demander à quelqu'un qui n'était à la Criminelle que depuis dix-huit mois, mais il était certain qu'elle s'en sortirait.

— Bien sûr que je vais y arriver ! dit-elle quand Ray lui fit part de ses inquiétudes. Et je peux toujours venir te voir si j'ai un problème, non ?

— Quand tu veux, répondit Ray. On va boire un verre après le boulot ?

— Essaie de m'en empêcher !

Ils avaient pris l'habitude de se retrouver deux à trois fois par semaine après le travail pour se pencher sur le délit de fuite. Comme ils arrivaient au bout des investigations qui avaient été laissées en suspens, ils passaient de moins en moins de temps à discuter de l'affaire et de plus en plus à parler de leur vie privée. Ray avait été surpris d'apprendre que Kate était elle aussi une fervente supportrice de Bristol City et ils avaient passé plusieurs soirées à se lamenter ensemble de la récente relégation du club. Pour la première fois depuis longtemps, il avait l'impression de ne pas être seulement un mari, un père ou même un policier. Il était Ray.

Il veillait à ne pas travailler sur le délit de fuite au bureau. Il désobéissait directement aux ordres du préfet, mais tant qu'il ne le faisait pas sur ses heures de travail, elle ne pouvait rien dire. Et si leurs recherches aboutissaient à une arrestation, elle changerait vite de discours.

Le besoin de dissimuler leurs investigations au reste de la brigade avait poussé Ray et Kate à se rencontrer dans un pub éloigné des repaires habituels de la police. Le Horse and Jockey était un endroit calme – avec des boxes à hauts dossiers où ils pouvaient étaler les documents sans craindre que quelqu'un les voie – et le patron ne levait jamais les yeux de ses mots croisés. C'était une façon agréable de finir la journée et de se détendre avant de rentrer, et Ray se surprenait à surveiller la pendule en attendant la fin de son service.

Bien sûr, un coup de fil le retarda et Kate avait déjà bu la moitié de son verre quand il arriva au pub. Un accord tacite voulait que le premier sur les lieux commande à boire : sa pinte de Pride l'attendait donc sur la table.

— Qu'est-ce qui t'a retenu ? demanda Kate en la poussant vers lui. Quelque chose d'intéressant ?

Ray but une gorgée de bière.

— Des informations qui pourraient nous être utiles, répondit-il. Un dealer de la cité Creston a un réseau de six ou sept petits revendeurs à sa botte pour faire le sale boulot… ça risque de donner une belle petite affaire.

Un député travailliste qui aimait beaucoup se faire entendre s'était mis à se servir du problème de la drogue pour pointer du doigt la menace que représentaient les « zones de non-droit » pour la société, et Ray savait que le préfet tenait à ce qu'on voie la police faire preuve d'initiative. Si l'opération Break se passait bien, Ray espérait être suffisamment bien vu par la patronne pour qu'elle lui confie aussi cette enquête.

— La brigade de protection des familles a eu des contacts avec Dominica Letts, la petite amie d'un des revendeurs, expliqua-t-il à Kate. Ils essaient de la convaincre de porter plainte contre lui. On ne veut pas effrayer notre gars en faisant intervenir la police pour ça alors qu'on essaie de monter un dossier, mais en même temps notre devoir est de protéger sa petite amie.

— Est-ce qu'elle est en danger ?

Ray marqua un temps d'arrêt avant de répondre.

— Je ne sais pas. La Protection des familles l'a classée à haut risque, mais elle refuse tout net de témoigner contre lui, et pour le moment elle ne coopère pas du tout.

— D'ici combien de temps on pourra agir ?

— Ça pourrait prendre des semaines. C'est trop long. Il va falloir envisager de la placer dans un foyer – à supposer qu'elle soit d'accord – et de mettre de côté les allégations de violences jusqu'à ce qu'on le coince pour la drogue.

— C'est un mauvais calcul, dit pensivement Kate. Qu'est-ce qui est le plus important : le trafic de stupéfiants ou la violence conjugale ?

— Mais ce n'est pas aussi simple que ça, non ? et la violence provoquée par la consommation de drogues ? les vols commis par des toxicos en manque ? Les effets du trafic de drogue ne sont peut-être pas aussi immédiats qu'un coup de poing, mais ils sont tout aussi importants et douloureux.

Ray s'aperçut qu'il parlait plus fort que d'habitude et il s'arrêta brusquement.

Kate posa une main apaisante sur la sienne.

— Hé, je me faisais l'avocate du diable, là. Ce n'est pas une décision facile.

Ray sourit d'un air penaud.

— Désolé, j'avais oublié que je m'emportais vite pour ce genre de choses.

À vrai dire, il n'avait plus réfléchi à tout ça depuis un moment. Il faisait ce métier depuis si longtemps que les raisons pour lesquelles il s'était engagé avaient été englouties par la paperasse et les problèmes de personnel. Une petite piqûre de rappel ne faisait pas de mal.

Son regard croisa un instant celui de Kate et Ray sentit la chaleur de sa peau contre la sienne. Une seconde plus tard, elle retira sa main en riant d'un air gêné.

— Un dernier pour la route ? proposa Ray.

Lorsqu'il revint à la table, l'instant était passé et il se demanda s'il l'avait imaginé. Il posa les verres et éventra un paquet de chips qu'il étala entre eux.

— Je n'ai rien de nouveau sur l'affaire Jacob, annonça-t-il.

— Moi non plus, soupira-t-elle. On va devoir abandonner, hein ?

Il acquiesça.

— On dirait bien. Je suis désolé.

— Merci de m'avoir laissée continuer autant de temps.

— Tu avais raison de ne pas vouloir abandonner et je suis content de t'avoir aidée.

— Même si on n'est pas plus avancés ?

— Oui, parce que c'est différent maintenant. On a fait tout ce qu'on pouvait.

Kate hocha lentement la tête.

— C'est vrai.

Elle dévisagea Ray.

— Quoi ?

— Tu n'es peut-être pas le béni-oui-oui du préfet, après tout.

Elle sourit et Ray rit. Il était content d'être remonté dans son estime.

Ils mangèrent les chips dans un silence complice et Ray jeta un coup d'œil à son téléphone pour voir si Mags ne lui avait pas envoyé de message.

— Comment ça va à la maison ?

— Toujours pareil, dit Ray en remettant son téléphone dans sa poche. Tom est toujours aussi désagréable pendant les repas et je me dispute toujours autant avec Mags sur l'attitude à adopter.

Il eut un petit rire mais Kate ne l'imita pas.

— Quand est-ce que vous revoyez son professeur ?

— On est allés au collège hier, répondit Ray d'un air grave. Apparemment, Tom sèche déjà les cours, à peine un mois et demi après la rentrée. (Il tambourina des doigts sur la table.) Je ne comprends pas ce gosse. Tout allait bien pendant l'été, mais dès qu'il est retourné à l'école, il est redevenu comme avant : renfermé, grincheux, têtu.

— Tu penses toujours qu'il se fait harceler ?

— L'école assure que non, mais ils ne vont pas dire le contraire, pas vrai ?

Ray n'avait pas une grande estime pour la principale de Tom, qui leur avait reproché à Mags et à lui de ne pas présenter un « front uni » aux réunions de parents d'élèves. Mags avait menacé Ray de venir le chercher au bureau pour le traîner de force à la prochaine réunion et il avait eu si peur d'oublier qu'il avait travaillé de chez lui toute la journée pour se rendre au rendez-vous avec elle. Mais ça n'avait rien changé.

— Le professeur de Tom dit qu'il a une mauvaise influence sur le reste de la classe, poursuivit Ray. Il aurait une « attitude subversive ». (Il ricana.) À son âge ! C'est ridicule, nom de Dieu ! S'ils ne savent pas gérer des gamins difficiles, ils n'auraient pas dû devenir profs. Tom n'a pas une attitude subversive, il est juste buté.

— Je me demande de qui il tient ça, dit Kate en réprimant un sourire.

— Attention, inspecteur Evans ! Vous voulez vous retrouver en uniforme ? plaisanta Ray.

Le rire de Kate se transforma en bâillement.

— Désolée, je suis crevée. Je crois que je vais rentrer. Ma voiture est chez le garagiste, il faut que je regarde à quelle heure passe le bus.

— Je peux te ramener.

— Tu es sûr ? C'est pas vraiment sur ta route.

— Ça ne me dérange pas. Allons-y… tu vas me montrer ton quartier huppé.

L'appartement de Kate se trouvait dans un immeuble chic du centre de Clifton, où les prix étaient vraiment exagérés, selon Ray.

— Mes parents m'ont aidée pour l'acompte, expliqua Kate. Sinon, je n'aurais jamais pu l'acheter. Et puis c'est petit ; deux chambres, en théorie, à condition de ne pas vouloir mettre de lit dans la seconde.

— Tu aurais sans doute pu avoir beaucoup plus grand ailleurs.

— Sûrement, mais il y a tout à Clifton ! (Kate fit un grand geste.) Dans quel autre quartier est-ce qu'on peut manger un falafel à trois heures du matin ?

Comme la seule chose que Ray avait jamais voulu faire à trois heures du matin, c'était pisser, il ne voyait pas l'intérêt.

Kate détacha sa ceinture et s'arrêta en posant la main sur la poignée.

— Tu veux monter voir l'appartement ?

Son ton était désinvolte, mais l'air se chargea soudain d'électricité, et Ray sut à cet instant qu'il franchissait une ligne avec laquelle il flirtait depuis des mois.

— Avec plaisir, répondit-il.

L'appartement de Kate était situé au dernier étage, desservi par un ascenseur cossu qui arriva en quelques secondes. Quand les portes s'ouvrirent, ils se retrouvèrent sur un petit palier moquetté avec une porte d'entrée couleur crème juste en face. Ray sortit de l'ascenseur après Kate et ils restèrent plantés là en silence tandis que les portes se refermaient. Elle le regardait droit dans les yeux, le menton légèrement relevé, une mèche de cheveux lui tombant sur le front. Ray s'aperçut soudain qu'il n'était pas pressé de partir.

— Nous y voilà, dit Kate sans le quitter des yeux.

Il hocha la tête et tendit la main pour remettre sa mèche égarée derrière son oreille. Puis, sans réfléchir davantage, il l'embrassa.

14

Beau enfouit son museau dans le creux de mon genou et je tends le bras pour lui gratter les oreilles. Je n'ai pas pu m'empêcher de m'attacher à lui : il dort donc sur mon lit comme il le voulait depuis le début. Quand les cauchemars viennent me tourmenter et que je me réveille en criant, il me lèche la main et me réconforte. Peu à peu, sans que je m'en aperçoive, mon chagrin a changé de forme, passant d'une douleur vive et irrégulière, impossible à museler, à une souffrance sourde et constante que je peux reléguer dans un coin de ma tête. Et si je ne la réveille pas, je peux faire semblant que tout va bien. Que je n'ai jamais eu d'autre vie.

— Allez, on y va.

J'éteins la lampe de chevet, qui ne peut pas rivaliser avec le soleil entrant à flots par la fenêtre. Je connais à présent les saisons de la baie et je suis heureuse d'avoir passé presque un an ici. La baie n'est jamais la même d'un jour à l'autre. Les marées, le temps imprévisible, même les déchets rejetés par la mer la transforment constamment. Aujourd'hui, la mer est grossie par une nuit de pluie, le sable gris et détrempé sous d'épais nuages noirs. Il n'y a plus de tentes au camping, seulement les mobile homes de Bethan et une poignée de camping-cars de vacanciers venus profiter des remises de fin de saison. Il ne va pas tarder à fermer et la baie sera de nouveau à moi.

Beau me devance et descend à toute vitesse sur la plage. La marée est haute et il fonce dans la mer, aboyant après les vagues froides. Je ris tout haut. Il ressemble plus à un épagneul qu'à un colley maintenant, avec les pattes un peu trop longues d'un chien pas encore adulte. Il a tant d'énergie que je me demande s'il pourra un jour la dépenser toute.

Je scrute le haut de la falaise, mais il n'y a personne et je ressens une pointe de déception. Je la chasse aussitôt. C'est ridicule d'espérer voir Patrick alors que nous ne nous sommes croisés qu'une seule fois sur la plage, mais je ne peux m'empêcher d'y penser.

Je trouve un coin de plage où écrire. Ça se calmera sûrement en hiver, mais pour le moment les affaires marchent bien. Je me réjouis chaque fois qu'une commande arrive et je m'amuse à essayer de deviner les histoires qui se cachent derrière les messages. La plupart de mes clients ont un lien avec la mer, et beaucoup m'envoient un e-mail après avoir reçu leur commande pour me dire à quel point ils ont aimé la photo – et me raconter qu'ils ont passé leur enfance au bord de l'eau ou qu'ils économisent pour partir en famille sur la côte. Ils me demandent parfois de quelle plage il s'agit, mais je ne réponds jamais.

Je suis sur le point de me mettre au travail quand Beau aboie. Je lève les yeux et j'aperçois un homme qui se dirige vers nous. Je retiens mon souffle, mais il lève la main pour me saluer et je comprends que c'est lui. C'est Patrick. Je ne parviens pas à dissimuler mon sourire, et bien que mon cœur batte la chamade, ce n'est pas sous le coup de la peur.

— J'espérais vous trouver ici, commence-t-il avant même d'arriver jusqu'à moi. Qu'est-ce que vous diriez d'avoir un élève ?

Il ne porte pas de bottes aujourd'hui et son pantalon en velours côtelé est maculé de sable mouillé. Le col de sa veste en toile huilée est relevé d'un côté et je résiste à la tentation de tendre le bras pour le lisser.

— Bonjour, dis-je. Un élève ?

Il fait un grand geste du bras gauche, embrassant presque toute la plage.

— Je pensais vous aider dans votre travail.

Je ne sais pas s'il se moque de moi. Je garde le silence.

Patrick me prend le bâton des mains et attend là, suspendu au-dessus de l'étendue de sable lisse. Je me sens soudain fébrile.

— C'est plus difficile que ça en a l'air, vous savez, dis-je en adoptant un ton sérieux pour masquer mon embarras. Il faut faire en sorte qu'il n'y ait pas d'empreintes de pas sur la photo et travailler vite, sinon la marée monte trop près.

Je n'ai pas le souvenir que quelqu'un ait déjà voulu partager cet aspect de ma vie : l'art a toujours été quelque chose que je devais pratiquer à l'écart, seule, comme s'il n'avait pas sa place dans le monde réel.

— Compris !

Son air concentré est touchant. Après tout, c'est juste un message sur le sable.

Je lis la commande à haute voix.

— Simple et efficace : « Merci, David. »

— Ah, ah ! Merci, pour *quoi* exactement, je me demande, ironise Patrick en se penchant pour écrire le premier mot. Merci d'avoir donné à manger au chat ? Merci de m'avoir sauvé la vie ? Merci d'avoir accepté de te marier avec moi malgré cette petite aventure avec le facteur ?

Je réprime un sourire.

— Merci de m'avoir appris à danser le flamenco, dis-je en faisant mine d'être sérieuse.

— Merci pour ce bel assortiment de cigares cubains.

— Merci d'avoir augmenté le plafond de mon découvert.

— Merci pour… (Patrick tend le bras pour terminer le dernier mot et perd l'équilibre. Il bascule en avant et ne parvient à rester debout qu'en plantant un pied au milieu de l'inscription.) Oh, merde !

Il fait un pas en arrière pour observer le massacre et se tourne vers moi d'un air confus.

J'éclate de rire.

— J'ai pourtant bien dit que c'était plus difficile que ça n'en avait l'air.

Il me rend le bâton.

— Je m'incline devant votre talent d'artiste. Même sans l'empreinte, mon œuvre n'est pas très impressionnante. Les lettres ne sont pas toutes de la même taille.

— Vous n'avez pas démérité.

Je cherche Beau du regard puis l'appelle pour qu'il se détourne d'un crabe avec lequel il veut jouer.

— Et ça ? demande Patrick.

Je jette un coup d'œil au message qu'il vient d'écrire sur le sable, m'attendant à un deuxième « merci ».

Un verre ?

— C'est mieux, mais ça ne fait pas partie des… (Je m'arrête, me sentant stupide.) Ah, je vois !

— Au Cross Oak ? Ce soir ?

Patrick parle d'une voix mal assurée et je m'aperçois que lui aussi est nerveux. Ça me redonne confiance.

J'hésite, mais juste une seconde ; mon cœur bat à tout rompre dans ma poitrine.

— Avec plaisir.

Je regrette mon impétuosité pendant le reste de la journée, et quand arrive le soir, je suis si anxieuse que j'en tremble. Je pense à tout ce qui peut mal se passer et à tout ce que Patrick a déjà pu me dire, cherchant des signes avant-coureurs. Est-il aussi honnête qu'il en a l'air ? Est-ce possible ? J'envisage d'aller à Penfach pour appeler le cabinet vétérinaire et annuler, mais je sais que je n'en aurai pas le cran. Pour tuer le temps, je prends un bain si chaud que ma peau rosit, puis je m'assois sur mon lit en me demandant ce que je vais porter. Ça fait dix ans que je n'ai pas eu de rendez-vous galant et j'ai peur de ne pas respecter les règles. Bethan a continué à se débarrasser des vêtements qui ne lui vont plus. La plupart sont trop grands pour moi, mais j'essaie une jupe violet foncé qui ne me va pas trop mal, je crois, même si je dois nouer un foulard autour de ma taille pour qu'elle tienne. Je fais quelques pas dans la chambre. La sensation inhabituelle de mes jambes qui se touchent est agréable ; ainsi que le balancement du tissu contre mes cuisses. L'espace d'un instant, j'ai l'impression de rajeunir, mais quand je me regarde dans le miroir je m'aperçois que l'ourlet se trouve au-dessus de mon genou, découvrant beaucoup trop mes jambes. Je l'enlève et la jette en boule au fond de l'armoire, puis j'attrape le jean que je viens de quitter. Je trouve un haut propre et me brosse les cheveux. J'ai exactement la même allure qu'il y a une heure. Exactement la même que tous les jours. Je repense à cette jeune fille qui passait des heures à se préparer pour sortir : la musique à fond, le maquillage éparpillé dans la salle de bains, l'air saturé de parfum. J'ignorais de quoi la vie était faite à l'époque.

Je me dirige vers le camping, où je dois retrouver Patrick. À la dernière minute, j'ai décidé d'emmener Beau avec moi et sa présence me redonne un peu de courage, comme ce matin sur la plage. Quand j'arrive, Patrick discute avec Bethan sur le seuil de la boutique. Ils rient de quelque chose et je me demande si c'est de moi.

Bethan me voit, puis Patrick se retourne et sourit tandis que j'approche. Je crois d'abord qu'il va m'embrasser sur la joue, mais il se contente de m'effleurer le bras en me disant bonjour. Je me demande si j'ai l'air aussi terrifiée que je le suis.

— Soyez sages, tous les deux ! lance Bethan avec un grand sourire.

Patrick rit et nous prenons la direction du village. Il a la conversation facile, et bien que je sois certaine qu'il exagère les pitreries de certains de ses patients, je me détends un peu en écoutant ses histoires pendant que nous atteignons le village.

Le patron du Cross Oak est Dave Bishop, un Anglais originaire du Yorkshire arrivé à Penfach seulement quelques années avant moi. Dave et sa femme Emma sont à présent totalement intégrés dans le village et, comme le reste de Penfach, ils connaissent le nom et la profession de tout le monde. Je ne suis jamais entrée dans le pub, mais j'ai salué Dave en passant par là avec Beau pour aller à la poste.

L'espoir de boire un verre tranquille s'évanouit au moment où nous passons la porte.

— Patrick ! Tu paies ta tournée ?

— Il faut que tu viennes voir Rosie, elle ne va toujours pas mieux.

— Comment va ton père ? Le temps gallois ne lui manque pas trop ?

Le tumulte des conversations, combiné à l'espace clos du pub, me rend nerveuse. Je referme la main sur la laisse de Beau et sens le cuir glisser contre ma paume moite. Patrick a un petit mot pour tout le monde mais ne s'arrête pas pour discuter. Il pose une main dans mon dos et me guide doucement à travers la foule jusqu'au bar. Je sens la chaleur de sa paume au creux de mes reins et je suis à la fois soulagée et déçue quand il l'enlève pour croiser les bras sur le comptoir.

— Qu'est-ce que tu bois ?

J'aurais préféré qu'il commande en premier. Je meurs d'envie d'une bière fraîche et je scrute le pub pour voir si les femmes en boivent.

Dave tousse poliment.

— Un gin-tonic, dis-je, troublée.

Je n'ai jamais bu de gin. Cette incapacité à prendre des décisions n'est pas nouvelle, mais je ne me rappelle plus quand ça a commencé.

Patrick commande une Becks et je regarde la condensation se former sur la bouteille.

— Vous devez être la photographe qui habite à Blaen Cedi ? On se demandait où vous vous cachiez.

L'homme qui me parle a à peu près l'âge de Iestyn. Il a des favoris et porte une casquette en tweed.

— Je te présente Jenna, dit Patrick. Elle monte son entreprise, tu comprendras qu'elle n'a pas tellement le temps de venir siffler des bières avec des lascars comme vous.

L'homme rit et je rougis, contente de la façon dont Patrick a justifié mon isolement. Nous choisissons une table dans le coin, et je suis consciente des regards posés sur nous et des ragots qui doivent déjà aller bon train, mais au bout d'un moment les hommes retournent à leurs pintes.

Je veille à ne pas trop parler, heureusement Patrick connaît de nombreuses histoires et anecdotes intéressantes sur la région.

— Il fait bon vivre ici, dis-je.

Il étend ses longues jambes devant lui.

— C'est vrai. Même si je n'étais pas de cet avis à l'adolescence. Les jeunes ne savent pas apprécier la convivialité et la beauté de la campagne. Je tannais mes parents pour qu'on déménage à Swansea. J'étais persuadé que ça changerait ma vie et que j'aurais tout à coup beaucoup de succès : une vie sociale incroyable et une ribambelle de petites amies. (Il sourit.) Mais ils n'ont jamais envisagé de déménager et je suis allé au lycée du coin.

— Tu as toujours voulu devenir vétérinaire ?

— Depuis que je sais marcher. Apparemment, j'alignais toutes mes peluches dans l'entrée et je demandais à ma mère de les apporter une par une dans la cuisine pour les opérer. (Quand il parle, tout son visage s'anime, le coin de ses yeux se plissant une fraction de seconde avant qu'il se mette à sourire.) J'ai obtenu mon bac de justesse et je suis parti étudier la médecine vétérinaire à l'université de Leeds, où j'ai finalement eu la vie sociale dont je rêvais.

— Et la ribambelle de petites amies ?

Patrick sourit.

— Peut-être une ou deux. Mais après avoir tant voulu partir, j'ai eu le mal du pays. À la fin de mes études, j'ai trouvé du travail à côté de Leeds, mais quand j'ai appris qu'on cherchait un vétérinaire pour le cabinet de Port Ellis, j'ai sauté sur l'occasion. Mon père et ma mère commençaient à se faire un peu vieux et l'océan me manquait.

— Tes parents vivaient à Port Ellis ?

Les gens proches de leurs parents m'intriguent. Je ne les envie pas, j'ai simplement du mal à l'imaginer. Si mon père était resté, peut-être cela aurait-il été différent.

— Ma mère est née ici. Mon père a emménagé ici avec sa famille à l'adolescence et ils se sont mariés quand ils avaient tous les deux dix-neuf ans.

— Ton père était lui aussi vétérinaire ?

Je pose trop de questions, mais si je m'arrête, j'ai peur d'avoir à répondre aux siennes. Ça n'a pas l'air de déranger Patrick, dont le visage s'éclaire d'un sourire nostalgique tandis qu'il parle de l'histoire de sa famille.

— Il était ingénieur. Il est à la retraite maintenant, mais il a travaillé toute sa vie pour une compagnie de gaz de Swansea. C'est à cause de lui que je suis devenu sauveteur volontaire. Il l'a été pendant des années. Il filait au milieu du repas le dimanche et ma mère nous faisait prier pour que tout le monde soit ramené sain et sauf. Je voyais mon père comme un véritable super-héros. (Il boit une lampée de bière.) C'était du temps de l'ancien centre de sauvetage en mer de Penfach, avant qu'ils en construisent un nouveau à Port Ellis.

— On fait souvent appel à vous ?

— Ça dépend. On intervient plus en été, quand les campings sont pleins. On a beau mettre des panneaux ou dire aux gens que les falaises sont dangereuses et qu'il ne faut pas se baigner à marée haute, ils s'en fichent. (Il prend soudain un air sérieux.) Promets-moi de faire attention dans la baie, il y a beaucoup de courant.

— Je me baigne rarement. J'ai juste trempé les pieds pour le moment.

— Contente-toi de ça, dit Patrick. (L'intensité de son regard me met mal à l'aise et je change de position sur mon siège. Il baisse les yeux et boit une grande gorgée de bière.) La marée en surprend plus d'un, ajoute-t-il doucement.

J'acquiesce et lui promets de ne pas me baigner.

— Ça peut paraître étrange, mais c'est moins dangereux au large. (Son regard s'éclaire.) En été, il n'y a rien de mieux que de prendre un bateau pour aller piquer une tête en pleine mer. Je t'emmènerai un jour, si tu veux.

C'est juste une proposition, mais je frissonne. L'idée de me retrouver seule avec Patrick – avec qui que ce soit – au milieu de l'océan est absolument terrifiante.

— L'eau n'est pas aussi froide qu'on le pense, précise Patrick, interprétant mal mon malaise.

Il se tait et un silence gêné s'installe.

Je me penche pour caresser Beau, qui dort sous la table, et j'essaie de trouver autre chose à dire.

— Tes parents vivent toujours ici ?

Ai-je toujours été aussi ennuyeuse ? Je repense à l'époque où, à l'université, j'étais un vrai boute-en-train ; mes amis éclataient de rire dès que j'ouvrais la bouche. Maintenant, je dois me forcer pour faire la conversation.

— Ils se sont installés en Espagne il y a quelques années, les veinards. Ma mère a de l'arthrite et je crois que la chaleur soulage ses articulations. C'est son excuse, en tout cas. Et toi ? Tes parents sont toujours en vie ?

— Pas vraiment.

Patrick a l'air intrigué et je réalise que j'aurais simplement dû dire « non ». Je respire à fond.

— Je ne me suis jamais trop entendue avec ma mère, dis-je. Elle a mis mon père à la porte quand j'avais quinze ans et je ne l'ai pas revu depuis. Je ne lui ai jamais pardonné.

— Elle devait avoir ses raisons.

Son intonation indique qu'il s'agit d'une question, mais je reste sur la défensive.

— Mon père était quelqu'un d'exceptionnel. Elle ne le méritait pas.

— Tu ne vois donc plus ta mère non plus ?

— On est restées en contact pendant longtemps, mais on s'est brouillées après... (Je m'arrête.) On s'est brouillées. Il y a quelques années, ma sœur m'a écrit pour me dire qu'elle était morte.

Je vois de la compassion dans les yeux de Patrick, mais je n'y fais pas attention. Je gâche tout, comme toujours. Ma vie est trop chaotique pour lui : il doit regretter de m'avoir invitée à boire un verre. Cette soirée va devenir de plus en plus pénible pour nous deux. Nous avons épuisé les sujets bateaux et je ne sais plus quoi dire. Je redoute les questions que je vois se bousculer dans l'esprit de Patrick : pourquoi je suis venue à Penfach, qu'est-ce qui m'a fait quitter Bristol, pourquoi je suis ici toute seule. Il demandera par politesse, sans se rendre compte qu'il ne veut pas savoir la vérité. Sans se rendre compte que je ne peux pas lui avouer la vérité.

— Je ferais mieux de rentrer, dis-je.

— Déjà ? (Il doit être soulagé, bien qu'il ne le montre pas.) Il est encore tôt. On pourrait boire autre chose, ou manger un bout.

— Non, vraiment, je dois y aller. Merci pour le verre.

Je me lève avant qu'il se sente obligé de proposer qu'on se revoie, mais il recule sa chaise au même moment.

— Je vais te raccompagner.

Un signal d'alarme résonne dans mon esprit. Pourquoi voudrait-il venir avec moi ? Il fait chaud dans le pub, et ses amis sont là ; il a encore une bière à moitié pleine. J'ai l'impression que ma tête va exploser. Je pense au cottage isolé ; personne n'entendrait s'il refusait de partir. Patrick a peut-être l'air gentil et honnête maintenant, mais je sais à quelle vitesse ça peut changer.

— Non. Merci.

Je me fraie un passage à travers le groupe de locaux, sans me soucier de ce qu'ils pensent de moi. Je réussis à ne pas courir avant d'être sortie du pub et d'avoir tourné au coin de la rue, et je file alors à toute vitesse sur la route du camping puis sur le sentier littoral qui va me conduire chez moi. Beau galope à mes pieds, surpris par le brusque changement de rythme. L'air glacial me fait mal aux poumons, mais je ne m'arrête pas avant d'être arrivée au cottage, où je bataille une fois de plus pour tourner la clé dans la serrure. Je finis par entrer, puis je tire violemment le verrou et m'adosse à la porte.

Mon cœur bat à tout rompre et je m'efforce de reprendre mon souffle. Je ne suis même pas certaine que c'est Patrick qui me fait peur ; je ne parviens plus à le dissocier de la panique qui s'empare de moi chaque jour. Je ne fais plus confiance à mon instinct – il s'est trompé tellement de fois. Le plus sage reste donc de garder mes distances.

15

Ray se retourna et enfouit sa tête dans l'oreiller pour échapper à la lumière du jour qui filtrait à travers les stores. L'espace d'un instant, il ne parvint pas à mettre le doigt sur le sentiment qui pesait sur sa conscience, puis il le reconnut. La culpabilité. Qu'est-ce qui lui était passé par la tête ? Il n'avait jamais été tenté de tromper Mags – pas une seule fois en quinze ans de mariage. Il repassa dans sa tête les événements de la veille. Avait-il profité de Kate ? Tout à coup, l'idée qu'elle puisse porter plainte lui traversa l'esprit et il s'en voulut aussitôt. Elle n'était pas comme ça. Pourtant l'inquiétude éclipsa presque la culpabilité.

La respiration régulière à ses côtés lui indiqua qu'il était le premier réveillé et il sortit doucement du lit en jetant un coup d'œil à la silhouette endormie près de lui, la couette tirée sur la tête. Si Mags l'apprenait… mieux valait ne pas y penser.

Tandis qu'il se levait, la couette bougea et Ray se figea. Il espérait lâchement filer en douce sans avoir à faire la conversation. Il devrait bien lui faire face à un moment donné, mais il avait d'abord besoin de quelques heures pour comprendre ce qui s'était passé.

— Quelle heure il est ? marmonna Mags.

— Six heures et quelques, chuchota Ray. Je vais au boulot plus tôt. J'ai de la paperasse en retard.

Elle grogna puis se rendormit, et Ray laissa échapper un soupir de soulagement. Il se doucha aussi vite que possible et une demi-heure plus tard il était dans son bureau, la porte fermée et plongé dans ses dossiers comme s'il pouvait effacer ce qui était arrivé. Par bonheur, Kate était sortie, et à l'heure du déjeuner Ray se risqua à la cantine avec Stumpy. Ils trouvèrent une table libre et Ray apporta deux assiettes de ce qui était censé être des lasagnes mais qui n'y ressemblait pas vraiment. Moira, la cuisinière, s'était appliquée à dessiner un drapeau italien à la craie à côté du plat du jour et leur avait adressé un sourire radieux quand ils avaient passé leur commande. Ray se retrouvait donc avec une énorme portion dont il essayait vaillamment de venir à bout, tâchant de faire abstraction de la nausée qui le tenaillait depuis ce matin. Moira était une femme forte, d'un âge indéterminé, toujours joyeuse en dépit d'un problème de peau qui entraînait une pluie de pellicules argentées chaque fois qu'elle enlevait sa veste en laine.

— Ça va, Ray ? Quelque chose te tracasse ?

Stumpy racla son assiette avec sa fourchette. Doté d'un estomac à toute épreuve, il semblait non seulement supporter la cuisine de Moira, mais même en raffoler.

— Tout va bien, répondit Ray, soulagé que Stumpy n'insiste pas.

En redressant la tête, il vit Kate entrer dans la cantine et regretta de ne pas avoir mangé plus vite. Stumpy se leva en faisant traîner sa chaise par terre.

— On se voit au bureau, patron.

Incapable de trouver une raison valable pour rappeler Stumpy ou abandonner son déjeuner avant que Kate s'assoie, Ray se força à sourire.

— Salut, Kate.

Il sentit son visage s'embraser. Sa bouche était sèche et il avait du mal à avaler sa salive.

— Salut.

Elle s'assit et déballa ses sandwichs, ne remarquant apparemment pas son malaise.

Son visage était impénétrable et la nausée de Ray s'intensifia. Il écarta son assiette, estimant que la colère de Moira était un moindre mal, et regarda autour de lui pour s'assurer que personne n'écoutait.

— À propos d'hier soir… commença-t-il en ayant l'impression d'être un ado mal dans sa peau.

Kate l'interrompit.

— Je suis vraiment désolée. Je ne sais pas ce qui m'a pris… Est-ce que ça va ?

Ray souffla.

— Plus ou moins. Et toi ?

Kate hocha la tête.

— Un peu gênée, à vrai dire.

— Tu n'as pas à te sentir gênée, dit Ray. Je n'aurais jamais dû…

— Ça n'aurait jamais dû arriver, coupa Kate. Mais on s'est juste embrassés. (Elle lui sourit, puis mordit dans son sandwich et poursuivit, la bouche pleine de fromage et de pickles.) C'était agréable, mais ça s'arrête là.

Ray laissa échapper un lent soupir. Tout allait rentrer dans l'ordre. Ce qui s'était passé était terrible, et si Mags l'apprenait un jour elle serait dévastée, mais tout allait bien. Ils étaient grands. Ils pouvaient se promettre de ne pas recommencer et continuer comme si de rien n'était. Pour la première fois depuis douze heures, Ray repensa à l'agréable sensation d'embrasser quelqu'un d'aussi vivant et énergique. Il sentit son visage s'embraser à nouveau et toussa pour chasser ce souvenir.

— Tant que ça ne te pose pas de problème, dit-il.

— Ray, c'est bon. Vraiment. Je ne vais pas porter plainte contre toi, si c'est ce qui t'inquiète.

Ray rougit.

— Bien sûr que non ! Ça ne m'a pas traversé l'esprit. C'est juste que, tu sais, je suis marié et…

— Et je vois quelqu'un, coupa Kate sans ménagement. Et on connaît tous les deux la musique. Alors on oublie, OK ?

— OK.

— Bon, reprit Kate, soudain sérieuse. Je suis venue te voir pour te proposer de lancer un appel à témoins pour l'anniversaire du délit de fuite.

— Ça fait déjà un an ?

— Le mois prochain. On n'aura probablement pas énormément de réponses, mais si quelqu'un a parlé, on pourrait au moins avoir quelques infos. Et on ne sait jamais, une personne a peut-être besoin de soulager sa conscience. Quelqu'un doit bien savoir qui conduisait cette voiture.

Kate avait les yeux brillants et cet air déterminé qu'il connaissait si bien.

— D'accord, dit-il.

Il imagina la réaction du préfet, et il savait que cela n'augurerait rien de bon pour la suite de sa carrière. Mais lancer un appel à témoins pour l'anniversaire de l'accident était une bonne idée. Ils le faisaient de temps en temps pour les affaires non résolues, ne serait-ce que pour montrer aux familles que même si la police n'enquêtait plus activement, elle n'avait pas complètement abandonné. Ça valait le coup d'essayer.

— Super. J'ai de la paperasse à finir pour l'affaire de ce matin, mais on pourrait se retrouver cet après-midi pour préparer l'appel à témoins.

Elle salua joyeusement Moira de la main en sortant de la cantine.

Ray lui envia sa capacité à tirer un trait sur les événements de la veille. Il avait du mal à la regarder sans repenser à ses bras noués autour de son cou. Il dissimula le reste de ses lasagnes sous une serviette en papier et déposa son assiette sur le chariot près de la porte.

— C'était délicieux, Moira, lança-t-il en passant devant le guichet.

— Menu grec demain ! lui cria-t-elle.

Il ne faudrait pas qu'il oublie d'apporter des sandwichs.

Il était au téléphone quand Kate ouvrit la porte de son bureau sans frapper. S'apercevant que Ray était occupé, elle articula silencieusement des excuses et s'apprêtait à sortir à reculons, mais il lui fit signe de s'asseoir. Elle ferma la porte avec précaution et s'installa sur un fauteuil en attendant qu'il ait fini. Il la vit jeter un coup d'œil à la photo de Mags et des enfants sur son bureau et il sentit une nouvelle vague de remords le submerger, luttant pour rester concentré sur sa conversation avec le préfet.

— Est-ce vraiment nécessaire, Ray ? disait Olivia. Il y a peu de chances qu'un témoin se présente, et je crains que cela ne serve qu'à rappeler que nous n'avons arrêté personne pour la mort de cet enfant.

Il s'appelle Jacob, songea Ray, se souvenant des mots prononcés par la mère du garçon presque un an plus tôt. Il se demanda si sa supérieure était vraiment aussi insensible qu'elle en avait l'air.

— Et comme personne ne réclame justice, il est inutile de remuer le couteau dans la plaie. Je pensais que vous aviez assez à faire, surtout avec les commissions d'évaluation qui approchent.

Le sous-entendu était clair.

— Je comptais vous confier l'affaire de la cité Creston, poursuivit le préfet. Mais si vous préférez vous occuper d'un vieux dossier…

L'opération Break avait été un succès, et ce n'était pas la première fois ces dernières semaines que le préfet lui faisait miroiter une affaire encore plus importante. Il vacilla un instant, puis croisa le regard de Kate. Elle l'observait attentivement. Travailler avec Kate lui avait rappelé pourquoi il s'était engagé dans la police des années auparavant. Il avait retrouvé sa passion pour le métier, et dorénavant il allait faire ce qui lui semblait juste, pas ce qui arrangeait la direction.

— Je peux faire les deux, assura-t-il. Je vais lancer l'appel à témoins. Je pense que c'est la bonne décision.

Il y eut un silence avant qu'Olivia reprenne la parole.

— Un article dans le *Post*, Ray, et quelques affiches au bord de la route. Rien de plus. Et tout disparaît au bout d'une semaine.

Elle raccrocha.

Kate attendit qu'il parle, tapotant impatiemment son stylo contre l'accoudoir de son fauteuil.

— C'est bon, dit Ray.

Le visage de Kate se fendit d'un immense sourire.

— Bien joué ! Elle est énervée ?

— Ça lui passera. Elle veut simplement faire savoir qu'elle n'approuve pas, pour pouvoir nous faire la morale quand ça se retournera contre nous et qu'on se sera mis l'opinion publique à dos.

— C'est un peu cynique !

— C'est comme ça que ça marche là-haut.

— Et tu espères être promu ?

Kate avait les yeux pétillants de malice ; Ray rit.

— Je ne peux pas passer ma vie ici.

— Pourquoi pas ?

Ray se dit qu'il ne se porterait pas plus mal s'il pouvait ignorer le jeu des promotions et se concentrer uniquement sur son travail – un travail qu'il aimait.

— Parce qu'il y a les études des enfants à payer, finit-il par répondre. Quoi qu'il en soit, je ne serai pas comme ça, je n'oublierai pas la réalité du terrain.

— Compte sur moi pour te le rappeler quand tu seras préfet et que tu ne me laisseras pas lancer un appel à témoins, dit Kate.

Ray sourit.

— J'ai déjà parlé au *Post* : Suzy French ne voit aucun inconvénient à ce qu'on profite de l'article qu'ils vont consacrer à l'anniversaire de l'accident pour publier l'appel à témoins dans le journal. Ils vont revenir sur les événements, mais j'aimerais que tu contactes Suzy pour lui donner les détails de l'appel avec le numéro de téléphone et une déclaration officielle de la police garantissant la confidentialité des témoignages.

— Aucun problème. Qu'est-ce qu'on fait pour la mère ?

Ray haussa les épaules.

— On lance l'appel sans elle. Contacte la directrice de l'école de Jacob et demande-lui si elle accepte de parler aux journalistes. Ce serait bien d'avoir un éclairage nouveau. Ils ont peut-être quelque chose qu'il a fait à l'école ? Un dessin, par exemple. On va attendre de voir ce que ça donne avant de commencer à chercher la mère, on dirait qu'elle a disparu de la surface de la terre.

Ray en voulait à l'agent de liaison avec les familles de ne pas avoir mieux surveillé la mère de Jacob. Il n'était pas vraiment surpris que celle-ci soit partie. Il le savait d'expérience, la plupart des gens manifestent deux sortes de réactions à la perte d'un être cher : soit ils se jurent de ne jamais déménager, gardant leur maison exactement dans le même état pour en faire une sorte de sanctuaire ; soit ils rompent définitivement avec le passé, incapables de se faire à l'idée de continuer à vivre comme si rien n'avait changé alors que leur vie entière a basculé.

Une fois Kate sortie de son bureau, il contempla la photo de Jacob, toujours punaisée au panneau en liège sur le mur. Les bords s'étaient un peu racornis et Ray la décrocha avec précaution pour la lisser. Puis il la cala contre le portrait encadré de Mags et des enfants, où il pouvait mieux la voir.

L'appel à témoins était leur dernière chance, et il était peu probable qu'il aboutisse, mais ils auraient au moins essayé. Et si ça ne marchait pas, il classerait le dossier et passerait à autre chose.

16

Je suis assise à la table de la cuisine devant mon ordinateur, les genoux ramenés sous le gros pull à torsades que je portais dans mon atelier en hiver. Je me trouve juste à côté de la cuisinière, mais je tremble et je rentre mes mains dans mes manches. Il n'est pas encore midi, mais je me suis servi un grand verre de vin rouge. Je tape ma requête dans le moteur de recherche puis je m'arrête. Ça fait des mois que je ne me suis pas torturée avec ça. Ça ne servira à rien – ça ne sert jamais à rien –, mais comment ne pas penser à lui ? Surtout aujourd'hui ?

Je bois une petite gorgée de vin et j'appuie sur la touche du clavier.

En quelques secondes, l'écran est inondé de reportages sur l'accident, de forums et d'hommages à Jacob. La couleur des liens indique que j'ai déjà visité tous ces sites.

Mais aujourd'hui, exactement un an après que ma vie a basculé, il y a un nouvel article dans l'édition en ligne du *Bristol Post*.

Je laisse échapper un sanglot étouffé, serrant les poings si fort que mes jointures blanchissent. Après avoir dévoré le bref article, je le relis depuis le début. Il n'y a aucun élément nouveau : pas de pistes officielles, pas d'informations sur la voiture, juste quelques lignes rappelant que le conducteur est recherché par la police pour conduite dangereuse ayant entraîné la mort. L'expression m'écœure et je ferme le navigateur, mais même la photo de la baie que j'ai mise en fond d'écran ne me calme pas. Je ne suis pas descendue sur la plage depuis mon rendez-vous avec Patrick. J'ai des commandes à honorer, mais j'ai tellement honte de la façon dont je me suis comportée que je ne supporte pas l'idée de le rencontrer là-bas. En me réveillant le lendemain du rendez-vous, j'ai trouvé ça ridicule d'avoir eu peur et j'ai presque eu le courage de l'appeler pour m'excuser. Mais, au fil des jours, je me suis dégonflée. Ça fait maintenant presque deux semaines et il n'a pas cherché à me contacter. J'ai soudain la nausée. Je vide mon verre de vin dans l'évier et je décide d'aller me promener avec Beau sur le sentier littoral.

Nous marchons pendant des kilomètres, longeant le promontoire qui précède Port Ellis. J'aperçois un bâtiment gris en bas et je réalise que cela doit être le centre de sauvetage en mer. Je m'arrête un moment et songe aux vies sauvées par les volontaires. Je ne peux pas m'empêcher de penser à Patrick tandis que je repars d'un pas énergique sur le sentier qui mène à Port Ellis. Je n'ai pas de destination précise, j'avance machinalement jusqu'à arriver au village, puis je prends la direction du cabinet vétérinaire. Ce n'est qu'au moment où j'ouvre la porte en faisant tinter la petite cloche que je me demande ce que je vais bien pouvoir dire.

— En quoi puis-je vous aider ?

C'est la même réceptionniste – je ne l'aurais pas reconnue sans ses badges colorés.

— Est-ce que je pourrais parler à Patrick ?

Je devrais sans doute donner une raison, mais elle ne me demande rien.

— Je reviens tout de suite.

Mal à l'aise, je patiente debout dans la salle d'attente, où une femme est assise avec un jeune enfant et un animal dans un panier en osier. Je retiens Beau, qui tire de toutes ses forces sur sa laisse.

Quelques minutes plus tard, j'entends des pas et Patrick fait son apparition. Il porte un pantalon en velours côtelé marron avec une chemise à carreaux, et ses cheveux sont tout ébouriffés, comme s'il venait de passer la main dedans.

— Il y a un problème avec Beau ?

Il est poli, mais ne sourit pas, et ma détermination faiblit légèrement.

— Non. Est-ce qu'on pourrait parler une minute en privé ?

Il hésite, et je suis certaine qu'il va refuser. J'ai les joues en feu et je sens le regard de la réceptionniste sur nous.

— Entre.

Je le suis dans la pièce où il a examiné Beau la première fois et il s'appuie contre le lavabo. Il ne dit rien. Il ne va pas me faciliter la tâche.

— Je voulais… je voulais m'excuser.

Je sens un picotement derrière mes yeux et je m'efforce de ne pas pleurer.

Patrick esquisse un sourire ironique.

— On m'a déjà envoyé balader, mais jamais aussi vite.

Son regard s'est adouci et je risque un petit sourire.

— Je suis vraiment désolée.

— Est-ce que j'ai fait quelque chose de mal ? Est-ce que c'est quelque chose que j'ai dit ?

— Non. Pas du tout. Tu as été… (J'essaie de trouver le mot juste, puis j'abandonne.) C'est ma faute, je ne suis pas très douée pour ce genre de chose.

Il y a un silence et Patrick me sourit.

— Tu as peut-être besoin de pratique.

Je ne peux pas m'empêcher de rire.

— Peut-être.

— Écoute, j'ai encore deux patients à voir, et ensuite ma journée est finie. Qu'est-ce que tu dirais de venir dîner à la maison ce soir ? J'ai un ragoût qui cuit dans la mijoteuse en ce moment et il y en a plus qu'assez pour deux. Beau aura même droit à une portion.

Si je refuse, je ne le reverrai pas.

— Avec plaisir.

Patrick regarde sa montre.

— Rejoins-moi ici dans une heure. Ça ira d'ici là ?

— Oui. Je voulais prendre des photos du village de toute façon.

— Super, alors on se voit tout à l'heure.

Son sourire est plus large à présent, creusant des plis au coin de ses yeux. Il m'accompagne jusqu'à la sortie et je croise le regard de la réceptionniste.

— Tout est arrangé ?

Je me demande pourquoi elle croit que je suis venue voir Patrick, puis je me dis que ça m'est égal. J'ai été courageuse : je me suis peut-être enfuie, mais je suis revenue, et ce soir je vais dîner avec un homme qui m'apprécie assez pour ne pas être rebuté par ma nervosité.

La fréquence à laquelle je regarde ma montre ne fait pas passer le temps plus vite, et Beau et moi effectuons plusieurs fois le tour du village avant qu'il soit l'heure de retourner au cabinet. Je ne veux pas entrer et je suis soulagée quand Patrick sort avec un grand sourire en enfilant sa veste en toile huilée. Il gratte les oreilles de Beau, puis nous marchons jusqu'à une petite maison mitoyenne dans la rue d'à côté. Il nous fait passer au salon, où Beau s'affale aussitôt devant la cheminée.

— Un verre de vin ?

— Volontiers.

Je m'assois, mais je suis si nerveuse que je me relève aussitôt. La pièce est petite mais chaleureuse, avec un tapis qui recouvre la majeure partie du sol. Le foyer est flanqué de deux fauteuils et je me demande lequel est le sien – rien n'indique que l'un d'entre eux est plus utilisé que l'autre. La petite télévision détonne dans la pièce et deux énormes bibliothèques occupent les alcôves à côté des fauteuils. J'incline la tête pour lire les dos.

— J'ai beaucoup trop de livres, remarque Patrick en revenant avec deux verres de vin rouge. (J'en prends un, heureuse d'avoir quelque chose à faire de mes mains.) Je devrais en donner quelques-uns, mais je n'arrive pas à m'en séparer.

— J'adore lire. Même si j'ai à peine ouvert un livre depuis que j'ai emménagé ici.

Patrick s'assoit dans l'un des fauteuils. Je l'imite et m'assois dans l'autre en tripotant le pied de mon verre.

— Ça fait combien de temps que tu es photographe ?

— Je ne suis pas vraiment photographe, dis-je en m'étonnant moi-même de ma franchise. Je suis sculptrice. (Je repense à mon atelier dans le jardin : l'argile brisée, les sculptures terminées et prêtes à être livrées réduites à l'état de tessons.) Du moins, j'étais sculptrice.

— Tu ne sculptes plus ?

— Je ne peux plus.

J'hésite, puis je déplie ma main gauche, où de vilaines cicatrices me barrent la paume et le poignet.

— J'ai eu un accident. Je peux encore me servir de ma main, mais je ne sens plus rien au bout des doigts.

Patrick laisse échapper un petit sifflement.

— Ma pauvre ! Qu'est-ce qui t'est arrivé ?

J'ai soudain un flash-back de ce soir-là, il y a un an, et je le refoule au plus profond de moi-même.

— C'est plus impressionnant qu'autre chose. J'aurais dû faire plus attention.

Je suis incapable de regarder Patrick dans les yeux, mais il change habilement de sujet.

— Tu as faim ?

— Je suis affamée.

Une délicieuse odeur s'échappe de la cuisine et mon estomac gronde. Je le suis dans une très grande pièce dont un buffet en pin occupe tout un mur.

— Il était à ma grand-mère, explique-t-il en éteignant la mijoteuse. Mes parents l'ont récupéré quand elle est morte, mais ils ont déménagé à l'étranger il y a quelques années et j'en ai hérité. Il est immense, hein ? Il y a toutes sortes de choses entassées là-dedans. Ne t'avise surtout pas d'ouvrir les portes.

Je regarde Patrick servir le ragoût avec précaution dans deux assiettes puis attraper un torchon pour essuyer une goutte de sauce qu'il étale plus qu'autre chose.

Il apporte les assiettes chaudes sur la table et en pose une devant moi.

— C'est à peu près la seule chose que je sais cuisiner, s'excuse-t-il. J'espère que ce sera bon.

Il en sert un peu dans un récipient en métal et Beau fait son apparition à point nommé dans la cuisine, attendant patiemment que Patrick pose la gamelle par terre.

— Une seconde, bonhomme, dit Patrick.

Il prend une fourchette et remue la viande dans la gamelle pour qu'elle refroidisse.

Je baisse la tête pour dissimuler mon sourire. La façon dont une personne traite les animaux en dit long sur elle, et Patrick commence à me plaire.

— Ça a l'air délicieux, dis-je. Merci.

Je ne me souviens plus de la dernière fois que quelqu'un a pris soin de moi comme ça. C'était toujours moi qui faisais la cuisine, le rangement, le ménage. Tant d'années passées à essayer de fonder une famille heureuse, tout ça pour que tout s'effondre autour de moi.

— C'est la recette de ma mère, indique Patrick. Elle essaie d'enrichir mon répertoire chaque fois qu'elle vient. Elle doit imaginer que je me nourris uniquement de pizzas et de frites quand elle n'est pas là, comme mon père.

Je ris.

— Cet automne, ça fera quarante ans qu'ils sont ensemble, ajoute-t-il. J'ai du mal à imaginer une chose pareille, pas toi ?

Moi aussi.

— Tu as déjà été marié ? dis-je.

Le regard de Patrick s'assombrit.

— Non. J'ai cru que j'allais me marier une fois, mais les choses ont pris une autre tournure.

Il y a un bref silence et je crois voir du soulagement sur son visage quand il comprend que je ne vais pas demander pourquoi.

— Et toi ?

Je respire à fond.

— J'ai été mariée un moment. Mais on ne voulait pas les mêmes choses, en fin de compte.

Je souris de l'euphémisme.

— Tu es très isolée à Blaen Cedi, observe Patrick. Ça ne te dérange pas ?

— J'aime vivre là-bas. C'est un endroit magnifique, et Beau me tient compagnie.

— Tu ne te sens pas seule sans voisins ?

Je songe à mes nuits agitées, quand je me réveille en criant et qu'il n'y a personne pour me réconforter.

— Je vois Bethan presque tous les jours.

— C'est quelqu'un de bien. Je la connais depuis des années.

Je me demande à quel point Patrick et Bethan ont été proches. Il commence à me raconter qu'ils ont un jour emprunté une barque à son père sans sa permission pour aller dans la baie.

— On nous a repérés au bout de quelques minutes. Je voyais mon père debout sur le rivage, les bras croisés, à côté du père de Bethan. On savait qu'on allait avoir de gros ennuis, alors on est restés dans la barque et ils sont restés sur la plage. Ça a duré des heures.

— Qu'est-ce qui s'est passé ?

Patrick rit.

— On a fini par céder, bien sûr. On est rentrés et on a affronté l'orage. Bethan avait quelques années de plus que moi, du coup c'est surtout elle qui a pris, mais j'ai été privé de sortie pendant deux semaines.

Je souris tandis qu'il secoue la tête, comme si la punition avait été un calvaire. Je n'ai aucun mal à l'imaginer adolescent, les cheveux aussi ébouriffés que maintenant et prêt à faire les quatre cents coups.

Mon assiette vide est remplacée par un bol de crumble aux pommes avec de la crème anglaise. L'odeur de cannelle chaude me fait saliver. J'écarte la crème pour manger le gâteau du bout des dents et ne pas paraître impolie.

— Tu n'aimes pas ? me demande-t-il.

— C'est délicieux. C'est juste que j'évite les desserts.

Difficile de se défaire des habitudes d'un régime.

— Tu rates quelque chose. (Patrick termine sa portion en quelques bouchées.) Ce n'est pas moi qui l'ai fait, une des filles du boulot me l'a apporté.

— Désolée.

— Ce n'est rien. Je vais le laisser refroidir un peu et le donner à Beau.

Le chien dresse l'oreille en entendant son nom.

— C'est vraiment un bon chien, dit Patrick. Et il a de la chance.

J'acquiesce, même si je sais à présent que j'ai autant besoin de Beau que lui de moi. C'est moi qui ai de la chance. Patrick a un coude sur la table et le menton appuyé dans la main tandis qu'il caresse Beau. Détendu et satisfait : un homme sans secrets ni tourments.

Il lève les yeux et me surprend à l'observer. Gênée, je détourne le regard et remarque une autre étagère dans un coin de la cuisine.

— Encore des livres ?

— C'est plus fort que moi, répond Patrick avec un grand sourire. Il y a surtout ici des livres de cuisine que ma mère m'a donnés, mais il y a aussi quelques polars. Je peux lire n'importe quoi du moment que l'intrigue tient la route.

Il commence à débarrasser la table et je m'adosse à ma chaise pour l'observer.

Et si je te racontais une histoire, Patrick ?

L'histoire de Jacob et d'un accident. L'histoire de quelqu'un qui n'a pas trouvé de meilleure solution pour survivre que de s'enfuir pour tout recommencer à zéro ; de quelqu'un qui se réveille chaque nuit en criant, incapable d'oublier ce qui s'est passé.

Et si je te racontais cette histoire ?

Je le vois m'écouter, écarquillant les yeux tandis que je lui parle du grincement des freins, du craquement de la tête de Jacob sur le pare-brise. J'aimerais qu'il me prenne la main, mais il ne le fait pas, même dans mon imagination. J'aimerais l'entendre dire qu'il comprend, que je n'y suis pour rien, que ça aurait pu arriver à n'importe qui. Mais il secoue la tête, se lève de table, me repousse. Il est écœuré. Dégoûté.

Je ne pourrai jamais lui raconter.

— Ça va ?

Patrick me regarde bizarrement et, l'espace d'un instant, j'ai l'impression qu'il peut lire dans mes pensées.

— C'était très bon, dis-je. (J'ai deux possibilités : soit je ne revois plus Patrick, soit je lui cache la vérité. Je n'ai aucune envie de lui mentir, mais je ne supporte pas l'idée de le perdre. Je regarde l'horloge au mur.) Je vais devoir y aller.

— Tu ne vas pas refaire ta Cendrillon ?

— Pas cette fois-ci. (Je rougis, mais Patrick sourit.) Le dernier car pour Penfach est à neuf heures.

— Tu n'as pas de voiture ?

— Je n'aime pas conduire.

— Je vais te ramener, je n'ai bu qu'un petit verre de vin. Ça ne me dérange pas.

— Vraiment, je préfère rentrer toute seule.

Je crois déceler un soupçon d'exaspération dans les yeux de Patrick.

— Peut-être qu'on se croisera sur la plage demain matin ? dis-je.

Il se détend et sourit.

— Ce serait super. Ça m'a fait vraiment plaisir de te revoir, je suis content que tu sois revenue.

— Moi aussi.

Il va chercher mes affaires et nous nous tenons tous les deux dans la petite entrée pendant que j'enfile mon manteau. J'ai à peine la place de bouger les coudes et cette proximité me rend gauche. Je bataille avec la fermeture Éclair.

— Attends, dit-il. Laisse-moi faire.

Je regarde sa main réunir les deux parties de la fermeture Éclair avec précaution puis la remonter. Je suis paralysée par l'angoisse, mais il s'arrête juste avant mon menton et enroule mon écharpe autour de mon cou.

— Voilà. Tu m'appelles quand tu arrives chez toi ? Je vais te donner mon numéro.

Je suis déconcertée par sa prévenance.

— Je voudrais bien, mais je n'ai pas de téléphone.

— Tu n'as pas de portable ?

Son incrédulité me fait presque rire.

— Non. Il y a une ligne au cottage, pour Internet, mais pas de téléphone. Ça va aller, je t'assure.

Patrick pose ses mains sur mes épaules et, avant que j'aie le temps de réagir, il se penche pour m'embrasser tendrement sur la joue. Je sens son souffle sur mon visage et je vacille.

— Merci, dis-je.

Bien que ce soit inapproprié et banal, il me sourit comme si j'avais dit quelque chose de profond et je me rends compte à quel point il est facile d'être avec quelqu'un d'aussi peu exigeant.

J'attache la laisse au collier de Beau et nous nous disons au revoir. Je sais que Patrick va nous regarder partir, et quand je tourne au bout de la rue je le vois encore debout devant la porte.

17

Le portable de Ray sonna tandis qu'il était assis pour le petit déjeuner. Lucy essayait d'obtenir son badge de cuisine chez les jeannettes et prenait ça beaucoup trop au sérieux. Le bout de sa langue dépassait au coin de ses lèvres tandis qu'elle s'appliquait à servir des œufs caoutchouteux au bacon brûlé dans les assiettes de ses parents. Tom avait passé la nuit chez un ami et ne serait pas de retour avant midi : Ray avait acquiescé quand Mags avait remarqué que c'était bien que Tom se fasse des amis, mais au fond il appréciait simplement la tranquillité de la maison sans les cris et les claquements de portes.

— Ça a l'air délicieux, ma chérie.

Ray sortit son téléphone de sa poche et jeta un coup d'œil à l'écran.

Il regarda Mags.

— Le boulot.

Il se demanda si c'était au sujet de l'opération Falcon – le nom donné à l'enquête sur le trafic de drogue de la cité Creston. Le préfet lui avait fait miroiter l'affaire une semaine de plus avant de finalement la lui confier avec ordre de se concentrer là-dessus en priorité. Elle n'avait pas mentionné l'appel à témoins. C'était inutile.

Mags jeta un coup d'œil vers Lucy, occupée à disposer la nourriture dans les assiettes.

— Déjeune d'abord. S'il te plaît.

À contrecœur, Ray appuya sur le bouton rouge pour rejeter l'appel et le transférer vers sa messagerie. À peine eut-il le temps de garnir sa fourchette d'œufs au bacon que le téléphone de la maison sonna. Mags décrocha.

— Oh, bonjour, Kate. Est-ce que c'est urgent ? On est en train de déjeuner.

Ray se sentit tout à coup mal à l'aise. Il fit défiler ses e-mails sur son BlackBerry pour avoir quelque chose à faire, levant furtivement les yeux vers Mags, dont les épaules bien droites indiquaient qu'elle n'appréciait pas d'être dérangée. Pourquoi Kate téléphonait-elle chez lui ? Un dimanche en plus ? Il tendit l'oreille pour saisir ce que disait Kate au bout du fil. En vain. La nausée qui l'avait tenaillé ces derniers jours réapparut et il fixa ses œufs au bacon sans enthousiasme.

Mags passa le téléphone à Ray sans un mot.

— Salut, Ray. (Kate était joyeuse, inconsciente de son embarras.) Qu'est-ce que tu fais de beau ?

— Je suis en famille. Qu'est-ce qu'il y a ?

Il sentit le regard de Mags et sut que ce laconisme ne lui ressemblait pas.

— Je suis vraiment désolée de te déranger, fit sèchement Kate. Mais je me suis dit que tu préférerais être au courant tout de suite.

— Qu'est-ce qu'il y a ?

— Une réponse à l'appel pour l'anniversaire du délit de fuite. On a un témoin.

Ray arriva dans son bureau moins d'une demi-heure plus tard.

— Alors, qu'est-ce qu'on a ?

Kate parcourut l'e-mail du central qu'elle avait imprimé.

— Un type affirme qu'une voiture rouge qui roulait n'importe comment lui a fait une queue de poisson à peu près au moment où a eu lieu l'accident, dit Kate. Il comptait le signaler, mais il ne l'a jamais fait.

Ray ressentit une poussée d'adrénaline.

— Pourquoi est-ce qu'il n'a pas contacté la police quand les premiers appels à témoins ont été lancés ?

— Il n'est pas d'ici, expliqua Kate. Il venait rendre visite à sa sœur pour son anniversaire – voilà pourquoi il est certain de la date –, mais il est reparti à Bournemouth le jour même et il n'a pas du tout entendu parler du délit de fuite. Bref, il n'a fait le rapprochement que quand sa sœur a évoqué l'appel à témoins hier soir au téléphone.

— Il est fiable ? demanda Ray.

Les témoins sont une espèce imprévisible. Certains se souviennent des moindres détails, d'autres ne peuvent pas vous dire la couleur de leur chemise sans avoir d'abord vérifié, et ils sont encore capables de se tromper.

— Aucune idée. On ne lui a pas encore parlé.

— Et pourquoi ça, bon sang ?

— Il est neuf heures et demie, se défendit-elle sèchement. On a eu l'information cinq minutes avant que je t'appelle et je me suis dit que tu voudrais lui parler toi-même.

— Excuse-moi.

Kate haussa les épaules.

— Et désolé pour ce matin au téléphone, poursuivit-il. C'était un peu délicat, tu comprends.

— Tout va bien ?

La question était tendancieuse. Ray acquiesça.

— Oui. J'étais mal à l'aise, c'est tout.

Ils se dévisagèrent un instant avant que Ray détourne les yeux.

— Bon, eh bien on n'a qu'à le faire venir, reprit-il. Je veux tous les renseignements qu'il peut nous donner sur cette voiture. La marque, la couleur, le numéro d'immatriculation. Et tout ce qu'il a sur le conducteur. On dirait qu'on a droit à une seconde chance : faisons les choses correctement, cette fois-ci.

— Il sait que dalle, putain ! (Ray faisait les cent pas devant la fenêtre de son bureau sans chercher à dissimuler sa frustration.) Il ne peut pas nous dire l'âge du conducteur ni s'il était blanc ou noir... Nom de Dieu ! Il ne sait même pas si c'était un homme ou une femme !

Il se frotta vigoureusement la tête comme pour en faire jaillir une idée.

— La visibilité était mauvaise, lui rappela Kate. Et il était concentré sur la route.

Ray n'était pas d'humeur à se montrer indulgent.

— Il n'aurait pas dû prendre le volant si un peu de pluie le gênait tant. (Il s'assit lourdement et but une gorgée de café, puis grimaça en s'apercevant qu'il était froid.) Un de ces quatre, j'arriverai à boire un café en entier, marmonna-t-il.

— Une Ford avec un pare-brise fissuré dont la plaque d'immatriculation commence par un J, récapitula Kate en lisant ses notes. Sûrement une Fiesta ou une Focus. C'est déjà ça.

— Bon, c'est mieux que rien, concéda Ray. Allez, au boulot ! J'aimerais que tu t'occupes en priorité de retrouver la mère de Jacob. Si on coince le responsable, ou plutôt quand on le coincera, je veux qu'elle voie qu'on n'a pas laissé tomber son fils.

— Compris, fit Kate. Le courant est bien passé avec la directrice de l'école quand je l'ai eue au téléphone pour l'appel à témoins. Je vais la rappeler pour creuser un peu de ce côté-là. Quelqu'un doit bien être resté en contact avec la mère.

— Je vais mettre Malcolm sur la voiture. On va chercher sur l'ordinateur central toutes les Fiesta et les Focus immatriculées à Bristol et je te paie à manger pendant qu'on épluche la liste.

Écartant les restes de ce que Moira avait eu l'optimisme de présenter comme de la paella, Ray posa une main sur la pile de dossiers devant lui.

— Neuf cent quarante-deux.

Il siffla.

— Uniquement dans la région, observa Kate. Et si la voiture ne faisait que passer ?

— Voyons si on peut réduire un peu les possibilités. (Il plia la liste et la tendit à Kate.) Compare ces numéros avec ceux enregistrés par le LAPI : disons à partir d'une demi-heure avant le délit de fuite jusqu'à une demi-heure après. On verra combien d'entre elles étaient sur la route au moment de l'accident et on commencera à les éliminer à partir de là.

— On se rapproche, dit Kate, les yeux pétillants. Je le sens.

Ray sourit.

— Ne nous emballons pas. Sur quoi tu bosses en ce moment ?

Elle compta les affaires sur ses doigts.

— Le vol du supermarché Londis, une série d'attaques contre des chauffeurs de taxi asiatiques et une possible agression sexuelle que devrait nous refiler la patrouille. Ah, et j'ai deux jours de formation sur la diversité la semaine prochaine.

Ray ricana.

— Oublie la formation. Et apporte-moi tes dossiers pour que je les confie à quelqu'un d'autre. Je veux que tu travailles à plein temps sur le délit de fuite.

— Officiellement, cette fois-ci ? demanda Kate en haussant un sourcil.

— Absolument, répondit Ray avec un grand sourire. Mais vas-y mollo sur les heures sup'.

18

Quand le car arrive à Port Ellis, Patrick est déjà là. Depuis deux semaines, nous nous voyons tous les matins sur la plage, et quand il a proposé que nous nous retrouvions pour son jour de congé, je n'ai pas hésité longtemps. Je ne peux pas passer ma vie à avoir peur.

— Où est-ce qu'on va ? dis-je en cherchant des indices autour de moi.

Sa maison se trouve dans la direction opposée et nous passons devant le pub du village sans nous arrêter.

— Tu verras.

Nous sortons du village et suivons la route qui descend vers la mer. Tandis que nous marchons, nos mains se touchent et ses doigts se faufilent entre les miens. Je sens une décharge électrique et laisse ma main se relâcher dans la sienne.

La rumeur selon laquelle je fréquente Patrick s'est répandue à une vitesse ahurissante dans Penfach. J'ai rencontré Iestyn par hasard hier au magasin.

— Il paraît que vous voyez le fils d'Alun Mathews, m'a-t-il dit avec un sourire en coin. Patrick est un bon gars, vous auriez pu tomber sur pire.

Je me suis sentie rougir.

— Quand pourrez-vous venir jeter un coup d'œil à la porte ? lui ai-je demandé en changeant de sujet. C'est toujours pareil : la serrure accroche tellement que certaines fois la clé ne tourne même plus.

— Ne vous inquiétez pas pour ça. Il n'y a pas de voleurs par ici.

J'ai respiré à fond avant de répondre, sachant bien qu'il trouvait bizarre que je ferme la porte à clé.

— N'empêche que je me sentirais mieux si elle était réparée.

Iestyn a une fois de plus promis de venir au cottage pour arranger ça, mais quand je suis partie à midi il n'était toujours pas passé et j'ai mis dix bonnes minutes à fermer la porte.

La route continue à se rétrécir et j'aperçois l'océan au bout du chemin. L'eau est grise et déchaînée, l'écume jaillissant des vagues en furie. Les mouettes décrivent des cercles vertigineux, ballottées par les vents qui s'engouffrent dans la baie. Je comprends enfin où Patrick m'emmène.

— Le centre de sauvetage ! Est-ce qu'on peut entrer ?

— C'est l'idée, répond-il. Tu as vu le cabinet vétérinaire, je me suis dit que tu voudrais peut-être voir cet endroit. J'ai l'impression d'y passer presque autant de temps.

Le centre de sauvetage en mer de Port Ellis est un bâtiment trapu et étrange qui pourrait être pris pour une usine sans la tour d'observation perchée sur le toit, ses quatre baies vitrées évoquent une tour de contrôle d'aéroport.

Nous passons devant deux énormes portes coulissantes bleues à l'avant du bâtiment et Patrick tape un code sur un boîtier gris pour ouvrir une petite porte située sur le côté.

— Viens, je vais te faire visiter.

À l'intérieur, le centre de sauvetage sent la sueur et la mer, l'odeur âcre du sel qui s'imprègne dans les vêtements. Le hangar à bateaux est dominé par ce que Patrick appelle « l'engin » – un Zodiac orange vif.

— On est attachés, indique-t-il. Mais par gros temps c'est un vrai défi de ne pas passer par-dessus bord.

Je me promène dans le hangar, déchiffre les affiches sur la porte, les grilles de vérification du matériel soigneusement remplies. Sur le mur se trouve une plaque commémorant la mort de trois volontaires en 1916.

— Le patron P. Grant et les matelots Harry Ellis et Glyn Barry, lis-je tout haut. Quelle horreur !

— Ils répondaient à l'appel d'un bateau à vapeur en perdition au large de la péninsule de Gower, raconte Patrick tandis qu'il me rejoint et passe un bras autour de mes épaules. (Il doit voir ma tête, car il ajoute :) C'était très différent à l'époque, ils n'avaient pas la moitié du matériel qu'on a aujourd'hui.

Il me prend par la main et me conduit dans une petite pièce où un homme en polaire bleue prépare du café. Il a le visage tanné de quelqu'un qui a passé sa vie dehors.

— Ça va, David ? dit Patrick. Je te présente Jenna.

— Il tenait à vous montrer son engin, hein ?

David me fait un clin d'œil et je souris de ce qui semble être une vieille plaisanterie entre eux.

— Je ne m'étais jamais interrogée sur le fonctionnement des centres de sauvetage, dis-je. J'ai toujours considéré qu'ils faisaient partie du paysage.

— Ils n'en ont plus pour très longtemps si on ne les défend pas plus, explique David en versant une grosse cuillerée de sucre dans son café sirupeux avant de le remuer. Nos frais de fonctionnement sont pris en charge par la Royal National Lifeboat Institution, pas par le gouvernement, on est donc toujours à la recherche de financements, en plus d'essayer de trouver des volontaires.

— David est le responsable des opérations, dit Patrick. C'est lui qui gère le centre. Il est là pour nous surveiller.

David rit.

— Il n'a pas tort.

La sonnerie stridente d'un téléphone retentit dans la salle de contrôle vide et David s'excuse. Il revient quelques secondes plus tard et se rue dans le hangar à bateaux en défaisant la fermeture Éclair de sa polaire.

— Un canoë s'est retourné au large de la baie de Rhossili ! crie-t-il à Patrick. Un père et son fils sont portés disparus. Helen a appelé Gary et Aled.

Patrick ouvre un casier et en sort une combinaison en caoutchouc jaune, un gilet de sauvetage rouge et un ciré bleu foncé.

— Désolé, Jenna, il faut que j'y aille. (Il enfile sa combinaison par-dessus son jean et son sweat-shirt.)

Prends les clés et attends-moi à la maison. Je n'en ai pas pour très longtemps.

Avant que j'aie le temps de répondre, il se précipite dans le hangar, juste au moment où deux hommes pénètrent à toute vitesse par la porte coulissante grande ouverte. Quelques minutes plus tard, les quatre hommes traînent l'embarcation sur la plage pour la mettre à l'eau puis sautent à l'intérieur. L'un d'eux – j'ignore lequel – actionne le lanceur pour démarrer le moteur et le bateau part comme une flèche en bondissant sur les vagues.

Je regarde le point orange rapetisser jusqu'à être englouti par le gris.

— Ils sont rapides, hein ?

Je me retourne et vois une femme appuyée contre la porte de la salle de contrôle. Elle a la cinquantaine passée, des cheveux bruns grisonnants et un chemisier à motifs avec un badge de la Royal National Lifeboat Institution.

— Je suis Helen, dit-elle. Je réponds au téléphone, je fais visiter les lieux aux invités, ce genre de chose. Vous devez être la copine de Patrick.

Je rougis.

— Je m'appelle Jenna. Je suis impressionnée, ils n'ont pas dû mettre plus d'un quart d'heure.

— Douze minutes et trente-cinq secondes, précise Helen. (Elle sourit de ma surprise évidente.) On doit garder une trace de tous les appels et de nos temps de réponse. Tous nos volontaires vivent à quelques minutes d'ici. Gary habite un peu plus haut et Aled tient la boucherie dans la rue principale.

— Qu'est-ce qu'il fait de son magasin quand on l'appelle ?

— Il laisse un mot sur la porte. Les gens du coin sont habitués, ça fait vingt ans qu'il fait ça.

Je me retourne vers la mer désertée par les bateaux à l'exception d'un énorme navire au large. D'épais nuages sombres sont tombés si bas que l'horizon a disparu, le ciel et l'océan ne formant plus qu'une seule masse grise tourbillonnante.

— Ça va aller, souffle Helen. On n'arrête jamais vraiment de s'inquiéter, mais au bout d'un moment on s'habitue.

Je la dévisage, intriguée.

— David est mon mari, explique-t-elle. Quand il a pris sa retraite, il passait plus de temps ici que chez nous, alors j'ai fini par me joindre à lui. La première fois que je l'ai vu partir, je n'ai pas supporté. C'est une chose de lui dire au revoir à la maison, mais de les voir monter dans le bateau… et avec un temps pareil, eh bien… (Elle frissonne.) Mais ils reviennent. Ils reviennent toujours.

Elle pose une main sur mon bras et j'apprécie le soutien de cette femme plus âgée.

— C'est dans ces moments-là qu'on se rend compte à quel point…

Je m'arrête, incapable de l'admettre, même intérieurement.

— À quel point on a besoin d'eux ? dit Helen avec douceur.

J'acquiesce.

— Oui.

— Vous voulez que je vous fasse visiter le reste du centre ?

— Non, merci. Je vais aller attendre Patrick chez lui.

— C'est quelqu'un de bien.

Je me demande si elle a raison. Je me demande comment elle le sait. Je gravis la colline en me retournant de temps à autre dans l'espoir d'apercevoir le zodiac orange. Mais je ne vois rien et j'ai l'estomac noué par l'angoisse. Quelque chose va arriver, je le sais.

C'est étrange de me retrouver chez Patrick en son absence, je résiste à la tentation d'aller jeter un coup d'œil à l'étage. Pour m'occuper, j'allume la radio sur une station locale et j'attaque la vaisselle qui déborde de l'évier.

« Un homme et son fils sont portés disparus après que leur canoë s'est retourné à un kilomètre et demi au large de la baie de Rhossili. »

La radio grésille et je tourne le bouton des fréquences afin de trouver un meilleur signal.

« Des habitants ont donné l'alerte et le canot de sauvetage de Port Ellis est parti à leur recherche. Pour le moment, les sauveteurs n'ont retrouvé personne. On en saura plus tout à l'heure. »

Le vent cingle les arbres jusqu'à les faire plier. Je ne vois pas la mer depuis la maison ; je ne sais pas si c'est mieux ainsi ou si je devrais céder à l'envie de descendre au centre de sauvetage pour guetter le petit point orange.

Je finis la vaisselle et me sèche les mains avec un torchon en arpentant la cuisine. Le buffet est recouvert de papiers et je trouve ce désordre étrangement rassurant. Je pose la main sur la poignée du placard et j'entends les mots de Patrick résonner dans ma tête.

Ne t'avise surtout pas d'ouvrir les portes.

Qu'est-ce qu'il ne veut pas que je voie là-dedans ? Je regarde par-dessus mon épaule, comme s'il pouvait rentrer d'un instant à l'autre, puis j'ouvre la porte avec décision. Quelque chose tombe aussitôt vers moi et je retiens mon souffle en tendant la main pour rattraper un vase avant qu'il ne se fracasse sur le carrelage. Je le remets à sa place au milieu d'autres objets en verre ; l'air à l'intérieur du buffet est imprégné d'une odeur de lavande défraîchie qui émane d'un tas de linge. Il n'y a rien de sinistre ici : juste des souvenirs.

Je suis sur le point de refermer la porte quand j'aperçois le bord argenté d'un cadre qui dépasse d'une pile de nappes. Je le sors avec précaution. C'est une photo de Patrick, le bras autour d'une femme aux cheveux blonds coupés court et aux dents blanches bien alignées. Ils sourient tous les deux, pas à l'appareil mais l'un à l'autre. Je me demande de qui il s'agit et pourquoi Patrick m'a caché cette photo. Est-ce la femme avec laquelle il pensait se marier ? J'observe le cliché en essayant de trouver une indication sur la date à laquelle il a été pris. Patrick a la même allure qu'aujourd'hui et je me demande si cette femme appartient au passé ou si elle fait encore partie de sa vie. Je ne suis peut-être pas la seule à avoir des secrets. Je remets le cadre entre les nappes et referme la porte du placard, laissant son contenu comme je l'ai trouvé.

Je fais les cent pas dans la cuisine, je commence à fatiguer. Je prépare une tasse de thé et m'assois à la table pour la boire.

La pluie me fouette le visage, me brouillant la vue et faisant défiler des formes imprécises devant mes yeux. Le vent couvre presque le ronronnement du moteur, mais pas le bruit sourd lorsqu'il percute le capot avant de retomber sur l'asphalte.

Soudain, ce qui trouble ma vision n'est pas de la pluie, mais de l'eau de mer. Et le moteur n'est pas une voiture, mais le teuf-teuf d'un canot de sauvetage. Bien que le cri soit le mien, le visage qui lève les yeux vers moi – ces grands yeux sombres avec leurs cils mouillés –, ce visage n'est pas celui de Jacob mais de Patrick.

— Je suis désolée, dis-je sans trop savoir si je parle à haute voix. Je ne voulais pas…

Je sens une main me secouer l'épaule, me tirant du sommeil. Désorientée, je relève la tête de mes bras croisés sur le coin de table encore chaud et sens l'air frais de la cuisine me mordre le visage. Je plisse les yeux à cause de la lumière crue de l'ampoule et lève le bras pour me protéger.

— Non !

— Jenna, réveille-toi. Jenna, c'est un rêve.

Je baisse lentement le bras et ouvre les yeux pour découvrir Patrick agenouillé devant ma chaise. J'ouvre la bouche, mais je ne parviens pas à parler, encore sous le coup du cauchemar et soulagée qu'il soit là.

— Tu rêvais de quoi ?

Je rassemble mes mots.

— Je… je ne sais plus. J'avais peur.

— C'est fini, dit Patrick. (Il écarte mes cheveux humides de mes tempes et prend mon visage entre ses mains.) Je suis là.

Il est pâle, avec les cheveux mouillés et des gouttes de pluie accrochées aux cils. Son regard, d'ordinaire si éclatant, est vide et sombre. Il a l'air abattu, et sans réfléchir je me penche et l'embrasse. Il répond avidement, sans lâcher mon visage, puis me libère pour poser son front contre le mien.

— Les recherches ont été suspendues.

— Suspendues ? Tu veux dire qu'ils n'ont pas été retrouvés ?

Patrick secoue la tête et je vois ses yeux se remplir d'émotion. Il se laisse retomber sur ses talons.

— On y retourne au lever du jour, dit-il d'une voix éteinte. Mais personne n'y croit plus.

Il ferme les yeux et pose sa tête sur mes genoux, pleurant pour ce père et son fils qui ont pris la mer en toute confiance malgré le ciel menaçant.

Je lui caresse les cheveux et laisse couler mes larmes. Je pleure pour un enfant seul dans l'océan, je pleure pour sa mère, je pleure pour les rêves qui hantent mes nuits, pour Jacob, pour mon fils.

19

Les corps sont rejetés par la mer la veille de Noël, plusieurs jours après l'arrêt des recherches. J'avais naïvement imaginé qu'ils réapparaîtraient ensemble, mais je devrais maintenant savoir que la marée est imprévisible. Le fils a été retrouvé en premier, ramené dans la baie de Rhossili par une mer ondoyante qui semblait trop clémente pour avoir infligé les terribles blessures constatées sur le corps du père, découvert un kilomètre et demi plus loin.

Nous sommes sur la plage quand Patrick reçoit le coup de fil et je devine à sa mâchoire serrée que les nouvelles ne sont pas bonnes. Il s'éloigne un peu de moi, comme pour me protéger, et se tourne vers la mer pour écouter David en silence. Une fois qu'il a raccroché, il reste cloué sur place, scrutant l'horizon comme s'il espérait y trouver des réponses. Je m'approche de lui pour poser la main sur son bras ; il sursaute, comme s'il avait complètement oublié ma présence.

— Je suis navrée, dis-je en essayant désespérément de trouver les mots justes.

— Je sortais avec une fille, commence-t-il sans se détourner de la mer. Je l'avais rencontrée à l'université et on vivait ensemble à Leeds.

J'écoute, sans trop savoir où il veut en venir.

— Quand je suis revenu dans la région, elle m'a suivi. Elle ne voulait pas venir, mais on ne voulait pas être séparés, alors elle a laissé tomber son boulot et elle est venue vivre avec moi à Port Ellis. Elle n'aimait pas du tout. C'était trop petit, trop calme, trop ennuyeux pour elle.

Je me sens mal à l'aise, comme si je m'immisçais dans sa vie privée. J'ai envie de lui dire de se taire, qu'il n'a pas besoin de me raconter ça, mais on dirait que c'est plus fort que lui.

— Un jour, au milieu de l'été, on s'est disputés. C'était toujours le même topo : elle voulait retourner à Leeds et je voulais rester ici pour développer le cabinet. Elle était furieuse et elle est partie surfer, mais elle a été happée par un contre-courant et elle n'est jamais revenue.

— Oh, mon Dieu, Patrick ! (J'ai la gorge nouée.) Quelle horreur !

Il se tourne vers moi.

— Sa planche a été rejetée par la mer le lendemain, mais on n'a jamais retrouvé son corps.

— *On* ? dis-je. Tu as participé aux recherches ?

Je n'arrive pas à imaginer à quel point ça a dû être difficile.

Il hausse les épaules.

— On y est tous allés. C'est notre boulot, non ?

— Oui, mais…

Je n'achève pas ma phrase. Bien sûr qu'il a participé aux recherches – comment aurait-il pu en être autrement ?

Je prends Patrick dans mes bras et il se blottit contre moi, enfouissant sa tête dans mon cou. J'avais imaginé que sa vie était parfaite : qu'il n'y avait rien d'autre que ce visage décontracté et drôle qu'il affichait. Mais les fantômes qu'il combat sont aussi réels que les miens. Pour la première fois, je suis avec quelqu'un qui a autant besoin de moi que moi de lui.

Nous marchons lentement jusqu'au cottage, où Patrick me demande de l'attendre pendant qu'il va chercher quelque chose dans sa voiture.

— Quoi donc ? dis-je, intriguée.

— Tu verras.

Son regard a repris son éclat habituel et je suis éblouie par la capacité qu'il a de vivre avec un tel poids. Je me demande si c'est le temps qui lui en a donné la force et j'espère qu'un jour j'y parviendrai moi aussi.

Quand il revient, il porte un sapin sur l'épaule. J'éprouve une pointe de nostalgie en repensant à l'excitation qui me gagnait à l'approche de Noël. Quand nous étions petites, Eve et moi avions un rituel strict pour les décorations : d'abord les lumières, ensuite les guirlandes, puis la pose solennelle des boules et enfin le vieil ange en équilibre au sommet du sapin. J'imagine qu'elle perpétue cette tradition avec ses enfants.

Je ne veux pas de sapin chez moi. Les décorations sont pour les enfants, les familles. Mais Patrick insiste.

— Je n'ai pas l'intention de repartir avec, dit-il tandis qu'il le fait passer par la porte en semant des aiguilles par terre. (Il l'installe sur son croisillon en bois et vérifie qu'il est bien droit.) Et puis c'est Noël. Il te faut un sapin.

— Mais je n'ai rien pour le décorer !

— Jette un coup d'œil là-dedans.

J'ouvre le sac à dos bleu marine de Patrick et y trouve une boîte à chaussures cabossée fermée à l'aide d'un gros élastique. En retirant le couvercle, je découvre une douzaine de boules de Noël rouges au verre craquelé.

— Oh, elles sont magnifiques !

J'en soulève une et elle tourne sur elle-même en reflétant mon visage une centaine de fois.

— Elles étaient à ma grand-mère. Je t'ai dit qu'il y avait toutes sortes de choses dans son vieux buffet.

Je rougis en me revoyant fouiller dans les placards de Patrick et tomber sur la photo de la femme qui – je le comprends maintenant – doit être celle qui s'est noyée.

— Elles sont très belles. Merci.

Nous décorons le sapin ensemble. Patrick a apporté une guirlande électrique et je trouve un ruban que je glisse entre les branches. Il n'y a que douze boules, mais la lumière transforme chacune d'entre elles en étoile filante. Je respire l'odeur du sapin avec l'espoir de conserver à jamais le souvenir de ce petit instant de bonheur.

Une fois que nous avons fini, je m'assois et pose la tête sur l'épaule de Patrick en contemplant les éclats de lumière projetés sur le mur. Il dessine des cercles sur mon poignet dénudé, et cela fait des années que je ne me suis pas sentie aussi bien. Je me tourne pour l'embrasser, ma langue cherchant la sienne, et quand j'ouvre les yeux je constate que les siens sont également ouverts.

— Viens, on monte, dis-je.

J'ignore pourquoi j'en ai envie maintenant, à cet instant précis, mais j'éprouve le besoin physique d'être avec lui.

— Tu en es sûre ?

Patrick recule un peu et me regarde droit dans les yeux.

J'acquiesce. Je n'en suis pas sûre, pas vraiment, mais je veux une réponse. J'ai besoin de savoir si ça peut être différent.

Il me passe la main dans les cheveux en m'embrassant dans le cou, sur la joue, sur les lèvres. Puis il se lève et me conduit avec douceur jusqu'à l'escalier, son pouce se promenant toujours sur ma paume comme s'il ne pouvait pas se passer de me caresser, même un court instant. Il me suit tandis que je monte l'escalier étroit, ses mains effleurant ma taille, et je sens mon cœur s'emballer.

Loin du feu et de la chaleur de la cuisinière, la chambre est froide, mais c'est l'appréhension, et non la température, qui me fait frissonner. Patrick s'assoit sur le lit et m'allonge délicatement à ses côtés. Il lève la main pour écarter les cheveux de mon visage, promenant son doigt derrière mon oreille puis le long de mon cou. J'ai une bouffée d'angoisse : je suis si ordinaire, si fade et timorée, et je me demande s'il voudra encore de moi une fois qu'il s'en sera aperçu. Mais j'ai tellement envie de lui, et ce frémissement de désir m'est si inconnu que c'en est encore plus excitant. Je me rapproche de Patrick, si près que nos souffles se confondent. Nous restons allongés ainsi pendant une bonne minute, nos lèvres s'effleurant sans s'embrasser, se touchant sans se donner. Il défait peu à peu mon chemisier, sans me quitter des yeux.

Je ne peux plus attendre. Je déboutonne mon jean et l'enlève, l'envoyant valser d'un coup de pied hâtif, puis je défais maladroitement les boutons de sa chemise. Nous nous embrassons avec fougue et nous débarrassons de nos vêtements jusqu'à ce qu'il soit nu et que je ne porte plus qu'une culotte et un tee-shirt. Il saisit l'ourlet de celui-ci et je secoue la tête.

Il s'arrête. Je m'attends à ce qu'il insiste, mais il soutient un instant mon regard, puis baisse la tête pour embrasser mes seins à travers le coton soyeux. Tandis qu'il descend le long de mon corps, je me cambre et m'abandonne à ses caresses.

Je m'assoupis dans un enchevêtrement de draps et de membres quand je sens, plus que je ne vois, Patrick tendre le bras pour éteindre la lampe de chevet.

— Laisse-la allumée, dis-je. S'il te plaît.

Il ne demande pas pourquoi. Il préfère m'enlacer et déposer un baiser sur mon front.

Quand je me réveille, je m'aperçois aussitôt que quelque chose a changé, mais je suis encore à moitié endormie et ne comprends pas tout de suite de quoi il s'agit. Ce n'est pas la présence de quelqu'un dans mon lit, bien que la sensation soit étrange, mais le fait d'avoir réellement dormi. Un sourire se dessine sur mon visage. Je me suis réveillée naturellement. Aucun cri ne m'a tirée du sommeil, aucun grincement de freins, aucun bruit de crâne percutant un pare-brise. Pour la première fois depuis plus de douze mois, je n'ai pas rêvé de l'accident.

Je songe à me lever pour préparer le café, mais la chaleur du lit me retient sous la couette et je préfère enlacer le corps nu de Patrick. Je promène ma main sur sa hanche, son ventre ferme, sa cuisse musclée. Je sens un frémissement entre mes jambes et je suis à nouveau stupéfaite de la réaction de mon corps qui brûle d'être caressé. Patrick bouge. Il relève un peu la tête et me sourit, les yeux encore fermés.

— Joyeux Noël.

— Tu veux un café ?

J'embrasse son épaule nue.

— Plus tard, répond-il en m'attirant sous la couette.

Nous restons au lit jusqu'à midi, nous délectant l'un de l'autre et savourant des petits pains moelleux avec de la confiture de cassis sucrée et collante. Patrick descend pour se resservir du café et revient avec les cadeaux que nous avons mis sous le sapin hier soir.

— Un manteau ! dis-je en déchirant le papier du paquet mou et mal emballé que Patrick me tendait.

— Ce n'est pas très romantique, dit-il d'un air penaud. Mais tu ne peux pas continuer à porter ce vieil imperméable usé alors que tu passes ton temps sur la plage. Tu vas attraper froid.

Je l'enfile aussitôt. Il est épais, chaud et imperméable, avec de grandes poches et une capuche.

Il est mille fois mieux que celui que j'ai trouvé sous le porche du cottage quand j'ai emménagé.

— Vouloir me préserver du froid et de l'humidité est très romantique de ta part, dis-je en embrassant Patrick. Je l'aime beaucoup, merci.

— Il y a quelque chose dans la poche, ajoute-t-il. Pas vraiment un cadeau, juste quelque chose dont tu as besoin, à mon avis.

J'enfonce les mains dans les poches et en sors un téléphone portable.

— C'est un vieux téléphone qui traînait chez moi. Il n'a rien d'exceptionnel, mais il marche. Tu n'auras plus à aller jusqu'au camping pour passer un coup de fil.

Je suis sur le point de lui répondre qu'il est la seule personne que j'appelle quand je réalise que c'est peut-être ce qu'il a voulu dire ! Qu'il n'aime pas le fait que je sois injoignable. Je ne sais pas trop comment le prendre, mais je le remercie et me dis que je ne suis pas obligée de le laisser allumé.

Il me tend un deuxième cadeau, parfaitement emballé avec du papier violet foncé et un ruban.

— Ce n'est pas moi qui ai fait le paquet, confesse-t-il.

Je défais soigneusement le papier et ouvre la petite boîte avec la précaution qui s'impose. À l'intérieur se trouve une broche de nacre en forme de coquillage. Elle reflète la lumière et une douzaine de couleurs dansent à sa surface.

— Oh, Patrick ! (Je suis comblée.) Elle est magnifique.

Je la prends et l'épingle sur mon nouveau manteau. J'ai honte de sortir le dessin au crayon de

Port Ellis que j'ai fait pour Patrick, la plage avec le canot de sauvetage qui ne part pas mais rentre à bon port.

— Tu as tellement de talent, Jenna ! s'exclame-t-il en levant le dessin encadré pour l'admirer. Tu perds ton temps ici. Tu devrais exposer, te faire connaître.

— Je ne peux pas, dis-je.

Mais je ne lui explique pas pourquoi. Je lui propose plutôt d'aller faire un tour pour étrenner mon nouveau manteau et nous emmenons Beau sur la plage.

La baie est déserte, la marée est au plus bas, découvrant une vaste étendue de sable pâle. Des nuages chargés de neige s'amoncellent au-dessus des falaises, leur blancheur tranchant avec le bleu profond de la mer. Les mouettes tournoient dans le ciel. Leurs cris plaintifs résonnent dans le vide, et les vagues déferlent en rythme sur la plage.

— C'est presque dommage de laisser des traces de pas.

Je glisse ma main dans celle de Patrick tandis que nous flânons. Pour une fois, je n'ai pas pris mon appareil photo. Nous marchons dans l'eau, laissant l'écume glaciale engloutir le bout de nos bottes.

— Ma mère avait l'habitude de se baigner le jour de Noël, raconte Patrick. Ça mettait mon père hors de lui. Il savait que les marées peuvent être dangereuses, et il la traitait d'irresponsable. Mais dès que tous les cadeaux étaient ouverts, elle attrapait sa serviette et fonçait piquer une tête dans la mer. On trouvait tous ça hilarant, bien sûr, et on l'encourageait de loin.

— C'est fou !

Je songe à la fille qui s'est noyée et me demande comment il peut supporter d'être au bord de la mer après une telle tragédie. Beau se rue sur les vagues, faisant claquer sa mâchoire à chaque déferlement d'eau salée.

— Et toi ? reprend Patrick. Il y avait des traditions un peu folles dans ta famille ?

Je réfléchis un moment et souris en repensant à l'excitation que je ressentais quand les vacances de Noël approchaient.

— Pas vraiment. Mais j'adorais les Noëls en famille. Mes parents commençaient les préparatifs en octobre et la maison était pleine de paquets excitants cachés dans les placards et sous les lits. On a continué après le départ de mon père, mais ce n'était plus pareil.

— Tu as déjà essayé de le contacter ?

Il me presse la main.

— Oui. Quand j'étais à l'université. J'ai fini par le retrouver et j'ai découvert qu'il avait une nouvelle famille. Je lui ai écrit et il m'a répondu qu'il valait mieux laisser le passé là où il était. Ça m'a brisé le cœur.

— Jenna, c'est affreux.

Je hausse les épaules, comme si ça m'était égal.

— Tu es proche de ta sœur ?

— On s'entendait bien avant. (Je ramasse un galet et essaie de faire des ricochets à la surface de l'eau, mais les vagues sont trop rapides.) Eve s'est rangée du côté de ma mère quand mon père est parti. Et même si j'en voulais beaucoup à ma mère d'avoir mis mon père à la porte, ça ne nous a pas empêchées de nous serrer les coudes, Eve et moi. Mais je ne l'ai pas revue depuis plusieurs années. Je lui ai envoyé une carte il y a quelques semaines. Je ne sais pas si elle l'a reçue. Je ne suis même pas certaine qu'elle vive toujours au même endroit.

— Vous vous êtes brouillées ?

J'acquiesce.

— Elle n'aimait pas mon mari.

Ça paraît osé de le dire à haute voix et un frisson me parcourt le dos.

— Et *toi*, tu l'aimais ?

C'est une question étrange et je prends le temps d'y réfléchir. J'ai passé tant de temps à haïr Ian, à en avoir peur.

— Au début, dis-je finalement.

Il était si charmant, si différent des étudiants maladroits et potaches.

— Ça fait combien de temps que tu es divorcée ?

Je ne le reprends pas.

— Un moment. (Je ramasse une poignée de galets et commence à les lancer un par un dans la mer. Un pour chaque année passée sans amour. Sans tendresse.) Parfois, je me demande s'il ne va pas revenir.

J'ai un petit rire, mais il sonne faux et Patrick me regarde pensivement.

— Et tu n'as pas eu d'enfants ?

Je me penche et fais mine de chercher des cailloux.

— Il n'en voulait pas.

Ce n'est pas si éloigné de la vérité, après tout. Ian n'a jamais voulu entendre parler de son fils.

Patrick m'enlace les épaules.

— Excuse-moi. Je pose trop de questions.

— Ça ne me dérange pas.

Et je me rends compte que c'est vrai. Je me sens en sécurité avec Patrick. Nous remontons lentement la plage. Le sentier est verglacé et je suis contente de son bras autour de moi. Je lui en ai dit plus que prévu, mais je ne peux pas tout lui raconter. Si je le fais, il partira et je n'aurai personne pour me rattraper dans ma chute.

20

Ray se réveilla optimiste. Il avait pris des congés pour Noël, et même s'il avait fait un ou deux sauts au bureau et rapporté du travail chez lui, il devait admettre que ces vacances lui avaient fait du bien. Il se demanda où Kate en était avec le délit de fuite.

Sur leur liste de neuf cents et quelques Ford Focus et Fiesta rouges immatriculées à Bristol, un peu plus de quarante avaient été repérées par le système de lecture automatisée des plaques d'immatriculation. Les images étaient effacées au bout de quatre-vingt-dix jours, mais armée d'une liste de numéros d'immatriculation Kate faisait le tour des propriétaires pour les interroger au sujet de leurs allées et venues le jour du délit de fuite. Au cours du dernier mois, elle avait bien avancé dans la liste, mais les choses commençaient à se compliquer. Des voitures vendues sans les papiers nécessaires, des propriétaires partis sans laisser d'adresse... c'était déjà un miracle qu'elle en ait éliminé autant, surtout à cette période de l'année. Maintenant que les vacances étaient finies, ça allait certainement se débloquer.

Ray passa la tête par la porte de la chambre de Tom. Seul le sommet de son crâne dépassait de la couette et Ray referma la porte sans bruit. Son optimisme du nouvel an ne s'appliquait pas à son fils, dont le comportement avait empiré au point qu'il avait reçu deux avertissements officiels de la part de la principale. Le prochain entraînerait son exclusion temporaire, ce qui, d'après Ray, était une sanction absurde pour un enfant qui séchait plus de cours qu'il n'en suivait et avait horreur d'être à l'école.

— Lucy dort encore ? demanda Mags quand il la rejoignit dans la cuisine.

— Ils dorment tous les deux.

— Il va falloir qu'ils aillent au lit de bonne heure ce soir, dit Mags. Ils reprennent l'école dans trois jours.

— Est-ce que j'ai des chemises propres ? demanda Ray.

— Tu veux dire que tu n'en as pas lavé ? (Mags disparut dans la buanderie et revint avec une pile de chemises repassées sur le bras.) Heureusement que quelqu'un l'a fait. N'oublie pas qu'on va boire un verre chez les voisins ce soir.

Ray grogna.

— On est obligés ?

— Oui.

Mags lui tendit les chemises.

— Qui invite ses voisins le lendemain du jour de l'an ? pesta Ray. C'est ridicule !

— D'après Emma, tout le monde court tellement pendant les fêtes qu'organiser une soirée juste après est un bon moyen de reprendre du poil de la bête.

— Elle a tort, répliqua Ray. Leurs soirées sont toujours emmerdantes. Les gens passent leur temps à me raconter qu'ils se sont fait arrêter à trente-sept dans une zone limitée à trente et à crier à l'injustice. Ça tourne au dénigrement systématique de la police.

— Ils essaient juste de faire la conversation, Ray, dit patiemment Mags. Ils ne te voient pas souvent…

— Il y a une très bonne raison à ça.

— … du coup la seule chose dont ils peuvent te parler, c'est de ton travail. Sois indulgent avec eux. Si ça te dérange tant que ça, change de sujet. Parle de la pluie et du beau temps.

— J'ai horreur de ça.

— OK. (Mags posa violemment une casserole sur le plan de travail.) Alors ne viens pas, Ray. Franchement, si c'est pour faire la tête, autant ne pas venir.

Ray n'aimait pas quand elle lui parlait comme à un enfant.

— Je n'ai pas dit que je n'allais pas venir, j'ai juste dit que ça allait être ennuyeux.

Mags se retourna pour lui faire face. Elle avait l'air à présent plus déçue qu'agacée.

— Tout n'est pas passionnant dans la vie, Ray.

— Bonne année, vous deux. (Ray entra dans les locaux de la Criminelle et déposa une boîte de Quality Street sur le bureau de Stumpy.) Je me suis dit que ça pourrait compenser le fait d'avoir travaillé à Noël et au jour de l'an.

La brigade tournait avec une équipe réduite pendant les jours fériés et Stumpy avait tiré le mauvais numéro.

— Il faudra plus qu'une boîte de chocolats pour compenser le fait d'avoir commencé à sept heures du matin le 1er janvier.

Ray sourit.

— De toute façon, tu as passé l'âge de faire la fête jusqu'au petit matin, Stumpy. Mags et moi, on était couchés bien avant minuit le soir du réveillon.

— Je crois que je ne suis pas encore tout à fait remise, fit Kate en bâillant.

— Ton réveillon s'est bien passé ? demanda Ray.

— Oui, enfin le peu dont je me souviens.

Elle rit et Ray ressentit une pointe de jalousie. Les fêtes de Kate ne se résumaient sûrement pas à des conversations insipides à propos de contraventions pour excès de vitesse ou pour avoir jeté des détritus sur la voie publique, contrairement à ce qui l'attendait ce soir.

— Qu'est-ce qu'on a aujourd'hui ? demanda-t-il.

— Une bonne nouvelle, répondit Kate. Une immatriculation.

Ray se fendit d'un large sourire.

— Il était temps. Vous pensez que c'est la bonne ?

— Oui. Elle n'a pas été repérée par le LAPI depuis le délit de fuite, et la vignette est périmée, mais la voiture n'a pas été déclarée hors route, donc, d'après moi, elle a été abandonnée ou brûlée. La carte grise mentionne une adresse sur Beaufort

Crescent, à une dizaine de kilomètres de l'endroit où Jacob a été renversé. On y est allés hier avec Stumpy, mais c'est vide. Il s'agit d'une location, du coup Stumpy va essayer de joindre le propriétaire aujourd'hui pour voir s'il a une adresse où faire suivre le courrier.

— Mais on a un nom ? demanda Ray, incapable de dissimuler son excitation.

— On a un nom, répondit Kate rayonnante. Aucune trace dans l'ordinateur central ou dans le registre des électeurs, et je n'ai rien trouvé sur Internet, mais on va y arriver. J'ai obtenu la levée de la protection des données et j'ai envoyé des demandes de renseignements aux entreprises de service public. Maintenant que les fêtes sont passées, on devrait avoir quelques retours.

— On a aussi avancé sur la mère de Jacob, indiqua Stumpy.

— Formidable ! fit Ray. Je devrais prendre des vacances plus souvent. Tu lui as parlé ?

— Il n'y a pas de numéro de téléphone. Kate a fini par dénicher un professeur vacataire à St. Mary's qui la connaissait. Après l'accident, elle avait l'impression que tout le monde la tenait pour responsable. Elle était rongée par la culpabilité et furieuse qu'on ait laissé le conducteur s'en tirer impunément…

— « Laissé le conducteur s'en tirer impunément » ? dit Ray. On est restés assis sans rien faire, c'est ça ?

— Je ne fais que répéter ce qu'on m'a dit, se défendit Stumpy. Bref, elle a coupé les ponts avec tout le monde et elle a quitté Bristol pour prendre un nouveau départ. (Il tapota le dossier, qui semblait s'être épaissi de plusieurs centimètres depuis la dernière fois que Ray l'avait vu.) J'attends un e-mail de la police locale, mais on devrait avoir une adresse d'ici la fin de la journée.

— Bon boulot. C'est très important qu'on ait la mère de notre côté si on va au tribunal. La dernière chose dont on a besoin, c'est qu'un militant antipolice aille se répandre dans les journaux sur le temps qu'on a mis pour inculper quelqu'un.

Le téléphone de Kate sonna.

— Brigade criminelle, inspecteur Evans à l'appareil.

Ray commençait à se diriger vers son bureau quand Kate se mit à gesticuler dans tous les sens pour attirer son attention ainsi que celle de Stumpy.

— Fantastique ! dit-elle. Merci beaucoup.

Elle griffonna furieusement quelque chose sur un bloc-notes A4 et souriait encore en reposant le téléphone un instant plus tard.

— Ça y est, on l'a ! fit-elle en agitant triomphalement le bout de papier.

Stumpy se fendit d'un rare sourire.

— C'était British Telecom, expliqua Kate en se trémoussant sur son fauteuil. Ils ont consulté leurs fichiers de clients sur liste rouge et ils ont une adresse pour nous !

— Où ça ?

Kate détacha la feuille de son bloc-notes et la donna à Stumpy.

— Excellent travail, dit Ray. Allons-y. (Il saisit deux trousseaux de clés de voiture dans l'armoire murale et en lança un à Stumpy, qui le rattrapa habilement.) Stumpy, prends le dossier avec ce qu'on a sur la mère de Jacob. Va voir la police locale et dis-leur qu'on ne pouvait pas attendre leur coup de fil, il nous faut cette adresse maintenant. Ne reviens pas avant d'avoir retrouvé la mère, et quand tu seras avec elle, fais-lui bien comprendre que personne ne va s'en tirer impunément, on fait tout ce qu'on peut pour traduire quelqu'un en justice pour la mort de Jacob. Kate et moi, on se charge de l'arrestation. (Il s'interrompit et lança l'autre jeu de clés à Kate.) En fait, c'est mieux si tu conduis. Il faut que j'annule ma soirée.

— Tu avais prévu un truc sympa ? demanda Kate.

Ray sourit.

— Crois-moi, je préfère être ici.

21

On frappe à la porte et je sursaute. Déjà ? Je ne vois pas le temps passer quand je travaille sur mes photos. Beau dresse l'oreille mais n'aboie pas, et je lui ébouriffe les poils du crâne en me dirigeant vers la porte. Je tire le verrou.

— Tu dois être la seule personne de la baie qui ferme sa porte à clé, rouspète gentiment Patrick.

Il entre et m'embrasse.

— Ça doit être une habitude de la ville, dis-je d'un air détaché.

Je remets le verrou en place et bataille pour tourner la clé dans la serrure.

— Iestyn n'a toujours pas arrangé ça ?

— Tu sais comment il est. Il n'arrête pas de promettre qu'il va s'en occuper, mais il ne trouve jamais le temps. Il a dit qu'il viendrait ce soir, mais je ne me fais pas trop d'illusions. Je crois tout simplement qu'il trouve absurde de fermer à clé.

— Eh bien, il n'a pas tort. (Patrick s'appuie contre la porte et empoigne la grosse clé pour forcer le mécanisme.) Je crois qu'il n'y a pas eu de cambriolage à Penfach depuis 1954.

Il sourit et j'ignore le sarcasme. Patrick ne sait pas que je vérifie chaque recoin de la maison les soirs où il n'est pas là, ni que je me réveille en sursaut au moindre bruit dehors. Les cauchemars ont peut-être cessé, mais la peur est toujours présente.

— Viens te réchauffer près de la cuisinière, dis-je.

Il fait un froid glacial dehors et Patrick a l'air gelé.

— Ce temps est parti pour durer un moment. (Il suit mon conseil et s'appuie contre l'antique cuisinière.) Tu as assez de bois ? Je peux t'en apporter demain.

— J'ai de quoi tenir des semaines avec ce que Iestyn m'a donné. Il passe récupérer le loyer le premier du mois, et en général il vient avec un tas de bûches dans sa remorque, qu'il refuse de me faire payer.

— C'est un bon gars. Mon père et lui se connaissent depuis un bail. Ils passaient des soirées entières au pub, débarquaient ensuite à la maison et essayaient de faire croire à ma mère qu'ils n'étaient pas bourrés. Ça m'étonnerait qu'il ait beaucoup changé.

Je ris en imaginant la scène.

— Je l'aime bien. (Je prends deux bières dans le frigo et en tends une à Patrick.) Alors, c'est quoi cet ingrédient mystère ?

Il a appelé ce matin pour dire qu'il se chargeait du dîner et je suis curieuse de voir ce qu'il y a dans le sac isotherme qu'il a laissé près de la porte d'entrée.

— Un client me l'a apporté aujourd'hui pour me remercier.

Patrick ouvre le sac et plonge la main à l'intérieur. Puis, tel un magicien sortant un lapin de son chapeau, il brandit un homard noir aux reflets bleutés dont les pinces s'agitent mollement dans ma direction.

— Mon Dieu ! (Je suis à la fois ravie et intimidée par le menu proposé, n'ayant jamais rien cuisiné d'aussi compliqué.) Beaucoup de clients te paient en homards ?

— Plus que tu ne l'imagines, répond Patrick. D'autres paient en faisans ou en lapins. Ils me les donnent parfois en mains propres, mais la plupart du temps je trouve quelque chose devant la porte en arrivant au travail. (Il sourit.) J'ai appris à ne pas demander d'où ça venait. C'est difficile de payer ses impôts en faisans, mais heureusement on a encore assez de clients munis d'un chéquier pour que le cabinet ne coule pas. Je ne peux pas refuser de soigner un animal juste pour une question d'argent.

— Tu es un sensible, toi, dis-je en l'enlaçant pour l'embrasser.

— Chut, fait-il quand nous nous séparons. Tu vas ruiner la réputation de macho que j'essaie de me forger. Et puis je ne suis pas trop sensible pour écorcher un joli petit lapin ou ébouillanter un homard.

Il part dans un rire exagéré, comme le méchant d'un dessin animé.

— Tu es bête, dis-je en me moquant de lui. J'espère que tu sais comment cuisiner ça, parce que moi je n'en ai aucune idée.

J'observe le homard avec méfiance.

— Laissez-moi faire, madame, dit Patrick en posant un torchon sur son bras avant d'exécuter une jolie courbette. Le dîner sera bientôt servi.

Je sors ma plus grande casserole et Patrick remet le homard dans le sac isotherme en attendant que l'eau bouille. Je remplis l'évier pour laver la laitue et nous nous mettons au travail dans un silence complice, Beau se faufilant de temps à autre entre nos jambes pour nous rappeler sa présence. C'est simple et tranquille, et je souris toute seule en jetant un coup d'œil furtif vers Patrick, occupé à préparer la sauce.

— Tout va bien ? demande-t-il en croisant mon regard tandis qu'il pose la cuillère en bois contre la casserole. À quoi tu penses ?

— À rien, dis-je en retournant à ma salade.

— Allez, dis-moi.

— Je pensais à nous.

— Maintenant, tu *dois* m'en dire plus ! s'exclame Patrick en riant.

Il mouille sa main dans l'évier et m'envoie quelques gouttes d'eau.

Je crie. C'est plus fort que moi. Avant que mon esprit puisse me raisonner et me dire qu'il s'agit de Patrick – juste de Patrick qui fait l'idiot –, je me détourne vite de lui en me protégeant la tête. Une réaction viscérale, instinctive, qui accélère mon pouls et fait transpirer mes mains. L'air tourbillonne autour de moi et l'espace d'un instant je suis transportée à une autre époque. À un autre endroit.

Le silence est palpable et je me redresse lentement ; mon cœur bat à tout rompre. Patrick a les bras ballants et l'air horrifié. J'essaie de parler, mais j'ai la bouche sèche et une boule de panique dans la gorge qui refuse de s'en aller. Je regarde

Patrick. La confusion se lit sur son visage et je sais que je vais devoir m'expliquer.

— Je suis vraiment désolée, dis-je. Je...

Je porte mes mains à mon visage d'un air consterné.

Patrick fait un pas en avant. Il essaie de me prendre dans ses bras mais je le repousse. J'ai honte de ma réaction et je lutte contre cette soudaine envie de tout lui raconter.

— Jenna, commence-t-il avec douceur. Qu'est-ce qui t'est arrivé ?

On frappe à la porte et nous nous dévisageons.

— J'y vais, dit Patrick.

Je secoue la tête.

— Ça doit être Iestyn. (Je me frotte le visage, heureuse de la diversion.) Je reviens tout de suite.

Quand j'ouvre la porte, je sais exactement ce qui se passe.

Tout ce que je voulais, c'était m'enfuir : faire semblant que la vie vécue avant l'accident était celle de quelqu'un d'autre et me convaincre que je pourrais à nouveau être heureuse. Je me suis souvent demandé quelle serait ma réaction quand on me retrouverait, quel effet ça ferait d'être ramenée à la réalité et si je m'y opposerais.

Mais quand le policier prononce mon nom, je me contente d'acquiescer.

— Oui, c'est moi, dis-je.

Il est plus âgé que moi, avec des cheveux bruns coupés ras et un costume sombre. Il a l'air gentil et je me demande à quoi ressemble sa vie, s'il a des enfants, une femme.

La femme à côté de lui fait un pas en avant. Elle a l'air plus jeune, avec des cheveux châtain foncé qui tombent en boucles autour de son visage.

— Inspecteur Kate Evans, dit-elle en ouvrant un portefeuille en cuir pour montrer sa plaque. Brigade criminelle de Bristol. Je vous arrête pour conduite dangereuse ayant entraîné la mort et délit de fuite. Vous pouvez garder le silence, mais si vous invoquez ultérieurement devant le tribunal un élément que vous avez omis de mentionner auparavant, cela pourra nuire à votre défense…

Je ferme les yeux et laisse échapper un long soupir. Il est temps d'arrêter de faire semblant.

Seconde partie

22

La première fois que je t'ai vue, tu étais assise dans un coin du bar de l'université. Tu ne m'as pas remarqué, pas encore. Je devais pourtant sortir du lot : le seul homme en costume au milieu d'une foule d'étudiants. Tu étais entourée d'amies et riais aux larmes. Je me suis installé avec mon café à la table d'à côté, où j'ai feuilleté le journal en écoutant vos conversations, qui passaient inexplicablement d'un sujet à l'autre, comme la plupart des bavardages féminins. J'ai fini par poser mon journal pour vous observer. J'ai appris que vous étiez toutes des étudiantes en dernière année d'arts plastiques. J'aurais pu le deviner à votre façon de vous approprier le bar : vous passiez votre temps à appeler vos amis à l'autre bout de la salle et à rire sans vous soucier des autres. C'est à ce moment-là que j'ai entendu ton nom : Jenna. J'ai été un peu déçu. Tes magnifiques cheveux et ton teint pâle te donnaient un air préraphaélite et j'avais imaginé quelque chose d'un peu plus classique. Aurelia, peut-être, ou Eleanor. Cependant, tu étais incontestablement la plus séduisante du groupe. Les autres étaient trop m'as-tu-vu, trop vulgaires. Tu devais avoir le même âge qu'elles – quinze ans de moins que moi, au moins –, mais ton visage reflétait déjà une certaine maturité. Tu as regardé autour de toi comme si tu cherchais quelqu'un et je t'ai souri, mais tu ne m'as pas vu et j'ai dû partir quelques minutes plus tard.

J'avais accepté de donner six cours en tant qu'intervenant extérieur dans le cadre d'un programme visant à nouer des liens entre l'université et le monde de l'entreprise. C'était assez simple : les étudiants étaient soit à moitié endormis, soit très intéressés, penchés en avant pour ne rien rater de ce que j'avais à dire sur l'entrepreneuriat. Pas mal pour quelqu'un qui n'a jamais mis les pieds à la fac. Chose étonnante pour un cours sur le commerce, il y avait un certain nombre de filles dans l'auditoire, et les regards qu'elles ont échangé quand je suis entré dans l'amphithéâtre le premier jour ne m'ont pas échappé. J'étais une curiosité, je suppose : plus vieux que les garçons du campus, mais plus jeune que leurs professeurs et maîtres de conférences. Mes costumes étaient faits sur mesure, mes chemises bien ajustées, avec des boutons de manchettes argentés. Je n'avais pas de cheveux blancs – pas encore – et pas de bedaine à dissimuler sous ma veste.

Pendant le cours, je m'arrêtais délibérément au milieu d'une phrase pour fixer une étudiante – différente chaque semaine. Mon regard les faisait rougir et elles me rendaient mon sourire avant de détourner les yeux. Je prenais un malin plaisir à découvrir quel prétexte elles inventaient pour rester à la fin du cours, s'empressant de venir me voir avant que je range mes affaires pour partir. Je m'asseyais alors au bord de la table, appuyé sur une main et penché pour écouter leur question, et je voyais la lueur d'espoir dans leurs yeux disparaître quand elles comprenaient que je n'allais pas les inviter à boire un verre. Elles ne m'intéressaient pas. Pas comme toi.

La semaine suivante, tu étais encore là avec tes amies, et quand je suis passé devant votre table tu m'as regardé et souri ; pas par politesse, mais un large sourire qui a illuminé ton visage. Tu portais un débardeur bleu vif, qui laissait apparaître les bretelles et les bordures en dentelle d'un soutien-gorge noir, et un ample treillis taille basse. Un petit bourrelet lisse et bronzé dépassait entre les deux, et je me suis demandé si tu t'en rendais compte, et si oui pourquoi ça ne te dérangeait pas.

La conversation est passée des devoirs à rendre aux relations amoureuses. Les garçons, je suppose, même si vous parliez d'« hommes ». Tes amies ont baissé la voix et j'ai dû tendre l'oreille, retenant mon souffle en attendant ton tour au milieu de cette litanie d'aventures d'un soir et de flirts sans lendemain. Mais je t'avais bien jugée : tout ce que j'ai entendu de ta part, ce sont des éclats de rire et des piques amicales envers tes camarades. Tu n'étais pas comme elles.

J'ai pensé à toi toute la semaine. À l'heure du déjeuner, j'ai fait un tour sur le campus dans l'espoir de te croiser. J'ai vu l'une de tes amies – la grande aux cheveux teints – et je l'ai suivie un moment, mais elle a disparu dans la bibliothèque et je n'ai pas pu entrer pour voir si elle allait te retrouver.

Le jour de mon quatrième cours, je suis arrivé en avance et j'ai été récompensé de mes efforts en te voyant assise toute seule, à la même table que les deux fois précédentes. Tu lisais une lettre et je me suis rendu compte que tu pleurais. Ton mascara avait coulé sous tes yeux, et tu ne m'aurais sans doute pas cru, mais tu étais encore plus belle comme ça. Je suis venu avec mon café à ta table.

— Ça vous dérange si je me mets là ?

Tu as fourré la lettre dans ton sac.

— Allez-y.

— On s'est déjà vus ici, il me semble, ai-je dit en m'asseyant en face de toi.

— Ah bon ? Je ne m'en souviens pas, désolée.

J'étais contrarié que tu aies oublié aussi vite, mais tu étais bouleversée et tu n'avais peut-être pas les idées claires.

— Je donne des cours ici en ce moment.

J'avais vite découvert que faire partie du corps enseignant attirait les étudiantes. J'ignorais si c'était lié au désir d'avoir quelqu'un pour « glisser un mot en leur faveur » ou si c'était simplement dû au contraste avec leurs camarades masculins à peine sortis de l'adolescence, mais jusqu'ici ça avait toujours fonctionné.

— Vraiment ? (Ton regard s'est éclairé.) Quelle matière ?

— Le commerce.

— Ah.

L'étincelle a disparu et je t'en ai voulu de te désintéresser aussi vite de quelque chose d'aussi important. Après tout, ton art n'allait pas subvenir aux besoins d'une famille ou régénérer une ville.

— Et vous faites quoi quand vous ne donnez pas de cours ? m'as-tu demandé.

Ce que tu pensais n'aurait pas dû avoir d'importance, mais j'ai soudain eu envie de t'impressionner.

— J'ai une société d'informatique. On vend des programmes dans le monde entier.

Je n'ai pas parlé de Doug, qui possédait soixante pour cent et moi seulement quarante, et je n'ai pas précisé que « le monde entier » se limitait pour l'instant à l'Irlande. Notre société était en plein essor et je ne te disais rien que je n'avais pas déjà dit au banquier lors de notre dernière demande de prêt.

J'ai changé de sujet.

— Vous êtes en dernière année, non ?

Tu as acquiescé.

— J'étudie…

J'ai levé la main.

— Ne me dites rien, laissez-moi deviner.

Tu as ri, le jeu te plaisait. J'ai fait semblant de réfléchir un moment en promenant les yeux sur ta robe en Lycra rayée, sur le foulard noué autour de tes cheveux. Tu étais plus ronde à l'époque et tes seins tendaient le tissu sur ta poitrine. Je distinguais le contour de tes mamelons et je me suis demandé s'ils étaient clairs ou foncés.

— Vous faites des études d'arts plastiques, ai-je finalement dit.

— Oui ! (Tu avais l'air stupéfaite.) Comment vous avez deviné ?

— Vous ressemblez à une artiste, ai-je répondu comme si c'était évident.

Tu n'as rien dit, mais deux taches de couleur sont apparues sur le haut de tes pommettes et tu n'as pas pu t'empêcher de sourire.

— Ian Petersen.

J'ai tendu le bras pour te serrer la main et je l'ai gardée un peu plus longtemps que nécessaire, sentant la fraîcheur de ta peau sous mes doigts.

— Jenna Gray.

— Jenna, ai-je répété. Ce n'est pas commun. C'est le diminutif de quelque chose ?

— Jennifer. Mais on m'a toujours appelée Jenna.

Tu as ri avec insouciance. Les dernières traces de larmes sur ton visage avaient disparu, et avec elles la vulnérabilité que j'avais trouvée si irrésistible.

— Je n'ai pas pu m'empêcher de remarquer que vous étiez un peu triste. (J'ai montré la lettre dans ton sac ouvert.) Vous avez eu de mauvaises nouvelles ?

Ton visage s'est tout de suite assombri.

— C'est une lettre de mon père.

Je n'ai rien dit. Je me suis contenté d'incliner la tête sur le côté et d'attendre. Les femmes ont rarement besoin d'être encouragées pour parler de leurs problèmes et tu ne faisais pas exception.

— Il est parti quand j'avais quinze ans et je ne l'ai pas revu depuis. Le mois dernier, j'ai fini par le retrouver et je lui ai écrit, mais il ne veut plus entendre parler de moi. Il dit qu'il a une nouvelle famille et qu'on devrait « laisser le passé là où il est ».

Tu as mimé des guillemets et pris un air sarcastique qui ne dissimulait pas ton amertume.

— C'est affreux. J'ai du mal à imaginer qu'on puisse ne pas avoir envie de vous voir.

Tu t'es aussitôt adoucie et tu as rougi.

— Tant pis pour lui, as-tu dit en fixant la table, les larmes te montant à nouveau aux yeux.

Je me suis penché.

— Est-ce que je peux vous offrir un café ?

— Avec plaisir.

Quand je suis revenu, un groupe d'amis t'avait rejointe. J'ai reconnu deux des filles, mais il y en avait une troisième, ainsi qu'un garçon aux cheveux longs et aux oreilles percées. Ils avaient pris toutes les chaises et j'ai dû aller en chercher une à une autre table pour m'asseoir. Je t'ai donné ta tasse et j'ai attendu que tu expliques aux autres qu'on était en pleine conversation, mais tu t'es contentée de me remercier pour le café et de me présenter tes amis, dont j'ai aussitôt oublié les noms.

L'une de tes amies m'a posé une question, mais je ne pouvais te quitter des yeux. Tu étais lancée dans une discussion sérieuse à propos d'un travail de fin d'année avec le garçon aux cheveux longs. Une mèche de cheveux est tombée sur ton visage et tu l'as ramenée impatiemment derrière ton oreille. Tu as dû sentir mon regard parce que tu as tourné la tête. Tu m'as souri d'un air confus et je t'ai pardonné sur-le-champ l'impolitesse de tes amis.

Mon café a refroidi. Je ne voulais pas être le premier à partir et devenir le sujet des conversations, mais mon cours commençait quelques minutes plus tard. Je me suis levé et j'ai attendu que tu le remarques.

— Merci pour le café.

Je voulais te proposer qu'on se revoie, mais comment aurais-je pu avec tous tes amis autour de toi ?

— À la semaine prochaine, peut-être ? ai-je dit, comme si ça n'avait aucune importance.

Mais tu t'étais déjà retournée vers tes amis et je suis parti en entendant ton rire résonner dans la salle.

Ce rire m'a dissuadé de revenir la semaine suivante, et quand on s'est revus quinze jours plus tard, le soulagement sur ton visage m'a prouvé que j'avais bien fait de laisser passer un peu de temps. Je ne t'ai pas demandé si je pouvais m'asseoir à ta table cette fois-ci, j'ai juste apporté deux cafés – noir avec un sucre pour toi.

— Vous vous rappelez comment j'aime mon café !

J'ai haussé les épaules, l'air de rien, mais je l'avais noté dans mon agenda à la date du jour où on s'était rencontrés, comme je le fais toujours.

Cette fois-ci, j'ai veillé à te poser davantage de questions sur toi, et tu t'es ouverte comme une feuille sous la pluie. Tu m'as montré tes dessins et j'ai feuilleté des pages de croquis honnêtes mais banals en te disant qu'ils étaient exceptionnels. Quand tes amis sont arrivés, j'étais sur le point de me lever pour aller chercher plus de chaises, mais tu leur as dit que tu étais occupée, que tu les rejoindrais plus tard. À ce moment-là, tous mes doutes te concernant se sont dissipés et je t'ai fixée jusqu'à ce que tu détournes les yeux en souriant, toute rouge.

— On ne se reverra pas la semaine prochaine, ai-je dit. C'est mon dernier cours aujourd'hui.

J'étais touché de lire de la déception sur ton visage.

Tu as ouvert la bouche pour parler, mais tu t'es arrêtée, et j'ai attendu, savourant ce moment d'incertitude. J'aurais pu te le proposer moi-même, mais je préférais te l'entendre dire.

— On pourrait peut-être aller boire un verre un de ces jours ? as-tu demandé.

J'ai pris mon temps pour répondre, comme si ça ne m'était pas venu à l'esprit.

— Et pourquoi pas un dîner ? Un nouveau restaurant français a ouvert en ville. On pourrait peut-être l'essayer ce week-end ?

Ta joie non dissimulée était émouvante. J'ai pensé à Marie, si indifférente à tout, si désabusée et fatiguée de la vie. Jusque-là, je n'avais pas songé que ça pouvait être une question d'âge, mais quand j'ai vu ton enthousiasme enfantin à l'idée d'aller dans un restaurant chic, j'ai su que j'avais bien fait de chercher quelqu'un de plus jeune. Quelqu'un de moins expérimenté. Je ne te prenais pas pour une parfaite ingénue, bien sûr, mais au moins tu n'étais pas encore devenue cynique et méfiante.

Je suis venu te chercher à la résidence universitaire, ignorant les regards curieux des étudiants qui passaient devant ta porte, et j'étais content de te voir apparaître dans une élégante robe noire, tes longues jambes moulées dans d'épais collants sombres. Quand je t'ai ouvert la portière de la voiture, tu as sursauté de surprise.

— Je pourrais m'y habituer.

— Tu es ravissante, Jennifer, ai-je dit.

Tu as ri.

— Personne ne m'appelle Jennifer.

— Ça te dérange ?

— Non, je ne crois pas. C'est juste que ça fait bizarre.

Le restaurant ne méritait pas les critiques élogieuses que j'avais lues, mais ça n'a pas eu l'air de te gêner. Tu as commandé des pommes de terre sautées pour accompagner ton poulet et j'ai commenté ton choix.

— C'est rare de tomber sur une femme qui ne fait pas attention à sa ligne.

J'ai souri pour te montrer que je n'y accordais aucune importance.

— Je ne fais pas de régime. La vie est trop courte.

Tu as fini la sauce à la crème de ton poulet, mais tu as laissé tes pommes de terre. Quand le serveur a proposé la carte des desserts, j'ai refusé d'un geste de la main.

— Deux cafés, s'il vous plaît. (J'ai remarqué ta déception mais tu n'avais pas besoin de dessert riche en calories.) Qu'est-ce que tu comptes faire quand tu auras ton diplôme ? t'ai-je demandé.

Tu as soupiré.

— Je ne sais pas. J'aimerais avoir ma propre galerie un jour, mais pour le moment il faut juste que je trouve du boulot.

— En tant qu'artiste ?

— Si seulement c'était aussi simple ! Je fais surtout de la sculpture, et j'essaierai de vendre mes œuvres, mais il faudra que j'accepte de travailler dans un bar ou un supermarché pour payer les factures. Je finirai sûrement par retourner chez ma mère.

— Tu t'entends bien avec elle ?

Tu as froncé le nez à la manière d'un enfant.

— Pas vraiment. Elle est très proche de ma sœur, mais on n'a jamais été sur la même longueur d'onde. C'est sa faute si mon père est parti du jour au lendemain.

Je nous ai resservi du vin.

— Qu'est-ce qu'elle a fait ?

— Elle l'a mis à la porte. Elle m'a dit qu'elle était désolée, mais qu'elle avait une vie à vivre elle aussi et qu'elle ne pouvait plus continuer comme ça. Et elle n'a plus voulu en reparler. Je crois que c'est la chose la plus égoïste que j'aie jamais vue.

Tes yeux étaient emplis de chagrin et j'ai posé ma main sur la tienne.

— Est-ce que tu vas répondre à ton père ?

Tu as violemment secoué la tête.

— Il m'a bien fait comprendre de le laisser tranquille dans sa lettre. Je ne sais pas ce qu'a fait ma mère, mais c'était assez grave pour qu'il ne veuille plus nous revoir.

J'ai glissé mes doigts entre les tiens et j'ai caressé la peau lisse entre ton pouce et ton index.

— On ne choisit pas ses parents, ai-je remarqué. C'est bien dommage.

— Tu es proche des tiens ?

— Ils sont morts.

J'avais si souvent raconté ce mensonge que je m'en étais presque convaincu. C'était peut-être même vrai… comment aurais-je pu le savoir ? Je ne leur avais pas envoyé mon adresse quand j'avais déménagé dans le sud, et ça m'étonnerait que mon départ les ait empêchés de dormir.

— Je suis désolée.

Tu as serré ma main, les yeux brillants de compassion.

J'ai senti un picotement à mon entrejambe et j'ai fixé la table.

— C'était il y a longtemps.

— Ça nous fait quelque chose en commun, as-tu observé. (Tu as affiché un sourire courageux, montrant que tu croyais me comprendre.) On regrette tous les deux notre père.

Tu avais tort, mais je t'ai laissée penser que tu m'avais cerné.

— Oublie-le, Jennifer. Tu ne mérites pas d'être traitée comme ça. Tu es mieux sans lui.

Tu as acquiescé, mais je voyais bien que tu ne me croyais pas. Pas encore, en tout cas.

Tu t'attendais à ce que je vienne chez toi, mais je n'avais aucune envie de passer une heure dans une chambre d'étudiant à boire du café bon marché dans des tasses ébréchées. Je t'aurais bien ramenée chez moi, mais les affaires de Marie étaient encore là et je savais que ça t'aurait gênée. Et puis c'était différent. Je ne voulais pas d'une aventure d'un soir : je te voulais, toi.

Je t'ai raccompagnée jusqu'à ta porte.

— La galanterie a encore de beaux jours devant elle, finalement, as-tu plaisanté.

Je me suis incliné, et quand tu as ri je me suis senti ridiculement content de t'avoir rendue heureuse.

— Je crois que c'est la première fois que je passe la soirée avec un vrai gentleman.

— Eh bien il va falloir t'y habituer, ai-je répliqué en te prenant la main pour la porter à mes lèvres.

Tu as rougi et tu t'es mordu la lèvre. Puis tu as un peu relevé le menton, attendant mon baiser.

— Dors bien, ai-je dit.

J'ai fait demi-tour et ai regagné ma voiture sans me retourner. Tu avais envie de moi – c'était évident –, mais pas encore assez.

23

Ray était dérouté par l'absence de réaction de Jenna Gray. Il n'y avait ni cri d'indignation, ni déni acharné, ni explosion de remords. Il scruta son visage tandis que Kate procédait à l'arrestation, mais il ne distingua qu'une infime lueur de ce qui ressemblait à du soulagement. Il était déboussolé, comme si le sol s'était dérobé sous ses pieds. Après plus d'un an passé à chercher la personne qui avait tué Jacob, il ne s'attendait pas à tomber sur quelqu'un comme Jenna Gray.

Elle était d'une beauté saisissante. Son nez était fin mais long, et sa peau claire couverte de taches de rousseur qui se rejoignaient par endroits. Ses yeux verts étaient un peu retroussés, lui donnant une allure féline, et ses cheveux auburn virevoltaient autour de ses épaules. Elle ne portait pas de maquillage, et même si ses vêtements larges dissimulaient sa silhouette, on devinait à ses poignets étroits et à son cou mince qu'elle était svelte.

Jenna demanda si elle pouvait avoir quelques instants pour rassembler ses affaires.

— J'ai un ami ici, il va falloir que je lui explique la situation. Vous pourriez nous accorder une minute ou deux ?

Elle parlait si doucement que Ray devait se pencher pour l'entendre.

— J'ai bien peur que non, répondit-il. On vous suit à l'intérieur.

Elle se mordit la lèvre et hésita un instant, puis recula pour laisser Ray et Kate entrer dans le cottage. Un homme se trouvait dans la cuisine, un verre de vin à la main, et Ray supposa qu'il s'agissait de son petit ami. Contrairement à Jenna, l'émotion se lisait sur son visage.

L'endroit était si petit qu'il n'y avait rien d'étonnant à ce qu'il ait entendu leur conversation, pensa Ray en balayant du regard la pièce encombrée. Des pierres alignées prenaient la poussière au-dessus de la cheminée, devant laquelle était étendu un tapis rouge foncé parsemé de petites marques de brûlures. Une couverture recouvrait le canapé dans un kaléidoscope de couleurs, sans doute pour tenter d'égayer la pièce, mais l'éclairage était faible et les plafonds bas du cottage obligèrent Ray à baisser la tête pour éviter la poutre entre le coin salon et la cuisine. Quel endroit horrible ! Loin de tout et glacial, malgré le feu dans la cheminée. Il se demanda pourquoi elle avait choisi de s'installer ici. Elle pensait peut-être que c'était la cachette idéale.

— Voici Patrick Mathews, dit Jenna, comme s'il s'agissait d'une réunion entre amis.

Mais elle tourna alors le dos à Kate et Ray, et celui-ci eut tout de suite l'impression d'être de trop.

— Je dois suivre ces policiers. (Elle parlait d'un ton sec et détaché.) Quelque chose d'affreux est arrivé l'année dernière et je dois m'en occuper.

— Qu'est-ce qui se passe ? Où est-ce qu'ils t'emmènent ?

Soit il ne savait rien, soit c'était un sacré menteur, pensa Ray.

— À Bristol, pour l'interroger, indiqua-t-il en s'avançant pour tendre une carte à Patrick.

— Ça ne peut pas attendre demain ? Je peux la déposer à Swansea dans la matinée.

— M. Mathews, commença Ray, à bout de patience. (Ils avaient mis trois heures pour arriver à Penfach et une heure de plus pour trouver le cottage.) En novembre de l'année dernière, un garçon de cinq ans a été renversé et tué par une voiture qui ne s'est pas arrêtée. Je crains que ça ne puisse pas attendre demain.

— Mais qu'est-ce que ça a à voir avec Jenna ?

Il y eut un silence. Patrick regarda d'abord Ray, puis Jenna, et secoua lentement la tête.

— Non. Il doit y avoir erreur. Tu ne conduis même pas.

Elle soutint son regard.

— Il n'y a pas d'erreur.

La froideur de sa voix fit frissonner Ray. Pendant un an, il avait essayé d'imaginer quel genre de personne pouvait être assez insensible pour ne pas venir en aide à un enfant mourant. Maintenant qu'il l'avait en face de lui, il luttait pour rester professionnel. Il savait qu'il ne serait pas le seul : ses collègues aussi trouveraient ça difficile à gérer, tout comme ils avaient du mal à rester polis avec les délinquants sexuels et les pédophiles. Il jeta un coup d'œil à Kate et vit qu'elle ressentait la même chose. Plus vite ils seraient rentrés à Bristol, mieux ce serait.

— Il faut qu'on y aille, dit-il à Jenna. Une fois au poste, vous serez interrogée et vous aurez l'occasion de nous raconter ce qui s'est passé. D'ici là, pas un mot sur l'affaire. Est-ce que c'est compris ?

— Oui.

Jenna prit un petit sac à dos suspendu au dossier d'une chaise. Elle regarda Patrick.

— Est-ce que tu peux rester pour t'occuper de Beau ? J'essaierai de t'appeler quand j'en saurai un peu plus.

Il hocha la tête, mais ne dit rien. Ray se demanda à quoi il pensait ; quel effet ça faisait de découvrir qu'on avait été mené en bateau par quelqu'un qu'on pensait connaître.

Ray passa les menottes aux poignets de Jenna et vérifia qu'elles n'étaient pas trop serrées. Elle n'eut pas l'ombre d'une réaction et il aperçut des cicatrices au creux de sa main avant qu'elle referme le poing.

— La voiture n'est pas tout près, indiqua-t-il. On n'a pas pu aller plus loin que le camping.

— Oui, la route s'arrête à huit cents mètres d'ici, confirma Jenna.

— C'est tout ? s'exclama Ray.

Cela lui avait paru plus long en suivant le sentier avec Kate. Ray avait trouvé une lampe de poche qui traînait dans le coffre de la voiture, mais les piles étaient presque à plat et il avait dû la secouer tous les deux ou trois mètres pour la faire fonctionner.

— Appelle-moi dès que tu peux, dit Patrick tandis qu'ils escortaient Jenna dehors. Et prends un avocat ! cria-t-il ensuite, mais ses mots se perdirent dans la nuit et elle ne lui répondit pas.

Ils formaient un trio insolite, trébuchant sur le sentier qui menait au camping, et Ray était content que Jenna coopère. Elle était peut-être mince, mais elle était aussi grande que lui et semblait bien connaître le sentier. Ray était désorienté et ne savait même pas à quelle distance ils se trouvaient de la falaise. Par moments, le fracas des vagues était si assourdissant qu'il s'attendait presque à recevoir des gouttes sur la joue. Il fut soulagé d'atteindre le camping sans encombre, et il ouvrit la porte arrière de la Corsa banalisée à Jenna, qui monta sans broncher.

Ray et Kate s'éloignèrent de la voiture pour parler.

— Tu crois qu'elle a toute sa tête ? demanda Kate. Elle n'a presque rien dit.

— Qui sait ? Elle est peut-être en état de choc.

— J'imagine qu'elle pensait s'en tirer impunément, après tout ce temps. Comment peut-on être aussi insensible ?

Kate secoua la tête.

— Attendons de voir ce qu'elle a à nous dire avant de l'envoyer à l'échafaud, tu veux bien ? fit Ray.

Après l'euphorie d'avoir enfin identifié le conducteur, l'arrestation avait été décevante.

— Tu sais que les jolies filles peuvent aussi être des meurtrières, pas vrai ? lâcha Kate.

Elle se moquait de lui. Mais il n'eut pas le temps de répliquer qu'elle lui avait déjà pris les clés des mains et se dirigeait à grandes enjambées vers la voiture.

Le retour fut interminable, avec des ralentissements tout le long de la M4. Ray et Kate discutaient à voix basse de sujets anodins : les intrigues de bureau, les nouvelles voitures, les offres d'emploi parues dans le bulletin d'information interne. Ray pensait que Jenna dormait, mais elle parla tandis qu'ils approchaient de Newport.

— Comment m'avez-vous retrouvée ?

— Ce n'était pas si difficile, dit Kate en voyant que Ray ne répondait pas. Vous avez une connexion Internet à votre nom. On a contacté votre propriétaire pour vérifier qu'on avait bien la bonne adresse. Il s'est montré très coopératif.

Ray se retourna pour voir la réaction de Jenna, mais elle regardait la circulation par la fenêtre. Seuls ses poings serrés sur ses genoux indiquaient qu'elle n'était pas détendue.

— Ça a dû être dur de vivre avec ce que vous avez fait, poursuivit Kate.

— Kate ! l'avertit Ray.

— Moins dur que pour la mère de Jacob, bien sûr…

— Ça suffit, Kate ! dit Ray. Attends l'interrogatoire.

Il lui décocha un regard noir et elle le fixa d'un air de défi. La soirée allait être longue.

24

Dans l'obscurité de la voiture de police, je me laisse aller à pleurer. Des larmes chaudes tombent sur mes poings serrés tandis que la femme me parle, ne faisant aucun effort pour dissimuler son mépris. Je n'en mérite pas moins, mais c'est quand même dur à accepter. Je n'ai jamais oublié la mère de Jacob. Je n'ai jamais arrêté de penser à son chagrin, sans commune mesure avec le mien. Ce que j'ai fait m'écœure.

Je respire à fond pour cacher mes sanglots, ne voulant pas attirer l'attention des policiers. Je les imagine en train de frapper à la porte de Iestyn et mes joues s'embrasent de honte. La rumeur selon laquelle je sortais avec Patrick a si vite fait le tour du village : les ragots se sont peut-être déjà emparés du dernier scandale.

Rien ne peut être pire que le regard de Patrick quand je suis revenue dans la cuisine avec la police. J'ai lu la trahison sur son visage aussi clairement que si c'était écrit en toutes lettres. Tout ce qu'il croyait savoir sur moi était un mensonge, et un mensonge destiné à cacher un crime impardonnable. Je ne peux pas lui en vouloir de m'avoir lancé ce regard. Je n'aurais jamais dû m'attacher à quelqu'un – ni laisser quelqu'un s'attacher à moi.

Nous approchons déjà de Bristol. Il faut que je retrouve mes esprits. Ils vont m'emmener dans une salle d'interrogatoire, je suppose, me suggérer de faire appel à un avocat. Ils vont me poser des questions et je vais répondre le plus calmement possible. Je ne vais pas pleurer ni chercher des excuses. Ils vont m'inculper, j'irai au tribunal et ce sera fini. Justice sera enfin faite. Est-ce que c'est comme ça que ça marche ? Je n'en suis pas certaine. Tout ce que je sais de la police, je l'ai glané dans les polars et la presse – je ne comptais pas me retrouver un jour de l'autre côté. J'imagine une pile de journaux avec ma photo en première page, agrandie pour montrer tous les traits de mon visage. Le visage d'une meurtrière.

Une femme a été arrêtée dans le cadre de l'enquête sur la mort de Jacob Jordan.

J'ignore si les journaux publieront mon nom ; même s'ils ne le font pas, ils parleront à coup sûr de l'arrestation. Je pose la main sur ma poitrine et sens les battements de mon cœur. J'ai chaud et je transpire comme si j'avais de la fièvre. Tout est en train de s'effondrer.

La voiture ralentit et s'engage sur le parking d'un ensemble de bâtiments gris et austères, que seul le blason de la police de l'Avon et du Somerset, au-dessus de l'entrée principale, permet de distinguer des immeubles de bureaux alentour. La voiture est garée d'une main experte dans une petite place entre deux véhicules de patrouille et la femme m'ouvre la portière.

— Ça va ? me demande-t-elle.

Sa voix est plus douce à présent, comme si elle regrettait les mots cruels qu'elle m'a jetés tout à l'heure à la figure.

J'acquiesce avec une gratitude pathétique.

Il n'y a pas assez de place pour ouvrir la portière en grand et j'ai du mal à descendre avec les poignets menottés. Je me sens d'autant plus effrayée et désorientée, et je me demande si ce n'est pas le véritable but des menottes. Après tout, si je m'enfuyais maintenant, où est-ce que je pourrais bien aller ? La cour est entourée de hauts murs et un portail électrique bloque la sortie. Quand je suis enfin debout, l'inspecteur Evans me saisit le bras et m'éloigne de la voiture. Elle ne serre pas fort, mais ce geste m'oppresse et je réprime l'envie de me dégager de son étreinte. Elle me conduit jusqu'à une porte métallique où l'homme appuie sur un bouton avant de parler dans un interphone.

— Capitaine Stevens, annonce-t-il. Une femme en garde à vue.

La lourde porte s'ouvre avec un déclic et nous entrons dans une grande pièce aux murs blanc sale. La porte claque en se refermant derrière nous et j'ai l'impression que ce bruit résonne une minute entière dans ma tête. Le bâtiment sent le renfermé, malgré la climatisation bruyante au plafond, et un martèlement régulier provient du dédale de couloirs qui partent de l'espace central. Un jeune homme d'une vingtaine d'années est assis sur un banc métallique gris dans un coin de la pièce, occupé à se ronger les ongles et à recracher les rognures par terre. Il porte un bas de survêtement bleu aux ourlets effilochés, des baskets et un sweat-shirt gris crasseux avec un logo illisible. L'odeur nauséabonde qu'il dégage me prend à la gorge et je me détourne avant qu'il puisse voir le mélange de peur et de pitié qu'il m'inspire.

Pas assez vite.

— Tu t'es bien rincé l'œil, hein, ma chérie ?

Sa voix est nasale et aiguë, comme celle d'un petit garçon. Je me retourne vers lui sans un mot.

— Viens tâter la marchandise, si tu veux !

Il se tient l'entrejambe et part dans un éclat de rire incongru dans cette pièce grise et sinistre.

— Mets-la en veilleuse, Lee, jette le capitaine Stevens.

Le jeune homme s'affale contre le mur en ricanant d'un air satisfait, amusé par son trait d'esprit.

L'inspecteur Evans me reprend le bras, ses ongles s'enfonçant dans ma peau tandis qu'elle me guide jusqu'à un haut comptoir de l'autre côté de la pièce. Un policier en uniforme est calé derrière un ordinateur, sa chemise blanche tendue sur son énorme bedaine. Il adresse un signe de tête à l'inspecteur Evans mais ne m'accorde rien de plus qu'un rapide coup d'œil.

— Je vous écoute.

L'inspecteur Evans m'enlève les menottes et j'ai aussitôt la sensation de pouvoir respirer plus facilement. Je frotte les sillons rouges sur mes poignets et la douleur me procure un plaisir pervers.

— Brigadier, voici Jenna Gray. Le 26 novembre 2012, Jacob Jordan a été renversé par une voiture à Fishponds. Le conducteur ne s'est pas arrêté. La voiture a été identifiée comme étant une Ford Fiesta rouge, immatriculation J634 OUP, propriétaire Jenna Gray. Plus tôt dans la journée, nous nous sommes rendus à Blaen Cedi, un cottage près de Penfach au pays de Galles, où à 19 h 33 j'ai arrêté Gray. Elle est soupçonnée de conduite dangereuse ayant entraîné la mort et de délit de fuite.

Un petit sifflement provient du banc au fond de la pièce, et le capitaine Stevens se retourne pour fusiller Lee du regard.

— Qu'est-ce qu'il fait là, au juste ? demande-t-il en ne s'adressant à personne en particulier.

— Il attend son avocat. Je m'en occupe. (Sans se retourner, le brigadier hurle :) Sally, tu peux ramener Roberts dans la cellule numéro deux ?

Une gardienne trapue sort du bureau derrière le brigadier, un énorme trousseau de clés accroché à la ceinture. Elle a la bouche pleine et essuie sa cravate couverte de miettes. Elle conduit Lee dans les entrailles du bâtiment et, en quittant la pièce, il me lance un regard de dégoût. Ça se passera sûrement comme ça en prison quand on apprendra que j'ai tué un enfant. Une expression de dégoût sur le visage des autres détenus, les gens détournant les yeux sur mon passage. Je me mords soudain la lèvre inférieure en réalisant que ce sera pire, bien pire que ça. La peur me prend au ventre et, pour la première fois, je me demande si je tiendrai le coup. Puis je me dis que j'ai connu pire.

— Ceinture, fait le brigadier en tendant un sac en plastique transparent.

— Pardon ?

Il me parle comme si je connaissais les règles, mais je suis déjà perdue.

— Votre ceinture. Enlevez-la. Vous avez des bijoux ?

Il s'impatiente, et je défais maladroitement la boucle de ma ceinture avant de la faire glisser hors des passants de mon jean pour la mettre dans le sac.

— Non, pas de bijoux.

— Une alliance ?

Je secoue la tête en touchant instinctivement la marque à peine visible sur mon annulaire. L'inspecteur Evans fouille mon sac. Il n'y a rien de personnel à l'intérieur, mais j'ai quand même l'impression d'assister au cambriolage de ma propre maison. Un tampon roule sur le comptoir.

— Vous en aurez besoin ? demande-t-elle.

Elle parle d'un ton neutre, et ni le capitaine Stevens ni le brigadier ne disent quoi que ce soit, mais je rougis furieusement.

— Non.

Elle le met dans le sac en plastique avant d'ouvrir mon portefeuille pour en vider le contenu. Je remarque alors la carte bleu pâle au milieu des reçus et des cartes bancaires. Le silence semble s'installer dans la pièce et j'entends presque mon cœur battre. Quand je jette un coup d'œil à l'inspecteur Evans, je m'aperçois qu'elle a cessé d'écrire et me fixe. Je ne veux pas la regarder, mais je suis incapable de baisser les yeux. *Laissez ça, ce n'est rien*. Elle prend lentement la carte et l'examine. Je m'attends à ce qu'elle me questionne à ce sujet, mais elle l'inscrit sur le formulaire et la glisse dans le sac avec le reste de mes affaires. Je pousse un soupir de soulagement.

J'essaie de me concentrer sur ce que dit le brigadier, mais je suis submergée par une litanie de règles et de droits. Non, je ne veux prévenir personne que je suis ici. Non, je ne veux pas d'avocat…

— Vous en êtes sûre ? coupe le capitaine Stevens. Vous pouvez bénéficier des conseils d'un avocat pendant que vous êtes ici, vous savez.

— Je n'ai pas besoin d'avocat, dis-je doucement. J'ai renversé ce garçon.

Il y a un silence. Les trois policiers échangent un regard.

— Signez ici, fait le brigadier. Et ici, et ici, et ici. (Je prends le stylo et griffonne mon nom à côté de grosses croix noires. Il se tourne vers le capitaine Stevens.) On passe directement à l'interrogatoire ?

La salle est étouffante et sent le tabac froid, malgré l'autocollant « Interdiction de fumer » qui se détache du mur. Le capitaine Stevens m'indique où je dois m'asseoir. J'essaie de rapprocher ma chaise de la table, mais elle est fixée au sol. Sur la table, quelqu'un a gravé une série d'injures au stylo-bille. Le capitaine Stevens actionne l'interrupteur d'un boîtier noir sur le mur et un bip aigu retentit. Il s'éclaircit la gorge.

— Nous sommes le jeudi 2 janvier 2014, il est 22 h 45, et nous nous trouvons dans la salle d'interrogatoire numéro trois du commissariat de Bristol. Je suis le capitaine Ray Stevens, matricule 431, et j'ai avec moi l'inspecteur Kate Evans, matricule 3908. (Il me regarde.) Pouvez-vous donner votre nom complet et votre date de naissance pour l'enregistrement, s'il vous plaît ?

J'avale ma salive et tâche d'articuler.

— Jenna Alice Gray, 28 août 1976.

Je le laisse parler de la gravité des faits qui me sont reprochés et des conséquences du délit de fuite sur la famille, sur la population dans son ensemble. Il ne m'apprend rien, et rien de ce qu'il me dit ne pourrait alourdir mon fardeau.

C'est enfin mon tour.

Je parle doucement, les yeux rivés sur la table entre nous, en espérant qu'il ne va pas m'interrompre. Je ne veux le dire qu'une fois.

— La journée avait été longue. J'avais exposé à l'autre bout de Bristol et j'étais fatiguée. Il pleuvait et la visibilité était mauvaise.

Je garde une voix mesurée et calme. Je veux expliquer ce qui s'est passé sans donner l'impression de chercher à me justifier – comment pourrais-je justifier une chose pareille ? J'ai souvent pensé à ce que je dirais si on en arrivait là, mais maintenant que je suis ici, les mots semblent maladroits et hypocrites.

— Il est sorti de nulle part, dis-je. La route était dégagée, et d'un coup il la traversait en courant. Ce petit garçon avec son bonnet de laine bleu et ses gants rouges. C'était trop tard, trop tard pour faire quoi que ce soit.

J'agrippe le bord de la table des deux mains pour m'ancrer dans le présent tandis que le passé menace de resurgir. J'entends le grincement des freins, je sens l'odeur âcre du caoutchouc brûlé sur l'asphalte mouillé. Quand Jacob a percuté le pare-brise, il s'est retrouvé un court instant à quelques centimètres de moi. J'aurais pu tendre le bras pour toucher son visage à travers le verre. Mais il est reparti en tournant sur lui-même avant de retomber sur la route. C'est seulement là que j'ai vu sa mère, penchée sur le garçon inanimé, cherchant un pouls. N'en trouvant pas, elle s'est mise à crier ; un son primitif venu du plus profond de son être, et j'ai vu à travers le pare-brise flou, horrifiée, une flaque de sang se former sous la tête du garçon, souillant la route mouillée jusqu'à ce que l'asphalte vire au rouge sous le faisceau des phares.

— Pourquoi ne vous êtes-vous pas arrêtée ? Pourquoi n'êtes-vous pas descendue ? Pourquoi n'avez-vous pas appelé les secours ?

Je suis ramenée à la salle d'interrogatoire et je fixe le capitaine Stevens. J'avais presque oublié qu'il était là.

— Je n'ai pas pu.

25

— Bien sûr qu'elle aurait pu s'arrêter ! lança Kate en faisant les cent pas entre son bureau et la fenêtre. Elle est si froide, j'en ai des frissons.

— Tu ne veux pas t'asseoir ? (Ray finit son café et étouffa un bâillement.) Tu m'épuises, et je suis déjà assez crevé comme ça.

Il était plus de minuit quand Ray et Kate avaient à contrecœur mis fin à l'interrogatoire pour permettre à Jenna de dormir un peu.

Kate s'assit.

— À ton avis, pourquoi elle s'est mise à table aussi facilement, après plus d'un an ?

— Je ne sais pas, répondit Ray tandis qu'il se laissait aller dans le fauteuil et mettait les pieds sur le bureau de Stumpy. Il y a quelque chose qui cloche dans tout ça.

— Quoi ?

Ray secoua la tête.

— C'est juste une impression. Je suis sûrement fatigué. (La porte de la Criminelle s'ouvrit et Stumpy fit son apparition.) Tu rentres tard. C'était comment, Londres ?

— Stressant, dit Stumpy. Va savoir pourquoi les gens veulent vivre là-bas.

— Tu as rallié la mère de Jacob à notre cause ?

Stumpy acquiesça.

— Elle n'est pas près d'ouvrir un fan-club, mais elle est avec nous. Après la mort de son fils, elle a été la cible de nombreuses critiques. C'était déjà difficile pour elle d'être acceptée en tant qu'étrangère, et l'accident a jeté de l'huile sur le feu.

— Elle est partie quand ? demanda Kate.

— Juste après l'enterrement. Il y a une grosse communauté polonaise à Londres, et Anya est allée s'installer chez des cousins dans une maison partagée. En lisant entre les lignes, j'ai cru comprendre qu'elle n'avait pas de permis de travail, ce qui n'a pas aidé pour la retrouver.

— Elle t'a parlé facilement ?

Ray s'étira et fit craquer ses doigts. Kate grimaça.

— Oui, répondit Stumpy. En fait, elle avait l'air soulagée de pouvoir parler de Jacob avec quelqu'un. Elle n'a pas annoncé la nouvelle à sa famille au pays. Elle dit qu'elle a trop honte.

— Honte ? Mais pourquoi est-ce qu'elle aurait honte ? s'exclama Ray.

— C'est une longue histoire, dit Stumpy. Anya a débarqué au Royaume-Uni à dix-huit ans. Elle s'est montrée un peu évasive sur la façon dont elle a atterri ici, mais elle a fini par trouver un boulot au noir en tant que femme de ménage dans les bureaux de la zone industrielle de Gleethorne. Elle s'est rapprochée d'un des types qui travaillaient là-bas et elle s'est retrouvée enceinte.

— Et elle n'est plus avec le père ? supposa Kate.

— Exact. Apparemment, les parents d'Anya étaient horrifiés qu'elle ait eu un enfant hors mariage et ils voulaient qu'elle rentre en Pologne pour l'avoir à l'œil, mais elle a refusé. Elle souhaitait leur prouver qu'elle pouvait se débrouiller toute seule.

— Et maintenant elle s'en veut. (Ray secoua la tête.) Pauvre fille. Elle a quel âge ?

— Vingt-six ans. Quand Jacob s'est fait renverser, elle a eu le sentiment d'être punie pour ne pas les avoir écoutés.

— C'est tellement triste. (Kate était sagement assise, les genoux ramenés contre la poitrine.) Mais elle n'y est pour rien, ce n'est pas elle qui conduisait cette foutue bagnole !

— C'est ce que je lui ai dit, mais la culpabilité la ronge. Bref, je lui ai signalé qu'on avait un suspect en garde à vue et qu'on espérait l'inculper, en supposant que vous aviez fait votre boulot bien sûr.

Il jeta un regard en coin à Kate.

— Ne me cherche pas, répliqua-t-elle. Mon sens de l'humour est aux abonnés absents, à cette heure-ci. Il se trouve que Gray a craché le morceau, mais il se faisait tard et on l'a laissée dormir jusqu'à demain matin.

— Je crois que je vais en faire autant, indiqua Stumpy. Si je peux, patron ?

Il défit sa cravate.

— Oui, moi aussi d'ailleurs, fit Ray. Allez, Kate, ça suffit pour aujourd'hui. On réessaiera de lui faire dire où est la voiture demain matin.

Ils descendirent dans la cour. Stumpy fit un signe de la main en franchissant le grand portail métallique au volant de sa voiture, laissant Ray et Kate seuls dans l'obscurité.

— Longue journée, observa Ray.

Malgré la fatigue, il n'avait soudain plus envie de rentrer chez lui.

— Oui.

Ils étaient si proches qu'il pouvait distinguer le parfum de Kate. Il sentit son cœur s'emballer. S'il l'embrassait maintenant, il ne pourrait plus faire marche arrière.

— Bon, bonne nuit, dit Kate sans bouger.

Ray fit un pas en arrière et sortit ses clés de voiture de sa poche.

— Bonne nuit, Kate. Dors bien.

Il souffla en sortant du parking. Il avait été si près de céder à la tentation.

Trop près.

Il était plus de deux heures quand Ray s'effondra dans son lit, et il eut l'impression qu'une poignée de secondes s'étaient écoulées quand son réveil le renvoya au travail. Il avait mal dormi, incapable de cesser de penser à Kate, et il lutta pour la chasser de son esprit pendant le briefing matinal.

À dix heures, ils se croisèrent à la cantine pour le petit déjeuner. Ray se demanda si Kate avait passé la nuit à penser à lui et s'en voulut immédiatement. Ça devenait ridicule, et plus vite il aurait tiré un trait sur tout ça, mieux ce serait.

— Je suis trop vieux pour me coucher si tard, remarqua-t-il tandis qu'ils faisaient la queue pour déguster un « caillot », l'une des spécialités de Moira, ainsi surnommée pour sa capacité à boucher les artères.

Il espérait qu'elle allait le contredire et se sentit aussitôt ridicule.

— Je suis bien contente de ne plus faire les trois-huit, fit-elle. Tu te souviens du coup de pompe de trois heures du mat' ?

— Et comment ! Lutter pour rester éveillé en attendant désespérément une course-poursuite pour avoir une montée d'adrénaline. Je ne pourrais plus faire ça.

Ils emportèrent leurs assiettes garnies de bacon, de saucisse, d'œufs, de boudin noir et de pain frit jusqu'à une table libre, où Kate feuilleta un exemplaire du *Bristol Post* tout en mangeant.

— C'est passionnant, comme d'habitude, ironisa-t-elle. Les élections municipales, les kermesses des écoles, les habitants qui se plaignent des merdes de chien.

Elle replia le journal et le posa sur le côté, où la photo de Jacob en première page semblait les fixer.

— Tu as réussi à tirer autre chose de Gray ce matin ? demanda Ray.

— Elle a répété ce qu'elle avait dit hier. Au moins, elle est cohérente. Mais elle n'a pas voulu répondre quand je lui ai demandé où était la voiture et pourquoi elle ne s'était pas arrêtée.

— Eh bien, heureusement, notre boulot consiste à découvrir ce qui s'est passé, et non *pourquoi* ça s'est passé, lui rappela Ray. On en a assez pour l'inculper. Transmets le dossier au parquet et vois s'ils peuvent prendre une décision dans la journée.

Kate avait l'air pensive.

— Quoi ?

— Quand tu as dit hier que quelque chose clochait…

Elle n'acheva pas sa phrase.

— Oui ? insista Ray.

— J'ai la même impression.

Kate but une gorgée de son thé et le reposa avec précaution sur la table, fixant sa tasse comme si elle espérait y trouver la solution.

— Tu crois qu'elle pourrait tout inventer ?

Cela arrive parfois – surtout avec les affaires très médiatisées comme celle-ci. Quelqu'un vient avouer un crime, et au milieu de l'interrogatoire on s'aperçoit qu'il ne peut pas l'avoir fait. Il omet un fait essentiel – quelque chose qui a été délibérément caché à la presse – et toute son histoire tombe à l'eau.

— Pas tout inventer, non. C'est sa voiture, après tout, et son témoignage concorde avec celui d'Anya Jordan. C'est juste que... (Elle se laissa aller sur sa chaise et regarda Ray.) Tu te souviens, pendant l'interrogatoire, quand elle a décrit l'accident ?

Ray lui fit signe de continuer.

— Elle a donné beaucoup de détails sur Jacob : ses vêtements, son sac...

— Eh bien, elle a une bonne mémoire. Un truc pareil ne s'oublie pas, j'imagine.

Il se faisait l'avocat du diable, anticipant ce qu'allait dire le commissaire – ainsi que le préfet. Au fond, Ray avait toujours la même impression que la veille. Jenna Gray cachait quelque chose.

— D'après la mère de Jacob, la voiture n'a pas ralenti, reprit Kate. Et Gray a dit elle-même que Jacob était sorti « de nulle part ». (Elle mima des guillemets.) Donc si tout est arrivé si vite, comment est-ce qu'elle a pu voir autant de choses ? Et si ça ne s'est pas passé aussi vite et qu'elle a eu tout le temps de l'observer et de faire attention à ce qu'il portait, comment ça se fait qu'elle l'ait quand même renversé ?

Ray garda un instant le silence. Kate avait les yeux brillants, malgré le manque de sommeil, et il reconnut son air déterminé.

— Qu'est-ce que tu proposes ?

— D'attendre avant de l'inculper.

Il hocha lentement la tête. Relâcher un suspect après des aveux complets : le préfet allait sauter au plafond.

— J'aimerais retrouver la voiture.

— Ça ne changera rien, répliqua Ray. Au mieux, on trouvera l'ADN de Jacob sur le capot et les empreintes de Gray sur le volant. Ça ne nous apprendra rien de nouveau. Je préférerais retrouver son téléphone portable. Elle affirme qu'elle s'en est débarrassée quand elle a quitté Bristol parce qu'elle ne voulait pas qu'on la joigne. Et si elle s'en était débarrassée pour dissimuler une preuve ? J'aimerais savoir qui elle a appelé juste avant et juste après l'accident.

— Alors on la libère avec l'obligation de se présenter au poste dans quelques semaines, dit Kate en le regardant d'un air interrogateur.

Il hésita. Inculper Jenna serait la solution de facilité. Des applaudissements lors du briefing matinal, les félicitations du préfet. Mais pouvait-il l'inculper tout en sachant qu'il y avait peut-être autre chose ? Les preuves faisaient pencher la balance d'un côté, son instinct de l'autre.

Ray songea à Annabelle Snowden, toujours en vie dans l'appartement de son père alors que celui-ci suppliait la police de retrouver le ravisseur. Son instinct ne s'était pas trompé à l'époque, et il ne l'avait pas suivi.

S'ils la relâchaient quelques semaines, ils pourraient essayer d'y voir plus clair et faire en sorte qu'aucun détail ne soit négligé avant de la présenter au juge.

Il fit un signe de tête à Kate.

— Laisse-la partir.

26

J'ai attendu presque une semaine avant de te rappeler après notre premier rendez-vous, et j'ai noté l'incertitude dans ta voix quand je t'ai eue au bout du fil. Tu te demandais si tu avais mal interprété les signes, pas vrai ? Si tu avais dit quelque chose qu'il ne fallait pas, ou choisi la mauvaise robe…

— Tu es libre ce soir ? ai-je demandé. On pourrait peut-être sortir tous les deux.

En te parlant, je me suis rendu compte à quel point j'avais hâte de te voir. Attendre une semaine avait été étonnamment difficile.

— J'aurais bien aimé, mais j'ai déjà quelque chose de prévu.

Il y avait du regret dans ta voix, mais je connaissais cette tactique depuis longtemps. Les petits jeux auxquels se livrent les femmes au début d'une relation sont variés mais en général faciles à déchiffrer. Tu avais sans doute disséqué notre rendez-vous avec tes amies, qui avaient dû te prodiguer leurs conseils comme des ménagères n'ayant rien de mieux à faire que de se mêler de la vie des autres.

Ne lui montre pas tout de suite qu'il te plaît.

Fais-toi désirer.

Quand il appellera, dis-lui que tu es déjà prise.

C'est fatigant et puéril.

— Dommage, ai-je répliqué, comme si de rien n'était. J'ai réussi à avoir deux places pour le concert de Pulp ce soir et je me disais que tu voudrais peut-être venir.

Tu as hésité et j'ai cru t'avoir convaincue, mais tu as tenu bon.

— Je ne peux vraiment pas, désolée. J'ai promis à Sarah de sortir entre filles au Ice Bar. Elle vient de se séparer de son copain et je ne peux pas la laisser tomber moi aussi.

C'était convaincant et je me suis demandé si tu avais préparé ce mensonge à l'avance. J'ai laissé le silence s'installer.

— Je suis libre demain soir ? as-tu dit, ton intonation transformant cette affirmation en question.

— Désolé, j'ai déjà quelque chose de prévu demain. Une autre fois, peut-être. Amuse-toi bien.

J'ai raccroché et je suis resté un moment assis à côté du téléphone. Une veine s'est mise à palpiter sur ma tempe et je l'ai frottée nerveusement. Je ne m'attendais pas à ce que tu te livres à ce petit jeu, j'étais déçu que tu t'y sentes obligée.

Je n'ai pas réussi à me calmer de toute la journée. J'ai fait le ménage et ramassé toutes les affaires de Marie qui traînaient un peu partout dans la maison pour en faire une pile dans la chambre. Il y en avait plus que je pensais, mais je ne pouvais pas les lui rendre maintenant. J'ai tout mis dans une valise pour les emporter à la décharge.

À sept heures, j'ai bu une bière, et puis une autre. Je me suis installé dans le canapé devant un jeu télévisé débile, les pieds posés sur la table basse, et j'ai pensé à toi. J'ai failli téléphoner à ta résidence pour te laisser un message et faire semblant d'être surpris de te trouver là. Mais au bout de ma troisième bière, j'ai changé d'avis.

J'ai pris la voiture jusqu'au Ice Bar et j'ai trouvé une place près de l'entrée. Je suis resté un moment assis sur mon siège à observer les gens qui franchissaient la porte. Les filles étaient en minijupe, mais cela n'éveillait en moi que de la curiosité. Je pensais à toi. J'étais troublé par la façon dont tu occupais mes pensées, déjà à cette époque, et par l'importance que revêtait tout à coup le fait de savoir si tu m'avais dit la vérité. J'étais allé là-bas pour te prendre sur le fait : pour entrer dans le bar bondé et constater que tu n'y étais pas, parce que tu étais dans ta chambre, assise sur ton lit avec une bouteille de vin bon marché et un film avec Meg Ryan. Mais j'ai réalisé que ce n'était pas ce que je voulais : je voulais te voir passer devant moi, prête pour ta soirée entre filles avec ta copine déprimée qui venait de se faire larguer. Je voulais avoir tort. Cette sensation était si nouvelle que j'en ai presque ri.

Je suis descendu de la voiture et je suis entré dans le bar. J'ai acheté des Becks et j'ai commencé à me faufiler à travers la foule. Quelqu'un m'a bousculé et a renversé de la bière sur mes chaussures, mais j'étais trop occupé à te chercher pour exiger des excuses.

Et puis je t'ai vue. Tu étais au bout du comptoir, agitant en vain un billet de dix livres sous le nez des serveurs assaillis par une horde de clients. Tu m'as vu et tu as d'abord eu l'air perdue, comme si tu ne voyais pas qui j'étais, puis tu as souri – un sourire plus réservé que la dernière fois.

— Qu'est-ce que tu fais ici ? m'as-tu demandé quand je suis enfin arrivé jusqu'à toi. Je croyais que tu étais au concert de Pulp.

Tu étais sur tes gardes. Les femmes prétendent aimer les surprises, mais en réalité elles préfèrent être prévenues afin de pouvoir se préparer.

— J'ai donné mes places à un gars au boulot, ai-je répondu. Ça ne me disait rien d'y aller seul.

Tu as eu l'air embarrassée d'être la cause de mon changement de programme.

— Mais comment as-tu atterri ici ? Tu es déjà venu ?

— Je suis tombé sur un copain, ai-je dit en levant les deux bouteilles de Becks que j'avais eu la bonne idée d'acheter. Je suis allé au comptoir et maintenant impossible de le retrouver. Il a dû faire une rencontre !

Tu as ri. Je t'ai tendu une bouteille de bière.

— Ce serait dommage de la jeter, non ?

— Il faut que j'y retourne. Je suis juste venue commander, si j'arrive à être servie un jour. Sarah garde une table là-bas.

Tu as jeté un coup d'œil dans un coin de la salle où la grande fille aux cheveux teints était assise à une petite table, en pleine conversation avec un type d'une vingtaine d'années. Au moment où on regardait, il s'est penché en avant et l'a embrassée.

— Elle est avec qui ? ai-je demandé.

Tu as réfléchi avant de secouer lentement la tête.

— Aucune idée.

— Eh bien on dirait qu'elle a du mal à se remettre de sa séparation, ai-je observé.

Tu as ri.

— Bon…

Je t'ai à nouveau tendu la bière. Tu as souri et tu l'as prise, trinquant avec moi avant de boire une grande gorgée, puis tu t'es léché la lèvre inférieure en baissant ta bouteille. C'était délibérément provocant et ça m'a excité. Tu as soutenu mon regard d'un air de défi en avalant une autre lampée de bière.

— Allons chez moi, ai-je soudain dit.

Sarah avait disparu, sans doute avec son nouveau copain. Je me suis demandé si ça ne le dérangeait pas de tomber sur une fille aussi facile.

Tu as hésité un instant, sans me quitter des yeux, puis tu as légèrement haussé les épaules et glissé ta main dans la mienne. Le bar était plein à craquer et je me suis frayé un chemin en serrant ta main pour ne pas te perdre. Ton empressement à me suivre m'excitait tout en me consternant : je n'ai pas pu m'empêcher de me demander combien de fois tu avais fait ça, et avec qui.

Après la chaleur étouffante du Ice Bar, l'air frais de la rue t'a fait frissonner.

— Tu n'as pas pris de manteau ?

Tu as secoué la tête et j'ai enlevé ma veste pour te la mettre sur les épaules tandis qu'on se dirigeait vers la voiture. Tu m'as souri avec gratitude et ça m'a réchauffé.

— Tu es en état de conduire ?

— Ça va, ai-je répondu sèchement.

On a roulé un moment en silence. Ta jupe avait remonté quand tu t'étais assise et j'ai posé ma main gauche juste au-dessus de ton genou, mes doigts effleurant l'intérieur de ta cuisse. Tu as bougé la jambe : juste un peu, mais assez pour que ma main se retrouve sur ton genou et non sur ta cuisse.

— Tu es superbe ce soir.

— Tu crois ? Merci.

J'ai retiré ma main pour changer de vitesse. Quand je l'ai reposée sur ta jambe, je l'ai glissée un centimètre plus haut, mes doigts caressant délicatement ta peau. Cette fois-ci, tu n'as pas bougé.

Chez moi, tu as fait le tour du salon en touchant à tout. C'était gênant, et j'ai préparé le café aussi vite que possible. Ce rituel était absurde : aucun de nous n'avait envie de boire quelque chose, même si tu avais dit le contraire. J'ai posé les tasses sur le plateau en verre de la table et tu t'es assise à mes côtés sur le canapé, à moitié tournée vers moi. J'ai remis tes cheveux derrière tes oreilles, laissant un instant mes mains autour de ton visage, avant de me pencher en avant pour t'embrasser. Tu as aussitôt réagi, ta langue explorant ma bouche et tes mains parcourant mon dos et mes épaules. Je t'ai fait lentement basculer en arrière tout en continuant de t'embrasser jusqu'à être allongé sur toi. J'ai senti tes jambes s'enrouler autour des miennes : ça faisait du bien d'être avec quelqu'un d'aussi enthousiaste et réactif. Marie était si froide que j'avais parfois l'impression qu'elle était absente, son corps bougeant machinalement tandis que son esprit était ailleurs.

J'ai promené ma main le long de ta jambe et j'ai senti la peau douce et lisse de l'intérieur de ta cuisse. En remontant, le bout de mes doigts a effleuré de la dentelle et tu as brusquement cessé de m'embrasser en te tortillant sur le canapé pour te dégager de ma main.

— Va moins vite, as-tu murmuré, mais ton sourire indiquait que tu ne le pensais pas.

— Je ne peux pas. Tu es si belle, c'est plus fort que moi.

Tu es devenue toute rose. Je me suis appuyé sur un bras et de l'autre j'ai remonté ta jupe sur tes hanches. Lentement, j'ai glissé un doigt sous l'élastique de ta culotte.

— Je ne…

— Chut, ai-je susurré en t'embrassant. Ne gâche pas tout. Tu es magnifique, Jennifer. Tu m'excites tellement.

Tu m'as embrassé et tu as arrêté de faire semblant. Tu le désirais autant que moi.

27

Le train met presque deux heures pour relier Bristol à Swansea, et même si j'ai hâte d'apercevoir la mer, je suis contente d'être un peu seule et d'avoir du temps pour réfléchir. Je n'ai pas dormi du tout en garde à vue, les pensées se bousculant dans mon esprit tandis que j'attendais le matin. Je craignais que les cauchemars reviennent si je fermais les yeux. Je suis donc restée éveillée, assise sur le mince matelas en plastique à écouter les cris et autres bruits en provenance du couloir. Ce matin, la gardienne m'a proposé de prendre une douche, m'indiquant une cabine en béton dans un coin de l'aile réservée aux femmes. Les carreaux étaient mouillés et une touffe de cheveux recouvrait le trou d'écoulement comme une araignée prête à bondir. J'ai décliné la proposition et mes vêtements sont encore imprégnés de l'odeur de renfermé du bâtiment.

La femme inspecteur et l'homme plus âgé m'ont interrogée une seconde fois. Mon silence les a contrariés, mais j'ai refusé de donner plus de détails.

— Je l'ai tué, ai-je répété. Ce n'est pas suffisant ?

Ils ont fini par abandonner et m'ont fait patienter sur le banc métallique de l'entrée pendant qu'ils s'entretenaient à voix basse avec le brigadier.

— On vous libère, mais vous devez rester à la disposition de la police, a finalement dit le capitaine Stevens.

Je l'ai regardé d'un air ahuri jusqu'à ce qu'il m'explique ce que cela signifiait. Je ne m'attendais pas à être relâchée, et je me suis sentie coupable d'éprouver du soulagement en entendant que j'avais encore quelques semaines de liberté.

Les deux femmes de l'autre côté du couloir descendent du train à Cardiff dans un tourbillon de sacs de shopping et de manteaux qu'elles oublient presque. Elles laissent derrière elles un exemplaire du *Bristol Post*, et je tends le bras pour le ramasser avec appréhension.

C'est en première page : *Le chauffard arrêté.*

Ma respiration s'accélère tandis que je parcours l'article à la recherche de mon nom, et je laisse échapper un petit soupir de soulagement en constatant qu'ils ne l'ont pas divulgué.

Une femme d'environ trente-cinq ans a été arrêtée dans le cadre de l'enquête sur la mort de Jacob Jordan, un garçon de cinq ans tué en novembre 2012 dans un accident à Fishponds. La femme a été remise en liberté et doit se présenter au commissariat central de Bristol le mois prochain.

J'imagine ce journal dans les foyers aux quatre coins de Bristol, les familles secouant la tête en serrant leurs enfants près d'eux. Je relis l'article pour m'assurer que je n'ai rien raté qui puisse révéler le lieu où j'habite, puis je replie soigneusement le quotidien de façon à masquer la une.

À la gare routière de Swansea, je trouve une poubelle et j'enfouis le journal sous des canettes de coca et des emballages de fast-food. L'encre a déteint sur mes doigts, j'essaie en vain de la faire partir en me frottant les mains.

Le car pour Penfach est en retard et il commence à faire nuit quand j'arrive enfin au village. Le magasin, qui fait également office de bureau de poste, est encore ouvert et je prends un panier pour faire quelques courses. La boutique a deux comptoirs, à l'opposé l'un de l'autre, tous les deux tenus par Nerys Maddock, aidée après l'école par sa fille de seize ans. Il est tout aussi impossible d'acheter des enveloppes au comptoir de l'épicerie que d'acheter une boîte de thon et un sac de pommes au comptoir de la poste, et il faut donc attendre que Nerys ferme la caisse et traverse le magasin en traînant les pieds. Aujourd'hui, c'est sa fille qui est derrière le comptoir de l'épicerie. Je remplis mon panier d'œufs, de lait et de fruits, prends un sac de nourriture pour chien et pose le tout sur le comptoir. Je souris à la fille, qui s'est toujours montrée plutôt sympathique, et elle lève les yeux de son magazine mais reste muette. Elle me regarde brièvement puis retourne à sa lecture.

— Bonjour ? dis-je.

Mon malaise grandissant transforme ce mot en question.

La petite cloche au-dessus de la porte tinte tandis qu'une femme âgée que je reconnais entre dans le magasin. La fille se lève et appelle sa mère dans la pièce d'à côté. Elle dit quelque chose en gallois et Nerys la rejoint quelques secondes plus tard derrière la caisse.

— Bonjour, Nerys, je vais prendre ça, s'il vous plaît, dis-je.

Son visage est aussi impassible que celui de sa fille, et je me demande si elles se sont disputées. Elle m'ignore et s'adresse à la femme derrière moi.

— *Alla i eich helpu chi ?*

Elles entament une conversation. Le gallois m'est toujours aussi incompréhensible, mais les quelques coups d'œil jetés dans ma direction, ainsi que l'expression de dégoût sur le visage de Nerys, ne laissent planer aucun doute sur le sujet de leur échange. Elles parlent de moi.

La femme tend le bras en m'évitant pour payer son journal et Nerys encaisse l'argent. Elle prend mon panier de courses et le pose à ses pieds derrière le comptoir, puis me tourne le dos.

Mes joues s'enflamment. Je remets mon portefeuille dans mon sac et fais demi-tour, si pressée de sortir du magasin que je me cogne contre un présentoir et fais tomber des sauces en sachet. J'entends une exclamation désapprobatrice avant d'ouvrir la porte avec violence. Je traverse rapidement le village en regardant droit devant moi de peur de devoir affronter quelqu'un d'autre, et quand j'arrive au camping, je pleure sans pouvoir m'arrêter. Le store de la boutique est relevé, ce qui signifie que Bethan est là, mais je ne parviens pas à me résoudre à aller la voir. Je continue le sentier jusqu'au cottage et ce n'est qu'à ce moment-là que je réalise que la voiture de Patrick ne se trouvait pas sur le parking du camping. J'ignore pourquoi je m'attendais à ce qu'elle y soit – je ne l'ai pas appelé du commissariat, il ne peut donc pas savoir que je suis rentrée –, mais son absence me laisse perplexe. Je me demande s'il est resté un peu chez moi ou s'il est parti dès que la police m'a emmenée. Il ne veut peut-être plus avoir affaire avec moi. Je me console en me disant que même si c'est le cas, il n'aurait pas abandonné Beau.

J'ai déjà la clé à la main quand je me rends compte que le rouge sur la porte n'est pas une illusion d'optique provoquée par le soleil couchant, mais des traces de peinture étalée à l'aide d'une touffe d'herbes qui gît à mes pieds. Les mots ont été écrits à la hâte, des éclaboussures de peinture recouvrent le seuil en pierre.

DÉGAGE.

Je regarde autour de moi, m'attendant presque à trouver quelqu'un en train de m'observer, mais le crépuscule commence à descendre et je ne vois rien à plus de quelques mètres. Je frissonne et bataille avec la serrure capricieuse, puis je perds patience et, de dépit, je donne un grand coup de pied dans la porte. Un morceau de peinture sèche se détache et je continue de cogner, évacuant ma frustration dans un accès de fureur irrationnelle. Ça n'a aucun effet sur la serrure, bien sûr, et je finis par arrêter, posant le front contre la porte en bois pour me calmer avant d'essayer une nouvelle fois la clé.

Le cottage semble froid et inhospitalier, comme s'il se joignait au village pour me demander de partir. Je n'ai pas besoin d'appeler Beau pour savoir qu'il n'est pas là, et, en allant vérifier que la cuisinière est allumée, je vois un mot sur la table.

« Beau est au chenil. Envoie-moi un message
en rentrant. »

P.

Ça me suffit pour comprendre que c'est fini. Les larmes me montent aux yeux et je serre très fort les paupières pour les empêcher de couler sur mes joues. Je me dis que c'est moi qui ai choisi cette voie, et que je dois maintenant l'assumer.

Avec la même concision que Patrick, je lui écris un SMS d'une ligne et il répond qu'il amènera Beau après le travail. Je m'attendais presque à ce qu'il envoie quelqu'un à sa place, et je suis à la fois impatiente et inquiète à l'idée de le voir.

J'ai deux heures devant moi avant qu'il arrive. Il fait nuit dehors, mais je n'ai pas envie de rester ici. Je remets mon manteau et je sors.

C'est étrange de se trouver sur la plage la nuit. Il n'y a personne en haut de la falaise, je me rapproche de la mer pour me tenir à la lisière de l'eau, mes bottes disparaissant quelques secondes après chaque vague. Je fais un pas en avant et l'eau lèche l'ourlet de mon pantalon. Je sens l'humidité remonter lentement le long de mes jambes.

Puis j'avance.

À Penfach, le fond est en pente douce jusqu'à une centaine de mètres du rivage, puis plonge brutalement. Je fixe l'horizon et mets un pied devant l'autre, sentant mes bottes s'enfoncer dans le sable. L'eau m'arrive au-dessus des genoux et éclabousse mes mains, et je repense à ces moments passés à jouer dans la mer avec Eve, quand nous sautions par-dessus les vagues nappées d'écume avec nos seaux remplis d'algues. L'eau est glaciale et j'ai le souffle coupé quand elle atteint mes cuisses, mais je continue d'avancer. Je ne pense plus à rien ; je marche, je marche vers la mer. J'entends un grondement, mais j'ignore s'il s'agit d'une mise en garde ou d'un appel. J'ai plus de mal à progresser à présent : les vagues m'arrivent à la poitrine et je dois lutter contre le poids de l'eau. Et soudain je tombe, mon pied chute dans le vide et je glisse sous la surface. J'essaie de me forcer à ne pas nager, mais ma volonté est ignorée et mes bras s'agitent tout seuls. Je pense tout à coup à Patrick, obligé de partir à la recherche de mon corps jusqu'à ce que la marée le rejette, déchiqueté par les rochers et bouffé par les poissons.

Comme si je venais de recevoir une gifle, je secoue violemment la tête et j'avale une grande bouffée d'air. Je ne peux pas faire ça. Je ne peux pas passer ma vie à fuir mes erreurs. Dans ma panique, j'ai perdu la côte de vue et je tourne désespérément sur moi-même jusqu'à ce que les nuages se déplacent et que la lune éclaire à nouveau les falaises. Je me mets à nager. Le courant m'a emportée vers le large depuis que je n'ai plus pied, et j'ai beau tendre les jambes vers le fond à la recherche d'un appui, je ne trouve rien d'autre que de l'eau glaciale. Une vague s'abat sur moi et je bois la tasse, vomissant presque en essayant de respirer à travers ma toux. Mes vêtements mouillés traînent dans l'eau, je ne parviens pas à enlever mes bottes qui m'attirent vers le fond.

J'ai la poitrine compressée et j'ai mal aux bras, mais mes idées sont encore claires ; je prends une profonde inspiration avant de plonger sous l'eau en fendant les vagues. Quand je relève la tête pour respirer, j'ai l'impression d'être un peu plus près de la côte, et je recommence, encore et encore. Je tends la jambe vers le fond et sens quelque chose du bout du pied. Je fais encore quelques brassées, tends à nouveau la jambe, et cette fois mon pied se pose sur la terre ferme. Je nage, cours et rampe pour sortir de la mer, j'ai de l'eau salée dans les poumons, les oreilles et les yeux ; quand j'atteins le sable sec, je me mets à quatre pattes pour reprendre mon souffle avant de me lever. Je tremble sans pouvoir m'arrêter : à cause du froid et de ce que j'ai failli faire.

Arrivée au cottage, j'enlève mes vêtements et les laisse par terre dans la cuisine. J'en enfile d'autres, chauds et secs, puis je redescends pour allumer le feu. J'entends Beau aboyer et j'ouvre la porte en grand avant que Patrick frappe. Je m'accroupis pour dire bonjour à Beau et pour dissimuler mon incertitude quant au comportement à adopter avec Patrick.

— Tu veux entrer ? dis-je en me relevant enfin.

— Il faut que j'y aille.

— Juste une minute. S'il te plaît.

Il hésite puis entre en refermant la porte derrière lui. Il n'a pas l'intention de s'asseoir et nous restons donc debout, Beau à nos pieds. Patrick jette un coup d'œil derrière moi dans la cuisine, où une flaque d'eau s'est formée sous mes vêtements trempés. Il a l'air un peu troublé mais ne dit rien, et c'est à ce moment-là que je comprends qu'il ne ressent plus rien pour moi. Il se fiche de savoir pourquoi mes vêtements sont mouillés, pourquoi même le manteau qu'il m'a offert est dégoulinant. Tout ce qui l'intéresse, c'est le terrible secret que je lui ai caché.

— Je suis désolée.

Insuffisant, mais sincère.

— Pourquoi ?

Il ne va pas me laisser m'en tirer aussi facilement.

— Pour t'avoir menti. J'aurais dû te dire que j'avais…

Je n'arrive pas à finir ma phrase, mais Patrick prend le relais.

— Tué quelqu'un ?

Je ferme les yeux. Quand je les rouvre, Patrick est sur le point de s'en aller.

— Je ne savais pas comment te le dire. (Les mots se bousculent dans ma bouche.) J'avais peur de ta réaction.

Il secoue la tête, comme s'il ne savait pas quoi penser de moi.

— Dis-moi une chose : est-ce que tu es partie sans t'arrêter ? L'accident, je peux comprendre, mais est-ce que tu es partie sans essayer de venir en aide à ce petit garçon ?

Son regard fouille le mien à la recherche d'une réponse que je ne peux pas lui donner.

— Oui, dis-je. Je suis partie.

Il ouvre la porte avec une telle force que je fais un pas en arrière, puis il disparaît.

28

Tu as passé la nuit à la maison, la première fois. J'ai tiré la couette sur nous et je me suis allongé à tes côtés pour te regarder dormir. Ton visage était calme et serein ; seuls d'infimes mouvements étaient visibles sous la peau translucide de tes paupières. Quand tu dormais, je n'avais pas à faire semblant, à garder mes distances pour que tu ne voies pas que je tombais furieusement amoureux de toi. Je pouvais humer tes cheveux, embrasser tes lèvres, sentir ton souffle doux sur ma peau. Quand tu dormais, tu étais parfaite.

Tu as souri avant même d'ouvrir les yeux. Tu es venue spontanément vers moi et je me suis mis sur le dos pour te laisser me faire l'amour. Pour une fois, j'étais content d'avoir quelqu'un dans mon lit au réveil, et je me suis dit que je ne voulais pas que tu partes. Si ça n'avait pas été ridicule, je t'aurais déclaré ma flamme sur-le-champ. Mais à la place j'ai préparé le petit déjeuner, puis je t'ai ramenée au lit pour te montrer à quel point tu me plaisais.

J'étais heureux que tu proposes qu'on se revoie. Ça voulait dire que je n'aurais pas à passer une autre semaine tout seul à attendre le bon moment pour t'appeler. Je t'ai laissée croire que tu menais la danse et on est allés boire un verre le soir même, puis deux jours plus tard. Et tu n'as pas tardé à venir tous les soirs à la maison.

— Tu devrais laisser quelques affaires ici, ai-je dit un jour.

Tu as semblé surprise et j'ai compris que je dérogeais à la règle : ce n'est pas à l'homme de brusquer une relation. Mais quand je rentrais du travail, la seule trace de ton passage était une tasse posée à l'envers sur l'égouttoir, et ce côté incertain m'angoissait. Tu n'avais aucune raison de revenir ; il n'y avait rien qui te retenait ici.

Ce soir-là, tu as apporté un petit sac avec toi : tu as mis une brosse à dents dans le verre de la salle de bains et des sous-vêtements propres dans le tiroir que je t'avais laissé. Le lendemain matin, je t'ai apporté le thé au lit et je t'ai embrassée avant de partir au travail. J'avais encore ton goût sur mes lèvres en montant dans la voiture. Je t'ai appelée en arrivant au bureau et j'ai su à ta voix pâteuse que tu t'étais rendormie.

— Qu'est-ce qu'il y a ? m'as-tu demandé.

Comment aurais-je pu te dire que j'avais juste envie d'entendre ta voix ?

— Tu pourrais refaire le lit aujourd'hui ? ai-je répondu. Tu ne le fais jamais.

Tu as ri et j'ai regretté de t'avoir appelée. En rentrant à la maison, je me suis précipité à l'étage sans enlever mes chaussures. Mais tout allait bien : ta brosse à dents était encore là.

Je t'ai fait de la place dans l'armoire et tu as peu à peu apporté d'autres vêtements.

— Je ne dors pas là ce soir, m'as-tu dit un jour tandis que je m'asseyais sur le lit pour mettre ma cravate. (Tu étais assise de l'autre côté avec ton thé, les cheveux en bataille et du maquillage de la veille autour des yeux.) Je sors avec des copains de la fac.

Je n'ai rien dit, concentré sur le nœud de ma cravate bleu foncé qui se devait d'être parfait.

— Ça ne te dérange pas, hein ?

Je me suis retourné.

— Tu sais que ça fait exactement trois mois aujourd'hui qu'on s'est rencontrés au bar de l'université ?

— C'est vrai ?

— J'ai réservé une table au Petit Rouge pour ce soir. Le restaurant où je t'ai emmenée la première fois. (Je me suis levé et j'ai enfilé ma veste.) J'aurais dû t'en parler avant, je ne vois pas pourquoi tu te souviendrais de ce jour-là.

— Mais si, je m'en souviens ! (Tu as posé ton thé et écarté la couette, puis tu as traversé le lit pour venir t'agenouiller près de moi. Tu étais nue, et quand tu m'as enlacé j'ai senti la chaleur de tes seins à travers ma chemise.) Je me souviens de tout : tu étais un vrai gentleman et j'avais très envie de te revoir.

— J'ai quelque chose pour toi, ai-je dit soudain. (J'espérais qu'elle était toujours dans le tiroir de ma table de chevet. Je l'ai cherchée à tâtons et je l'ai trouvée au fond, sous une boîte de préservatifs.) Tiens.

— C'est bien ce que je crois ?

Tu as souri et agité la clé en l'air. Je me suis aperçu que j'avais oublié d'enlever le porte-clés de Marie, et le cœur en argent tournoyait dans la lumière.

— Tu es là tous les jours. Autant que tu aies une clé.

— Merci. Ça me touche beaucoup.

— Il faut que j'aille au travail. Amuse-toi bien ce soir.

Je t'ai embrassée.

— Non. Je vais annuler. Tu t'es donné tellement de mal. Ça me ferait plaisir d'aller au restaurant. (Tu as brandi la clé.) Et maintenant que j'ai ça, je serai là quand tu rentreras du travail.

Mon mal de tête a commencé à s'estomper dans la voiture, mais il n'a complètement disparu qu'après avoir appelé Le Petit Rouge pour réserver une table.

Tu as tenu parole, et quand je suis rentré à la maison tu m'attendais dans une robe qui découvrait tes longues jambes bronzées et épousait tes formes de manière provocante.

— Comment tu me trouves ?

Tu as fait un tour sur toi-même et tu m'as souri, une main sur la hanche.

— Ravissante.

Mon manque d'enthousiasme était flagrant et tu as abandonné la pose. Tes épaules sont légèrement tombées et tu as lissé le devant de ta robe.

— C'est trop moulant ?

— Tu es très bien, ai-je répondu. Qu'est-ce que tu as d'autre ici ?

— C'est trop moulant, hein ? J'ai seulement le jean que je portais hier et un haut propre.

— Parfait, ai-je dit en m'avançant pour t'embrasser. Des jambes comme les tiennes sont mieux en pantalon, et ce jean te va comme un gant. Va vite te changer et allons boire un verre avant le dîner.

J'avais peur d'avoir commis une erreur en te donnant une clé, mais tu avais l'air d'aimer les tâches ménagères. Une odeur de gâteau ou de poulet rôti tout juste sorti du four planait en général dans la maison quand je rentrais le soir, et même si ta cuisine n'avait rien d'exceptionnel, tu apprenais vite. Quand tu faisais quelque chose d'immangeable, je n'y touchais pas et tu t'appliquais un peu plus la fois suivante. Un jour, je t'ai trouvée en train de lire un livre de recettes en prenant des notes.

— C'est quoi un roux ? m'as-tu demandé.

— Comment je le saurais ?

La journée avait été difficile et j'étais fatigué.

Tu n'as pas eu l'air de le remarquer.

— Je vais faire des lasagnes maison. J'ai tous les ingrédients, mais on dirait que la recette est écrite dans une autre langue.

J'ai jeté un coup d'œil à la nourriture étalée sur le plan de travail : de beaux poivrons rouges, des tomates, des carottes et du bœuf haché. Les légumes venaient de chez le marchand, même la viande semblait avoir été achetée chez le boucher et non au supermarché. Tu avais dû passer l'après-midi à tout préparer.

Je ne sais pas ce qui m'a poussé à gâcher ton plaisir. C'était peut-être lié à la fierté qui se lisait sur ton visage, ou à ton air détendu et tranquille. Trop tranquille.

— Je n'ai pas si faim que ça.

Ton visage s'est assombri et je me suis tout de suite senti mieux, comme si j'avais arraché un pansement ou gratté une croûte qui me gênait.

— Désolé, ai-je repris. Tu t'es donné beaucoup de mal ?

— Non, ça va, as-tu répondu, mais tu semblais vexée. (Tu as refermé le livre.) Je les ferai une autre fois.

J'espérais que tu n'allais pas faire la tête toute la soirée. Tu es vite passée à autre chose et tu as ouvert une bouteille de ce vin bon marché que tu aimais tant. Je me suis servi un doigt de whisky et me suis assis en face de toi.

— Je n'arrive pas à croire que dans un mois j'ai fini mes études, as-tu dit. C'est passé si vite !

— Est-ce que tu as un peu plus réfléchi à ce que tu allais faire après ?

Tu as froncé le nez.

— Pas vraiment. Je vais prendre des vacances cet été, voyager un peu, peut-être.

C'était la première fois que je t'entendais parler de voyage et je me suis demandé qui t'avait mis cette idée dans la tête, avec qui tu comptais partir.

— On pourrait aller en Italie, ai-je lancé. J'aimerais bien t'emmener à Venise. Je suis sûr que tu adorerais l'architecture, et il y a des musées incroyables.

— Ce serait génial ! Sarah et Izzy vont passer un mois en Inde, j'irai peut-être avec elles une ou deux semaines, ou alors je pourrais voyager en train à travers l'Europe. (Tu as ri.) Ah, je ne sais pas. J'ai envie de tout faire, c'est ça le problème !

— Tu devrais peut-être attendre un peu. (J'ai fait tourner la fin de mon whisky dans mon verre.) Après tout, tout le monde va partir en vacances cet été, et vous allez tous rentrer et vous retrouver sur le marché du travail en même temps. Tu devrais peut-être prendre de l'avance sur les autres pendant qu'ils sont en vadrouille aux quatre coins du monde.

— Peut-être.

Je voyais bien que tu n'étais pas convaincue.

— J'y ai réfléchi, et je crois que tu devrais t'installer ici pour de bon une fois que tu auras terminé tes études.

Tu as haussé un sourcil, comme s'il pouvait y avoir un piège.

— C'est une question de bon sens : tu vis pratiquement déjà ici de toute façon, et tu n'auras jamais les moyens de payer un loyer toute seule avec le genre de boulot que tu comptes faire, du coup tu vas te retrouver dans une colocation minable.

— Je pensais retourner un peu chez ma mère.

— Je suis surpris de t'entendre dire ça, après ce qu'elle a fait à ton père.

— Elle n'est pas si horrible que ça, as-tu répliqué, mais tu étais un peu moins sûre de toi à présent.

— On est bien ensemble, ai-je repris. Pourquoi vouloir changer ça ? Ta mère vit à plus d'une heure d'ici, on ne se verra presque plus. Tu ne veux plus être avec moi ?

— Bien sûr que si !

— Si tu t'installais ici, tu n'aurais pas à t'en faire pour l'argent. Je me chargerais des factures et pendant ce temps tu pourrais tâcher de te constituer un book et essayer de vendre tes sculptures.

— Mais ce ne serait pas juste. Il faudrait bien que je participe, d'une manière ou d'une autre.

— Tu pourrais faire la cuisine de temps en temps, j'imagine, et m'aider un peu à faire le ménage, mais tu ne serais vraiment pas obligée. Me lever à tes côtés tous les matins et te retrouver à la maison le soir me suffirait amplement.

Un sourire s'est dessiné sur ton visage.

— Tu en es sûr ?

— Absolument certain.

Tu as emménagé le dernier jour du semestre. Tu as décroché tes posters et mis toutes tes affaires dans une voiture que Sarah t'avait prêtée.

— J'irai chercher le reste chez ma mère le week-end prochain, as-tu indiqué. Attends, il y a une dernière chose dans la voiture. Une surprise pour toi. Pour nous.

Tu es sortie en courant et tu as ouvert la portière passager de la voiture, où un carton était posé au pied du siège. Tu l'as apporté jusqu'à la maison avec tant de précaution que je me suis dit que ça devait être fragile, mais quand tu me l'as donné c'était bien trop léger pour être de la porcelaine ou du verre.

— Ouvre-le.

Tu avais du mal à contenir ton excitation.

J'ai soulevé le rabat du carton et une petite boule de poils a levé les yeux vers moi.

— Un chat, ai-je froidement observé.

Je n'avais jamais compris l'intérêt qu'ont les gens pour les animaux, en particulier les chiens et les chats, qui laissent des poils partout et exigent du temps, de l'affection et de la compagnie.

— C'est un chaton ! as-tu dit. Il n'est pas trop mignon ? (Tu l'as sorti du carton pour le tenir contre ta poitrine.) La chatte d'Eve a eu des petits, et elle a réussi à tous les donner, mais elle a gardé celui-là pour moi. Il s'appelle Gizmo.

— Tu n'aurais pas pu me demander mon avis avant de rapporter un chaton chez moi ? (Je n'ai pas pris la peine de te parler calmement et tu t'es tout de suite mise à pleurer. C'était une tactique si évidente et pitoyable que ça m'a encore plus mis en colère.) Tu n'as pas vu toutes ces pubs où on dit de bien peser le pour et le contre avant d'adopter un animal ? Pas étonnant qu'autant d'animaux soient abandonnés, c'est à cause de gens comme toi, qui agissent sans réfléchir !

— Je pensais que ça te plairait, as-tu répliqué en continuant de pleurer. Je me disais qu'il pourrait me tenir compagnie pendant que tu serais au travail, qu'il pourrait me regarder peindre.

Je me suis calmé. Ce chat pourrait en effet te divertir pendant la journée. Je pouvais peut-être fermer les yeux là-dessus, si ça te rendait heureuse.

— Alors fais en sorte qu'il n'approche pas de mes costumes, ai-je dit.

Je suis monté à l'étage, et quand je suis redescendu tu avais mis un panier et deux bols dans la cuisine, ainsi qu'une litière près de la porte.

— C'est en attendant qu'il soit assez grand pour aller dehors, as-tu précisé.

Tu me regardais d'un air méfiant et j'ai regretté que tu m'aies vu perdre mes nerfs. Je me suis forcé à caresser le chaton et tu as poussé un soupir de soulagement. Tu t'es rapprochée de moi et tu as passé tes bras autour de ma taille.

— Merci.

Tu m'as embrassé de cette façon langoureuse qui précédait toujours le sexe, et quand j'ai légèrement appuyé sur ton épaule tu es tombée à genoux sans un murmure.

Tu es devenue obsédée par le chaton. Sa nourriture, ses jouets, même sa litière dégueulasse t'intéressaient plus que le ménage ou la cuisine. Bien plus que de parler avec moi. Tu passais des soirées entières à jouer avec lui en traînant une souris en peluche par terre au bout d'une ficelle. Tu me disais que tu travaillais sur ton book pendant la journée, mais quand je rentrais le soir je retrouvais tes affaires éparpillées dans le salon, au même endroit que la veille.

Deux semaines après ton emménagement, j'ai trouvé un mot sur la table de la cuisine en rentrant.

« Je suis sortie avec Sarah. Ne m'attends pas ! »

On s'était appelés deux ou trois fois dans la journée, comme toujours, mais tu n'avais pas pensé à me le dire. Tu n'avais rien préparé pour le dîner ; tu comptais sans doute manger avec Sarah et tu ne t'étais pas préoccupée de moi. J'ai pris une bière dans le frigo. Le chaton miaulait et essayait de grimper sur mon pantalon en plantant ses griffes dans mon mollet. J'ai secoué la jambe et il est tombé par terre. Je l'ai enfermé dans la cuisine et j'ai allumé la télévision, mais je ne parvenais pas à me concentrer. Je ne cessais de penser à la dernière fois que tu étais sortie avec Sarah : la vitesse à laquelle elle avait disparu avec un type qu'elle venait de rencontrer, et la facilité avec laquelle je t'avais ramenée chez moi.

Ne m'attends pas.

Je ne t'avais pas proposé de vivre avec moi pour passer mes soirées tout seul dans le canapé. J'avais déjà été pris pour un imbécile par une femme – ça n'allait pas se reproduire. Les miaulements ont repris et je suis allé chercher une autre bière dans la cuisine. J'entendais le chaton derrière la porte et je l'ai ouverte d'un coup, envoyant valser l'animal de l'autre côté de la pièce. C'était drôle, et ça m'a momentanément remonté le moral, jusqu'à ce que je retourne au salon et que je voie le bazar que tu avais laissé par terre. Tu avais vaguement essayé de tout entasser dans un coin, mais il y avait une motte d'argile sur une feuille de papier journal – dont l'encre déteignait sans doute sur le parquet – et des pots de confiture remplis d'obscures substances empilés dans une boîte à outils.

Le chaton miaulait. J'ai bu une gorgée de bière. Il y avait un documentaire animalier à la télévision et j'ai vu un renard mettre un lapin en pièces. J'ai monté le volume mais j'entendais encore le chaton miauler. Il me cassait les oreilles et j'ai senti la colère monter en moi, jusqu'à être envahi par une rage chauffée à blanc que je connaissais mais sur laquelle je n'avais aucune emprise. Je me suis levé et je suis allé dans la cuisine.

Il était plus de minuit quand tu es rentrée. J'étais assis dans le noir, dans la cuisine, une bouteille de bière vide à la main. Je t'ai entendue refermer la porte d'entrée avec une précaution extrême, enlever tes bottes et entrer sur la pointe des pieds dans la cuisine.

— Tu t'es bien amusée ?

Tu as poussé un cri, et j'aurais trouvé ça drôle si je n'avais pas été furieux contre toi.

— Nom de Dieu, Ian, tu m'as fait une de ces peurs ! Qu'est-ce que tu fais assis là dans le noir ?

Tu as appuyé sur l'interrupteur et le néon s'est allumé en clignotant.

— Je t'attends.

— Je t'ai dit que je rentrerais tard.

Tu articulais moins bien que d'habitude et je me suis demandé combien de verres tu avais bus.

— On est tous allés chez Sarah après le pub et... (Tu t'es arrêtée en voyant l'expression de mon visage.) Qu'est-ce qui ne va pas ?

— Je t'ai attendue pour que tu ne sois pas toute seule quand tu le découvrirais, ai-je dit.

— Découvrir quoi ? (Tu as soudain dessoûlé.) Qu'est-ce qui s'est passé ?

J'ai montré du doigt la litière, à côté de laquelle le chaton était étendu sur le ventre, immobile. Il avait raidi depuis une heure ou deux et l'une de ses pattes était tournée vers le haut.

— Gizmo ! (Tu as brusquement mis les mains à ta bouche et j'ai cru que tu allais vomir.) Mon Dieu ! Qu'est-ce qui s'est passé ?

Je me suis levé pour te réconforter.

— Je ne sais pas. Quand je suis rentré du travail, il a vomi dans le salon. J'ai essayé de trouver des conseils sur Internet, mais une demi-heure plus tard il était mort. Je suis vraiment désolé, Jennifer, je sais que tu l'aimais beaucoup.

Tu pleurais à présent dans ma chemise tandis que je te serrais contre moi.

— Il allait bien quand je suis partie. (Tu as levé les yeux vers moi à la recherche de réponses.) Je ne comprends pas ce qui s'est passé.

Tu as dû lire l'hésitation sur mon visage, car tu t'es tout de suite éloignée de moi.

— Quoi ? Qu'est-ce que tu me caches ?

— Ce n'est sûrement rien, ai-je répondu. Je ne veux pas te rendre les choses encore plus difficiles.

— Dis-moi !

J'ai soupiré.

— Quand je suis rentré, je l'ai trouvé dans le salon.

— Je l'avais enfermé dans la cuisine, comme d'habitude, as-tu répliqué, mais tu commençais déjà à douter.

J'ai haussé les épaules.

— La porte était ouverte quand je suis rentré. Et Gizmo s'était amusé avec la pile de journaux à côté de ton matériel. Tout ça avait l'air de le fasciner. Je ne sais pas ce qu'il y avait dans ce pot de confiture avec l'étiquette rouge, mais il était ouvert et Gizmo avait le museau dedans.

Tu as pâli.

— C'est le vernis pour mes modelages.

— C'est toxique ?

Tu as acquiescé.

— Il y a du carbonate de baryum dedans. C'est vraiment dangereux et je fais toujours très attention de le ranger en lieu sûr. Mon Dieu, c'est ma faute ! Mon pauvre Gizmo.

— Ma chérie, il ne faut pas t'en vouloir. (Je t'ai attirée vers moi pour te serrer dans mes bras et embrasser tes cheveux. Tu empestais la cigarette.) C'était un accident. Tu essaies de trop en faire. Tu aurais dû rester pour finir ton modelage tant que tout était sorti. Je suis sûr que Sarah aurait compris. (Tu t'es blottie contre moi et tes sanglots ont commencé à se calmer. Je t'ai enlevé ton manteau et j'ai posé ton sac sur la table.) Viens, on monte. Je me lèverai avant toi demain matin et je m'occuperai de Gizmo.

Dans la chambre, tu es restée silencieuse et je t'ai laissée te laver les dents et le visage. J'ai éteint la lumière pour me mettre au lit et tu es venue te pelotonner contre moi, comme un enfant. Ça me plaisait que tu aies tant besoin de moi. J'ai commencé à te caresser le dos en décrivant des cercles et à t'embrasser dans le cou.

— Ça te dérange si on ne le fait pas, ce soir ? as-tu dit.

— Ça va te changer les idées, ai-je répliqué. J'ai envie que tu te sentes mieux.

Tu m'as laissé monter sur toi, mais tu n'as pas réagi quand je t'ai embrassée. Je suis entré en toi et j'ai donné un grand coup pour provoquer une réaction – n'importe laquelle –, mais tu as fermé les yeux sans émettre le moindre son. Tu m'as gâché mon plaisir et je t'ai baisée violemment pour te faire payer ton égoïsme.

29

— Qu'est-ce que c'est que ça ?

Debout derrière Kate, Ray observait la carte qu'elle retournait dans ses mains.

— Quelque chose que Gray avait dans son portefeuille. Quand je l'ai prise, elle est devenue toute blanche, comme si elle ne s'attendait pas à la voir là. J'essaie de comprendre ce que c'est.

La carte de visite était de dimension ordinaire, bleu pâle, avec pour seule information une adresse dans le centre de Bristol. Ray la lui prit des mains et la frotta entre son pouce et son index.

— C'est un papier très bon marché, observa-t-il. Tu as une idée de ce que représente le logo ?

Placé en haut, celui-ci ressemblait à deux huit noirs inachevés, imbriqués l'un dans l'autre.

— Non. Ça ne me dit rien.

— J'imagine que l'adresse ne renvoie à rien dans nos bases de données ?

— Exact, et il n'y a rien non plus dans le registre des électeurs.

— Son ancienne carte de visite ? fit-il en examinant une nouvelle fois le logo.

Kate secoua la tête.

— Ça m'étonnerait, vu la façon dont elle a réagi quand je l'ai prise. Ça lui a rappelé quelque chose. Quelque chose qu'elle veut nous cacher.

— Bon, eh bien, allons-y. (Ray se dirigea à grands pas vers l'armoire murale et prit un jeu de clés de voiture.) Il n'y a qu'un seul moyen de savoir.

— Où est-ce qu'on va ?

Ray brandit la carte bleu pâle en guise de réponse, Kate attrapa son manteau et courut derrière lui.

Ray et Kate mirent un certain temps à trouver le 127 Grantham Street, une habitation quelconque au milieu d'une interminable rangée de maisons mitoyennes en brique rouge, où les nombres impairs étaient inexplicablement loin de leurs homologues pairs. Ils s'arrêtèrent un instant devant la maison, contemplant le jardin broussailleux et les rideaux grisonnants aux fenêtres. Dans le jardin voisin, un chat attentif était affalé sur deux matelas. Il miaula quand ils empruntèrent l'allée menant à la porte d'entrée. À l'opposé des maisons voisines, dotées de portes en PVC bon marché, le 127 avait une porte en bois élégamment peinte et munie d'un judas. Il n'y avait pas de fente pour le courrier, mais une boîte aux lettres métallique fixée au mur à côté de la porte et fermée à l'aide d'un cadenas.

Ray sonna. Kate chercha sa carte de police dans la poche de sa veste, mais Ray posa la main sur son bras.

— Il ne vaut mieux pas, dit-il. Pas avant de savoir qui habite ici.

Ils entendirent des bruits de pas sur un carrelage. Les pas s'arrêtèrent et Ray fixa le petit judas au milieu de la porte. Quel que fût le test, ils le réussirent, car au bout de quelques secondes Ray entendit une clé tourner, puis une seconde. La porte s'ouvrit d'une dizaine de centimètres, bloquée par une chaîne. Compte tenu des mesures de sécurité excessives, Ray s'attendait à voir une personne âgée, mais la femme qui apparut dans l'ouverture de la porte avait à peu près le même âge que lui. Elle portait une robe portefeuille à motifs sous un cardigan bleu marine, avec une écharpe jaune pâle nouée autour du cou.

— Je peux vous aider ?

— Je cherche une amie, répondit Ray. Elle s'appelle Jenna Gray. Elle vivait dans cette rue, mais je ne me souviens pas dans quelle maison. Je suppose que vous ne la connaissez pas ?

— Non, désolée.

Ray jeta un coup d'œil dans la maison par-dessus l'épaule de la femme, qui ferma légèrement la porte en le regardant droit dans les yeux.

— Vous vivez ici depuis longtemps ? demanda Kate, ignorant la réticence de la femme.

— Assez longtemps, répondit-elle sèchement. Bon, si vous voulez bien m'excuser…

— Désolés de vous avoir dérangée, dit Ray en prenant Kate par le bras. Viens, chérie, allons-y. Je vais passer quelques coups de fil pour voir si je peux retrouver son adresse.

Il brandit son téléphone.

— Mais…

— Merci quand même, conclut Ray.

Il donna un petit coup de coude à Kate.

— OK, fit-elle en lui emboîtant enfin le pas. On va passer quelques coups de fil, merci de votre aide.

La femme referma la porte avec énergie et Ray entendit deux clés tourner, l'une après l'autre. Il garda son bras autour de celui de Kate jusqu'à ce qu'ils soient hors de vue de la maison, pleinement conscient de la proximité de ce contact.

— Qu'est-ce que tu en penses ? demanda Kate tandis qu'ils montaient dans la voiture. Est-ce que c'est l'ancienne adresse de Gray ? Ou cette femme en sait-elle plus qu'elle ne veut bien le dire ?

— Oh, elle sait quelque chose, ça c'est certain, répondit Ray. Tu as remarqué ce qu'elle portait ?

Kate réfléchit un instant.

— Une robe et un cardigan sombre.

— Rien d'autre ?

Kate secoua la tête, perplexe.

Ray appuya sur une touche de son téléphone et l'écran s'alluma. Il le donna à Kate.

— Tu l'as prise en photo ?

Ray se fendit d'un large sourire. Il tendit le bras et zooma sur la photo, désignant le nœud de l'écharpe jaune de la femme, où une petite tache ronde était visible.

— C'est un badge, indiqua-t-il.

Il zooma une seconde fois et deux huit noirs nichés l'un dans l'autre apparurent.

— Le symbole de la carte ! s'exclama Kate. Bien joué !

— Il y a un lien entre Jenna et cette maison, ça ne fait aucun doute, dit Ray. Mais lequel ?

30

Je n'ai jamais compris pourquoi tu tenais tant à ce que je rencontre ta famille. Tu détestais ta mère, et même si tu avais Eve au téléphone une fois par semaine, elle n'a jamais fait l'effort de venir à Bristol, alors pourquoi te rendre jusqu'à Oxford chaque fois qu'elle voulait que tu viennes ? Mais tu accourais, comme une gentille petite sœur, me laissant seul toute une nuit – parfois plus – tandis que tu t'extasiais sur son ventre rond et flirtais certainement avec son riche mari. Chaque fois tu me demandais de venir avec toi, et chaque fois je refusais.

— Ils vont commencer à penser que je t'ai inventé, m'as-tu dit. (Tu as souri pour me montrer que tu plaisantais, mais il y avait du désespoir dans ta voix.) J'ai envie de passer Noël avec toi. Ce n'était pas pareil sans toi l'année dernière.

— Tu n'as qu'à rester ici avec moi.

Ce n'était pas une décision difficile à prendre. Pourquoi est-ce que je ne te suffisais pas ?

— Mais j'ai aussi envie de voir ma famille. On n'est pas obligés de passer la nuit là-bas, on peut y aller juste pour midi.

— Et ne rien boire ? Tu parles d'un repas de Noël !

— Je peux conduire. S'il te plaît, Ian, j'aimerais vraiment te présenter.

Tu me suppliais presque. Tu portais moins de maquillage qu'avant, mais ce jour-là tu avais mis du rouge à lèvres et j'ai observé la courbe rouge de tes lèvres tandis que tu m'implorais.

— D'accord. (J'ai haussé les épaules.) Mais l'année prochaine on fait ça juste tous les deux.

— Merci !

Ton visage s'est éclairé d'un sourire radieux et tu t'es jetée dans mes bras.

— Je suppose qu'on va devoir apporter des cadeaux. La bonne blague, comme s'ils en avaient besoin, avec l'argent qu'ils gagnent.

— Ne t'inquiète pas pour ça, as-tu dit, trop heureuse pour remarquer mon commentaire. Eve veut toujours du parfum et Jeff sera content si on lui offre une bouteille de scotch. Tu verras, ça va bien se passer. Tu vas les adorer.

J'en doutais. J'en avais assez entendu au sujet de « Lady Eve » pour me faire ma propre opinion, même si j'étais curieux de voir pourquoi elle t'obsédait tant. Je n'ai jamais regretté de ne pas avoir de frères et sœurs et ça m'agaçait que tu parles si souvent avec Eve. Je venais délibérément dans la cuisine quand tu étais au téléphone avec elle, et si tu te taisais d'un coup je savais que vous parliez de moi.

— Qu'est-ce que tu as fait de beau aujourd'hui ? t'ai-je demandé en changeant de sujet.

— J'ai passé une excellente journée. Je suis allée à un déjeuner-rencontre entre artisans organisé par Three Pillars, une association de professionnels des industries créatives. C'est fou comme on est nombreux à travailler seuls dans un petit bureau. Ou sur la table de la cuisine…

Tu m'as regardé d'un air désolé.

Il était devenu impossible de manger dans la cuisine à cause de la perpétuelle couche de peinture, de poussière d'argile et de croquis éparpillés sur la table. Tes affaires étaient partout, il n'y avait plus un seul endroit où je me sentais chez moi. La maison ne paraissait pas si petite lorsque je l'avais achetée, et même quand Marie était là il y avait assez de place pour nous deux. Marie était plus discrète que toi. Moins exubérante. Plus facile à vivre, en quelque sorte, mis à part les mensonges. Mais j'avais appris à gérer ça et je savais qu'on ne m'y reprendrait plus.

Tu parlais encore de ton déjeuner et j'ai essayé de me concentrer sur ce que tu racontais.

— Alors on s'est dit qu'à nous six on pourrait payer le loyer.

— Quel loyer ?

— Le loyer d'un atelier. Je n'ai pas les moyens d'en louer un toute seule, mais je gagne assez d'argent avec les cours que je donne pour en prendre un à plusieurs. Comme ça, je pourrai avoir un vrai four à céramique et mes affaires ne traîneront plus partout dans la maison.

Je ne m'étais pas rendu compte que tes cours te rapportaient autant d'argent. Je t'avais suggéré de donner des cours de poterie car cela me semblait plus judicieux que de passer ton temps à fabriquer des figurines que tu vendais une misère. Je pensais que tu aurais proposé de m'aider à rembourser mon crédit immobilier avant de te lancer dans un partenariat de ce genre. Après tout, tu vivais gratuitement sous mon toit depuis tout ce temps.

— En théorie c'est super, ma chérie, mais qu'est-ce qui se passera quand l'un d'entre vous quittera le navire ? Qui paiera le loyer supplémentaire ?

Je voyais bien que tu n'y avais pas pensé.

— J'ai besoin d'un endroit pour travailler, Ian. C'est bien beau de donner des cours, mais je ne veux pas faire ça toute ma vie. Mes sculptures commencent à se vendre, et si je pouvais les faire plus vite et avoir plus de commandes, je crois que je pourrais monter une affaire rentable.

— Combien de sculpteurs et d'artistes sont dans ce cas ? ai-je observé. Enfin, sois réaliste, ce ne sera peut-être jamais rien d'autre qu'un passe-temps qui te rapporte un peu d'argent de poche.

Tu n'aimais pas entendre la vérité.

— Mais en travaillant à plusieurs on pourra s'entraider. Les mosaïques d'Avril iraient bien avec mes créations, et Grant fait des peintures à l'huile incroyables. Ce serait génial si je pouvais aussi retrouver des amis de la fac, mais ça fait une éternité que je n'ai pas eu de nouvelles d'eux.

— Ce sera un nid à problèmes, ai-je dit.

— Peut-être. Je vais y réfléchir encore un peu.

Je voyais bien que tu avais déjà pris ta décision. J'allais finir par te perdre avec ce nouveau rêve.

— Écoute, ai-je repris, ma voix trahissant mon angoisse. Ça fait un moment que je me dis qu'on devrait déménager.

— Vraiment ?

Tu avais l'air dubitative.

J'ai acquiescé.

— On va chercher une maison avec assez de terrain et je te construirai un atelier dans le jardin.

— Mon propre atelier ?

— Avec un four à céramique. Tu pourras y mettre le bazar que tu voudras.

— Tu ferais ça pour moi ?

Un large sourire s'est dessiné sur ton visage.

— Je ferais n'importe quoi pour toi, Jennifer, tu le sais bien.

C'était vrai. J'aurais fait n'importe quoi pour ne pas te perdre.

Pendant que tu étais sous la douche, le téléphone a sonné.

— Est-ce que Jenna est là ? C'est Sarah.

— Salut, Sarah, ai-je dit. Désolé, elle est sortie avec des amis. Elle ne t'a pas rappelée la dernière fois ? Je lui ai transmis ton message.

Il y a eu un silence.

— Non.

— Ah. Eh bien, je lui dirai que tu as appelé.

Tandis que tu étais encore en haut, j'ai fouillé dans ton sac à main. Il n'y avait rien qui sortît de l'ordinaire ; tes reçus correspondaient aux endroits où tu m'avais dit que tu étais allée. Je me suis détendu. Par habitude, j'ai jeté un œil à la partie réservée aux billets dans ton portefeuille. Elle était vide, mais j'ai senti quelque chose sous mes doigts. En y regardant de plus près, j'ai aperçu une fente dans la doublure, dans laquelle tu avais glissé une petite liasse de billets. Je l'ai mise dans ma poche. Si c'était l'argent des courses, rangé là par précaution, tu me demanderais si je l'avais vu. Sinon, je saurais que tu me cachais quelque chose. Que tu me volais de l'argent.

Tu n'as jamais rien dit.

Quand tu m'as quitté, je n'avais même pas remarqué que tu étais partie. J'attendais que tu rentres à la maison, et ce n'est qu'en allant enfin me coucher que je me suis rendu compte que ta brosse à dents avait disparu. J'ai vérifié les valises, mais rien ne manquait à part un petit sac. Est-ce qu'il t'a promis de t'acheter tout ce dont tu avais besoin ? de t'offrir tout ce que tu voulais ? et qu'est-ce que tu lui as donné en échange ? Tu me dégoûtes. Mais je t'ai laissée partir. Je me suis dit que je serais mieux sans toi et que, du moment que tu n'irais pas voir la police en m'accusant de ce qu'ils appelleraient sans doute de la *maltraitance*, je te laisserais aller où tu veux. J'aurais pu partir à ta recherche, mais je ne l'ai pas fait. Est-ce que tu comprends ? Je ne voulais plus de toi. Et je t'aurais laissée tranquille s'il n'y avait pas eu ce petit article dans le *Bristol Post* d'aujourd'hui. Ils n'ont pas mentionné ton nom, mais tu croyais vraiment que je ne comprendrais pas qu'il s'agissait de toi ?

J'ai imaginé la police t'interrogeant sur ta vie, tes relations. Je les ai vus te pousser à bout, mettre des mots dans ta bouche. Je t'ai vue pleurer et tout leur raconter. Je savais que tu craquerais et qu'ils ne tarderaient pas à venir frapper à ma porte pour me poser des questions sur des choses qui ne les regardent pas. Pour me traiter de tyran, de bourreau, de mari violent. Je ne suis rien de tout ça : tu as toujours eu ce que tu méritais.

Devine où je suis allé aujourd'hui. Allez, essaie. Non ? Je suis allé rendre visite à ta sœur à Oxford. Je me suis dit que si quelqu'un savait où tu étais maintenant, ce serait elle. La maison n'a pas beaucoup changé depuis cinq ans. Toujours les mêmes lauriers parfaitement taillés de part et d'autre de la porte d'entrée ; toujours la même sonnette horripilante.

Le sourire d'Eve s'est assez vite évanoui quand elle m'a vu.

— Ian, a-t-elle dit froidement. Quelle surprise !

— Ça fait un bail, ai-je répliqué. (Elle n'avait jamais eu le cran de me dire franchement ce qu'elle pensait de moi.) Tu vas faire entrer le froid, ai-je enchaîné en posant un pied sur le carrelage noir et blanc de l'entrée.

Eve n'avait pas d'autre choix que de s'écarter, et j'ai laissé mon bras effleurer ses seins en passant devant elle pour aller dans le salon. Elle s'est précipitée derrière moi, tâchant de me montrer qu'elle était toujours maîtresse de sa propre maison. C'était pitoyable.

Je me suis assis dans le fauteuil de Jeff, sachant pertinemment qu'elle n'aimerait pas ça, et Eve s'est installée en face de moi. Je la voyais lutter pour ne pas me demander ce que je faisais ici.

— Jeff n'est pas là ? ai-je dit.

Quelque chose dans son regard m'a interpellé. J'ai compris qu'elle avait peur de moi, et cette idée était étrangement excitante. Une fois de plus, je me suis demandé comment Lady Eve était au lit, si elle était aussi coincée que toi.

— Il est en ville avec les enfants.

Elle a remué sur son fauteuil et j'ai laissé le silence s'installer jusqu'à ce qu'elle ne le supporte plus.

— Qu'est-ce que tu fais ici ?

— J'étais dans le coin, ai-je dit en balayant le grand salon du regard. (Elle l'avait repeint depuis la dernière fois qu'on était venus – tu aurais aimé. Ils avaient opté pour ces tons ternes et crayeux que tu voulais dans notre cuisine.) Ça faisait longtemps, Eve.

Elle a légèrement hoché la tête, mais n'a pas répondu.

— Je cherche Jennifer, ai-je poursuivi.

— Comment ça ? Ne me dis pas qu'elle t'a enfin quitté ?

Elle a craché ces mots avec une véhémence que je ne lui connaissais pas.

Je suis resté de marbre.

— On s'est séparés.

— Est-ce qu'elle va bien ? Où est-ce qu'elle vit ?

Elle avait le culot de s'inquiéter pour toi. Après tout ce qu'elle avait dit à ton sujet. Quelle garce hypocrite !

— Tu veux dire qu'elle n'est pas venue se réfugier chez toi ?

— Je ne sais pas où elle est.

— Vraiment ? ai-je fait, ne la croyant pas une seule seconde. Mais vous étiez si proches toutes les deux, tu dois bien avoir une idée.

Une veine s'est mise à palpiter sur ma tempe et je l'ai frottée.

— On ne s'est pas parlé depuis cinq ans, Ian. (Elle s'est levée.) Tu ferais mieux de partir maintenant.

— Tu es en train de me dire que tu n'as pas eu de nouvelles d'elle depuis tout ce temps ?

J'ai étendu les jambes et je me suis laissé aller dans le fauteuil. C'est moi qui déciderais quand partir.

— Exact, a répondu Eve. (Je l'ai vue jeter un rapide coup d'œil vers la cheminée.) J'aimerais que tu t'en ailles, maintenant.

La cheminée consistait en l'un de ces appareils dénués de charme avec un feu alimenté au gaz et de fausses bûches. Sur l'encadrement peint en blanc, une poignée de cartes postales et de cartons d'invitation étaient alignés de part et d'autre d'une pendulette d'officier.

J'ai tout de suite compris ce qu'elle voulait me cacher. Tu aurais dû réfléchir un peu plus, Jennifer, avant d'envoyer quelque chose d'aussi évident. On ne voyait que ça au milieu des cartons d'invitation aux bords dorés : une photo d'une plage prise du haut d'une falaise. Sur le sable, des lettres épelaient *Lady Eve*.

Je me suis levé, laissant Eve me reconduire à la porte. Je me suis baissé pour l'embrasser sur la joue. Elle a eu un mouvement de recul et j'ai résisté à l'envie de la plaquer contre le mur pour m'avoir menti.

Elle a ouvert la porte et j'ai fait semblant de chercher mes clés.

— J'ai dû les poser quelque part, ai-je dit. J'en ai pour une seconde.

Je l'ai laissée dans l'entrée et je suis retourné dans le salon. J'ai pris la carte postale pour regarder au dos, mais il n'y avait pas d'adresse, juste un message mielleux de ton écriture peu soignée que je connaissais si bien. Tu avais l'habitude de me laisser des mots sous mon oreiller et dans mon attaché-case. Pourquoi as-tu arrêté ? Un muscle s'est contracté dans ma gorge. J'ai examiné la photo. Où étais-tu ? J'étais sur le point d'exploser et j'ai déchiré la carte en deux, puis en quatre, puis en huit, me sentant tout de suite mieux. J'ai dissimulé les morceaux derrière la pendulette d'officier juste au moment où Eve est entrée dans la pièce.

— Je les ai trouvées, ai-je lancé en tapotant ma poche.

Elle a regardé autour d'elle, s'attendant sans doute à constater un changement quelconque. Laisse-la chercher, ai-je pensé. Laisse-la trouver.

— Ça m'a fait plaisir de te revoir, Eve, ai-je dit. Je repasserai à l'occasion.

Je me suis dirigé vers la porte d'entrée.

Eve a ouvert la bouche mais aucun mot n'en est sorti, alors j'ai parlé à sa place :

— Vivement la prochaine fois.

Sitôt arrivé à la maison, j'ai regardé sur Internet. Ces hautes falaises encerclant la plage et ce ciel gris avec ses nuages menaçants avaient quelque chose de très britannique. J'ai tapé « plages du Royaume-Uni » et j'ai commencé à faire défiler les images. J'ai cliqué sur « page suivante » un nombre incalculable de fois, mais il n'y avait que des photos de plages de sable pleines d'enfants souriants tirées de guides touristiques. J'ai tapé « plages du Royaume-Uni avec des falaises » et j'ai continué de chercher. Je te trouverai, Jennifer. Où que tu sois, je te trouverai.

Et je viendrai m'occuper de toi.

31

Bethan avance à grands pas vers moi, un bonnet tricoté enfoncé sur la tête. Elle se met à parler alors qu'elle est encore loin. C'est une bonne astuce : je n'entends pas ce qu'elle dit, mais je ne peux pas partir alors qu'elle m'adresse la parole. Je m'arrête et j'attends qu'elle arrive à ma hauteur.

Beau et moi nous promenons désormais dans les champs, à l'écart des falaises et de la mer houleuse. J'ai trop peur de retourner près de la mer, bien que ce ne soit pas l'eau qui m'effraie mais les idées qui pourraient me passer par la tête. Je me sens devenir folle et où que j'aille, je ne peux pas y échapper.

— Je me disais bien que c'était toi, là-haut.

Le camping est à peine visible d'ici : je ne devais être qu'un point sur la colline. Le sourire de Bethan est toujours franc et chaleureux, comme si rien n'avait changé depuis la dernière fois que nous nous sommes parlé, mais elle sait sûrement que je dois rester à la disposition de la police. Tout le village le sait.

— J'allais me promener, indique-t-elle. Tu veux venir avec moi ?

— Tu ne vas jamais te promener.

Bethan esquisse un sourire.

— Eh bien, disons que j'avais très envie de te voir, alors.

Nous marchons ensemble, Beau nous devançant dans son éternelle chasse aux lapins. L'air est vif et le ciel dégagé, et notre haleine forme de la buée devant nous tandis que nous avançons. Il est presque midi, mais le sol est encore dur à cause de la gelée matinale, et le printemps semble loin. Je me suis mise à barrer les jours sur le calendrier, sur lequel le jour où je dois me présenter au commissariat est marqué d'une grosse croix noire. Il me reste dix jours. Je sais grâce au dépliant qu'on m'a donné en garde à vue que mon procès ne se tiendra sans doute pas tout de suite, mais j'ai peu de chances de voir un autre été à Penfach. Je me demande combien je vais en rater.

— Je suppose que tu as appris la nouvelle, dis-je, incapable de supporter le silence plus longtemps.

— Difficile d'y échapper à Penfach. (Bethan respire péniblement et je ralentis un peu le pas.) Même si je ne fais pas très attention aux ragots, continue-t-elle. J'aurais préféré l'apprendre de ta bouche, mais j'ai la nette impression que tu m'évites en ce moment.

Je ne le nie pas.

— Tu veux en parler ?

Je dis instinctivement non, puis je me rends compte que j'en ai besoin. Je respire à fond.

— J'ai tué un petit garçon. Il s'appelait Jacob.

J'entends Bethan souffler légèrement, ou peut-être secouer la tête, mais elle ne dit rien. J'aperçois la mer tandis que nous approchons des falaises.

— Il faisait nuit et il pleuvait. Je l'ai vu trop tard.

Bethan laisse échapper un long soupir.

— C'était un accident.

Ce n'est pas une question, et sa loyauté me touche.

— Oui.

— Ce n'est pas tout, non ?

La machine à ragots de Penfach est impressionnante.

— Non, ce n'est pas tout.

Nous atteignons le haut de la falaise, puis nous tournons à gauche et nous dirigeons vers la baie. J'ai du mal à parler.

— Je ne me suis pas arrêtée. Je suis partie et je l'ai laissé au milieu de la route avec sa mère.

Je ne parviens pas à regarder Bethan, et elle reste silencieuse pendant plusieurs minutes. Quand elle reprend la parole, elle va droit au but.

— Pourquoi ?

C'est la question à laquelle il est le plus difficile de répondre, mais ici, au moins, je peux dire la vérité.

— Parce que j'avais peur.

Je finis par jeter un coup d'œil furtif vers Bethan, mais je suis incapable de déchiffrer son expression. Elle regarde vers le large et je m'arrête pour me tenir à ses côtés.

— Tu ne me détestes pas à cause de ce que j'ai fait ?

Elle m'adresse un sourire triste.

— Jenna, tu as fait quelque chose de terrible et tu vas le payer pendant le restant de tes jours. C'est une punition suffisante, tu ne crois pas ?

— Ils ne veulent plus me servir au magasin.

Je me sens mesquine de parler de ça, mais cette humiliation m'a blessée plus que je ne veux l'admettre.

Bethan hausse les épaules.

— Ce sont de drôles de gens. Ils n'aiment pas les nouveaux venus, et s'ils trouvent un prétexte pour se liguer contre eux, eh bien…

— Je ne sais pas quoi faire.

— Ignore-les. Fais tes courses ailleurs et garde la tête haute. Cette histoire, c'est entre toi et la justice, ça ne regarde personne d'autre.

Je lui adresse un sourire reconnaissant. Le pragmatisme de Bethan est réconfortant.

— J'ai dû emmener un des chats chez le vétérinaire hier, poursuit-elle avec désinvolture, comme si elle changeait de sujet.

— Tu as parlé avec Patrick ?

Bethan arrête de marcher et se tourne vers moi.

— Il ne sait pas quoi te dire.

— Il n'a pas eu trop de mal à trouver les mots la dernière fois que je l'ai vu.

Je me souviens de la froideur de sa voix et de la dureté de son regard quand il est parti.

— C'est un homme, Jenna, ce sont des créatures simples. Parle-lui. Parle-lui comme tu viens de le faire avec moi. Dis-lui que tu avais peur. Il comprendra que tu regrettes ce que tu as fait.

C'est vrai que Patrick et Bethan étaient proches quand ils étaient jeunes, et l'espace d'un instant je me demande si elle a raison : aurais-je encore une chance avec Patrick ? Mais elle n'a pas vu la façon dont il m'a regardée.

— Non, dis-je. C'est fini.

Nous avons atteint la baie. Hormis un couple qui promène son chien au bord de l'eau, celle-ci est déserte. La marée monte, léchant le sable en avançant sur le rivage, et une mouette donne des coups de bec à un crabe au milieu de la plage. Je suis sur le point de dire au revoir à Bethan quand j'aperçois quelque chose sur le sable, près de l'eau. Je plisse les yeux et regarde à nouveau, mais les vagues troublent le sable et je ne parviens pas à lire ce qui est écrit. Une autre vague et ça a disparu, mais je suis certaine d'avoir vu quelque chose, absolument certaine. J'ai soudain froid et je resserre mon manteau. J'entends un bruit sur le sentier derrière nous et je me retourne brusquement, mais il n'y a rien. Mes yeux scrutent le sentier littoral, le haut des falaises, de nouveau la plage en contrebas. Ian est-il là, quelque part, en train de m'observer ?

Bethan me dévisage, alarmée.

— Qu'est-ce qu'il y a ? Qu'est-ce qui ne va pas ?

Je la regarde, mais je ne la vois pas. Je vois l'inscription : l'inscription dont je ne sais plus si je l'ai vue sur la plage ou dans ma tête. Les nuages blancs semblent tourbillonner autour de moi et mon sang gronde dans mes oreilles jusqu'à couvrir le bruit de la mer.

— Jennifer, dis-je doucement.

— Jennifer ? demande Bethan. (Elle baisse les yeux vers la plage, où la mer balaie le sable lisse.) Qui est Jennifer ?

J'essaie d'avaler ma salive mais elle reste coincée dans ma gorge.

— C'est moi. Je suis Jennifer.

32

— Désolé, annonça Ray.

Il s'assit sur le bord du bureau de Kate et lui tendit un document qu'elle posa sur la table sans le regarder.

— Le parquet a décidé d'engager des poursuites ?

Il acquiesça.

— Il n'y a aucune preuve pour appuyer la théorie selon laquelle Jenna cache quelque chose, et on ne peut pas retarder les choses plus longtemps. Elle doit se présenter au poste cet après-midi et on va l'inculper. (Il remarqua l'expression de Kate.) Tu as fait du bon boulot. Tu ne t'es pas arrêtée aux apparences, et c'est exactement ce que fait un bon inspecteur. Mais un bon inspecteur sait aussi quand mettre un point final à une enquête.

Il se leva et lui pressa gentiment l'épaule avant de la laisser lire le document. C'était frustrant, mais c'était le risque quand on suivait son instinct. Celui-ci n'était pas infaillible.

À deux heures, l'accueil appela pour signaler que Jenna était arrivée. Ray la conduisit dans les locaux de garde à vue et la fit patienter sur le banc métallique contre le mur pendant qu'il s'occupait de l'acte d'accusation. Ses cheveux étaient ramenés en queue-de-cheval, découvrant ses pommettes hautes et sa peau claire et lisse.

Le brigadier tendit l'acte d'accusation à Ray et celui-ci se dirigea vers le banc.

— En vertu de l'article 1 de la loi sur la circulation routière de 1988, vous êtes accusée de conduite dangereuse ayant entraîné la mort de Jacob Jordan, le 26 novembre 2012. En vertu de l'article 170 (2) de la loi sur la circulation routière de 1988, vous êtes également accusée de délit de fuite. Avez-vous quelque chose à déclarer ?

Ray l'observa attentivement à la recherche du moindre signe de peur ou d'appréhension, mais elle ferma les yeux et secoua la tête.

— Non.

— Vous êtes placée en détention provisoire et vous comparaîtrez demain devant le tribunal de première instance de Bristol.

La gardienne, qui attendait, fit un pas en avant, mais Ray intervint.

— Je m'en occupe.

Il saisit doucement le bras de Jenna et la conduisit dans l'aile réservée aux femmes. Le bruit de leurs semelles en caoutchouc provoqua un concert de demandes tandis qu'ils avançaient dans le couloir.

— Je peux sortir fumer une clope ?

— Mon avocat n'est pas encore là ?

— Je peux avoir une autre couverture ?

Ray les ignora, ne voulant pas empiéter sur les plates-bandes du brigadier en charge des locaux de garde à vue, et les voix se transformèrent peu à peu en grognements de mécontentement. Il s'arrêta devant la cellule numéro sept.

— Enlevez vos chaussures, s'il vous plaît.

Jenna défit ses lacets et retira ses chaussures du bout des pieds. Elle les posa devant la porte, faisant tomber quelques grains de sable sur le sol gris lustré. Elle regarda Ray, qui fit un signe de tête en direction de la cellule vide, puis elle entra et s'assit sur le matelas en plastique bleu.

Ray s'appuya contre le chambranle de la porte.

— Qu'est-ce que vous nous cachez, Jenna ?

Elle tourna brusquement la tête pour lui faire face.

— Comment ça ?

— Pourquoi ne vous êtes-vous pas arrêtée le jour de l'accident ?

Jenna ne répondit pas. Elle écarta ses cheveux de son visage et il aperçut une nouvelle fois cette affreuse cicatrice qui barrait la paume de sa main. Une brûlure, peut-être. Ou un accident du travail.

— Comment vous êtes-vous fait ça ? demanda-t-il en désignant la blessure.

Elle détourna le regard, éludant la question.

— Qu'est-ce qui va m'arriver au tribunal ?

Ray soupira. Il n'obtiendrait rien de plus de Jenna Gray, c'était évident.

— Demain, il ne s'agit que de l'audience préliminaire, indiqua-t-il. On va vous demander ce que vous plaidez et l'affaire sera renvoyée devant la cour d'assises.

— Et après ?

— Vous serez condamnée.

— Je vais aller en prison ? fit Jenna en levant les yeux vers Ray.

— Peut-être.

— Combien de temps ?

— Jusqu'à quatorze ans.

Ray observa le visage de Jenna, où la peur commençait enfin à se lire.

— Quatorze ans, répéta-t-elle.

Elle déglutit.

Ray retint son souffle. L'espace d'un instant, il crut qu'elle allait lui dire pourquoi elle était partie sans s'arrêter ce soir-là. Mais elle se détourna de lui et s'allongea sur le matelas, les paupières serrées.

— J'aimerais essayer de dormir un peu maintenant, s'il vous plaît.

Ray l'observa un moment avant de partir en faisant claquer la porte de la cellule derrière lui.

— Bravo ! (Mags embrassa Ray sur la joue tandis qu'il franchissait la porte.) J'ai vu les infos. Tu as bien fait de ne pas laisser tomber cette affaire.

Il réagit avec retenue, encore troublé par le comportement de Jenna.

— Le préfet est content du résultat ?

Ray suivit Mags dans la cuisine, où elle ouvrit une canette de bière qu'elle lui versa dans un verre.

— Elle est ravie ! Bien entendu, c'est elle qui a eu l'idée de lancer un appel à témoins pour l'anniversaire de l'accident…

Il eut un sourire ironique.

— Ça ne te dérange pas ?

— Pas vraiment, répondit Ray en buvant une petite gorgée de sa pinte qu'il reposa avec un soupir de satisfaction. Peu importe qui récolte les lauriers, tant que l'enquête est bien menée et qu'on obtient un résultat au tribunal. Et puis, c'est Kate qui a fait le plus dur, cette fois-ci.

Peut-être était-ce un effet de son imagination, mais Mags sembla légèrement tiquer au nom de Kate.

— Gray va écoper de combien, à ton avis ?

— Six ou sept ans, peut-être ? Ça dépend du juge, et s'il décide d'en faire un exemple. Ça déchaîne toujours les passions quand un enfant est impliqué.

— Six ans, c'est rien.

Ray savait qu'elle pensait à Tom et à Lucy.

— Sauf quand c'est trop, fit Ray, pensif.

— Qu'est-ce que tu veux dire ?

— Il y a quelque chose d'étrange dans tout ça.

— Comment ça ?

— On a le sentiment qu'elle nous cache quelque chose. Mais c'est fini, on l'a inculpée. J'ai laissé à Kate autant de temps que j'ai pu.

Mags le regarda sévèrement.

— Je croyais que c'était toi qui dirigeais cette enquête. C'est Kate qui a l'impression que Gray ne dit pas tout ? C'est pour ça que tu l'as relâchée ?

Ray leva les yeux, surpris par la dureté du ton de Mags.

— Non, répondit-il lentement. Je l'ai relâchée parce que j'ai estimé qu'il y avait une raison valable de prendre notre temps pour établir les faits et inculper la bonne personne.

— Merci, capitaine Stevens, je sais très bien comment ça marche. Je passe peut-être mes journées à servir de taxi aux enfants et à préparer des paniers-repas, mais j'ai moi aussi été inspecteur, alors ne me parle pas comme à une idiote, s'il te plaît.

— Pardon. Je me rends.

Ray leva les mains en l'air, mais Mags ne rit pas. Elle passa un chiffon sous le robinet d'eau chaude et se mit à nettoyer énergiquement le plan de travail.

— Je suis surprise, c'est tout. Cette femme fuit le lieu d'un accident et abandonne sa voiture pour aller se terrer dans un trou perdu, et quand on la retrouve un an plus tard, elle avoue tout. Pour moi, c'est limpide.

Ray luttait pour dissimuler son agacement. La journée avait été longue, et tout ce qu'il voulait, c'était boire une bière et se détendre.

— C'est un peu plus compliqué, dit-il. Et je fais confiance à Kate, elle a un bon instinct.

Il se sentit rougir, et il se demanda s'il ne défendait pas un peu trop Kate.

— C'est vrai ? fit sèchement Mags. Tant mieux pour elle.

Ray laissa échapper un gros soupir.

— Il s'est passé quelque chose ?

Mags continua de nettoyer.

— Tom ?

Mags se mit à pleurer.

— Bon sang, Mags, pourquoi tu ne l'as pas dit plus tôt ? Qu'est-ce qui s'est passé ?

Il se leva et l'enlaça, puis l'éloigna de l'évier en lui prenant délicatement le chiffon des mains.

— Je crois qu'il vole.

La colère de Ray était telle qu'il fut incapable d'articuler pendant quelques secondes.

— Qu'est-ce qui te fait dire ça ?

C'était le comble. Sécher les cours et piquer des crises à la maison était une chose, mais *voler* ?

— Bon, je n'en suis pas certaine, précisa Mags. Je ne lui ai encore rien dit… (Elle remarqua l'expression de Ray et l'arrêta d'un geste de la main.) Et je ne veux pas le faire maintenant. Pas avant de savoir la vérité.

Ray respira à fond.

— Dis-moi tout.

— Je faisais le ménage dans sa chambre tout à l'heure. (Mags ferma brièvement les yeux, comme si le souvenir lui était insupportable.) Et je suis tombée sur une boîte sous son lit. Il y avait un iPod, des DVD, un tas de bonbons et une paire de baskets toutes neuves.

Ray secoua la tête mais garda le silence.

— Je sais qu'il n'a pas d'argent, poursuivit Mags. Il nous rembourse encore la fenêtre qu'il a cassée. Et je ne vois pas comment il aurait pu avoir tout ça, à moins de l'avoir volé.

— Génial ! ironisa Ray. Il va finir par se faire choper. Ça va faire bien, hein ? Le fils du capitaine arrêté pour vol à l'étalage.

Mags le dévisagea d'un air consterné.

— Et c'est à ça que tu penses ? Ton fils est profondément malheureux depuis un an et demi. Lui qui était si joyeux, stable, intelligent. Il s'est transformé en cancre et en voleur, et la première chose qui te vient à l'esprit, c'est : « Quel effet ça va avoir sur ma carrière ? » (Elle s'arrêta sur sa lancée et leva les mains comme pour le repousser.) Je ne veux pas en parler avec toi maintenant.

Elle fit demi-tour et se dirigea vers la porte, puis se retourna pour faire face à Ray.

— Laisse-moi m'occuper de Tom. Tu ne vas faire qu'empirer les choses. Et puis tu as manifestement des soucis bien plus importants.

Ray l'entendit monter l'escalier quatre à quatre puis claquer la porte de la chambre. Il savait que cela ne servait à rien de la suivre – elle n'était visiblement pas d'humeur à discuter. Sa carrière n'avait pas été sa *première* considération, juste *une* considération. Et puisqu'il était le seul à gagner de l'argent dans la famille, c'était un peu fort de la part de Mags de la balayer ainsi d'un revers de la main. Quant à Tom, il la laisserait s'en occuper si c'était ce qu'elle voulait. Et puis, à vrai dire, il n'aurait pas su par où commencer.

33

La maison de Beaufort Crescent était beaucoup plus grande que l'ancienne. Je n'ai pas réussi à obtenir de crédit immobilier pour la totalité de son prix, j'ai donc contracté un prêt en espérant que je réussirais à le rembourser. Les mensualités étaient élevées, mais ça en valait la peine. La maison avait un grand jardin pour ton atelier, et tes yeux brillaient quand on a choisi son emplacement.

— C'est parfait, as-tu dit. J'aurai tout ce qu'il me faut ici.

J'ai pris des congés et j'ai commencé à construire l'atelier la semaine où on a emménagé, et tu te mettais en quatre pour me remercier. Tu m'apportais des tasses de thé fumant au fond du jardin, et le soir tu m'appelais pour déguster une bonne soupe avec du pain fait maison. Je ne voulais pas que ça s'arrête, et j'ai commencé à lever le pied presque sans m'en apercevoir. Au lieu d'être dans le jardin à neuf heures chaque matin, je me mettais au travail à dix heures. Je prenais des pauses plus longues pour manger, et l'après-midi je restais assis dans la carcasse en bois de l'atelier en regardant passer les heures jusqu'à ce que tu m'appelles.

— Il n'y a plus assez de lumière pour travailler, mon chéri, disais-tu. Et regarde, tes mains sont gelées ! Viens à l'intérieur et laisse-moi te réchauffer.

Tu m'embrassais en me disant que tu étais excitée à l'idée d'avoir ton propre espace de travail, qu'on n'avait jamais pris autant soin de toi, que tu m'aimais.

J'ai repris le travail et je t'ai promis d'aménager l'intérieur le week-end. Mais quand je suis rentré à la maison le premier jour, tu avais traîné un vieux bureau dans l'atelier et sorti tes vernis et tes outils. Ton nouveau four à céramique se trouvait dans un coin de la pièce et ton tour de potier au centre. Tu étais assise sur un petit tabouret, concentrée sur l'argile qui tournait entre tes mains, effleurant délicatement le pot pour le façonner. Je t'ai observée par la fenêtre en espérant que tu sentirais ma présence, mais tu n'as pas levé les yeux et j'ai ouvert la porte.

— Ce n'est pas merveilleux ?

Tu ne m'as toujours pas regardé.

— J'adore cet endroit. (Tu as retiré ton pied de la pédale et le tour a ralenti avant de s'arrêter.) Je vais aller me changer et faire chauffer le dîner.

Tu as déposé un petit baiser sur ma joue en veillant à ne pas approcher tes mains de mes vêtements.

Je suis resté un moment dans l'atelier à observer les murs que j'avais prévu de garnir d'étagères – le coin où je comptais mettre le bureau que j'aurais fabriqué rien que pour toi. J'ai fait un pas et brièvement posé le pied sur la pédale de ton tour. Il a tressauté, effectuant à peine une rotation complète, et sans tes mains pour le guider, le pot s'est incliné sur un côté avant de s'écrouler sur lui-même.

À partir de ce jour, j'ai eu l'impression de ne plus te voir. Tu as installé un radiateur pour pouvoir passer plus de temps dans ton atelier et, même le week-end, dès le lever du jour, tu enfilais tes vêtements couverts de taches d'argile pour aller sculpter. Je t'ai construit des étagères, mais je n'ai jamais fabriqué le bureau que j'avais prévu, et ça m'a toujours agacé de te voir travailler sur cette vieille table de récup.

On habitait la maison depuis à peu près un an, je crois, quand j'ai dû aller à Paris pour le travail. Doug avait un contact avec un nouveau client potentiel, et on comptait faire une assez bonne impression pour qu'il nous passe une grosse commande de logiciels. Les affaires tournaient au ralenti et les dividendes étaient de plus en plus petits et de moins en moins fréquents. J'avais pris une carte de crédit pour pouvoir continuer à t'emmener au restaurant et à t'acheter des fleurs, mais les remboursements devenaient difficiles à assumer. Le client de Paris pourrait nous remettre à flot.

— Je peux venir ? as-tu demandé. (C'était la première fois que tu manifestais le moindre intérêt pour mon travail.) J'adore Paris !

J'avais vu la façon dont Doug avait reluqué Marie quand je l'avais emmenée un jour au bureau, et la manière dont elle s'était comportée. Je n'allais pas renouveler cette erreur.

— Je vais travailler non-stop ; ce ne sera pas drôle pour toi. On y retournera tous les deux quand je serai moins débordé. Et puis tu as des vases à finir.

Tu avais sillonné la ville pendant des semaines, faisant le tour des boutiques de cadeaux et des galeries avec des échantillons de ton travail, et tu n'avais trouvé que deux magasins qui te proposaient de prendre chacun une douzaine de pots et de vases en dépôt-vente. Tu étais aussi contente que si tu avais gagné au loto, tu passais plus de temps sur chaque vase que sur tout ce que tu avais fait auparavant.

— Plus tu y consacres de temps, moins c'est rentable, t'ai-je fait remarquer.

Mais on aurait dit que tu ne voulais pas profiter de mon expérience du monde des affaires, et tu continuais à passer des heures à peindre et à vernisser.

Je t'ai appelée en descendant de l'avion à Paris et j'ai soudain eu le mal du pays en entendant ta voix. Doug a emmené le client dîner au restaurant, mais j'ai prétexté une migraine et je suis resté dans ma chambre, où j'ai à peine touché au steak du *room service*. Je regrettais de ne pas t'avoir emmenée avec moi. Le lit impeccablement fait avait l'air immense et ne m'attirait pas le moins du monde. À onze heures, je suis descendu au bar de l'hôtel. J'ai commandé un whisky et je me suis assis au comptoir, puis j'en ai commandé un autre. Je t'ai envoyé un SMS mais tu n'as pas répondu : tu étais sans doute dans ton atelier, loin de ton téléphone.

Une femme était assise à une table près du comptoir. Elle portait un tailleur gris à rayures avec des talons hauts noirs, et un attaché-case était ouvert sur la chaise à côté d'elle. Elle épluchait des documents et, quand elle a levé les yeux et croisé mon regard, elle m'a adressé un sourire mélancolique que je lui ai rendu.

— Vous êtes anglais, a-t-elle observé.

— C'est si évident que ça ?

Elle a ri.

— Quand on voyage autant que moi, on finit par avoir l'œil pour ces choses-là. (Elle a rassemblé les documents sur lesquels elle travaillait pour les ranger dans son attaché-case, qu'elle a refermé d'un coup sec.) Ça suffit pour aujourd'hui.

Elle n'avait visiblement pas l'intention de partir.

— Je peux me joindre à vous ?

— Avec grand plaisir.

Je n'avais pas prévu ça, mais c'était exactement ce dont j'avais besoin. Je ne lui ai demandé son nom que le lendemain matin, quand elle est sortie de la salle de bains enveloppée dans une serviette.

— Emma, a-t-elle répondu.

Elle n'a pas voulu savoir le mien et je me suis demandé si elle faisait souvent ça, dans des chambres d'hôtel anonymes de villes tout aussi anonymes.

Quand elle est partie, je t'ai appelée et tu m'as raconté ta journée ; le propriétaire de la boutique de cadeaux était enchanté par tes vases et tu avais hâte de me voir. Tu m'as dit que je te manquais et que tu ne supportais pas qu'on soit éloignés, et ça m'a rassuré.

— Je t'aime, ai-je dit.

Je savais que tu avais besoin de l'entendre : que ça ne te suffisait pas de voir tout ce que je faisais pour toi. Tu as poussé un petit soupir.

— Moi aussi.

Doug avait fait du bon travail avec le client au restaurant et, d'après les plaisanteries qu'ils échangeaient lors de notre rendez-vous matinal, ils avaient dû finir la soirée dans une boîte de strip-tease. À midi, l'affaire était conclue, et Doug a téléphoné à la banque pour leur annoncer qu'on était de nouveau solvable.

J'ai demandé au réceptionniste de l'hôtel de m'appeler un taxi.

— Où puis-je trouver les meilleures bijouteries ? ai-je ajouté.

Il m'a adressé un sourire entendu qui m'a agacé.

— Un petit quelque chose pour madame ?

Je l'ai ignoré.

— Le meilleur endroit ?

Son sourire s'est un peu plus figé.

— Faubourg Saint-Honoré, monsieur.

Il est resté courtois tandis que j'attendais le taxi, mais son air présomptueux lui a coûté un pourboire, et il m'a fallu tout le trajet pour retrouver mon calme.

J'ai parcouru toute la rue du Faubourg-Saint-Honoré avant de m'arrêter chez un petit bijoutier banalement appelé « Michel », dont les vitrines regorgeaient de diamants étincelants. Je voulais prendre mon temps pour choisir, mais le personnel en costume discret me tournait autour en me proposant son aide, et je ne parvenais pas à me concentrer. J'ai fini par choisir la plus grosse : une bague en platine sertie d'un diamant carré que tu ne pourrais pas refuser. J'ai tendu ma carte de crédit en me disant que tu en valais la peine.

J'ai pris l'avion du retour le lendemain matin, la petite boîte en cuir me brûlant les doigts. J'avais pensé t'emmener au restaurant, mais quand j'ai ouvert la porte tu t'es jetée sur moi en me serrant si fort que je n'ai pas pu attendre.

— Épouse-moi.

Tu as ri, mais tu as dû lire la sincérité dans mon regard, car tu as cessé de rire et tu as mis ta main devant ta bouche.

— Je t'aime, ai-je ajouté. Je ne peux pas vivre sans toi.

Tu n'as rien dit, et j'ai vacillé. Ça ne faisait pas partie de mon plan. Je m'attendais à ce que tu me sautes au cou, que tu m'embrasses, que tu pleures peut-être, mais par-dessus tout que tu dises oui. J'ai cherché à tâtons la boîte dans la poche de mon manteau et je l'ai mise dans ta main.

— Je suis sérieux, Jennifer. Je veux que tu sois à moi pour toujours. Dis-moi oui, s'il te plaît, dis-moi oui.

Tu as légèrement secoué la tête, mais tu as ouvert la boîte et tu es restée bouche bée.

— Je ne sais pas quoi dire.

— Dis oui.

Tu as hésité assez longtemps pour me faire douter de ta réponse. Puis tu as dit oui.

34

Un bruit métallique me fait sursauter. Après le départ du capitaine Stevens hier soir, j'ai fixé la peinture écaillée du plafond de ma cellule, sentant le froid du socle en béton à travers le matelas, jusqu'à ce que le sommeil me prenne par surprise. Tandis que je me redresse sur le lit, j'ai des courbatures partout et très mal à la tête.

Quelque chose cogne contre la porte, et je comprends que le bruit métallique provenait du passe-plat carré au milieu de celle-ci, à travers lequel une main tend à présent un plateau en plastique.

— Allez, je n'ai pas toute la journée.

Je prends le plateau.

— Je pourrais avoir de l'aspirine ?

La gardienne se tient à côté de l'ouverture et je ne vois pas son visage, juste un uniforme noir et une mèche de cheveux blonds.

— Le médecin n'est pas là. Il va falloir attendre d'être au tribunal.

Elle a à peine fini de parler que le passe-plat se referme avec un bruit sourd qui résonne dans le couloir, et j'entends ses pas lourds s'éloigner.

Je m'assois sur le lit et bois le thé, qui a débordé un peu partout sur le plateau. Il est tiède et sucré, mais je l'absorbe avidement, me rendant compte que je n'ai rien avalé depuis hier midi. Le petit déjeuner consiste en une saucisse et des haricots dans une barquette pour micro-ondes. Le plastique a fondu sur les bords et les haricots sont recouverts d'une sauce orange vif. Je laisse l'offrande sur le plateau avec ma tasse vide et j'utilise les toilettes. Il n'y a pas de siège, juste une cuvette en métal et des feuilles de papier rêche. Je me dépêche de finir avant que la gardienne revienne.

La nourriture que j'ai laissée est froide depuis longtemps quand j'entends à nouveau des pas. Ils s'arrêtent devant ma cellule et sont suivis d'un cliquetis de clés, puis la lourde porte s'ouvre et une fille maussade d'à peine vingt ans apparaît devant moi. Son uniforme noir et ses cheveux blonds et gras m'indiquent qu'il s'agit de la gardienne qui m'a apporté le petit déjeuner, et je désigne le plateau posé sur mon matelas.

— Je n'ai pas réussi à manger ça, désolée.

— Ça ne m'étonne pas, réplique-t-elle avec un petit rire. Je n'y toucherais pas même si je crevais de faim.

Assise sur le banc métallique du couloir, j'enfile mes bottes en compagnie de trois garçons vêtus de pantalons de survêtement et de sweat-shirts à capuche si semblables que j'ai d'abord cru qu'ils portaient une espèce d'uniforme. Ils sont affalés contre le mur, aussi détendus que je suis mal à l'aise. Je me retourne et vois les innombrables affiches au-dessus de nos têtes, mais je n'y comprends rien. Des informations sur les avocats, les interprètes, les infractions « prises en considération ». Suis-je censée savoir ce qui se passe ?

Chaque fois qu'une vague d'angoisse me submerge, je me rappelle ce que j'ai fait et je me dis que je n'ai pas le droit d'avoir peur.

Nous attendons une bonne demi-heure, jusqu'à ce qu'une sonnerie retentisse et que le brigadier lève les yeux vers l'écran de contrôle au mur, où apparaît un grand fourgon blanc.

— La limousine est arrivée, les gars, annonce-t-il.

Le garçon à côté de moi fait claquer sa langue et marmonne quelque chose que je ne comprends pas – et que je n'ai d'ailleurs aucune envie de comprendre.

Le brigadier ouvre la porte à deux agents de sécurité, un homme et une femme.

— Vous en avez quatre aujourd'hui, Ash, dit-il à l'homme. Au fait, City a pris une belle raclée hier, hein ?

Il secoue lentement la tête, comme s'il compatissait, mais il arbore un large sourire et l'homme dénommé Ash lui donne une tape amicale sur l'épaule.

— On aura notre revanche, répond-il. (Il jette pour la première fois un coup d'œil vers nous.) Bon, tu as la paperasse pour ceux-là ?

Les deux hommes reprennent leur discussion sur le football et la femme s'approche de moi.

— Ça va, ma belle ?

Un peu ronde, elle a un air maternel en décalage avec son uniforme, et je suis soudain prise d'une ridicule envie de pleurer. Elle me demande de me lever, puis promène le plat de sa main le long de mes bras, de mon dos et de mes jambes. Elle fait le tour de ma taille et vérifie l'élastique de mon soutien-gorge à travers mon chemisier. Je suis consciente des coups de coude échangés entre les garçons sur le banc et je me sens aussi exposée aux regards que si j'étais nue. L'agent menotte mon poignet droit à son poignet gauche et me tire dehors.

Nous sommes conduits au tribunal dans un fourgon cellulaire qui me rappelle les véhicules de transport de chevaux que je voyais dans les foires agricoles où ma mère nous emmenait avec Eve. Les poignets menottés à une chaîne qui court sur toute la largeur du box, je lutte pour ne pas tomber du banc étroit tandis que le fourgon tourne. Le manque de place me rend claustrophobe et je fixe la vitre au verre dépoli qui fait défiler les bâtiments de Bristol dans un kaléidoscope de formes et de couleurs. J'essaie de comprendre où nous allons, mais les nombreux virages me donnent mal au cœur et je ferme les yeux, appuyant le front contre la vitre froide.

Ma cellule ambulante est remplacée par une cellule fixe dans les entrailles du tribunal de première instance. On me donne du thé – chaud, cette fois – et des toasts qui se brisent en mille morceaux dans ma gorge. Mon avocat sera là à dix heures, me dit-on. Comment est-il possible qu'il ne soit pas encore dix heures ? La matinée a déjà duré une éternité.

— Mme Gray ?

L'avocat est jeune et impassible, vêtu d'un costume luxueux aux rayures prétentieuses.

— Je n'ai pas demandé d'avocat.

— Vous devez être représentée par un avocat, Mme Gray, ou assurer votre propre défense. Souhaitez-vous assurer vous-même votre défense ?

Son sourcil relevé suggère que seul un parfait imbécile envisagerait une telle option.

Je secoue la tête.

— Bien. J'ai cru comprendre que vous avez admis, lors de votre interrogatoire, avoir commis les infractions suivantes : conduite dangereuse ayant entraîné la mort et délit de fuite. Est-ce exact ?

— Oui.

Il feuillette rapidement le dossier qu'il a apporté avec lui, dont le ruban rouge défait traîne négligemment sur la table. Il ne m'a pas encore regardée.

— Voulez-vous plaider coupable ou non coupable ?

— Coupable, dis-je.

Ce mot semble rester comme suspendu dans l'air ; c'est la première fois que je le prononce à haute voix. Je suis coupable.

Il écrit bien plus qu'un seul mot et j'aimerais pouvoir jeter un coup d'œil par-dessus son épaule.

— Je demanderai la remise en liberté sous caution en votre nom, et vous avez de bonnes chances de l'obtenir. Vous n'avez jamais été condamnée, vous avez respecté les termes de votre précédente remise en liberté, vous vous êtes présentée au commissariat dans les délais… La fuite initiale jouera clairement en notre défaveur… Souffrez-vous de troubles mentaux ?

— Non.

— Dommage. Tant pis. Je ferai de mon mieux. Bon, avez-vous des questions ?

Des dizaines.

— Aucune, dis-je.

— Veuillez vous lever.

Je pensais qu'il y aurait plus de monde, mais, excepté un homme avec un carnet qui a l'air de s'ennuyer dans une partie du tribunal réservée à la presse, il n'y a pas foule. Mon avocat est assis au milieu de la salle et me tourne le dos. Une jeune femme en jupe bleu marine est à ses côtés et surligne quelque chose sur un document. À la même longue table, mais quelques mètres plus loin, se trouve un tandem presque identique : l'accusation.

L'huissier tire sur ma manche et je m'aperçois que je suis la seule encore debout. Le juge, un homme aux traits tirés et aux cheveux clairsemés, est arrivé et l'audience est ouverte. Mon cœur bat la chamade et mon visage s'embrase de honte. Les quelques personnes présentes dans la tribune du public m'observent avec curiosité, comme si j'étais une pièce de musée. Je me souviens de quelque chose que j'ai lu un jour au sujet des exécutions publiques en France : la guillotine montée sur la grand'place pour que tout le monde puisse voir, les femmes faisant cliqueter leurs aiguilles à tricoter en attendant le spectacle. Un frisson me parcourt quand je m'aperçois que je suis l'attraction du jour.

— Accusée, levez-vous, s'il vous plaît.

Je me remets debout et donne mon nom quand le greffier me le demande.

— Que plaidez-vous ?

— Coupable.

Ma voix semble ténue et je me racle la gorge, mais on ne me demande pas de répéter.

Les avocats débattent de ma remise en liberté sous caution au cours d'un échange verbeux qui me fait tourner la tête.

L'enjeu est trop important ; l'accusée va s'enfuir.

L'accusée a respecté les termes de sa précédente remise en liberté ; il n'y a aucune raison que ce ne soit pas le cas cette fois-ci.

La prison à vie est en jeu.

Une vie est en jeu.

Ils se parlent par l'intermédiaire du juge, comme des enfants passent par un parent pour régler un conflit. Leurs mots sont chargés d'émotion et accompagnés de grands gestes qui se perdent dans le prétoire vide. L'accusation souhaite que je reste en détention provisoire jusqu'à mon procès en cour d'assises, tandis que mon avocat essaie d'obtenir ma libération sous caution pour me permettre d'attendre le procès chez moi. J'ai soudain envie de tirer sur sa manche pour lui dire que ce n'est pas ce que je veux. Mis à part Beau, personne ne m'attend au cottage. Je ne manque à personne. En prison, je serai en sécurité. Mais je reste assise en silence, les mains sur les genoux, incertaine de l'attitude à adopter pour parvenir à mes fins. De toute façon, personne ne me regarde. Je suis invisible. J'essaie de suivre le débat entre les avocats pour savoir qui va gagner cette guerre de mots, mais leurs envolées théâtrales me font rapidement perdre le fil.

Le silence tombe sur le prétoire et le juge me fixe froidement. J'éprouve l'envie absurde de lui dire que je ne suis pas comme les accusés qu'il a l'habitude de voir défiler dans son tribunal. Que j'ai grandi dans une maison comme la sienne et que je suis allée à l'université ; que j'ai organisé des dîners chez moi ; que j'ai eu des amis. Que j'étais autrefois sûre de moi et extravertie. Que je n'avais jamais enfreint la loi jusqu'à l'année dernière et que ce fut une terrible erreur. Mais son regard est indifférent et je sais qu'il se moque de savoir qui je suis ou combien de dîners j'ai organisés. Je ne suis à ses yeux qu'une criminelle comme les autres. J'ai l'impression d'être une nouvelle fois dépouillée de mon identité.

— Votre avocat a défendu avec passion votre droit à la liberté sous caution, Mme Gray, dit le juge. Il m'a assuré que j'avais autant de chances de vous voir vous enfuir que d'aller sur la Lune. (De petits rires se font entendre dans la tribune du public, où deux vieilles femmes sont confortablement installées au deuxième rang avec un thermos. Mes tricoteuses des Temps modernes. Le juge esquisse un sourire.) Il affirme que votre fuite initiale du lieu de ce crime odieux était due à un accès de folie, contraire à votre nature et qui ne se reproduira pas. J'espère, Mme Gray, dans notre intérêt à tous, qu'il a raison.

Il marque une pause et je retiens mon souffle.

— La liberté sous caution est accordée.

Je laisse échapper un soupir qui pourrait être pris pour du soulagement.

Il y a de l'agitation dans la tribune de presse et je vois le jeune homme avec le carnet se faufiler hors de la rangée de sièges, son calepin fourré à la hâte dans la poche de sa veste. Il fait une petite révérence vers la cour avant de sortir, laissant la porte se refermer derrière lui.

— Veuillez vous lever.

Tandis que le juge quitte le tribunal, le bourdonnement des conversations s'amplifie et je vois mon avocat se pencher vers l'accusation. Ils rient de quelque chose, puis il s'approche du banc des accusés pour me parler.

— C'est un bon résultat, dit-il, tout sourire à présent. L'affaire a été renvoyée devant la cour d'assises et sera jugée le 17 mars. On vous donnera des informations sur l'aide juridique et les différentes options qui s'offrent à vous en ce qui concerne votre représentation en justice. Bon retour, Mme Gray.

C'est étrange de sortir libre de la salle d'audience après vingt-quatre heures passées en cellule. Je vais à la cantine pour acheter un café à emporter et je me brûle la langue, trop impatiente de boire quelque chose de plus fort que le thé du commissariat.

Une verrière surplombe l'entrée du tribunal et protège de la bruine de petits groupes de gens qui parlent à toute vitesse entre deux bouffées de cigarette. Tandis que je descends les marches, une femme qui arrive dans le sens opposé me bouscule et du café gicle sur ma main à travers le couvercle en plastique mal fermé.

— Pardon, dis-je machinalement.

Mais quand je m'arrête et lève les yeux, je constate que la femme s'est arrêtée elle aussi et tient un micro à la main. Un flash me fait soudain sursauter et j'aperçois un photographe à quelques mètres de là.

— Que ressentez-vous à l'idée d'aller en prison, Jenna ?

— Quoi ? Je…

Le micro est tendu si près de mon visage qu'il touche presque mes lèvres.

— Allez-vous continuer à plaider coupable ? À votre avis, comment la famille de Jacob vit ces événements ?

— Je, oui, je…

Les gens me poussent de tous les côtés et la journaliste hurle ses questions par-dessus les clameurs de la foule qui scande un slogan que je ne parviens pas à déchiffrer. Il y a tant de bruit que j'ai l'impression d'être dans un stade de foot ou une salle de concert. J'ai du mal à respirer, et quand j'essaie de me retourner je suis repoussée dans la direction opposée. Quelqu'un tire sur mon manteau et je perds l'équilibre, tombant sur une personne qui me remet debout sans ménagement. Je vois une pancarte, faite à la va-vite et brandie au-dessus de la foule de manifestants. Celui qui l'a écrite a commencé avec des lettres trop grandes et les toutes dernières ont été resserrées pour que le message tienne en entier. *Justice pour Jacob !*

C'est ça. C'est le slogan que j'entends.

— Justice pour Jacob ! Justice pour Jacob !

Encore et encore, jusqu'à ce que je sois encerclée par les cris. Je cherche un passage sur le côté, mais il y a des gens là aussi. Le café me tombe des mains et perd son couvercle en heurtant le sol, éclaboussant mes chaussures avant de se répandre sur les marches. Je trébuche encore et, l'espace d'un instant, j'ai l'impression que je vais tomber et être piétinée par la foule en furie.

— Ordure !

Je distingue une bouche déformée par la colère et une paire d'énormes créoles qui se balancent d'avant en arrière. La femme se racle grassement la gorge et me crache le résultat visqueux à la figure. Je tourne la tête juste à temps et je sens la salive chaude atterrir dans mon cou puis dégouliner sous le col de mon manteau. Je suis aussi choquée que si elle m'avait donné un coup de poing et je crie en me protégeant le visage, attendant la prochaine salve.

— Justice pour Jacob ! Justice pour Jacob !

Une main me saisit l'épaule et je me crispe, essayant de me dégager tout en cherchant désespérément une issue.

— Et si on faisait un petit détour ?

C'est le capitaine Stevens. Le visage sombre et résolu, il me tire vers le haut des marches pour me ramener à l'intérieur du tribunal. Il me lâche une fois que nous avons passé la sécurité, mais ne dit rien, et je le suis en silence jusqu'à une cour paisible à l'arrière du bâtiment, où il me montre un portail.

— Ça donne sur la gare routière. Tout va bien ? Vous voulez que j'appelle quelqu'un pour vous ?

— Ça va aller. Merci. Je ne sais pas ce que j'aurais fait sans vous.

Je ferme un instant les yeux.

— Foutus vautours ! s'exclame le capitaine Stevens. Les journalistes prétendent faire leur boulot, mais ils feraient n'importe quoi pour un scoop. Quant aux manifestants… eh bien, disons qu'il y a parmi eux des énergumènes prêts à dégainer leurs pancartes à la moindre occasion ; quelle que soit l'affaire, on les retrouve sur les marches du tribunal. Ne le prenez pas pour vous.

— Je vais essayer.

Je souris d'un air gêné et me retourne pour partir, mais il m'arrête.

— Mme Gray ?

— Oui ?

— Est-ce que vous avez habité au 127 Grantham Street ?

Je sens mon visage se vider de son sang et je me force à sourire.

— Non, capitaine, dis-je avec précaution. Non, je n'ai jamais habité là-bas.

Il hoche la tête et me salue d'un geste de la main. Je jette un coup d'œil par-dessus mon épaule en franchissant le portail et je constate qu'il est encore là à m'observer.

À mon grand soulagement, le train pour Swansea est presque vide, je m'enfonce dans mon siège et ferme les yeux. Je tremble encore à cause de ma rencontre avec les manifestants. Je regarde par la fenêtre et pousse un soupir de soulagement à l'idée de retourner au pays de Galles.

Quatre semaines. Il me reste quatre semaines avant d'aller en prison. C'est inconcevable, et pourtant bien réel. J'appelle Bethan pour lui dire que je rentre ce soir, en fin de compte.

— Tu as obtenu la liberté sous caution ?

— Jusqu'au 17 mars.

— C'est une bonne nouvelle. Non ?

Mon manque d'enthousiasme la laisse perplexe.

— Tu es descendue sur la plage aujourd'hui ? dis-je.

— Je suis allée promener les chiens en haut de la falaise à midi. Pourquoi ?

— Est-ce qu'il y avait quelque chose sur le sable ?

— Rien d'inhabituel, répond-elle en riant. À quoi tu pensais ?

Je pousse un soupir de soulagement. Je commence à me demander si j'ai vraiment vu les lettres sur le sable.

— À rien, dis-je. À tout à l'heure.

Quand j'arrive chez Bethan, elle m'invite à rester pour manger, mais je décline la proposition. Je ne serai pas de bonne compagnie. Elle insiste pour que je ne parte pas les mains vides et j'attends pendant qu'elle verse de la soupe dans une barquette en plastique. Je lui dis enfin au revoir presque une heure plus tard et je rentre au cottage avec Beau.

La porte est tellement gauchie par les intempéries que je ne peux ni tourner la clé ni l'ouvrir. Je donne un grand coup d'épaule dans le bois et elle cède un peu, assez pour libérer la serrure et me permettre de l'ouvrir, mais la clé tourne désormais dans le vide. Beau aboie furieusement et je lui dis de se taire. Je crois que j'ai cassé la porte, mais ça ne me fait plus ni chaud ni froid. Si Iestyn était venu la réparer la première fois que je lui ai signalé le problème, ça n'aurait peut-être pas été sorcier à arranger. Mais j'ai tellement forcé sur la serrure qu'il aura plus de travail maintenant.

Je verse la soupe de Bethan dans une casserole que je pose sur la cuisinière et je mets le pain de côté. Le cottage est froid et je cherche un pull, mais je n'en trouve pas au rez-de-chaussée. Beau est agité, courant d'un bout à l'autre du salon, comme s'il avait passé bien plus de vingt-quatre heures loin d'ici.

Je ne sais pas pourquoi, mais l'escalier a l'air différent aujourd'hui. Il ne fait pas encore complètement nuit, et pourtant il est plongé dans l'obscurité. Quelque chose empêche la clarté de pénétrer par la petite fenêtre de l'étage.

Je suis déjà en haut quand je comprends.

— Tu n'as pas tenu ta promesse, Jennifer.

Ian plie la jambe, plaque son pied sur ma poitrine puis me pousse violemment. La rampe en bois m'échappe et je tombe à la renverse, dégringolant les marches pour m'écraser sur le sol en pierre.

35

Tu as enlevé la bague au bout de trois jours, et c'était comme si tu m'avais donné un coup de poing. Tu as dit que tu avais peur de l'abîmer et que tu devais la retirer si souvent pour travailler que tu allais finir par la perdre. Tu l'as donc accrochée à une délicate chaîne en or que tu portais autour du cou et je t'ai emmenée faire les magasins pour trouver une alliance – quelque chose de simple que tu pourrais garder tout le temps.

— Tu pourrais la mettre maintenant, ai-je fait en sortant de chez le bijoutier.

— Mais le mariage n'est pas avant six mois.

Je t'ai serré la main un peu plus fort tandis qu'on traversait la route.

— À la place de ta bague de fiançailles, je veux dire. Pour avoir quelque chose au doigt.

Tu m'as mal compris.

— Ça ne me dérange pas, Ian, vraiment. Je peux attendre qu'on soit mariés.

— Mais comment les gens sauront-ils que tu es fiancée ? (Je ne pouvais pas laisser passer ça. Je t'ai arrêtée et j'ai posé les mains sur tes épaules. Tu as regardé les passants pressés autour de nous et essayé de te dégager de mon étreinte, mais je t'ai tenue fermement.) Comment sauront-ils que tu es avec moi si tu ne portes pas de bague ?

J'ai reconnu ton regard. Le même que celui de Marie – un regard de défi mêlé de méfiance – et ça m'a autant énervé qu'avec elle. Comment osais-tu avoir peur de moi ? J'ai senti mon corps se crisper, et quand je t'ai vue grimacer, je me suis rendu compte que mes doigts s'enfonçaient dans tes épaules. Je t'ai lâchée.

— Est-ce que tu m'aimes ? t'ai-je demandé.

— Tu sais bien que oui.

— Alors pourquoi tu ne veux pas que les gens sachent qu'on va se marier ?

J'ai plongé la main dans le sac en plastique pour en sortir la petite boîte. Je voulais faire disparaître ce regard et spontanément j'ai mis un genou à terre en tendant la boîte ouverte vers toi. Un murmure s'est fait entendre parmi les passants et tu as rougi. Les gens ont ralenti, certains s'arrêtant pour nous regarder, et je me suis senti fier d'être avec toi. Ma belle Jennifer.

— Veux-tu m'épouser ?

Tu as eu l'air émue.

— Oui.

Tu as répondu beaucoup plus vite que la première fois, et mon estomac s'est aussitôt dénoué. Je t'ai passé l'alliance au doigt et je me suis levé pour t'embrasser. Les gens ont poussé des acclamations et quelqu'un m'a donné une tape dans le dos. Je ne pouvais plus m'arrêter de sourire. Voilà ce que j'aurais dû faire la première fois, ai-je pensé : j'aurais dû y mettre plus de cérémonie, plus de formes. Tu méritais plus.

On s'est promenés main dans la main dans les

rues animées de Bristol et j'ai caressé ton alliance avec mon pouce.

— Et si on se mariait maintenant ? ai-je lancé. On trouve des témoins dans la rue, on file à la mairie et le tour est joué.

— Mais tout est arrangé pour septembre ! Toute ma famille sera là. On ne peut pas faire ça maintenant.

J'avais usé de toute ma force de persuasion pour te convaincre qu'un grand mariage à l'église serait une erreur : ton père ne serait pas là pour te mener à l'autel, et pourquoi se ruiner en organisant une fête pour des amis que tu ne voyais plus ? On avait prévu une cérémonie civile au Courtyard Hotel, suivie d'un déjeuner pour vingt personnes. J'avais demandé à Doug d'être mon témoin, mais les autres invités seraient les tiens. J'ai essayé d'imaginer mes parents à nos côtés, mais la seule image que j'avais en tête, c'était l'expression de mon père la dernière fois que je l'avais vu. La déception, le dégoût sur son visage. J'ai chassé ce souvenir de mon esprit.

Tu as tenu bon.

— On ne peut pas tout annuler maintenant, Ian. Il y a juste six mois à attendre, ce n'est pas long.

En effet, mais je comptais quand même les jours qui nous séparaient du moment où tu deviendrais Mme Petersen. Je me disais que je me sentirais mieux à ce moment-là, que mes doutes se dissiperaient. Je saurais que tu m'aimais et que tu resterais avec moi.

La veille de notre mariage, tu as insisté pour aller retrouver Eve à l'hôtel, pendant que je passais une étrange soirée d'enterrement de vie de garçon au pub en compagnie de Jeff et de Doug. Ce dernier a vaguement essayé de mettre de l'ambiance, mais personne ne m'a contredit quand j'ai suggéré qu'il valait mieux que je me couche tôt avant le grand jour.

En arrivant à l'hôtel le lendemain, j'ai commandé un double whisky pour me calmer. Jeff m'a tapoté le bras en me disant que j'étais un type formidable, bien qu'on n'ait jamais rien eu en commun. Il n'a pas voulu boire un verre avec moi, et une demi-heure avant la cérémonie il a fait un signe de tête vers la porte, où une femme avec un chapeau bleu marine venait d'arriver.

— Prêt à faire la connaissance de la belle-mère ? a lancé Jeff. Elle n'est pas si horrible que ça, je t'assure.

Les rares fois où j'avais vu Jeff, j'avais trouvé sa jovialité forcée très agaçante, mais ce jour-là j'étais content de l'avoir avec moi. Il me changeait les idées. Je n'avais qu'une envie, c'était de t'appeler pour m'assurer que tu viendrais. J'étais paniqué à l'idée que tu puisses me planter là, m'humilier devant tous ces gens.

J'ai traversé la salle avec Jeff. Ta mère m'a tendu la main et je l'ai serrée, puis je me suis penché pour embrasser sa joue sèche.

— Grace, je suis ravi de vous rencontrer. J'ai tellement entendu parler de vous.

Tu m'avais dit que tu ne ressemblais pas du tout à ta mère, mais elle avait les mêmes pommettes hautes que toi. Tu avais peut-être hérité du teint de ton père, et de ses gènes artistiques, mais tu avais la silhouette élancée et le regard attentif de Grace.

— J'aimerais pouvoir en dire autant, a-t-elle répondu, un sourire amusé au coin des lèvres. Mais c'est à Eve que je dois m'adresser pour avoir des nouvelles de Jenna.

J'ai essayé d'afficher une expression de solidarité, comme si je faisais moi aussi les frais de ce manque de communication. J'ai proposé à Grace de boire quelque chose, et elle a pris une coupe de champagne.

— Santé, a-t-elle dit sans porter de toast.

Tu m'as fait attendre un quart d'heure, comme le veut la tradition, je suppose. Doug a fait semblant d'avoir perdu l'alliance, et ça devait ressembler à n'importe quel autre mariage civil du pays. Mais quand tu as remonté l'allée, aucune mariée n'aurait pu être aussi belle que toi. Ta robe était simple : un décolleté en forme de cœur et une jupe qui épousait tes hanches avec une traîne en satin aux reflets chatoyants. Tu tenais un bouquet de roses blanches à la main et tes cheveux étaient relevés en boucles brillantes autour de ton visage.

Debout à tes côtés, je jetais des coups d'œil furtifs dans ta direction tandis que tu écoutais l'officier de l'état civil célébrer notre mariage. Quand on a prononcé nos vœux, tu m'as regardé dans les yeux et j'ai oublié Jeff, Doug et ta mère. Il aurait pu y avoir un millier de personnes dans la salle avec nous : je ne voyais que toi.

— Je vous déclare unis par les liens du mariage.

Quelques applaudissements hésitants ont retenti et on s'est embrassés avant de redescendre l'allée.

L'hôtel avait disposé des boissons et des amuse-gueules dans un coin du bar, et je t'observais tandis que tu faisais le tour des invités, tendant la main pour qu'ils admirent ton alliance.

— Elle est belle aujourd'hui, hein ?

Je n'avais pas remarqué qu'Eve s'était rapprochée de moi.

— Elle est *toujours* belle, ai-je répondu.

Eve a accepté la rectification d'un hochement de tête avant de se tourner vers moi pour me regarder droit dans les yeux.

— Tu ne lui feras pas de mal, hein ?

J'ai ri.

— Ce n'est pas le genre de chose qu'on demande à un homme le jour de son mariage.

— C'est pourtant le plus important, tu ne crois pas ? a dit Eve. (Elle a bu une petite gorgée de champagne et m'a dévisagé.) Tu me rappelles beaucoup notre père.

— Eh bien, c'est sans doute ce qui plaît à Jennifer, ai-je répondu sèchement.

— Sans doute. J'espère simplement que tu ne la laisseras pas tomber toi aussi.

— Je n'ai aucune intention de quitter ta sœur, ai-je répliqué. Et puis, ça ne te regarde pas. C'est une grande fille, pas une enfant traumatisée par un père coureur de jupons.

— Mon père n'était pas un coureur de jupons.

Elle ne le défendait pas, elle énonçait juste un fait, mais j'étais intéressé. J'avais toujours supposé qu'il avait quitté ta mère pour une autre femme.

— Pourquoi est-il parti, alors ?

Elle a ignoré ma question.

— Prends soin de Jenna. Elle le mérite.

Je ne pouvais plus supporter de voir son visage suffisant, ni d'écouter ses sermons ridicules et condescendants. J'ai laissé Eve au bar pour aller glisser mon bras autour de toi. Ma nouvelle femme.

Je t'avais promis Venise et j'avais hâte de te faire visiter la ville. À l'aéroport, tu as fièrement tendu ton nouveau passeport et tu as souri quand ils ont lu ton nom à haute voix.

— Ça fait tellement bizarre !

— Tu t'y habitueras vite, ai-je dit. Mme Petersen.

Quand tu as vu que j'avais pris des billets en classe affaires, tu étais aux anges. Tu voulais profiter au maximum de tous les avantages. Le vol n'a duré que deux heures, mais tu as eu le temps d'essayer le masque pour les yeux, de regarder un film et de boire du champagne. J'étais ravi de te voir si heureuse, et que ce soit grâce à moi.

Le transfert jusqu'à l'hôtel a mis plus de temps que prévu et on est arrivés tard. Le champagne m'avait donné mal à la tête, j'étais fatigué et contrarié par la piètre qualité du service. Il ne fallait pas que j'oublie d'exiger le remboursement du transfert en rentrant à Bristol.

— Et si on laissait les valises à la réception et qu'on sortait tout de suite ? as-tu proposé en foulant le hall en marbre.

— On est là pour deux semaines. On va s'installer tranquillement et se faire servir le dîner dans la chambre. Venise sera encore là demain. (J'ai glissé un bras autour de toi et je t'ai pincé les fesses.) Et puis c'est notre nuit de noces.

Tu m'as embrassé, plongeant ta langue dans ma bouche, mais tu t'es ensuite écartée et tu m'as pris la main.

— Il n'est même pas dix heures ! Allez, on fait un petit tour dans le quartier et on boit un verre quelque part. Ensuite on rentre, promis.

Le réceptionniste a souri, sans chercher à dissimuler son amusement devant ce spectacle improvisé.

— Une querelle d'amoureux ?

Il a ri, malgré le regard que je lui ai lancé, et j'ai eu la désagréable surprise de te voir rire avec lui.

— J'essaie de convaincre mon *mari*. (Tu as souri et tu m'as fait un clin d'œil en prononçant ce mot, comme si ça allait changer quelque chose.) On devrait aller se promener dans Venise avant de monter dans la chambre. Ça a l'air tellement beau.

Tu as fermé les paupières un peu trop longtemps quand tu as cligné des yeux et je me suis rendu compte que tu étais un peu soûle.

— C'est très beau, *signora*, mais pas autant que vous.

Le réceptionniste a fait une petite courbette ridicule.

Je t'ai regardée, m'attendant à te voir lever les yeux au ciel, mais tu rougissais et j'ai compris que tu étais flattée. Flattée par ce gigolo, cet homme mielleux aux mains manucurées, avec une fleur à la boutonnière.

— La clé, s'il vous plaît, ai-je dit en passant devant toi pour me pencher sur le comptoir.

Le réceptionniste a eu un moment d'hésitation avant de me remettre un porte-carte contenant deux clés magnétiques.

— *Buona sera, signore.*

Il ne souriait plus.

J'ai refusé qu'on nous aide avec les valises et je t'ai laissée traîner la tienne jusqu'à l'ascenseur, où j'ai appuyé sur le bouton du troisième étage. Je t'ai regardée dans le miroir.

— Il était gentil, hein ? as-tu dit.

J'ai senti un goût de bile au fond de ma gorge. Tout s'était si bien passé à l'aéroport et dans l'avion ; et tu venais de tout gâcher. Tu parlais, mais je ne t'écoutais pas : je pensais à la façon dont tu avais minaudé, à la façon dont tu avais rougi en le laissant flirter avec toi, à la façon dont tu en avais *profité*.

Notre chambre se trouvait au bout d'un couloir moquetté. J'ai introduit la carte magnétique dans le lecteur puis je l'ai retirée, attendant impatiemment le déclic de la serrure. J'ai poussé la porte et fait rouler ma valise à l'intérieur, sans me soucier de savoir si elle se refermait sur toi. Il faisait chaud dans la chambre – trop chaud –, mais les fenêtres ne s'ouvraient pas et j'ai tiré sur mon col pour avoir un peu d'air. Mon sang battait dans mes oreilles mais tu parlais encore ; tu continuais de jacasser comme si tout allait bien, comme si tu ne m'avais pas humilié.

Mon poing s'est machinalement serré, ma peau se tendant sur mes jointures contractées. J'ai senti la pression augmenter dans ma poitrine, comprimant jusqu'à mes poumons. Je t'ai regardée, toujours souriante, toujours bavarde, et je t'ai envoyé mon poing dans la figure.

La pression est tout de suite retombée. Le calme m'a envahi, je me suis senti libéré, comme après le sexe ou une séance de sport. Mon mal de tête s'est atténué et la veine sur ma tempe a arrêté de palpiter. Tu as laissé échapper un sanglot étouffé, mais je ne t'ai pas regardée. J'ai quitté la chambre et ai repris l'ascenseur jusqu'à la réception. Je suis sorti dans la rue sans me retourner vers le comptoir. J'ai trouvé un bar et bu deux bières, ignorant le serveur qui essayait d'engager la conversation avec moi.

Une heure plus tard, je suis retourné à l'hôtel.

— Je pourrais avoir de la glace, s'il vous plaît ?

— *Si, signore*. (Le réceptionniste a disparu avant de revenir avec un seau à glace.) Des verres à vin, *signore* ?

— Non, merci.

J'étais calme à présent. Ma respiration était lente et mesurée. J'ai pris les escaliers, retardant un peu plus mon retour.

Quand j'ai ouvert la porte, tu étais recroquevillée sur le lit. Tu t'es redressée et tu as reculé à l'autre bout du matelas pour t'adosser au mur. Un tas de mouchoirs ensanglantés se trouvaient sur la table de chevet, mais en dépit de tes efforts pour te nettoyer le visage, tu avais du sang séché sur la lèvre supérieure. Un bleu se formait déjà sur l'arête de ton nez et autour de ton œil. Quand tu m'as vu, tu t'es mise à pleurer, et tes larmes prenaient la couleur du sang avant de tomber sur ton chemisier, le maculant de petites taches roses.

J'ai posé le seau sur la table et étalé une serviette que j'ai remplie de glace. Puis je suis venu m'asseoir à tes côtés. Tu frissonnais, mais j'ai délicatement appliqué la poche de glace sur ta peau.

— J'ai trouvé un bar sympa, ai-je dit. Je pense qu'il te plaira. J'ai fait un tour dans le quartier et j'ai repéré un ou deux restaurants pour demain midi, si tu te sens d'attaque.

J'ai retiré la poche de glace et tu m'as dévisagé avec de grands yeux méfiants. Tu tremblais encore.

— Tu as froid ? Tiens, enveloppe-toi là-dedans. (J'ai pris la couverture au pied du lit pour te la mettre sur les épaules.) Tu es fatiguée, la journée a été longue.

Je t'ai embrassée sur le front mais tu pleurais encore. Si seulement tu n'avais pas gâché notre première nuit. Je croyais que tu étais différente et que je n'aurais jamais plus à éprouver ce sentiment de libération : cette sensation de paix absolue qui suit une dispute. J'étais déçu de constater que, finalement, tu étais comme toutes les autres.

36

J'ai du mal à respirer. Beau se met à gémir. Il me lèche le visage et me donne des coups de museau. J'essaie de réfléchir, de bouger, mais la violence du choc m'a coupé le souffle et je ne parviens pas à me relever. Même si mon corps m'obéissait, il se passe quelque chose en moi, mon monde se rétrécit peu à peu. Je suis soudain ramenée à Bristol, ne sachant pas de quelle humeur sera Ian quand il rentrera. Je lui prépare le dîner, qu'il me jettera sans doute à la figure. Je suis recroquevillée sur le sol de mon atelier, essayant de me protéger des coups de poing qui pleuvent sur moi.

Ian descend l'escalier avec précaution, secouant la tête comme s'il grondait un enfant. Je l'ai toujours déçu ; malgré tous mes efforts, je n'ai jamais su ce qu'il fallait faire ou dire. Il parle doucement, et si on ne s'attardait pas sur le sens des mots, on pourrait croire qu'il s'inquiète pour moi. Mais le son de sa voix suffit à me faire trembler violemment, comme si j'étais allongée dans la glace.

Il se tient au-dessus de moi – jambes écartées – et laisse traîner paresseusement son regard le long de mon corps. Les plis de son pantalon sont impeccables, la boucle de sa ceinture est si brillante que je vois mon reflet terrifié dedans. Il aperçoit quelque chose sur sa veste et arrache un fil qui dépasse, puis le laisse tomber négligemment au sol. Beau gémit toujours et Ian lui décoche un coup de pied dans la tête qui l'envoie un mètre plus loin.

— Ne lui fais pas de mal, s'il te plaît !

Beau pousse de petits cris plaintifs, mais il se relève et s'éclipse dans la cuisine.

— Tu es allée voir la police, Jennifer, dit Ian.

— Je suis désolée.

Ma voix n'est qu'un murmure et je ne suis pas certaine qu'il ait entendu, mais si je répète et qu'il a l'impression que je l'implore, il va s'énerver. C'est étrange la vitesse à laquelle tout me revient : je dois faire exactement ce qu'il me dit en tâchant de ne pas prendre cet air abattu qui le met hors de lui. Au fil des années, j'ai plus souvent échoué que réussi.

J'avale ma salive.

— Je… je suis désolée.

Il a les mains dans les poches. Il a l'air détendu, relax. Mais je le connais. Je sais à quelle vitesse il peut…

— Tu es *désolée* ?

L'instant d'après, il est accroupi sur moi, ses genoux clouant mes bras au sol.

— Tu crois que ça change quelque chose ?

Il se penche, enfonçant ses rotules dans mes biceps. Je me mords la langue trop tard pour retenir le cri de douleur qui provoque chez lui une moue de dégoût. Je sens la bile monter dans ma gorge et je la ravale.

— Tu leur as parlé de moi, hein ?

La commissure de ses lèvres est bordée d'écume et des gouttelettes de salive éclaboussent mon visage. Je repense soudain à la manifestante devant le tribunal il y a quelques heures, mais ça semble loin.

— Non. Non, je n'ai rien dit.

Nous jouons encore une fois à ce jeu, celui où il lance une question et où j'essaie de la reprendre de volée. Je n'étais pas mauvaise. Au début, je croyais voir une lueur de respect dans ses yeux : il s'arrêtait brusquement au milieu de l'échange et allumait la télévision ou sortait. Mais j'ai perdu la main, ou peut-être a-t-il changé les règles, et ai-je commencé à mal juger les questions. Pour l'instant, en tout cas, il a l'air satisfait de ma réponse et change brusquement de sujet.

— Tu vois quelqu'un, pas vrai ?

— Non, je ne vois personne, dis-je rapidement.

Je suis contente de pouvoir dire la vérité, même si je sais qu'il ne va pas me croire.

— Menteuse.

Il me gifle du revers de la main, produisant un claquement sec, comme un fouet, et ce son résonne encore à mes oreilles quand il reprend la parole.

— Quelqu'un t'a aidée à créer un site Internet, quelqu'un t'a trouvé cet endroit. Qui ?

— Personne, dis-je, un goût de sang dans la bouche. Je me suis débrouillée toute seule.

— Tu ne peux rien faire toute seule, Jennifer.

Il se penche jusqu'à ce que son visage touche presque le mien. Je m'efforce de ne pas bouger, sachant à quel point il déteste que j'esquisse le moindre mouvement de recul.

— Tu n'as même pas réussi à te cacher correctement. Tu n'imagines pas comme ça a été facile de te retrouver une fois que j'ai su où tu prenais tes photos. Les habitants de Penfach avaient l'air ravis d'aider un inconnu à la recherche d'une vieille amie.

Je ne m'étais pas demandé comment Ian m'avait retrouvée. J'ai toujours su qu'il y parviendrait.

— Au fait, la carte que tu as envoyée à ta sœur était très jolie.

Cette remarque désinvolte me fait l'effet d'une autre gifle.

— Qu'est-ce que tu as fait à Eve ?

Si quoi que ce soit arrive à Eve et aux enfants à cause de mon imprudence, je ne me le pardonnerai jamais. Je tenais tellement à lui montrer que je pensais encore à elle que je ne me suis pas demandé si je la mettais en danger.

Il rit.

— Qu'est-ce que tu veux que je lui fasse ? Elle ne m'intéresse pas plus que toi. Tu n'es qu'une misérable salope, Jennifer, une incapable. Tu n'es rien sans moi. Rien. Tu es quoi ?

Je ne réponds pas.

— Dis-le. Tu es quoi ?

Du sang coule au fond de ma gorge et je lutte pour parler sans m'étouffer.

— Je ne suis rien.

Il rit, puis déplace son poids pour relâcher la pression, et la douleur s'atténue légèrement dans mes bras. Il fait courir son doigt sur mon visage, le long de ma joue et sur mes lèvres.

Je sais ce qui va se passer, mais ça ne rend pas les choses plus faciles. Il défait lentement mes boutons, ouvrant mon chemisier centimètre par centimètre avant de relever mon débardeur pour découvrir ma poitrine. Ses yeux se promènent froidement sur moi, sans même une lueur de désir, et il tend le bras vers la fermeture Éclair de son pantalon. Je ferme les yeux pour me réfugier en moi-même, incapable de bouger, incapable de parler. Je me demande brièvement ce qui arriverait si je criais, ou si je disais non. Si je me débattais ou si je le repoussais, simplement. Mais je ne fais rien, et je n'ai jamais rien fait. Je ne peux donc m'en prendre qu'à moi-même.

J'ignore depuis combien de temps je suis allongée là, mais le cottage est sombre et froid. Je remonte mon jean et roule sur le côté, serrant mes genoux contre moi. Je sens une douleur sourde entre mes jambes, ainsi que de l'humidité que je soupçonne être du sang. Je ne suis pas certaine de m'être évanouie, mais je ne me souviens pas du départ de Ian.

J'appelle Beau. Après une seconde de silence angoissante, il sort prudemment de la cuisine, la queue basse et les oreilles rabattues.

— Je suis vraiment désolée, Beau.

J'essaie de le faire venir vers moi, mais quand je tends la main, il aboie. Juste une fois, pour m'avertir, la tête tournée vers la porte. Je m'efforce de me lever, grimaçant sous l'effet d'une vive douleur, et on frappe à la porte.

Je suis pliée en deux au milieu de la pièce, une main sur le collier de Beau. Il grogne doucement mais n'aboie pas.

— Jenna ? Tu es là ?

Patrick.

J'éprouve une bouffée de soulagement. La porte n'est pas fermée à clé et je réprime un sanglot en l'ouvrant. Je n'allume pas la lumière du salon, et j'espère que l'obscurité est assez épaisse pour cacher mon visage qui doit déjà présenter des marques.

— Tout va bien ? demande Patrick. Il s'est passé quelque chose ?

— Je... j'ai dû m'endormir sur le canapé.

— Bethan m'a dit que tu étais rentrée. (Il hésite et baisse brièvement les yeux au sol avant de me regarder à nouveau.) Je suis venu m'excuser. Je n'aurais jamais dû te parler comme ça, Jenna, j'étais sous le choc.

— Ce n'est rien, dis-je. (Je regarde derrière lui en direction de la falaise plongée dans l'obscurité, me demandant si Ian est là, quelque part, en train de nous observer. Je ne peux pas le laisser me voir avec Patrick. Je ne peux pas le laisser lui faire de mal, pas plus qu'à Eve ni à tous ceux qui comptent pour moi.) C'est tout ?

— Je peux entrer ?

Il fait un pas en avant, mais je secoue la tête.

— Jenna, qu'est-ce qui ne va pas ?

— Je ne veux pas te voir, Patrick.

Je m'entends prononcer ces mots et résiste à l'envie de les retirer.

— Je ne t'en veux pas, dit-il. (Il a l'air fatigué, comme s'il n'avait pas dormi depuis plusieurs jours.) J'ai été exécrable, Jenna, et je ne sais pas quoi faire pour me racheter. Quand j'ai appris ce que tu avais... ce qui s'était passé, j'étais tellement sous le choc que je n'avais plus les idées claires. Il fallait que je prenne mes distances.

Je me mets à pleurer. C'est plus fort que moi. Patrick me prend la main et je n'ai pas envie qu'il la lâche.

— Je veux comprendre, Jenna. Je ne peux pas faire semblant de ne pas accuser le coup – de ne pas trouver ça difficile –, mais je veux savoir ce qui s'est passé. Je veux être là pour toi.

Je reste silencieuse, mais je sais qu'il n'y a qu'une seule chose à faire. Un seul moyen de protéger Patrick.

— Tu me manques, Jenna, murmure-t-il.

— Je ne veux plus te voir. (Je retire brusquement ma main et tâche de mettre de la conviction dans mes paroles.) Je ne veux plus rien avoir à faire avec toi.

Patrick pâlit et recule comme si je lui avais donné un coup de poing.

— Pourquoi est-ce que tu fais ça ?

— Parce que c'est ce que je veux.

Ce mensonge est un supplice.

— C'est parce que je suis parti ?

— Ça n'a rien à voir avec toi. Rien de tout ça ne te concerne. Laisse-moi simplement tranquille.

Patrick me dévisage et je me force à le regarder en face, priant pour qu'il ne voie pas le conflit qui doit se lire dans mes yeux. Il finit par lever les mains, s'avouant vaincu, et fait demi-tour.

Il trébuche sur le sentier et se met soudain à courir.

Je ferme la porte et m'écroule par terre, attirant Beau vers moi pour fondre en larmes dans son pelage. Je n'ai pas pu sauver Jacob, mais je peux sauver Patrick.

Dès que je m'en sens capable, j'appelle Iestyn pour lui demander de venir réparer la serrure.

— Je ne peux plus tourner la clé du tout maintenant, dis-je. Elle est complètement cassée, je n'ai plus aucun moyen de fermer.

— Ne vous inquiétez pas pour ça, réplique Iestyn. Il n'y a pas de voleurs par ici.

— Je veux que ce soit réparé !

Ma fermeté nous surprend tous les deux et il y a un bref silence.

— J'arrive.

Il est là moins d'une heure plus tard et se met vite au travail, mais il refuse le thé que je lui propose. Il sifflote tandis qu'il enlève la serrure et graisse le mécanisme, avant de la remettre et de me montrer que la clé tourne parfaitement à présent.

— Merci, dis-je, sanglotant presque de soulagement.

Iestyn me regarde bizarrement et je resserre mon cardigan. Des ecchymoses marbrées couvrent le haut de mes bras, s'étendant comme des taches d'encre sur un buvard. J'ai mal comme si j'avais couru un marathon, ma joue gauche est enflée et j'ai une dent qui bouge. Je laisse mes cheveux tomber sur mon visage pour cacher le pire.

Je vois Iestyn jeter un coup d'œil à la peinture rouge sur la porte.

— Je nettoierai ça, dis-je, mais il ne répond pas.

Il me salue d'un signe de tête, puis semble se raviser et se retourne vers moi.

— C'est petit, Penfach, observe-t-il. Tout se sait ici.

— C'est ce que j'ai cru comprendre.

S'il s'attend à ce que je me défende, il va être déçu. Je serai jugée par le tribunal, pas par les villageois.

— Je ferais profil bas, si j'étais vous, ajoute Iestyn. En attendant que ça se tasse.

— Merci du conseil, dis-je sèchement.

Je ferme la porte et monte à l'étage pour faire couler un bain. J'entre dans l'eau bouillante en serrant les paupières pour ne pas voir les marques qui apparaissent sur ma peau. De petits bleus en forme de doigts d'une délicatesse incongrue parsèment ma poitrine et mes cuisses. J'ai été stupide de croire que je pouvais échapper au passé. Où que j'aille, il me rattrapera toujours.

37

— Tu as besoin d'un coup de main ? demanda Ray, même s'il savait que Mags s'en sortait très bien toute seule, comme toujours.

— Tout est prêt, répondit-elle en enlevant son tablier. Le chili et le riz sont dans le four, les bières dans le frigo et il y a des brownies pour le dessert.

— Ça a l'air parfait, dit Ray.

Il resta planté au milieu de la cuisine, les bras ballants.

— Tu peux débarrasser le lave-vaisselle, si tu cherches quelque chose à faire.

Il commença à sortir les assiettes propres, essayant de trouver un sujet de conversation neutre qui n'entraînerait pas de dispute.

C'était Mags qui avait eu l'idée d'organiser un dîner ce soir. Pour célébrer la fin d'une enquête bien menée, avait-elle dit. Ray se demandait si c'était sa façon de s'excuser pour leurs récentes disputes.

— Merci encore d'avoir proposé ça, fit-il quand le silence devint trop pesant.

Il souleva le panier à couverts du lave-vaisselle, faisant couler de l'eau par terre. Mags lui tendit un chiffon.

— C'est l'une des affaires les plus médiatisées que tu aies eues, observa-t-elle. Il faut fêter ça.

(Elle lui prit le chiffon des mains et le mit dans l'évier.) Et puis si l'autre option est que vous alliez fêter ça tous les trois au Nag's Head, le choix est vite fait.

Ray encaissa la critique sans broncher. Voilà donc ce qui se cachait derrière ce dîner.

Ils s'affairaient chacun de son côté dans la cuisine comme si de rien n'était ; comme si Ray n'avait pas passé la nuit sur le canapé ; comme si leur fils ne planquait pas d'objets volés dans sa chambre. Il risqua un coup d'œil vers Mags sans parvenir à déchiffrer son expression et décida de garder le silence. Ces derniers temps, il avait l'impression de toujours dire ce qu'il ne fallait pas.

Ray savait que comparer Mags et Kate n'était pas juste, mais c'était tellement plus facile au boulot. Kate ne se vexait jamais, il n'était donc pas obligé de réfléchir avant de parler, à l'opposé de ce qu'il faisait désormais avec Mags avant d'aborder un sujet délicat.

Quand il avait proposé à Kate de venir dîner chez lui ce soir, il n'était pas certain qu'elle accepte.

— Je comprendrai si tu refuses, avait-il dit.

Kate avait eu l'air troublée.

— Pourquoi est-ce que je... (Elle s'était mordu la lèvre.) Oh, je vois. (Elle avait essayé de prendre le même air sérieux que Ray, sans grand succès.). Je te l'ai dit, tout est oublié. Ça ne me pose pas de problème, si c'est bon pour toi, bien sûr.

— Ça ira, avait-il répondu.

Il l'espérait, en tout cas. Il se sentit soudain très mal à l'aise à l'idée que Mags et Kate se retrouvent dans la même pièce. La veille, dans le canapé, il avait eu du mal à fermer l'œil, persuadé que Mags était au courant qu'il avait embrassé Kate et qu'elle l'avait invitée dans le seul but de le lui dire. Il avait beau savoir que Mags n'était pas du genre à régler ses comptes en public, cette éventualité lui donnait quand même des sueurs froides.

— Tom est revenu aujourd'hui du collège avec une lettre, dit Mags.

Elle lâcha ça d'un coup, et il eut l'impression qu'elle se retenait de lui annoncer la nouvelle depuis qu'il était rentré du travail.

— Qu'est-ce qu'ils veulent ?

Mags sortit la lettre de la poche de son tablier et la lui tendit.

Chers M. et Mme Stevens,

Je vous serais reconnaissante de bien vouloir prendre rendez-vous avec moi auprès de ma secrétaire afin d'évoquer un problème qui se pose au sein de notre établissement.

Je vous prie d'agréer, Madame, Monsieur, l'expression de mes salutations distinguées.

Ann Cumberland
Principale
Collège Morland Downs

— Enfin ! s'exclama Ray. (Il frappa la lettre du revers de la main.) Ils admettent qu'il y a un problème alors ? C'est pas trop tôt, nom de Dieu !

Mags déboucha la bouteille de vin.

— Ça doit bien faire plus d'un an qu'on leur dit que Tom se fait harceler ! poursuivit Ray. Et ils ne voulaient même pas envisager cette possibilité, hein ?

Mags le regarda. L'espace d'un instant, son visage se décomposa et ses défenses cédèrent.

— Comment on a pu passer à côté de ça ? (Elle chercha en vain un mouchoir dans la manche de son cardigan.) J'ai l'impression d'être une mère indigne !

Elle chercha dans l'autre manche, sans plus de résultat.

— Hé, Mags, arrête ça, tu veux. (Ray sortit son mouchoir et essuya délicatement les larmes qui débordaient des cils de sa femme.) Tu n'es passée à côté de rien du tout. Ni toi, ni moi, d'ailleurs. On sait que quelque chose ne va pas depuis qu'il est entré au collège, et on les bassine depuis le premier jour pour qu'ils règlent ça.

— Mais ce n'est pas à eux de régler ça. (Mags se moucha.) C'est nous les parents.

— Peut-être, mais le problème n'est pas ici, non ? Il est à l'école, et maintenant qu'ils l'ont admis, peut-être qu'ils vont enfin faire quelque chose.

— J'espère que ça ne va pas aggraver la situation pour Tom.

— Je pourrais demander aux agents du secteur de faire un saut au collège pour parler du harcèlement scolaire, proposa Ray.

— Non !

La véhémence de Mags le coupa dans son élan.

— Réglons ça avec le collège. Tout ne concerne pas la police. Pour une fois, gardons ça pour nous, d'accord ? J'aimerais vraiment que tu ne parles pas de Tom au boulot.

La sonnette de la porte retentit à point nommé.

— Ça va aller ? demanda Ray.

Mags hocha la tête et s'essuya le visage avec le mouchoir avant de le rendre à Ray.

— Oui.

Ray se regarda dans le miroir de l'entrée. Son teint blême et son air fatigué lui donnèrent soudain envie de renvoyer Kate et Stumpy chez eux pour passer la soirée avec sa femme. Mais Mags avait cuisiné tout l'après-midi, elle n'apprécierait pas d'avoir fait tout ça pour rien. Il soupira et ouvrit la porte.

Kate portait un jean avec des bottes qui lui montaient jusqu'aux genoux et un haut noir à col en V. Sa tenue n'avait rien de très glamour, mais elle avait l'air plus jeune et plus décontractée qu'au travail, et c'était quelque peu perturbant. Ray recula pour la laisser passer.

— C'est vraiment une bonne idée, dit-elle. Merci beaucoup de m'avoir invitée.

— Je t'en prie. (Il la fit entrer dans la cuisine.) Stumpy et toi, vous avez travaillé dur ces derniers mois : je tenais juste à vous montrer que j'apprécie vos efforts. (Il se fendit d'un large sourire.) Et pour être honnête, c'était l'idée de Mags, c'est elle qu'il faut remercier.

Mags accueillit sa remarque avec un petit sourire.

— Bonjour, Kate, je suis contente de faire enfin ta connaissance. Tu n'as pas eu trop de mal à trouver ?

Les deux femmes se faisaient face, et Ray fut frappé par le contraste entre elles. Mags n'avait pas eu le temps de se changer et son sweat-shirt était maculé de petites taches de sauce. Elle était comme d'habitude – chaleureuse, accueillante, gentille – mais à côté de Kate elle avait l'air… il s'efforça de trouver le mot juste. Moins *raffinée*. Il éprouva aussitôt une pointe de culpabilité et se rapprocha de Mags, comme si la proximité était un gage de loyauté.

— Quelle jolie cuisine ! (Kate jeta un œil aux brownies, tout juste sortis du four et nappés de chocolat blanc. Elle tendit une boîte en carton contenant un cheesecake.) J'ai apporté un dessert, mais j'ai peur que ça ait l'air un peu fade maintenant.

— Comme c'est gentil de ta part ! fit Mags en s'avançant pour prendre la boîte. Je trouve toujours les gâteaux meilleurs quand c'est quelqu'un d'autre qui les a faits, pas toi ?

Kate sourit avec gratitude et Ray laissa échapper un lent soupir. La soirée n'allait peut-être pas être aussi pénible qu'il le craignait, mais plus tôt Stumpy serait là, mieux ce serait.

— Bon, qu'est-ce que je te sers ? demanda Mags. Ray est à la bière, mais moi je bois du vin, si tu préfères.

— Je vais t'accompagner.

Ray cria dans l'escalier :

— Tom, Lucy, venez dire bonjour, bande de sauvages !

Des bruits de pas résonnèrent à l'étage et les enfants dévalèrent l'escalier. Ils firent leur apparition dans la cuisine, s'arrêtant dans l'embrasure de la porte, l'air gênés.

— Voici Kate, indiqua Mags. Elle est en formation dans l'équipe de papa pour devenir inspecteur.

Ray écarquilla les yeux à cette annonce, mais Kate ne sembla pas perturbée.

— Encore quelques mois et je serai un véritable inspecteur, répliqua-t-elle avec un grand sourire. Comment ça va, les enfants ?

— Bien, répondirent en chœur Lucy et Tom.

— Tu dois être Lucy, dit Kate.

La petite fille avait les cheveux de sa mère, mais pour le reste, elle tenait de Ray. Tout le monde disait que les deux enfants étaient son portrait craché. La ressemblance ne lui sautait pas aux yeux dans la journée – leurs personnalités étaient trop affirmées –, mais quand ils dormaient, les traits au repos, Ray voyait son visage dans celui de ses enfants. Il se demanda s'il avait déjà eu l'air aussi agressif que son fils, qui fusillait le sol du regard, comme s'il en voulait au carrelage. Il s'était mis du gel dans les cheveux de façon à les coiffer en pics aussi menaçants que son expression.

— Voici Tom, indiqua Lucy.

— Dis bonjour, Tom, fit Mags.

— Bonjour, Tom, répéta-t-il, les yeux rivés au sol.

Mags lui donna un petit coup de torchon, exaspérée.

— Désolée, Kate.

Kate sourit à Tom, et celui-ci jeta un coup d'œil vers Mags pour voir s'il allait devoir rester là.

— Les gosses ! soupira Mags. (Elle retira le film alimentaire qui recouvrait une assiette de sandwichs et la tendit à Tom.) Vous pouvez aller manger ça en haut, si vous ne voulez pas passer la soirée avec les *vieux*.

Elle écarquilla les yeux en prononçant ce mot et Lucy gloussa. Tom leva les yeux au ciel, et ils disparurent dans leurs chambres à vitesse grand V.

— Ils sont sages, observa Mags. Enfin, la plupart du temps.

Elle murmura ces derniers mots, de sorte qu'il était impossible de savoir si elle parlait toute seule ou aux autres.

— Il y a eu d'autres problèmes avec Tom au collège ? demanda Kate.

Ray grogna intérieurement. Il dévisagea Mags, qui évita son regard. Elle serra la mâchoire.

— Rien qu'on ne puisse régler, répondit-elle sèchement.

Ray grimaça et regarda Kate, essayant de s'excuser sans que Mags s'en aperçoive. Il aurait dû la prévenir que Mags était très chatouilleuse à propos de Tom. Il y eut un silence pesant, puis le portable de Ray émit un bip pour signaler l'arrivée d'un message. Il le sortit de sa poche, heureux de la diversion, mais sa joie fut de courte durée.

— Stumpy ne peut pas venir, annonça-t-il. Sa mère a encore fait une chute.

— Elle va bien ? demanda Mags.

— Je crois. Il est en route pour l'hôpital. (Ray envoya un message à Stumpy et remit le téléphone dans sa poche.) Bon, on est juste nous trois, du coup.

Kate regarda Ray, puis Mags, qui se retourna et se mit à remuer le chili.

— Et si on remettait ça à une autre fois ? Quand Stumpy pourra être là ? proposa Kate.

— Ne dis pas de bêtises, répliqua Ray avec une jovialité forcée. En plus, on a une quantité énorme de chili : on ne pourra jamais tout finir si tu ne nous aides pas.

Il observa Mags, souhaitant presque qu'elle abonde dans le sens de Kate et qu'ils annulent le dîner, mais elle continua de remuer.

— Absolument, renchérit-elle vivement. (Elle tendit une paire de gants de cuisine à Ray.) Tu peux apporter la cocotte ? Kate, tu pourrais prendre ces assiettes et les porter dans la salle à manger, s'il te plaît ?

La table n'était pas mise, mais Ray s'assit machinalement au bout et Kate sur sa gauche. Mags posa une casserole de riz, puis retourna chercher un bol de fromage râpé et un pot de crème aigre dans la cuisine. Elle s'assit en face de Kate, et tous les trois furent un moment occupés à se passer les plats et à remplir leurs assiettes.

Quand ils entamèrent le repas, le tintement des couverts sur la porcelaine rendit l'absence de conversation encore plus évidente ; Ray essaya de trouver quelque chose à dire. Mags n'apprécierait pas qu'ils parlent du boulot, mais c'était peut-être le sujet le moins risqué. Avant qu'il ait le temps de se décider, Mags posa sa fourchette sur le bord de son assiette.

— Ça te plaît la Criminelle, Kate ?

— Beaucoup. Par contre, il ne faut pas compter ses heures. Mais le travail est super et c'est ce que j'ai toujours voulu faire.

— J'ai entendu dire que le capitaine était insupportable.

Ray se tourna brusquement vers Mags, mais elle souriait à Kate. Cela n'atténua en rien l'inquiétude qui avait commencé à le gagner.

— Il y a pire, fit Kate en jetant un regard en coin à Ray. Cela dit, je ne sais pas comment on peut être aussi bordélique : son bureau est un véritable désastre. Il y a des tasses de café à moitié pleines qui traînent un peu partout.

— C'est parce que j'ai trop de travail pour en boire un en entier, répliqua Ray.

Être le dindon de la farce était un moindre mal, vu les circonstances.

— Il a toujours raison, bien sûr, renchérit Mags.

Kate fit mine d'y réfléchir.

— Sauf quand il a tort.

Elles rirent toutes les deux, et Ray se détendit un peu.

— Est-ce qu'il passe son temps à fredonner « Les chariots de feu » ici aussi ? demanda Kate.

— Difficile à dire, répondit doucement Mags. Je ne le vois jamais.

L'ambiance retomba et ils mangèrent un moment en silence. Ray toussa et Kate leva les yeux. Il lui adressa un sourire désolé qu'elle ignora, mais en se retournant il s'aperçut que Mags les observait, le front un peu plissé. Elle posa sa fourchette et repoussa son assiette.

— Le boulot ne te manque pas, Mags ? dit Kate.

Tout le monde lui posait cette question, comme si on s'attendait à ce qu'elle rêve encore de la paperasse, des horaires merdiques, des taudis où il fallait s'essuyer les pieds en sortant.

— Si, répondit-elle sans hésiter.

Ray leva les yeux.

— Ah bon ?

Mags continua de parler à Kate comme s'il n'avait rien dit.

— Ce n'est pas vraiment le boulot qui me manque, mais la personne que j'étais à l'époque. Je regrette de ne plus rien avoir à dire, de ne plus rien pouvoir apprendre aux gens.

Ray s'interrompit de manger. Mags était la même qu'avant. La même personne qu'elle serait toujours. Détenir ou non une carte de police ne changeait rien.

Kate hocha la tête comme si elle comprenait, et Ray apprécia ses efforts.

— Tu comptes revenir un jour ?

— Impossible. Qui s'occuperait de ces deux-là ? (Mags leva les yeux vers les chambres.) Sans parler de lui. (Elle se tourna vers Ray, mais elle ne souriait pas, et il tenta de déchiffrer son regard.) Tu sais ce qu'on dit : derrière chaque grand homme…

— C'est vrai, intervint soudain Ray avec plus d'énergie que nécessaire. (Il regarda Mags.) Je ne sais pas ce que je ferais sans toi.

— Le dessert ! fit brusquement Mags en se levant. À moins que tu veuilles encore du chili, Kate ?

— Ça va aller, merci. Tu as besoin d'aide ?

— Ne bouge pas, je n'en ai pas pour longtemps. Je vais débarrasser et faire un tour en haut pour voir si les enfants ne font pas de bêtises.

Elle emporta tout dans la cuisine, puis Ray entendit des pas légers à l'étage, suivis de murmures dans la chambre de Lucy.

— Je suis désolé, dit-il. Je ne sais pas ce qu'elle a.

— C'est à cause de moi ? demanda Kate.

— Non, pas du tout. Elle est un peu bizarre ces temps-ci. Elle se fait du souci pour Tom, je crois. (Il lui adressa un sourire rassurant.) C'est sûrement ma faute, comme d'habitude.

Mags redescendit l'escalier et réapparut quelques instants plus tard avec un plateau de brownies et un pot de crème.

— En fait, je crois que je vais faire l'impasse sur le dessert, Mags, annonça Kate en se levant.

— Tu veux des fruits, plutôt ? J'ai du melon, si tu préfères.

— Non, ce n'est pas ça. Je suis crevée. La semaine a été longue. Le dîner était délicieux, en tout cas, merci.

— Bon, si tu en es sûre. (Mags posa les brownies.) Je ne t'ai pas félicitée pour l'affaire Gray. Ray m'a dit que tout le mérite te revenait. C'est bien pour ton CV, si tôt dans ta carrière.

— À vrai dire, je n'étais pas toute seule, répondit Kate. On forme une bonne équipe.

Ray savait qu'elle parlait de la Criminelle dans son ensemble, mais elle lui jeta un coup d'œil en disant ça et il n'osa pas regarder Mags.

Ils se dirigèrent vers l'entrée, où Mags embrassa Kate sur la joue.

— Reviens nous voir quand tu veux. Ça m'a fait très plaisir de te rencontrer.

Ray espérait être le seul à noter le manque de sincérité dans la voix de sa femme. Il dit au revoir à Kate, hésitant un instant à lui faire la bise. Puis, estimant que ce serait plus étrange encore de ne pas l'embrasser, il fut aussi bref que possible, mais il sentit le regard de Mags posé sur lui et fut soulagé quand Kate s'engagea dans l'allée et que la porte se referma derrière elle.

— Bon, je crois que je ne vais pas pouvoir résister à ces brownies, fit-il avec une gaieté forcée. Tu en veux ?

— Je suis au régime, répliqua Mags. (Elle alla dans la cuisine et déplia la planche à repasser, puis mit de l'eau dans le fer et attendit qu'elle chauffe.) Il y a un tupperware au frigo avec du riz et du chili pour Stumpy. Tu pourras lui apporter demain ? Il aura faim s'il passe la nuit à l'hôpital, et il n'aura pas envie de cuisiner.

Ray apporta son assiette dans la cuisine et mangea debout.

— C'est gentil de ta part.

— Stumpy est quelqu'un de bien.

— C'est vrai. J'ai une bonne équipe.

Mags resta un moment silencieuse. Elle attrapa un pantalon qu'elle se mit à repasser. Quand elle reprit la parole, son ton était désinvolte, mais elle appuyait fermement la pointe du fer sur la toile.

— Elle est jolie.

— Kate ?

— Non, Stumpy. (Mags le dévisagea, exaspérée.) Évidemment, Kate.

— Si tu le dis. Je n'y ai jamais vraiment réfléchi.

Le mensonge était ridicule. Mags le connaissait mieux que personne.

Elle haussa un sourcil, mais Ray fut soulagé de la voir sourire. Il se risqua à la taquiner.

— Tu es jalouse ?

— Pas du tout, répondit-elle. D'ailleurs, si elle est prête à faire le repassage, elle peut emménager ici.

— Désolé de lui avoir parlé de Tom.

Mags appuya sur un bouton et le fer cracha un nuage de vapeur sur le pantalon. Elle continua sans lever les yeux.

— Tu aimes ton travail, Ray, et ça me va. Ça fait partie de toi. Mais c'est comme si les enfants et moi, on n'existait pas. J'ai l'impression d'être invisible.

Ray ouvrit la bouche pour protester, mais Mags secoua la tête.

— Tu parles plus avec Kate qu'avec moi, poursuivit-elle. J'ai bien vu cette complicité entre vous ce soir. Je ne suis pas stupide, je sais ce que c'est quand on travaille toute la journée avec quelqu'un : on lui parle, bien sûr. Mais ça ne t'empêche pas de me parler à moi aussi. (Elle fit jaillir un autre nuage de vapeur et appliqua plus fort le fer sur la planche, le faisant glisser d'avant en arrière.) Personne n'a jamais regretté sur son lit de mort de ne pas avoir passé plus de temps au travail. Mais nos enfants grandissent et tu es en train de passer à côté de ça. Ils seront bientôt partis et tu seras à la retraite. Il n'y aura plus que toi et moi et on n'aura plus rien à se raconter.

Ce n'est pas vrai, pensa Ray, et il s'efforça de trouver les mots pour le lui faire savoir, mais ceux-ci restèrent coincés dans sa gorge et il se contenta de secouer la tête, comme s'il pouvait effacer par ce simple geste ce qu'elle venait de dire. Il crut l'entendre soupirer, mais ce n'était peut-être qu'un autre nuage de vapeur.

38

Tu ne m'as jamais pardonné ce qui s'était passé à Venise. Tu es toujours restée vigilante et tu ne t'es plus jamais abandonnée à moi. Même quand le bleu sur l'arête de ton nez avait disparu et qu'on aurait pu tout oublier, je savais que tu y pensais encore. Je le savais à ta façon de me suivre des yeux quand j'allais chercher une bière, et à cette hésitation dans ta voix avant de répondre à mes questions, même si tu répétais sans cesse que tout allait bien.

On est allés dîner au restaurant pour notre anniversaire de mariage. Je t'avais trouvé un livre sur Rodin relié de cuir chez le bouquiniste de Chapel Road, et je l'avais emballé dans le journal du jour de notre mariage que j'avais conservé.

— Un an, ce sont les noces de papier, t'ai-je rappelé.

Ton regard s'est éclairé.

— C'est parfait ! (Tu as soigneusement replié le journal avant de le glisser à l'intérieur du livre, où j'avais écrit un mot : *Pour Jennifer, que j'aime chaque jour un peu plus*, et tu m'as chaudement embrassé.) Je t'aime, tu le sais, as-tu dit.

Je me posais la question parfois, mais je n'ai jamais douté de mes sentiments pour toi. Je t'aimais tellement que ça me faisait peur ;

j'ignorais qu'il était possible d'aimer une personne au point d'être prêt à faire n'importe quoi pour ne pas la perdre. Si j'avais pu t'emmener sur une île déserte, loin de tout, je l'aurais fait.

— On m'a proposé de prendre une nouvelle classe d'adultes, as-tu dit tandis qu'on nous conduisait à notre table.

— C'est bien payé ?

Tu as froncé le nez.

— Pas vraiment, mais ce sont des cours thérapeutiques proposés à tarif réduit pour des personnes souffrant de dépression. Je pense que ça vaut la peine d'accepter.

J'ai ricané.

— Ça va être une vraie partie de plaisir.

— Il existe un lien étroit entre les activités créatives et l'humeur des gens, as-tu précisé. Je serais ravie de les aider, et ce n'est que pour huit semaines. Je devrais pouvoir les caler entre mes autres cours.

— Du moment qu'il te reste du temps pour sculpter.

Tes créations se trouvaient à présent dans cinq boutiques différentes.

Tu as acquiescé.

— Ça ira. Je continuerai à fournir régulièrement les magasins et j'accepterai moins de commandes pendant un petit moment. Cela dit, je ne m'attendais pas à me retrouver avec autant de cours, il faudra que j'en donne un peu moins l'année prochaine.

— Eh bien, tu sais ce qu'on dit, ai-je répliqué en riant. Ceux qui sont capables créent, ceux qui ne sont pas capables enseignent !

Tu n'as rien répondu.

Notre commande est arrivée et le serveur en a fait des tonnes en enlevant la serviette de ton verre pour te servir le vin.

— J'ai pensé que ce serait peut-être une bonne idée d'ouvrir un compte en banque à mon nom pour mes activités, as-tu lancé.

— Pourquoi ça ?

Je me suis demandé qui t'avait suggéré ça et pourquoi tu avais parlé de nos finances avec quelqu'un.

— Ce sera plus simple pour ma déclaration d'impôts, si tout est sur un compte à part.

— Ça te fera juste de la paperasse en plus, ai-je observé.

J'ai coupé mon steak en deux pour vérifier qu'il était bien cuit comme je l'aimais, et j'ai soigneusement enlevé le gras pour le mettre au bord de mon assiette.

— Ça ne me dérange pas.

— Non, c'est plus simple si tout continue d'aller sur mon compte, ai-je tranché. Après tout, c'est moi qui rembourse le crédit immobilier et qui paie les factures.

— Si tu le dis.

Tu as picoré dans ton risotto.

— Tu as besoin de liquide ? t'ai-je demandé. Je peux te donner plus d'argent ce mois-ci, si tu veux.

— Peut-être un peu.

— Pour quoi faire ?

— Un peu de shopping, as-tu répondu. J'ai besoin de vêtements.

— Pourquoi on n'irait pas ensemble ? Tu sais comment tu es quand tu achètes des vêtements : tu vas choisir des tenues qui ne te plairont plus une fois à la maison et tu finiras par en rapporter la moitié. (J'ai ri et je t'ai pressé la main par-dessus la table.) Je vais prendre ma journée et on ira tous les deux. On mangera au restaurant avant d'aller faire les magasins et tu pourras faire chauffer ma carte de crédit, si tu veux. Ça te va ?

Tu as acquiescé, et je me suis concentré sur mon steak. J'ai commandé une autre bouteille de vin rouge et, le temps que je la finisse, il ne restait plus que nous dans le restaurant. J'ai laissé un trop gros pourboire et je suis tombé sur le serveur quand il m'a apporté mon manteau.

— Désolée, as-tu dit. Il a un peu trop bu.

Le serveur a souri poliment, et j'ai attendu qu'on soit dehors pour te saisir le bras et le pincer entre mon pouce et mon index.

— Ne t'excuse plus jamais pour moi.

Tu étais choquée. Je ne sais pas pourquoi : ce n'était pas justement ça que tu redoutais, depuis Venise ?

— Pardon, as-tu dit, et je t'ai lâché le bras pour te prendre la main.

On est arrivés tard à la maison et tu es directement montée à l'étage. J'ai éteint la lumière du rez-de-chaussée pour te rejoindre, mais tu étais déjà au lit. Quand je me suis allongé à tes côtés, tu t'es retournée et tu m'as embrassé en me caressant la poitrine.

— Pardon, je t'aime, as-tu murmuré.

J'ai fermé les yeux et attendu que tu plonges sous la couette. Je savais que c'était inutile : j'avais bu deux bouteilles de vin et j'ai à peine senti un frémissement quand tu m'as pris dans ta bouche. Je t'ai laissée essayer un moment avant de repousser ta tête.

— Tu ne m'excites plus, ai-je dit.

Je me suis retourné vers le mur et j'ai fermé les yeux. Tu t'es levée pour aller dans la salle de bains et je t'ai entendue pleurer tandis que je m'endormais.

Je n'avais pas prévu de te tromper une fois marié, mais tu ne faisais plus aucun effort au lit. Tu m'en veux peut-être d'être allé voir ailleurs ? Mais c'était ça ou la position du missionnaire avec une femme qui gardait les yeux fermés. J'ai commencé à sortir le vendredi soir après le travail et à rentrer au petit matin quand j'en avais assez de celle avec qui j'avais fini au lit. Ça n'avait pas l'air de te déranger et, au bout d'un moment, je ne me donnais même plus la peine de rentrer. Je débarquais à la maison le samedi midi et je te trouvais dans ton atelier. Tu ne me demandais jamais ce que j'avais fait ni avec qui, et c'est devenu une sorte de jeu. Je voulais voir jusqu'où je pouvais aller avant que tu m'accuses d'être infidèle.

C'est arrivé un jour où je regardais un match de football. Manchester United jouait contre Chelsea, et j'étais confortablement installé dans le canapé, les pieds sur la table et une bière fraîche à la main. Tu t'es mise devant la télévision.

— Enlève-toi de là, c'est le temps additionnel !

— Qui est Charlotte ? m'as-tu demandé.

— Qu'est-ce que tu veux dire ?

J'ai tendu le cou pour essayer de voir le match.

— J'ai trouvé un reçu avec ce nom et un numéro de téléphone dans la poche de ton manteau. Qui c'est ?

J'ai entendu les supporters exploser de joie à la télévision quand Manchester United a marqué juste avant le coup de sifflet final. J'ai soupiré et pris la télécommande pour éteindre.

— Tu es contente ?

J'ai allumé une cigarette, sachant pertinemment que ça allait te rendre furieuse.

— Tu ne peux pas fumer dehors ?

— Non, je ne peux pas, ai-je répondu en soufflant la fumée dans ta direction. Parce que c'est ma maison, pas la tienne.

— Qui est Charlotte ?

Tu tremblais, mais tu es restée debout devant moi. J'ai ri.

— Aucune idée. (C'était vrai : je ne me souvenais pas d'elle. Ça aurait pu être un tas de filles différentes.) C'est sûrement une serveuse à qui j'ai tapé dans l'œil. J'ai dû mettre le reçu dans ma poche sans le regarder. (Je parlais avec décontraction, sans la moindre trace de nervosité, et je t'ai vue vaciller.) J'espère que tu ne m'accuses de rien.

Je t'ai défiée du regard, mais tu as détourné les yeux et tu t'es tue. J'ai failli en rire. C'était tellement facile.

Je me suis levé. Tu portais un débardeur sans soutien-gorge et j'avais une vue plongeante sur tes seins, et je pouvais distinguer tes mamelons à travers le tissu.

— Tu es sortie comme ça ? t'ai-je demandé.

— Juste pour faire les courses.

— Les nichons à l'air ? Tu veux que les gens te prennent pour une traînée, c'est ça ? (Tu as mis tes mains devant ton décolleté et je les ai enlevées.) Ça ne t'embête pas de les montrer à des inconnus, mais à moi, si ? Il faut choisir, Jennifer : soit tu es une pute, soit tu ne l'es pas.

— Je ne suis pas une pute, as-tu murmuré.

— On ne dirait pas, vu d'ici.

J'ai levé la main et j'ai écrasé ma cigarette entre tes seins. Tu as crié, mais j'avais déjà quitté la pièce.

39

Ray regagnait son bureau à grandes enjambées après le briefing matinal quand il fut arrêté par l'agent de permanence. Rachel était une femme mince d'une cinquantaine d'années aux traits d'oiseau et aux cheveux argentés coupés court.

— C'est vous le capitaine de service aujourd'hui, Ray ?

— Oui, répondit-il, méfiant.

Cette question n'augurait jamais rien de bon.

— J'ai une certaine Eve Mannings à l'accueil qui souhaite signaler une personne en danger : elle s'inquiète pour sa sœur.

— Un agent ne peut pas s'en occuper ?

— Ils sont tous sortis, et elle est très inquiète. Elle attend depuis une heure.

Rachel ne dit rien d'autre ; c'était inutile. Elle se contenta de fixer Ray par-dessus ses lunettes à monture d'acier et d'attendre qu'il prenne la bonne décision. Il avait l'impression de se faire gronder par une tante bienveillante mais intimidante.

Il passa la tête par la porte pour jeter un coup d'œil à l'accueil, où une femme était penchée sur son téléphone.

— C'est elle ?

Eve Mannings était le genre de femme plus à l'aise dans un café qu'au commissariat. Elle avait des cheveux châtain lisses, qui virevoltèrent autour de ses épaules quand elle releva la tête, et portait un manteau jaune vif avec des boutons démesurés et une doublure à fleurs. Elle était toute rouge, mais cela ne reflétait pas forcément son humeur. Le chauffage central du poste semblait n'avoir que deux réglages : glacial ou tropical, et c'était manifestement une journée tropicale, aujourd'hui. Ray maudit en silence le règlement qui voulait qu'un policier se charge de tout signalement d'une personne en danger. Rachel aurait été tout à fait capable de s'occuper de la déclaration.

Il soupira.

— D'accord. Je vais envoyer quelqu'un.

Satisfaite, Rachel retourna à l'accueil.

Ray monta au troisième étage et trouva Kate à son bureau.

— Tu peux faire un saut en bas pour t'occuper d'une main courante ?

— Un agent ne peut pas le faire ?

Ray rit en voyant sa tête.

— J'ai déjà essayé. Vas-y, tu en as pour vingt minutes à tout casser.

Kate soupira.

— Tu me demandes à moi juste parce que tu sais que je ne dis jamais non.

— Fais gaffe, c'est pas tombé dans l'oreille d'un sourd !

Ray sourit avec malice. Kate leva les yeux au ciel mais ne put s'empêcher de rougir.

— Bon, c'est pour quoi ?

Ray lui tendit la feuille que Rachel lui avait donnée.

— Pour signaler une personne en danger. Eve Mannings t'attend à l'accueil.

— OK, mais tu me dois un verre.

— Ça me va ! cria-t-il tandis qu'elle quittait la Criminelle.

Il lui avait présenté ses excuses pour le dîner embarrassant de l'autre jour, mais Kate avait répondu que c'était sans importance et ils n'en avaient plus reparlé.

Il se rendit dans son bureau. Quand il ouvrit son porte-documents, il trouva un post-it de Mags sur son agenda avec la date et l'heure de leur rendez-vous au collège la semaine suivante. Mags avait entouré le message au feutre rouge, au cas où il ne le verrait pas. Ray le colla sur l'écran de son ordinateur avec les autres post-it censés lui rappeler des informations importantes.

Il n'en était qu'à la moitié de sa pile de documents à traiter quand Kate frappa à la porte.

— Ne m'arrête pas, dit Ray. Je suis lancé.

— Tu veux que je te mette au parfum pour la main courante ?

Ray s'arrêta et fit signe à Kate de s'asseoir.

— Qu'est-ce que tu fais ? demanda-t-elle en jetant un œil à la montagne de documents sur son bureau.

— Des papiers. Du classement, surtout, et mes dépenses des six derniers mois. L'administration dit que si je ne m'en occupe pas aujourd'hui, ils n'en autoriseront plus aucune.

— Tu as besoin d'une secrétaire.

— J'ai besoin qu'on me laisse faire mon travail de policier au lieu de ces conneries, s'emporta-t-il. Pardon. Raconte-moi comment ça s'est passé.

Kate regarda ses notes.

— Eve Mannings vit à Oxford, mais sa sœur Jennifer habite ici à Bristol avec son mari, Ian Petersen. Eve et sa sœur se sont brouillées il y a environ cinq ans et elle n'a plus eu de nouvelles d'elle ni de son beau-frère depuis. Il y a quelques semaines, Petersen est passé la voir à l'improviste pour lui demander où était sa sœur.

— Elle l'a quitté ?

— Apparemment. Mme Mannings a reçu une carte de sa sœur il y a plusieurs mois mais elle n'a pas reconnu le cachet de la poste et elle a jeté l'enveloppe. Elle vient de retrouver la carte en petits morceaux derrière une pendule sur sa cheminée, et elle est persuadée que c'est son beau-frère qui l'a déchirée quand il lui a rendu visite.

— Pourquoi il aurait fait ça ?

Kate haussa les épaules.

— Aucune idée. Mme Mannings ne le sait pas non plus, mais ça lui a fichu la trouille, va savoir pourquoi. En tout cas, elle veut signaler la disparition de sa sœur.

— Mais elle n'a pas disparu, fit Ray, exaspéré. Pas si elle a envoyé une carte. Elle n'a juste pas envie qu'on la retrouve. C'est complètement différent.

— C'est ce que je lui ai dit. Bref, tout est là.

Elle lui tendit une pochette en plastique contenant deux pages manuscrites.

— Merci. J'y jetterai un œil. (Ray prit la déclaration et la posa sur l'océan de papiers qui encombrait son bureau.) En supposant que je m'en sorte avec tout ça, tu es toujours partante pour aller boire un verre tout à l'heure ? Je crois que je vais en avoir besoin.

— Plus que jamais !

— Parfait, dit Ray. Tom va quelque part après l'école et je lui ai promis de passer le prendre à sept heures, alors ce sera juste un verre en vitesse.

— Pas de problème. Ça signifie que Tom se fait des amis ?

— Je crois, répondit Ray. Même si ce n'est pas lui qui va me le dire. J'espère qu'on en saura plus quand on ira au collège la semaine prochaine, mais je ne me fais pas trop d'illusions.

— Eh bien, si tu as besoin d'en parler au pub, n'hésite surtout pas, fit Kate. Mais je te préviens, je ne suis pas une experte en adolescents.

Ray rit.

— À vrai dire, ça me fera du bien de parler d'autre chose.

— Alors je serai heureuse de te changer les idées.

Kate sourit, et Ray repensa soudain à ce soir-là, devant chez elle. Kate y repensait-elle aussi parfois ? Il songea à le lui demander, mais elle prenait déjà la direction de son bureau.

Ray sortit son téléphone pour envoyer un message à Mags. Il fixa l'écran, essayant de trouver une formulation qui ne la contrarierait pas sans pour autant être un mensonge pur et simple. Il ne devrait pas avoir à déformer la vérité, pensa-t-il ; après tout, aller boire un verre avec Kate ou avec

Stumpy était la même chose. Il ignora la petite voix dans sa tête qui lui expliquait précisément pourquoi c'était différent.

Il soupira et remit le téléphone dans sa poche sans avoir écrit le message. Il était plus facile de ne rien dire du tout. Il jeta un coup d'œil par la porte ouverte et vit le sommet de la tête de Kate tandis qu'elle s'asseyait à son bureau. Elle lui changeait les idées, aucun doute là-dessus, pensa Ray. Mais était-ce vraiment une bonne chose ?

40

J'ai attendu deux semaines avant d'oser me montrer en public, le temps que les bleus sur mes bras passent du violet foncé au vert pâle. Je suis choquée de voir à quel point les contusions ont l'air horribles sur ma peau, alors qu'il y a deux ans elles semblaient faire autant partie de moi que la couleur de mes cheveux.

Je dois sortir pour aller acheter de la nourriture pour chien et je laisse Beau au cottage afin de prendre le car jusqu'à Swansea, où personne ne remarquera une femme déambulant les yeux baissés dans un supermarché, une écharpe nouée autour du cou malgré la température clémente. Je m'engage sur le sentier qui mène au camping, mais je ne parviens pas à me défaire de l'impression que quelqu'un m'observe. Je regarde derrière moi, puis je fais volte-face en me disant que ça doit être de l'autre côté, mais il n'y a personne là non plus. Prise de panique, je tourne sur moi-même, incapable de voir quoi que ce soit à cause des taches noires qui apparaissent devant mes yeux et suivent mon regard partout où il se pose. La peur me noue douloureusement l'estomac et je cours à moitié jusqu'à apercevoir les mobile homes et la boutique de Bethan. Mon cœur commence enfin à ralentir et je m'efforce de retrouver mes esprits.

C'est dans ces moments-là que la prison apparaît comme une alternative bienvenue à la vie que je mène.

Le parking de Bethan est réservé aux clients du camping, mais sa proximité avec la plage en fait une option intéressante pour les promeneurs qui désirent emprunter le sentier littoral. Ça ne dérange pas Bethan, sauf en haute saison, quand elle installe de grands panneaux « Parking privé » et sort à toute vitesse de la boutique dès qu'elle voit une famille commencer à décharger son matériel de pique-nique. À cette époque de l'année, quand le camping est fermé, les rares voitures laissées ici appartiennent aux promeneurs de chiens ou aux randonneurs aguerris.

— Vous pouvez l'utiliser, bien sûr, m'a dit Bethan la première fois que je l'ai rencontrée.

— Je n'ai pas de voiture, lui ai-je répondu.

Elle a répliqué que mes invités pouvaient se garer ici et ne m'a jamais fait remarquer que personne n'était venu, à part Patrick, qui laissait son Land Rover sur le parking avant de monter me voir. Je chasse ce souvenir avant qu'il ne s'installe.

Il n'y a pas beaucoup de véhicules aujourd'hui. La vieille Volvo de Bethan, une camionnette que je ne connais pas, et… je plisse les yeux et secoue la tête. Impossible. Ça ne peut pas être ma voiture. Je me mets à transpirer et j'inspire une bouffée d'air en tentant de comprendre ce que je vois. Le pare-chocs avant est abîmé et des fissures dessinent une toile d'araignée de la taille d'un poing au milieu du pare-brise.

C'est ma voiture.

Ça n'a aucun sens ! Quand je suis partie de Bristol, je l'ai laissée derrière moi. Non parce que j'avais peur que la police remonte sa trace – même si ça m'a traversé l'esprit –, mais parce que je ne pouvais plus supporter de la voir. Dans un accès de paranoïa, je me demande si la police l'a retrouvée puis amenée ici pour voir ma réaction, et je balaie le parking du regard comme si des agents armés pouvaient bondir à tout instant sur moi.

Dans ma confusion, je n'arrive pas à savoir si c'est important. Mais ça doit l'être, sinon la police n'aurait pas insisté pour que je leur dise ce que j'avais fait de la voiture. Je dois m'en débarrasser. Je pense aux films que j'ai vus. Est-ce que je pourrais la pousser du haut d'une falaise ? ou la brûler ? Il me faudrait des allumettes et du gaz à briquet, ou peut-être de l'essence – mais comment pourrais-je faire partir le feu sans que Bethan me voie ?

Je jette un coup d'œil vers la boutique mais elle n'est pas à la fenêtre, je respire donc à fond et traverse le parking jusqu'à ma voiture. Les clés sont sur le contact et j'ouvre la portière sans hésiter pour m'installer à la place du conducteur. Je suis aussitôt assaillie par des souvenirs de l'accident : j'entends le hurlement de la mère de Jacob, ainsi que mon propre cri horrifié. Je me mets à trembler et tente de me ressaisir. La voiture démarre du premier coup et je sors à toute allure du parking. Si Bethan jette un œil dehors à cet instant, elle ne me verra pas moi, seulement le nuage de poussière qui s'élève derrière le véhicule tandis que je prends la direction de Penfach.

— Ça fait du bien de se retrouver derrière le volant ?

La voix de Ian est mesurée et froide. J'écrase le frein et la voiture vire brusquement à gauche tandis que le volant m'échappe. J'ai déjà la main sur la poignée de la portière quand je réalise que le son provient du lecteur CD.

— Ta petite voiture a dû te manquer, non ? Inutile de me remercier.

Sa voix a un effet immédiat sur moi. Je me fais tout de suite plus petite, m'enfonçant dans le siège comme si je pouvais disparaître à l'intérieur, et j'ai les mains chaudes et moites.

— Tu as oublié nos vœux de mariage, Jennifer ?

Je presse une main sur ma poitrine pour tenter de ralentir les battements frénétiques de mon cœur.

— Tu as promis de m'aimer, de m'honorer et de m'obéir jusqu'à ce que la mort nous sépare.

Il me nargue, reprenant de sa voix froide les vœux que j'ai prononcés il y a tant d'années. Il est fou. Je m'en rends compte à présent, et je suis terrifiée en repensant à toutes ces années passées à ses côtés, sans savoir de quoi il était véritablement capable.

— Tu ne m'honores pas en allant voir la police avec tes histoires, tu ne crois pas, Jennifer ? Tu ne m'obéis pas en leur dévoilant notre intimité. N'oublie pas, tu as toujours eu ce que tu méritais…

Je ne peux plus entendre ça. J'appuie furieusement sur les boutons de l'autoradio et le CD s'éjecte avec une lenteur insoutenable. Je l'arrache de la fente et j'essaie de le casser en deux, mais je ne réussis même pas à le plier et je finis par crier dessus, mon visage hystérique se reflétant sur sa surface brillante. Je sors de la voiture et lance le CD dans la haie.

— Laisse-moi tranquille ! Laisse-moi tranquille !

Je conduis comme une folle, dangereusement, dans les rues bordées de hautes haies de Penfach pour sortir du village et me retrouver dans la campagne. Je tremble violemment et changer de vitesse est au-dessus de mes capacités, je reste donc en deuxième et la voiture hurle son mécontentement. Les mots de Ian résonnent dans ma tête.

Jusqu'à ce que la mort nous sépare.

Je vois une grange délabrée un peu à l'écart de la route, et pas de maisons à proximité. Je tourne dans le chemin cahoteux qui y mène. En approchant, je constate que la grange n'a plus de toit : ses poutres à nu se dressent vers le ciel. À l'intérieur, des pneus et des machines rouillées sont entassés dans un coin. Ça fera l'affaire. Je conduis jusqu'à l'autre bout de la grange et cale la voiture dans un angle. Une bâche vert foncé traîne par terre et je la déplie, me retrouvant couverte d'eau croupie. Je dissimule la voiture dessous. C'est risqué, mais la grange a l'air abandonnée depuis un moment.

J'entame la longue marche jusqu'au cottage, et ça me rappelle le jour de mon arrivée à Penfach, quand ce qui m'attendait était beaucoup plus incertain que ce que je laissais derrière moi. Je sais à présent ce que l'avenir me réserve : il me reste deux semaines à Penfach, puis je retournerai à Bristol pour être jugée, et je serai alors en sécurité.

Il y a un arrêt de car devant moi mais je continue de marcher, réconfortée par la cadence de mes pas. Je me calme peu à peu. Ian s'amuse avec moi, c'est tout. S'il avait l'intention de me tuer, il l'aurait fait quand il est venu au cottage.

L'après-midi est déjà bien avancé quand j'arrive chez moi, et des nuages sombres s'amoncellent dans le ciel. J'enfile mon imperméable et j'emmène Beau courir sur la plage. Au bord de l'eau, je respire à nouveau, et je sais que c'est ce qui va le plus me manquer.

J'ai la sensation écrasante d'être observée et je tourne le dos à la mer. La peur me prend au ventre quand j'aperçois un homme qui me fait face en haut de la falaise, et mon pouls s'accélère. J'appelle Beau et pose la main sur son collier, mais il aboie et se dégage brusquement de moi pour foncer en direction du sentier, qui monte vers l'endroit où la silhouette se découpe sur le ciel.

— Beau, reviens !

Il ne m'écoute pas et file à toute allure, mais je reste clouée sur place. Ce n'est qu'au moment où il atteint l'autre bout de la plage et gravit agilement le sentier que la silhouette bouge. L'homme se penche pour caresser Beau, et je reconnais aussitôt ces gestes familiers. C'est Patrick.

Je pourrais hésiter à aller à sa rencontre après ce qui s'est passé la dernière fois, mais je suis si soulagée que je marche sans réfléchir dans les traces laissées par Beau pour les rejoindre.

— Comment ça va ? dit-il.

— Bien.

Nous sommes des étrangers cherchant à faire la conversation.

— Je t'ai laissé des messages.

— Je sais.

Je les ai tous ignorés. Au début, je les écoutais, mais ils me rappelaient trop ce que je lui avais fait, et j'ai effacé les suivants. Puis j'ai fini par éteindre mon téléphone.

— Tu me manques, Jenna.

Je trouvais sa colère compréhensible et plus facile à supporter, mais il est à présent calme et suppliant, et je sens ma détermination s'effriter. Je prends la direction du cottage.

— Tu n'as rien à faire ici.

Je suis terrifiée à l'idée que Ian nous voie ensemble, mais je résiste à la tentation de regarder autour de nous pour vérifier que personne ne nous observe.

Je sens une goutte de pluie sur mon visage et je relève ma capuche. Patrick me suit à grandes enjambées.

— Jenna, parle-moi. Arrête de fuir !

Mais c'est ce que j'ai fait toute ma vie, et je ne prends même pas la peine de me justifier.

Un éclair déchire le ciel et la pluie tombe si dru que j'en ai le souffle coupé. Le ciel s'assombrit si vite que nos ombres disparaissent, et Beau se ratatine par terre, les oreilles rabattues. Nous courons jusqu'au cottage et j'ouvre violemment la porte juste au moment où le tonnerre retentit au-dessus de nos têtes. Beau se faufile entre nos jambes et fonce à l'étage. Je l'appelle, mais il ne vient pas.

— Je vais aller voir comment il va. (Patrick monte et je ferme la porte à clé avant de le rejoindre une minute plus tard. Je le retrouve par terre dans ma chambre, Beau tremblant dans ses bras.) Ils sont tous pareils, observe-t-il en esquissant un sourire. Des plus craintifs aux plus féroces, ils ont tous peur du tonnerre et des feux d'artifice.

Je m'agenouille à côté d'eux et caresse la tête de Beau. Il gémit légèrement.

— Qu'est-ce que c'est ? demande Patrick en désignant mon coffret en bois qui dépasse de sous le lit.

— C'est à moi, dis-je sèchement en donnant un grand coup de pied pour le renvoyer à sa place.

Patrick écarquille les yeux mais ne dit rien. Il se met maladroitement debout et emmène Beau en bas.

— Ça pourrait être une bonne idée d'allumer la radio pour lui, indique-t-il.

Il parle comme s'il était le vétérinaire et moi la cliente, et je me demande si c'est par habitude ou s'il a décidé que ça commençait à bien faire. Mais une fois qu'il a installé Beau sur le canapé, avec un plaid et Classic FM assez fort pour couvrir les plus petits grondements, il reprend la parole d'une voix plus douce.

— Je m'occuperai de lui.

Je me mords la lèvre.

— Laisse-le ici quand tu partiras, poursuit-il. Tu ne seras pas obligée de me voir, ni de me parler. Laisse-le simplement ici et je viendrai le chercher. Je le garderai pendant que tu seras… (Il marque une pause.) Pendant que tu ne seras pas là.

— Ça pourrait durer des années, dis-je, ma voix se brisant sur ce dernier mot.

— On verra bien, chaque chose en son temps, réplique-t-il.

Il se penche et dépose le plus tendre des baisers sur mon front.

Je lui donne le double de la clé que je garde dans le tiroir de la cuisine et il part sans rien ajouter. Je refoule des larmes qui n'ont pas lieu d'être. C'est mon choix, et je dois l'assumer, peu importe si c'est douloureux. Mon cœur fait un bond dans ma poitrine quand on frappe à la porte à peine cinq minutes plus tard, et j'imagine que Patrick a oublié quelque chose.

J'ouvre la porte.

— Je ne veux plus vous voir ici, dit Iestyn sans préambule.

— Quoi ? (Je m'appuie au mur pour ne pas tomber.) Pourquoi ?

Il ne me regarde pas dans les yeux, préférant cajoler Beau.

— Vous avez jusqu'à demain matin pour faire vos valises.

— Mais, Iestyn, c'est impossible ! Vous savez ce qui se passe. Je suis censée rester à cette adresse jusqu'à mon procès.

— Ce n'est pas mon problème. (Iestyn finit par lever les yeux vers moi et je constate qu'il ne fait pas ça de gaieté de cœur. Il a le visage sévère, mais le regard triste, et il secoue lentement la tête.) Écoutez, Jenna, tout Penfach sait que vous avez été arrêtée pour avoir renversé ce gosse, et ils savent tous que vous êtes là simplement parce que je vous loue ce cottage. Pour eux, j'aurais aussi bien pu être au volant de la voiture. (Il montre le graffiti sur la porte, qui n'a pas voulu partir malgré mes efforts.) Ça, ce n'est que le début. Bientôt, il y aura des crottes de chien dans la boîte aux lettres, des pétards, de l'essence… on lit ça tout le temps dans les journaux.

— Je n'ai nulle part où aller, Iestyn.

J'essaie de l'implorer, mais sa détermination ne faiblit pas.

— Le magasin du village ne veut plus vendre mes produits, continue-t-il. Ils sont écœurés que je donne un toit à une meurtrière. (Je déglutis.) Et ce matin, ils ont refusé de servir Glynis. C'est une chose de s'attaquer à moi, mais s'ils commencent à s'en prendre à ma femme…

— J'ai juste besoin de quelques jours de plus, Iestyn. Mon jugement a lieu dans deux semaines, et ensuite je serai partie pour de bon. S'il vous plaît, Iestyn, laissez-moi rester jusque-là.

Iestyn enfonce les mains dans ses poches et fixe un moment l'horizon. J'attends, sachant que je ne peux rien dire d'autre pour le faire changer d'avis.

— Deux semaines, conclut-il. Mais pas un jour de plus. Et si vous avez un minimum de bon sens, vous éviterez le village d'ici là.

41

Tu passais tes journées dans ton atelier, et tu y retournais le soir, sauf quand je te disais de rester. Tu te fichais pas mal que je travaille dur toute la semaine et que je puisse avoir besoin d'un peu de réconfort le soir, qu'on me demande comment s'était passée ma journée. Tu étais comme une petite souris, courant te mettre à l'abri dans ta cabane à la moindre occasion. J'ignore comment, mais tu avais réussi à te faire un nom en tant que sculptrice dans la région ; pas pour tes pots tournés, mais pour tes figurines sculptées à la main. Je ne leur voyais aucun charme, avec leurs visages difformes et leurs membres disproportionnés, mais il y avait apparemment un marché pour ce genre de choses, et tu avais du mal à satisfaire la demande.

— J'ai acheté un DVD pour ce soir, ai-je dit un samedi quand tu es venue dans la cuisine pour faire chauffer de l'eau.

— OK.

Tu ne m'as pas demandé de quel film il s'agissait, et d'ailleurs je n'en savais rien. J'avais décidé de le choisir plus tard.

Tu t'es appuyée contre le plan de travail pendant que l'eau chauffait, les pouces enfoncés dans les poches de ton jean. Tu avais les cheveux détachés, mais coincés derrière les oreilles, et j'ai aperçu l'égratignure sur ta joue. Tu as croisé mon regard et ramené tes cheveux sur ton visage pour la dissimuler.

— Tu veux un café ? m'as-tu demandé.

— Oui, merci. (Tu as versé de l'eau dans deux tasses, mais du café dans une seule.) Tu n'en bois pas ?

— Je ne me sens pas très bien. (Tu as coupé une tranche de citron et tu l'as mise dans ta tasse.) Ça fait quelques jours que je ne suis pas dans mon assiette.

— Ma chérie, tu aurais dû me le dire. Viens, assieds-toi.

J'ai tiré une chaise pour toi, mais tu as secoué la tête.

— C'est bon, je suis juste un peu patraque. Ça ira sûrement mieux demain.

Je t'ai enlacée et j'ai pressé ma joue contre la tienne.

— Ma pauvre chérie. Je vais prendre soin de toi.

Tu as passé tes bras autour de moi et je t'ai bercée tendrement, jusqu'à ce que tu te dégages de mon étreinte. Je n'aimais pas quand tu faisais ça. J'avais l'impression d'être rejeté, alors que j'essayais seulement de te réconforter. J'ai senti ma mâchoire se serrer et j'ai aussitôt vu un éclair de vigilance traverser ton regard. J'étais à la fois contrarié et content de le voir – ça me montrait que tu faisais encore attention à ce que je pensais, à ce que je faisais.

J'ai levé le bras vers toi et tu as eu un mouvement de recul, retenant ta respiration en fermant les yeux. Je t'ai effleuré le front et j'ai délicatement enlevé quelque chose que tu avais dans les cheveux.

— Une coccinelle, ai-je dit en ouvrant le poing pour te la montrer. C'est censé porter bonheur, non ?

Tu ne te sentais pas mieux le jour suivant, et j'ai insisté pour que tu restes au lit. Je t'ai apporté des biscuits secs pour calmer ton estomac barbouillé, et je t'ai fait la lecture jusqu'à ce que tu me dises que tu avais mal à la tête. Je voulais appeler le médecin, mais tu m'as promis que tu irais le voir le lundi matin à l'ouverture du cabinet. Je t'ai caressé les cheveux puis j'ai vu tes paupières trembler dans ton sommeil, et je me suis demandé de quoi tu rêvais.

Tu dormais encore quand je suis parti le lundi matin et je t'ai laissé un mot à côté de ton oreiller pour te rappeler d'aller voir le médecin. Je t'ai appelée du travail, mais tu n'as pas répondu, et j'ai eu beau réessayer toutes les demi-heures, le fixe sonnait dans le vide et ton portable était éteint. Je me faisais un sang d'encre, et à midi j'ai décidé de rentrer pour voir si tout allait bien.

Ta voiture était devant la maison, et quand j'ai tourné la clé dans la serrure je me suis aperçu que la porte n'était pas fermée. Tu étais assise sur le canapé, la tête entre les mains.

— Ça va ? J'étais mort d'inquiétude !

Tu as levé la tête mais tu n'as rien dit.

— Jennifer ! Je t'ai appelée toute la matinée. Pourquoi tu n'as pas décroché ?

— Je suis sortie, as-tu répondu. Et après…

Tu t'es arrêtée sans raison.

La colère est montée en moi.

— Il ne t'est pas venu à l'idée que je pouvais m'inquiéter ?

Je t'ai attrapée par le col de ton pull et je t'ai relevée. Tu as crié, et ce son m'a brouillé les idées. Je t'ai poussée à travers la pièce pour te plaquer contre le mur, ma main sur ta gorge. J'ai senti ton pouls s'accélérer.

— S'il te plaît, arrête ! as-tu crié.

Lentement, doucement, j'ai enfoncé mes doigts dans ton cou, voyant ma main se refermer comme si elle appartenait à quelqu'un d'autre. Tu as suffoqué.

— Je suis enceinte.

Je t'ai lâchée.

— C'est impossible.

— C'est la vérité.

— Mais tu prends la pilule !

Tu t'es mise à pleurer et tu t'es laissée glisser contre le mur pour t'asseoir par terre, les bras autour des genoux. Je suis resté debout, essayant d'assimiler ce que j'avais entendu. Tu étais enceinte.

— Ça doit être la fois où j'ai vomi, as-tu dit.

Je me suis accroupi pour te prendre dans mes bras. J'ai pensé à mon père, tellement froid et distant, et je me suis juré de ne jamais être comme lui avec mon enfant. J'espérais que ce serait un garçon. Il m'admirerait et voudrait me ressembler. Je n'ai pas pu m'empêcher de sourire.

Tu as lâché tes genoux et tu m'as regardé. Tu tremblais et je t'ai caressé la joue.

— On va avoir un bébé !

Tes yeux étaient encore brillants, mais ton visage s'est lentement détendu.

— Tu n'es pas fâché ?

— Pourquoi je serais fâché ?

J'étais euphorique. Ça allait tout changer. Je t'ai imaginée le ventre rond et plein, dépendante de moi pour manger sainement, ravie que je te masse les pieds ou que je t'apporte le thé. Quand le bébé serait là, tu arrêterais de travailler et je subviendrais à vos besoins à tous les deux. J'ai vu notre avenir défiler dans ma tête.

— C'est un bébé miracle ! me suis-je exclamé. (Je t'ai prise par les épaules et tu t'es crispée.) Je sais que tout n'a pas été parfait entre nous ces derniers temps, mais ce sera différent maintenant. Je vais prendre soin de toi. (Tu m'as regardé droit dans les yeux et j'ai senti une vague de culpabilité me submerger.) Tout va bien se passer maintenant. Je t'aime tellement, Jennifer.

De nouvelles larmes ont jailli de tes paupières.

— Moi aussi.

Je voulais te demander pardon – pardon pour toutes les fois où je t'avais fait du mal –, mais les mots sont restés coincés dans ma gorge.

— N'en parle jamais à personne, ai-je dit à la place.

— Parler de quoi ?

— De nos disputes. Promets-moi que tu n'en parleras jamais à personne.

J'ai senti tes épaules se contracter sous mes doigts, et tes yeux se sont agrandis de peur.

— Jamais, as-tu consenti dans un murmure, à peine plus qu'un souffle. Je n'en parlerai jamais à personne.

J'ai souri.

— Maintenant, arrête de pleurer. Il ne faut pas stresser le bébé. (Je me suis mis debout et je t'ai tendu la main pour t'aider à te relever.) Tu as la nausée ?

Tu as acquiescé.

— Allonge-toi. Je vais te chercher une couverture.

Tu as protesté mais je t'ai accompagnée jusqu'au canapé et je t'ai aidée à t'allonger. Tu portais mon fils, et j'avais bien l'intention de prendre soin de vous deux.

Tu étais inquiète avant la première échographie.

— Et si quelque chose ne va pas ?

— Pourquoi quelque chose n'irait pas ? ai-je rétorqué.

J'ai pris ma journée et je t'ai emmenée à l'hôpital en voiture.

— Il peut déjà fermer le poing. C'est incroyable, non ? t'es-tu exclamée en lisant l'un de tes nombreux livres sur la maternité.

Tu étais devenue obsédée par la grossesse. Tu achetais d'innombrables magazines et tu passais ton temps sur Internet à chercher des conseils sur l'accouchement et l'allaitement. Quoi que je dise, la conversation revenait toujours aux prénoms d'enfants ou au matériel qu'on devrait acheter.

— Incroyable, ai-je répondu, même si je le savais déjà.

La grossesse ne se passait pas comme je l'avais prévu. Tu voulais à tout prix continuer de travailler autant qu'avant, et même si tu acceptais que je t'apporte le thé et que je te masse les pieds, ça n'avait pas l'air de te ravir. Tu faisais plus attention à notre enfant à naître – un enfant qui n'avait même pas encore conscience qu'on parlait de lui – qu'à ton propre mari, qui se trouvait pourtant juste en face de toi. Je t'ai imaginée en train de t'occuper de notre nouveau-né, oubliant jusqu'à mon rôle dans sa création, et je t'ai soudain revue jouer pendant des heures avec ce chaton.

Tu m'as pris la main quand l'échographiste a enduit ton ventre de gel, et tu l'as serrée fort jusqu'à ce qu'on distingue une petite forme sur l'écran, accompagnée d'un battement de cœur étouffé.

— Voilà la tête, a dit l'échographiste. Et vous devriez arriver à voir ses bras… regardez, il vous fait coucou !

Tu as ri.

— Il ? ai-je demandé, plein d'espoir.

L'échographiste a levé les yeux.

— Façon de parler. On ne pourra pas savoir le sexe avant un petit moment encore. Mais tout va bien. (Elle a imprimé un cliché et te l'a donné.) Félicitations.

On avait rendez-vous avec la sage-femme une demi-heure plus tard, et on s'est assis dans la salle d'attente aux côtés d'une demi-douzaine d'autres couples. Il y avait une femme en face de nous avec un ventre monstrueusement gros qui l'obligeait à s'asseoir en écartant les jambes. J'ai détourné le regard, j'étais soulagé quand on nous a appelés.

La sage-femme a pris ton carnet de maternité et l'a parcouru. Elle a vérifié les renseignements et sorti des fiches d'informations sur l'alimentation et l'hygiène de vie pendant la grossesse.

— C'est déjà une experte, ai-je fait. Elle a lu tellement de livres qu'elle doit déjà tout savoir.

La sage-femme m'a dévisagé.

— Et vous, M. Petersen ? Vous êtes un expert ?

— Je n'ai pas besoin, ai-je dit en soutenant son regard. Ce n'est pas moi qui suis enceinte.

Elle n'a pas répondu.

— Je vais prendre votre tension, Jenna. Relevez votre manche et posez le bras sur le bureau, s'il vous plaît.

Tu as hésité et j'ai mis une seconde à comprendre pourquoi. Ma mâchoire s'est serrée mais je me suis adossé à ma chaise, observant les opérations avec une indifférence feinte.

Le bleu sur le haut de ton bras était marbré de vert. Il s'était considérablement estompé au cours des derniers jours, mais il était tenace, comme toujours. J'avais beau savoir que c'était impossible, j'avais parfois l'impression que tu faisais exprès de les garder, pour me rappeler ce qui s'était passé, pour me pousser à me sentir coupable.

La sage-femme n'a rien dit, et je me suis légèrement détendu. Elle a pris ta tension, qui était un peu élevée, et l'a notée. Puis elle s'est tournée vers moi.

— Si vous voulez bien passer dans la salle d'attente, j'aimerais parler un instant avec Jenna en privé.

— Ce n'est pas nécessaire, ai-je dit. On ne se cache rien.

— C'est la procédure standard, a répliqué sèchement la sage-femme.

Je l'ai fixée mais elle n'a pas cédé, et je me suis levé.

— Très bien.

J'ai pris mon temps pour quitter la pièce, et je suis allé attendre près de la machine à café, d'où je pouvais voir la porte du cabinet.

J'ai regardé les autres couples : il n'y avait aucun homme seul – personne d'autre n'était traité de la sorte. Je me suis dirigé d'un pas résolu vers le cabinet de consultation et j'ai ouvert la porte sans frapper. Tu avais quelque chose dans la main et tu l'as glissé entre les pages de ton carnet de maternité. Une petite carte rectangulaire : bleu pâle, avec une sorte de logo.

— Il faut qu'on bouge la voiture, Jennifer, ai-je fait. On n'a le droit qu'à une heure de parking.

— Ah, d'accord. Désolée.

Ce dernier mot était adressé à la sage-femme, qui t'a souri et m'a ignoré. Elle s'est penchée et a posé la main sur ton bras.

— Notre numéro se trouve sur la couverture de votre carnet de grossesse. Si vous avez une question, à propos de quoi que ce soit, n'hésitez surtout pas.

On a roulé en silence. Tu tenais l'échographie sur tes genoux et je te voyais poser de temps en temps une main sur ton ventre, comme si tu essayais de faire le lien entre les deux.

— De quoi voulait te parler la sage-femme ? t'ai-je demandé en arrivant à la maison.

— De mes antécédents médicaux, as-tu répondu, mais c'était trop rapide, trop préparé.

Je savais que tu mentais. Quand tu t'es endormie, j'ai cherché la carte bleu pâle avec le logo rond dans ton carnet, mais elle n'était plus là.

Je t'ai vue changer au fur et à mesure que ton ventre grossissait. Je pensais que tu aurais davantage besoin de moi, mais tu devenais au contraire plus autonome, plus forte. J'étais en train de te perdre à cause de ce bébé, et je ne savais pas comment te récupérer.

Il faisait chaud cet été-là, et tu semblais prendre plaisir à te balader dans la maison avec une jupe baissée sous le ventre et un petit tee-shirt remonté au-dessus. Ton nombril était à l'air et je ne supportais pas de le voir ; je ne comprenais pas pourquoi tu tenais à te trimbaler comme ça, même pour aller ouvrir la porte quand quelqu'un frappait.

Tu as arrêté de travailler, même si l'accouchement n'était pas prévu avant plusieurs semaines, et j'ai donc dit à la femme de ménage de ne plus venir. C'était ridicule de continuer à payer quelqu'un alors que tu restais toute la journée à la maison sans rien faire.

Un jour, je t'ai laissé du repassage, et quand je suis rentré, tu l'avais fini et la maison était impeccable. Tu avais l'air épuisée, et j'étais touché par tes efforts. J'ai décidé de te faire couler un bain, de te bichonner un peu. Je me suis demandé si tu avais envie qu'on commande à manger ou que je cuisine pour toi. J'ai monté les chemises à l'étage et ouvert les robinets avant de t'appeler.

Je pendais les chemises dans l'armoire quand j'ai remarqué quelque chose.

— Qu'est-ce que c'est que ça ?

Tu as aussitôt pâli.

— Une brûlure. Je suis vraiment désolée. Le téléphone a sonné, et j'ai été distraite. Mais c'est en bas, ça ne se verra pas si tu la rentres dans ton pantalon.

Tu étais dans tous tes états, mais ce n'était vraiment pas grave. C'était juste une chemise. Je l'ai posée et j'ai fait un pas en avant pour t'enlacer, mais tu as eu un mouvement de recul et mis un bras autour de ton ventre pour le protéger, détournant le visage en grimaçant. Tu redoutais quelque chose que je n'avais aucune intention de faire, qui n'avait aucune raison d'arriver.

Mais c'est arrivé. Et tu ne peux t'en prendre qu'à toi-même.

42

Le téléphone de Ray sonna tandis qu'il garait sa voiture sur la dernière place libre de la cour. Il appuya sur le bouton « accepter » de son kit mains libres et se retourna pour voir s'il pouvait encore reculer.

Le préfet de police Rippon alla droit au but.

— Je veux que vous lanciez l'opération Falcon aujourd'hui.

La Mondeo de Ray percuta la Volvo bleue garée derrière lui.

— Merde !

— Ce n'est pas vraiment la réponse que j'attendais.

Il y avait dans la voix du préfet une note amusée que Ray n'avait jamais entendue auparavant. Il se demanda ce qui pouvait bien l'avoir mise de si bonne humeur.

— Pardon, madame.

Ray descendit de sa voiture, laissant les clés sur le contact au cas où le propriétaire de la Volvo aurait besoin de sortir. Il jeta un coup d'œil au pare-chocs mais ne vit aucune marque.

— Vous disiez ?

— Le briefing de l'opération Falcon est prévu pour lundi, recommença Olivia avec une patience inhabituelle. Mais je veux que vous l'avanciez.

Vous avez peut-être vu aux informations ce matin que plusieurs forces de police ont été critiquées pour leur manque de fermeté envers le trafic de drogue.

Ah ! pensa Ray. Ça expliquait la bonne humeur.

— C'est le moment idéal pour durcir notre position. La presse nationale a déjà été informée de l'opération à venir. Je veux que vous rassembliez vos équipes quelques jours plus tôt.

Le sang de Ray se figea dans ses veines.

— C'est impossible aujourd'hui, dit-il.

Il y eut un blanc.

Ray attendit que le préfet parle, mais le silence s'étira jusqu'à ce qu'il éprouve le besoin de le combler.

— J'ai rendez-vous au collège de mon fils à midi.

Le bruit courait qu'Olivia assistait aux réunions de parents d'élèves à l'école de ses enfants par téléconférence, Ray savait donc que cet argument avait peu de chance de la faire changer d'avis.

— Ray, reprit-elle, toute trace d'humour envolée. Comme vous le savez, je suis extrêmement solidaire des personnes avec des enfants à charge, et j'ai d'ailleurs défendu la mise en place d'horaires aménagés pour les parents. Mais, sauf erreur de ma part, vous avez une *femme*, n'est-ce pas ?

— Absolument.

— Et va-t-elle à ce rendez-vous ?

— Oui.

— Alors, si je puis me permettre, où est le problème ?

Ray s'adossa au mur près de la porte de derrière et leva les yeux vers le ciel à la recherche d'inspiration, mais ne trouva que d'épais nuages noirs.

— Mon fils se fait harceler à l'école, madame. Sérieusement, je crois. C'est la première fois que nous avons la possibilité d'en parler avec le collège depuis qu'ils ont admis qu'il y avait un problème, et ma femme veut que je vienne. (Ray s'en voulut de rejeter la faute sur Mags.) Je veux y être, ajouta-t-il. Je dois y être.

Le ton d'Olivia s'adoucit légèrement.

— Vous m'en voyez désolée, Ray. Les enfants nous causent parfois bien du souci. Si vous estimez devoir aller à ce rendez-vous, allez-y, bien entendu. Mais l'opération sera lancée aujourd'hui, avec la couverture médiatique nationale dont nous avons besoin pour promouvoir notre politique de tolérance zéro. Et si vous ne pouvez pas vous en charger, eh bien je trouverai quelqu'un d'autre. Je vous rappelle dans une heure.

— Tu parles d'un choix ! grommela Ray en remettant le téléphone dans sa poche.

C'était simple : sa carrière d'un côté, sa famille de l'autre. Une fois dans son bureau, il ferma la porte et s'installa dans son fauteuil en joignant le bout des doigts. L'opération d'aujourd'hui était importante et il ne se faisait pas la moindre illusion quant au fait qu'il s'agissait d'un test. Avait-il les qualités requises pour grimper de nouveaux échelons dans la police ? Il n'en était même plus convaincu lui-même – il ne savait même pas s'il le voulait vraiment. Il songea à la nouvelle voiture dont ils auraient besoin dans un an ou deux ; aux vacances à l'étranger que les enfants commenceraient à réclamer d'ici peu de temps ; à la maison plus grande que méritait Mags. Il avait deux enfants intelligents qu'il espérait voir aller à l'université, et où trouverait-il l'argent pour financer cela s'il ne continuait pas à monter en grade ? Rien n'était possible sans sacrifices.

Il respira à fond et décrocha le téléphone pour appeler Mags.

Le lancement de l'opération Falcon fut un triomphe. Des journalistes furent invités dans la salle de conférences de la préfecture pour un point presse d'une demi-heure, au cours duquel le préfet présenta Ray comme « l'un des meilleurs policiers de la région ». Ray ressentit une poussée d'adrénaline en répondant aux questions sur l'ampleur du problème de la drogue à Bristol, les méthodes employées par la police pour faire respecter la loi, et son investissement personnel pour éradiquer le trafic à ciel ouvert et rétablir la sécurité des habitants. Quand le reporter d'ITN lui demanda s'il avait quelque chose à ajouter, Ray s'adressa directement à la caméra.

— Il y a des gens dans cette ville qui vendent de la drogue en toute impunité et qui pensent que la police est incapable de les arrêter. Mais nous avons des moyens et nous sommes déterminés. Et nous ne relâcherons pas nos efforts tant que les rues ne seront pas débarrassées des dealers.

Il y eut quelques applaudissements et Ray jeta un coup d'œil au préfet, qui hocha presque imperceptiblement la tête. Les perquisitions avaient été menées plus tôt, avec à la clé quatorze arrestations dans six endroits différents. La fouille des maisons allait prendre des heures, et il se demanda comment Kate s'en sortait en tant que responsable des pièces à conviction.

Dès qu'il en eut l'opportunité, il l'appela.

— Tu tombes à pic, fit-elle. Tu es au poste ?

— Je suis dans mon bureau. Pourquoi ?

— Retrouve-moi à la cantine dans dix minutes. J'ai quelque chose à te montrer.

Il s'y trouvait cinq minutes plus tard, attendant impatiemment Kate, qui déboula en trombe avec un grand sourire.

— Tu veux un café ? demanda-t-il.

— Pas le temps, je dois y retourner. Mais vise un peu ça.

Elle sortit un sachet en plastique transparent. À l'intérieur se trouvait une carte bleu pâle.

— Jenna Gray avait la même dans son portefeuille, observa Ray. Où l'as-tu trouvée ?

— Dans l'une des maisons de ce matin. Mais ce n'est pas tout à fait la même. (Elle lissa le plastique pour que Ray puisse lire l'inscription.) Même carte, même logo, mais adresse différente.

— Intéressant. C'était la maison de qui ?

— Dominica Letts. Elle refuse de parler tant que son avocat n'est pas là. (Kate regarda sa montre.) Merde ! Il faut que j'y aille. (Elle tendit le sachet à Ray.) Tu peux la garder, j'en ai une autre.

Elle sourit à nouveau et disparut, laissant Ray examiner la carte. L'adresse n'avait rien de particulier – un quartier résidentiel comme Grantham Street –, mais Ray se dit qu'il devrait quand même pouvoir tirer quelque chose de ce logo. Le bas des huit était ouvert et ils étaient empilés l'un sur l'autre, comme des poupées russes.

Ray secoua la tête. Il devait encore aller voir si tout se passait bien avec les gardes à vue avant de rentrer chez lui, puis vérifier une dernière fois que tout était prêt pour le jugement de Gray demain. Il plia le sachet et le mit dans sa poche.

Il était plus de vingt-deux heures quand Ray monta dans sa voiture et, pour la première fois depuis le matin, il se demanda s'il avait pris la bonne décision en faisant passer son travail avant sa famille. Il y réfléchit pendant tout le trajet ; une fois arrivé devant chez lui, il était convaincu d'avoir fait le bon choix. Le *seul* choix, en réalité. Jusqu'à ce qu'il tourne la clé dans la serrure et entende Mags pleurer.

— Bon sang, Mags, qu'est-ce qui s'est passé ? (Il abandonna son sac dans l'entrée et vint s'agenouiller devant le canapé, lui relevant les cheveux pour voir son visage.) Tom va bien ?

— Non, il ne va pas bien !

Elle repoussa ses mains.

— Qu'est-ce qu'ils ont dit à l'école ?

— Ça dure depuis au moins un an, d'après eux, mais la principale dit qu'elle ne pouvait rien faire sans preuves.

— Et ils en ont maintenant ?

Mags partit dans un grand éclat de rire.

— Ah ça, oui ! Apparemment, ça fait le tour du Net. Défis de vols à l'étalage, *happy slapping*, la totale. Tout a été filmé et posté sur YouTube pour que le monde entier en profite.

Ray sentit son estomac se serrer en pensant à ce que Tom avait dû endurer.

— Il dort ? demanda Ray en faisant un signe de tête en direction des chambres.

— J'imagine. Il doit être épuisé : je viens de passer une heure et demie à lui hurler dessus.

— Lui hurler dessus ? (Ray se leva.) Nom de Dieu, Mags, il en a déjà assez bavé comme ça, tu ne crois pas ?

Il se dirigea vers l'escalier, mais Mags le rattrapa.

— Tu ne comprends vraiment rien, hein ?

Ray la contempla d'un air ahuri.

— Tu es tellement absorbé par ton boulot que tu ne sais même pas ce qui se passe sous ton propre toit ! Tom ne se fait pas harceler, Ray. C'est *lui* qui harcèle les autres.

Ray eut l'impression de recevoir un coup de poing.

— Quelqu'un doit l'obliger à...

— Personne ne l'oblige à faire quoi que ce soit, l'interrompit Mags, plus gentiment. (Elle soupira et se rassit.) Tom semble être le chef d'un petit « gang » influent. Ils seraient six, parmi lesquels Philip Martin et Connor Axtell.

— Évidemment, remarqua Ray d'un ton sinistre en reconnaissant les noms.

— Ce qui est certain, c'est que c'est Tom qui fait la loi. C'était son idée de sécher les cours ; c'était son idée d'attendre les élèves à la sortie du centre d'éducation spécialisée...

Ray eut la nausée.

— Et les affaires sous son lit ? demanda-t-il.

— Volées sur commande, apparemment. Et aucune par Tom lui-même. De toute évidence, il n'aime pas se salir les mains.

Ray n'avait jamais entendu une telle amertume dans la voix de Mags.

— Qu'est-ce qu'on va faire ?

Quand quelque chose n'allait pas au boulot, il y avait un règlement auquel se raccrocher. Des protocoles, des lois, des manuels. Une équipe autour de lui. Ray se sentait totalement démuni.

— On va régler ça, répondit simplement Mags. On va présenter nos excuses aux gens à qui Tom a fait du mal, on va rendre les choses qu'il a volées, et – surtout – on va tâcher de découvrir pourquoi il fait ça.

Ray resta un moment silencieux. Il eut du mal à l'énoncer à haute voix, mais une fois que cette pensée lui eut traversé l'esprit, il ne put la garder pour lui.

— Est-ce que c'est ma faute ? dit-il. Parce que je n'ai pas été là pour lui ?

Mags lui prit la main.

— Arrête, tu vas te rendre fou. C'est autant ma faute que la tienne. Je ne m'en suis pas aperçue non plus.

— J'aurais quand même dû passer plus de temps à la maison.

Mags ne le contredit pas.

— Je suis vraiment désolé, Mags. Ce ne sera pas toujours comme ça, je te le promets. Il faut juste que j'arrive à devenir commissaire, et ensuite…

— Mais tu adores ton boulot de capitaine.

— Oui, mais…

— Alors pourquoi vouloir à tout prix une promotion ?

Ray resta un instant médusé.

— Eh bien, pour nous. Pour qu'on puisse avoir une plus grande maison et que tu ne sois pas obligée de retourner au travail.

— Mais je veux retravailler ! (Mags se tourna vers lui, exaspérée.) Les enfants sont à l'école toute la journée, toi tu es au travail... je veux faire quelque chose pour *moi*. Envisager une nouvelle carrière me permet d'avoir un objectif, et ça ne m'était pas arrivé depuis longtemps. (Elle dévisagea Ray et son regard s'adoucit.) Gros bêta, va !

— Je suis désolé, répéta-t-il.

Mags se pencha pour l'embrasser sur le front.

— Oublie Tom pour ce soir. Il n'ira pas à l'école demain et on lui parlera à ce moment-là. Pour l'instant, parlons plutôt de nous.

En ouvrant les yeux, Ray vit Mags poser doucement une tasse de thé sur la table de chevet.

— Je me suis dit que tu voudrais te lever tôt, fit-elle. C'est le jugement de Gray aujourd'hui, non ?

— Oui, mais Kate peut y aller. (Ray se redressa.) Je vais rester pour parler à Tom avec toi.

— Et rater ton heure de gloire ? Ne t'en fais pas pour ça. Vas-y. Tom et moi, on va s'occuper tous les deux à la maison, comme quand il était petit. J'ai l'impression que ce n'est pas de parler dont il a besoin, mais d'être écouté.

Ray fut impressionné par sa sagesse.

— Tu feras une très bonne prof, Mags. (Il lui prit la main.) Je ne te mérite pas.

Mags sourit.

— Peut-être, mais tu dois faire avec moi, j'en ai bien peur.

Elle lui pressa la main et descendit au rez-de-chaussée, le laissant boire son thé tranquillement. Il se demanda depuis combien de temps il faisait passer son travail avant sa famille, et éprouva de la honte en réalisant qu'il n'avait jamais agi autrement. Il fallait que ça change. Il devait privilégier Mags et les enfants. Comment avait-il pu ignorer à ce point les besoins de Mags et passer à côté du fait qu'elle *voulait* retourner au travail ? À l'évidence, il n'était pas le seul à trouver la vie un peu monotone parfois. Mags avait remédié à ça en envisageant une nouvelle carrière. Et lui, qu'avait-il fait ? Il pensa à Kate et se sentit rougir.

Ray se doucha et s'habilla, puis descendit à la recherche de son veston.

— Il est là ! cria Mags en sortant du salon avec. (Elle désigna le sachet en plastique qui dépassait de la poche.) Qu'est-ce que c'est ?

Ray le prit et le lui tendit.

— Quelque chose qui pourrait être lié à l'affaire Gray. J'essaie de comprendre ce que représente le logo.

Mags leva le sachet et examina la carte.

— C'est quelqu'un qui prend quelqu'un d'autre dans ses bras, non ? dit-elle sans hésiter.

Ray resta bouche bée. Il regarda la carte et vit tout de suite ce que Mags avait décrit. Ce qui lui avait semblé être un huit inachevé et disproportionné était en réalité une tête et des épaules, dont les bras entouraient une silhouette plus petite qui faisait écho aux lignes de la première.

— Bien sûr ! s'exclama-t-il.

Il repensa à la maison de Grantham Street, avec ses multiples serrures et ses rideaux tirés. Il songea à Jenna Gray, à son regard fuyant, et une image commença lentement à se former dans son esprit.

Des bruits de pas résonnèrent dans l'escalier et Tom fit son apparition quelques secondes plus tard, l'air inquiet. Ray le dévisagea. Pendant des mois, il avait considéré à tort son fils comme une victime.

— J'ai tout faux, dit-il à haute voix.

— À propos de quoi ? demanda Mags.

Mais Ray était déjà parti.

43

L'entrée de la cour d'assises de Bristol est cachée dans une rue étroite baptisée à juste titre Small Street.

— Je vais devoir vous déposer là, ma belle, me dit le chauffeur de taxi. (S'il m'a reconnue d'après la photo dans le journal d'aujourd'hui, il ne le montre pas.) Il se passe quelque chose devant le tribunal, je n'amène pas mon taxi là-bas.

Il s'arrête à l'angle de la rue, où une bande de costards-cravates sûrs d'eux sort du All Bar One après un déjeuner arrosé. L'un d'eux me reluque.

— Tu viens boire un verre, ma jolie ?

Je détourne le regard.

— Espèce de salope frigide ! marmonne-t-il, et ses amis éclatent de rire.

Je respire à fond, tâchant de maîtriser ma panique tandis que je scrute la rue à la recherche de Ian. Est-ce qu'il est là ? Est-ce qu'il m'observe en ce moment même ?

Les hauts bâtiments qui bordent Small Street penchent vers la rue, créant une atmosphère sombre et remplie d'échos qui me donne des frissons. Je n'ai pas fait plus de quelques pas quand je comprends de quoi parlait le chauffeur de taxi. Une partie de la rue est bloquée par des barrières de sécurité, derrière lesquelles une trentaine de manifestants sont regroupés. Plusieurs ont une pancarte sur l'épaule, et la barrière juste devant eux est recouverte d'un immense drap où le mot « MEURTRIÈRE ! » est peint en grosses lettres rouges dégoulinantes. Deux policiers en veste fluorescente se trouvent à côté du groupe, nullement perturbés par le slogan que j'entends à l'autre bout de Small Street.

— Justice pour Jacob ! Justice pour Jacob !

Je marche lentement vers le tribunal, regrettant de ne pas avoir pris une écharpe ou des lunettes noires. Du coin de l'œil, je remarque un homme sur le trottoir d'en face. Il est appuyé contre le mur, mais quand il me voit, il se redresse et sort un téléphone de sa poche. J'accélère le pas pour atteindre au plus vite l'entrée de la cour d'assises, mais l'homme marche à la même allure que moi de l'autre côté de la rue. Il passe un coup de fil qui dure quelques secondes. Il porte un sac noir en bandoulière et je m'aperçois soudain que les poches de son gilet beige sont bourrées d'objectifs. Il court devant, ouvre le sac et sort un appareil photo, puis monte un objectif dans un mouvement fluide dû à des années de pratique et me tire le portrait.

Je vais ignorer les manifestants, me dis-je, haletante. Je vais entrer dans le tribunal comme si de rien n'était. Ils ne peuvent rien me faire – la police est là pour les contenir derrière ces barrières –, je vais donc agir comme s'ils n'étaient pas là.

Mais quand je tourne vers l'entrée de la cour d'assises, je vois la journaliste qui m'a abordée à la sortie du tribunal de première instance.

— Un mot pour le *Post*, Jenna ? C'est l'occasion de donner votre version des faits.

Je me retourne, et je reste paralysée en m'apercevant que je fais à présent face aux manifestants. Le slogan laisse place aux cris et aux huées, et il y a tout à coup un mouvement de foule dans ma direction. Une barrière bascule et s'écrase sur les pavés, produisant un son qui résonne comme un coup de feu dans la rue. Les policiers arrivent mollement, les bras écartés, et repoussent les manifestants. Certains crient encore, mais la plupart rient et discutent entre eux comme s'ils étaient juste venus ici passer un peu de bon temps entre amis.

Tandis que le groupe recule et que les policiers remettent les barrières en place autour de la zone réservée aux manifestants, je me retrouve nez à nez avec une femme. Elle est plus jeune que moi – elle ne doit pas avoir trente ans – et, contrairement aux autres manifestants, elle n'a ni banderole ni pancarte, mais quelque chose à la main. Elle porte une robe marron un peu courte avec des collants noirs et des tennis blanches en piteux état qui jurent avec le reste, et son manteau est ouvert, en dépit du froid.

— C'était un bébé tellement sage, dit-elle doucement.

Je vois aussitôt la ressemblance avec Jacob. Ces yeux bleu pâle un peu retroussés, ce visage en forme de cœur se terminant par un petit menton pointu.

Les manifestants se taisent. Tout le monde nous observe.

— Il ne pleurait presque jamais ; même quand il était malade, il se serrait simplement contre moi en me regardant et il attendait que ça passe.

Elle parle très bien anglais, mais avec un accent que je ne reconnais pas – d'Europe de l'Est, peut-être. Sa voix est mesurée, comme si elle récitait un texte appris par cœur, et bien qu'elle ne laisse rien paraître, j'ai l'impression que cette rencontre l'effraie autant que moi. Peut-être même plus.

— Je l'ai eu très jeune. J'étais moi-même encore une enfant. Son père ne voulait pas que je le garde, mais je n'ai pas pu me résoudre à avorter. Je l'aimais déjà trop. (Elle parle calmement, sans émotion.) Jacob était tout ce que j'avais.

Mes yeux se remplissent de larmes, et je m'en veux de réagir comme ça alors que la mère de Jacob a les yeux secs. Je me force à ne pas bouger, à ne pas essuyer mes joues. Je sais qu'elle pense à ce soir-là, comme moi, quand elle a fixé le pare-brise couvert de pluie, les yeux plissés à cause de la lumière aveuglante des phares. Aujourd'hui, il n'y a rien entre nous, et elle me voit aussi bien que je la vois. Je me demande pourquoi elle ne se jette pas sur moi pour me frapper, me mordre ou me griffer. J'ignore si je serais capable d'agir avec autant de retenue à sa place.

— Anya !

Un homme la hèle depuis la foule de manifestants, mais elle l'ignore. Elle me tend une photo, m'obligeant à la prendre.

Ce n'est pas celle que j'ai vue dans les journaux ni sur Internet ; ce large sourire aux dents du bonheur dans son uniforme scolaire, la tête légèrement tournée pour le photographe. Sur celle-ci, Jacob est plus jeune – il doit avoir trois ou quatre ans. Il est blotti au creux du bras de sa mère, tous deux sont allongés sur le dos dans de hautes herbes parsemées d'aigrettes de pissenlit. L'angle de la photo suggère qu'Anya l'a prise elle-même : elle a le bras tendu comme pour attraper quelque chose hors du cadre. Jacob regarde l'appareil. Il plisse les yeux à cause du soleil et rit. Anya rit elle aussi, mais elle est tournée vers Jacob, et le visage de son fils se reflète dans ses yeux.

— Je suis navrée, dis-je.

Ces mots semblent dérisoires, mais je ne trouve rien d'autre à dire, et je ne supporte pas de rester silencieuse face à son chagrin.

— Vous avez des enfants ?

Je pense à mon fils, à son corps atrocement léger enveloppé dans la couverture de l'hôpital, à cette douleur dans mes entrailles qui ne m'a jamais quittée. Il devrait y avoir un mot pour une mère sans enfant, pour une femme privée du bébé qui l'aurait comblée.

— Non.

Je cherche quelque chose à dire, mais rien ne vient. Je tends la photo à Anya, qui secoue la tête.

— Je n'en ai pas besoin, dit-elle. Son visage est là. (Elle pose sa paume à plat sur sa poitrine.) Mais vous. (Elle marque une pause.) Je crois que vous devez vous rappeler. Vous devez vous rappeler que c'était un petit garçon. Qu'il avait une mère. Et qu'elle a le cœur brisé.

Elle fait demi-tour puis passe sous la barrière, disparaissant dans la foule, et j'avale une grande bouffée d'air, comme si l'on m'avait maintenu la tête sous l'eau.

Mon avocate est une femme d'une quarantaine d'années. Elle me regarde avec un intérêt professionnel en pénétrant dans la petite salle d'entretien, devant laquelle est posté un garde.

— Ruth Jefferson, se présente-t-elle en tendant une main ferme. C'est une procédure simple aujourd'hui, Mme Gray. Vous plaidez coupable, donc l'audience vise seulement à fixer votre peine. Nous passons juste après le déjeuner, et malheureusement, vous avez hérité du juge King.

Elle s'assoit en face de moi à la table.

— Quel est le problème avec le juge King ?

— Disons simplement qu'il n'est pas réputé pour sa clémence, répond Ruth avec un rire sans humour qui découvre des dents blanches parfaitement alignées.

— À quoi vais-je être condamnée ? dis-je avant de pouvoir m'en empêcher.

Ça n'a pas d'importance. Tout ce qui compte maintenant, c'est que justice soit faite.

— Difficile à dire. Le délit de fuite entraîne un simple retrait du permis de conduire, mais de toute façon la sanction minimale pour conduite dangereuse ayant entraîné la mort est une suspension de deux ans. C'est la durée d'incarcération qui peut varier de façon significative. La conduite dangereuse ayant entraîné la mort est passible de quatorze ans d'emprisonnement ; dans les faits, c'est en général entre deux et six ans. Le juge King penchera pour six ans, et mon travail consiste à le convaincre qu'une peine de deux ans serait plus appropriée. (Elle enlève le bouchon d'un stylo à plume noir.) Avez-vous déjà souffert de troubles mentaux ?

Je secoue la tête et lis la déception sur le visage de l'avocate.

— Parlons de l'accident, alors. J'ai cru comprendre que la visibilité était très mauvaise. Avez-vous vu le garçon avant de le renverser ?

— Non.

— Souffrez-vous de maladies chroniques ? demande Ruth. Ça peut être utile dans ce genre d'affaires. Ou peut-être ne vous sentiez-vous pas bien ce jour-là ?

Je la regarde d'un air ahuri et elle fait la moue.

— Vous ne me rendez pas la tâche facile, Mme Gray. Êtes-vous allergique ? Vous étiez peut-être prise d'une crise d'éternuements au moment de l'accident ?

— Je ne comprends pas.

Ruth soupire puis parle lentement, comme si elle s'adressait à un enfant.

— Le juge King aura jeté un œil à votre dossier, et il aura déjà une condamnation en tête. Mon travail consiste à présenter ce qui s'est passé comme n'étant rien d'autre qu'un malheureux accident. Un accident qui n'aurait pas pu être évité et que vous regrettez profondément. (Elle me lance un regard plein de sous-entendus.) Je ne voudrais pas vous influencer, mais si vous aviez été prise d'une crise d'éternuements, par exemple…

— Mais c'est faux.

Est-ce que c'est comme ça que ça marche ? Un tissu de mensonges destinés à obtenir la peine la plus clémente. Notre système judiciaire est-il à ce point biaisé ? Ça m'écœure.

Ruth Jefferson parcourt ses notes et relève soudain la tête.

— Le garçon s'est-il précipité sous vos roues ? Selon la déclaration de la mère, elle a lâché sa main alors qu'ils approchaient de la route, donc…

— Ce n'est pas sa faute !

L'avocate hausse ses sourcils soigneusement entretenus.

— Mme Gray, reprend-elle d'un ton doux. Nous ne sommes pas ici pour déterminer qui est responsable de ce malheureux accident, mais pour discuter des éventuelles circonstances atténuantes. Essayez de ne pas vous laisser submerger par vos émotions.

— Je suis désolée, dis-je. Mais il n'y a pas de circonstances atténuantes.

— Mon travail consiste à les trouver, réplique Ruth. (Elle pose son dossier et se penche vers moi.) Croyez-moi, Mme Gray, il y a une grande différence entre deux ans et six ans de prison, et s'il y a quoi que ce soit qui puisse justifier le fait que vous avez tué un garçon de cinq ans avant de prendre la fuite, vous devez me le dire maintenant.

Nous nous dévisageons.

— Malheureusement, rien ne peut le justifier.

44

Sans s'arrêter pour enlever son manteau, Ray déboula dans les locaux de la Criminelle et trouva Kate en train de parcourir les affaires de la nuit.

— Dans mon bureau, tout de suite !

Elle se leva et le suivit.

— Qu'est-ce qu'il y a ?

Ray ne répondit pas. Il alluma son ordinateur et posa la carte de visite bleue sur son bureau.

— Rappelle-moi qui avait cette carte.

— Dominica Letts. La petite amie d'une de nos cibles.

— Elle s'est mise à table ?

— Pas un mot.

Ray croisa les bras.

— C'est un foyer pour femmes.

Kate le dévisagea sans comprendre.

— La maison de Grantham Street, expliqua Ray. Et celle-ci. (Il désigna la carte bleu pâle d'un signe de tête.) Je crois que ce sont des foyers pour femmes victimes de violences conjugales. (Il se cala dans son fauteuil et croisa les mains derrière la tête.) On sait que Dominica Letts est une victime, c'est ce qui a failli faire capoter l'opération Falcon. Je suis passé devant cette adresse en venant au boulot et c'est exactement comme Grantham Street : des détecteurs de mouvement devant l'entrée, des rideaux à toutes les fenêtres, pas de fente pour le courrier dans la porte.

— Tu penses que Jenna Gray est elle aussi une victime ?

Ray hocha lentement la tête.

— Tu n'as pas remarqué qu'elle ne regarde jamais dans les yeux ? Elle a un côté nerveux, tendu, et elle se ferme dès qu'on lui demande des explications.

Avant qu'il puisse développer sa théorie, son téléphone sonna et le numéro de l'accueil s'afficha sur l'écran.

— J'ai quelqu'un pour vous, capitaine, annonça Rachel. Un certain Patrick Mathews.

Ce nom ne lui évoquait rien.

— Je n'attends personne, Rach. Vous pouvez prendre un message et vous débarrasser de lui ?

— J'ai essayé, capitaine, mais il insiste. Il dit qu'il doit vous parler de sa petite amie… Jenna Gray.

Ray écarquilla les yeux. Le petit ami de Jenna. Les recherches que Ray avait effectuées sur son passé n'avaient révélé qu'un avertissement pour ivresse sur la voie publique quand il était étudiant, mais les apparences étaient-elles trompeuses ?

— Amenez-le-moi, fit-il.

Il mit Kate au courant de la situation pendant qu'ils attendaient.

— Est-ce que tu crois que c'est lui le compagnon violent ? demanda-t-elle.

Ray secoua la tête.

— Ça n'a pas l'air d'être le genre.

— Personne n'a jamais l'air…

Kate s'interrompit brusquement au moment où Rachel arrivait avec Patrick Mathews. Il portait une veste en toile huilée usée et un sac à dos sur l'épaule. Ray lui indiqua le fauteuil à côté de Kate, et il s'assit tout au bord, comme s'il comptait repartir d'un instant à l'autre.

— Je suppose que vous avez une information au sujet de Jenna Gray, commença Ray.

— Eh bien, pas vraiment une information, répondit Patrick. Une impression, plutôt.

Ray consulta sa montre. L'affaire de Jenna devait être jugée juste après le déjeuner et il voulait être présent au tribunal pour le verdict.

— Quel genre d'impression, M. Mathews ?

Il regarda Kate, qui eut un haussement d'épaules à peine perceptible. Patrick Mathews n'était pas l'homme dont Jenna avait peur. Mais qui était cet homme ?

— Appelez-moi Patrick, je vous en prie. Écoutez, je sais que vous seriez étonnés si je vous disais le contraire, mais je ne crois pas que Jenna soit coupable.

Cette entrée en matière piqua la curiosité de Ray.

— Il y a quelque chose qu'elle me cache à propos de ce qui s'est passé le soir de l'accident, poursuivit Patrick. Quelque chose qu'elle ne dit à personne. (Il eut un petit rire sans humour.) Je croyais vraiment qu'on pourrait avoir un avenir ensemble, mais je ne vois pas comment ça pourrait être le cas si elle refuse de me parler.

Il leva les mains en signe de désespoir, et Ray songea à Mags. *Tu ne me parles jamais*, avait-elle dit.

— Qu'est-ce qu'elle vous cache, à votre avis ? intervint brusquement Ray.

Tous les couples ont-ils donc des secrets ? se demanda-t-il.

— Jenna garde un coffret sous son lit. (Patrick sembla mal à l'aise.) Il ne me serait jamais venu à l'idée de fouiller dans ses affaires, mais elle ne voulait rien me dire, et quand j'ai touché ce coffret, elle a réagi bizarrement… J'espérais y trouver des réponses.

— Vous y avez donc jeté un œil.

Ray regarda Patrick. Il n'avait pas l'air agressif, mais fouiner dans les affaires de quelqu'un dénotait une tendance à vouloir tout contrôler.

Patrick acquiesça.

— J'ai une clé du cottage : on s'était mis d'accord pour que je passe prendre son chien ce matin, après son départ. (Il soupira.) Je n'aurais peut-être pas dû faire ça. (Il tendit une enveloppe à Ray.) Regardez à l'intérieur.

Ray ouvrit l'enveloppe et aperçut la couverture rouge caractéristique d'un passeport britannique. À l'intérieur, il découvrit une Jenna plus jeune, sérieuse, les cheveux ramenés en une vague queue de cheval. Sur la droite, il lut un nom : Jennifer Petersen.

— Elle est mariée. (Ray jeta un coup d'œil à Kate. Comment avaient-ils pu passer à côté de ça ? L'identité de tout individu mis en garde à vue était minutieusement vérifiée : comment un banal changement de nom avait-il pu leur échapper ? Il regarda Patrick.) Vous le saviez ?

L'audience allait commencer d'ici quelques minutes. Ray tambourina des doigts sur son bureau. *Petersen*. Il avait l'impression d'avoir déjà entendu ce nom quelque part. Mais où ?

— Elle m'a dit qu'elle avait été mariée : je pensais qu'elle était divorcée.

Ray et Kate échangèrent un regard. Ray décrocha le téléphone et composa le numéro du tribunal.

— L'affaire Gray a été appelée ?

Il attendit que le fonctionnaire consulte la liste des affaires du jour.

Petersen, pas Gray. Quelle bourde !

— D'accord, merci. (Il reposa le combiné.) Le juge King a pris du retard, on a une demi-heure.

Kate se pencha.

— La déclaration que je t'ai donnée l'autre jour, quand tu m'as envoyée à l'accueil pour m'occuper d'une main courante. Où est-elle ?

— Quelque part dans ma bannette, répondit Ray.

Kate se mit à fouiller dans les papiers sur le bureau de Ray. Elle prit trois dossiers sur le dessus de sa pile de documents à traiter, et, ne trouvant plus de place sur la table, les lâcha par terre. Elle feuilleta rapidement le reste des documents, se débarrassant de chaque feuille inutile pour s'emparer de la suivante dans la seconde.

— La voilà ! fit-elle triomphalement.

Elle sortit la déclaration de la pochette en plastique et la posa sur le bureau de Ray. Des fragments de photo déchirée s'éparpillèrent sur la table, et Patrick en ramassa un. Il l'examina avec curiosité, puis leva les yeux vers Ray.

— Je peux ?

— Allez-y, répondit Ray, sans trop savoir ce qu'il autorisait.

Patrick rassembla les morceaux et entreprit de reconstituer la photo. Quand la baie de Penfach prit forme sous leurs yeux, Ray laissa échapper un petit sifflement.

— Jenna Gray est donc la sœur pour qui Eve Mannings s'inquiétait tant.

Il passa à l'action.

— M. Mathews, merci de nous avoir apporté le passeport. Je vais devoir vous demander de nous attendre au tribunal. Rachel, à l'accueil, va vous indiquer le chemin. On vous rejoint aussi vite que possible. Kate, retrouve-moi à la protection des familles dans cinq minutes.

Pendant que Kate raccompagnait Patrick en bas, Ray décrocha le téléphone.

— Natalie, c'est Ray Stevens, de la Criminelle. Tu peux regarder ce que tu as sur Ian Petersen ? Un homme blanc, proche de la cinquantaine…

Ray dévala un escalier puis se précipita dans un couloir avant de franchir une porte indiquant « Services de protection ». Kate le rejoignit un instant plus tard et ils sonnèrent ensemble à l'interphone de la brigade de protection des familles. Une femme joyeuse aux cheveux noirs coupés court et aux bijoux voyants ouvrit la porte.

— Tu as trouvé quelque chose, Nat ?

Elle les fit entrer et tourna l'écran de son ordinateur vers eux.

— Ian Francis Petersen, dit-elle. Né le 12 avril 1965. Casier pour conduite en état d'ivresse, coups et blessures et actuellement soumis à une ordonnance restrictive.

— Obtenue par une certaine Jennifer, à tout hasard ? demanda Kate.

Natalie secoua la tête.

— Marie Walker. On l'a aidée à quitter Petersen après six ans de violences systématiques. Elle a porté plainte, mais il s'en est tiré. L'ordonnance restrictive a été émise par le tribunal d'instance et elle est toujours en vigueur.

— Il a été violent avec d'autres compagnes avant Marie ?

— D'après ce qu'on sait, non, mais il y a dix ans il a reçu un avertissement pour voie de fait. Sur sa mère.

Ray sentit la bile monter dans sa gorge.

— On pense que Petersen est marié à la femme impliquée dans l'affaire Jacob Jordan, confia-t-il.

Natalie se leva et se dirigea vers un mur garni de classeurs métalliques gris. Elle ouvrit un tiroir dont elle feuilleta le contenu.

— Je l'ai, dit-elle en sortant un dossier. Voilà tout ce qu'on a sur Jennifer et Ian Petersen, et il y a de quoi faire...

45

Tes expositions étaient d'un ennui mortel. Les lieux étaient différents : des entrepôts reconvertis, des ateliers, des boutiques ; mais les gens étaient toujours les mêmes : des gauchistes râleurs aux écharpes colorées. Les femmes étaient poilues et avaient un avis sur tout, les hommes insipides et soumis. Même le vin manquait de personnalité.

La semaine de ton exposition de novembre, tu t'es montrée particulièrement difficile. Je t'ai aidée à transporter tes œuvres jusqu'à l'entrepôt trois jours avant, et tu as passé le reste de la semaine là-bas, à tout préparer.

— Combien de temps faut-il pour disposer quelques sculptures ? ai-je demandé quand tu es rentrée tard pour la deuxième fois de suite.

— On raconte une histoire, as-tu répondu. Les invités vont se déplacer d'une sculpture à l'autre, et les œuvres doivent leur parler.

J'ai ri.

— Tu devrais t'entendre ! Quel ramassis de conneries ! Contente-toi de bien afficher les prix, c'est tout ce qui compte.

— Tu n'es pas obligé de venir, si tu n'en as pas envie.

— Tu ne veux pas que je vienne ?

Je t'ai dévisagée avec méfiance. Tu avais les yeux un peu trop brillants, le menton un peu trop relevé. Je me suis demandé à quoi était due cette joie de vivre si soudaine.

— Je n'ai juste pas envie que tu t'ennuies. On peut se débrouiller sans toi.

Et je l'ai vue : cette lueur indéchiffrable dans tes yeux.

— On ? ai-je fait en haussant un sourcil.

Tu étais troublée. Tu t'es retournée et tu as fait semblant de te concentrer sur la vaisselle.

— Avec Philip, le commissaire de l'exposition.

Tu t'es mise à laver une poêle que j'avais laissée tremper. Je suis venu derrière toi et je t'ai coincée contre l'évier, ma bouche effleurant ton oreille.

— Oh, c'est le *commissaire*, hein ? C'est comme ça que tu l'appelles quand il *te baise* ?

— Pas du tout, as-tu répondu.

Depuis ta grossesse, tu adoptais un ton particulier pour me parler ; excessivement calme : le genre de ton qu'on emploie pour s'adresser à un enfant en pleurs, ou aux malades mentaux. J'avais horreur de ça. J'ai légèrement reculé et je t'ai sentie souffler, puis je t'ai de nouveau poussée. Tu en as eu le souffle coupé et tu t'es appuyée au bord de l'évier pour reprendre haleine.

— Tu ne baises pas avec Philip ?

J'ai craché ces mots sur ta nuque.

— Je ne baise avec personne.

— Tu ne baises certainement pas avec moi, ai-je observé. Pas en ce moment, en tout cas.

Je t'ai sentie te raidir, et je savais que tu t'attendais à ce que je glisse ma main entre tes jambes ;

tu en avais même envie. Ça m'a presque fait de la peine de te décevoir, mais ton derrière maigrichon ne m'excitait plus depuis longtemps.

Le jour de l'exposition, j'étais dans notre chambre quand tu es montée pour te changer. Tu as hésité.

— Ce n'est pas comme si je ne t'avais jamais vue toute nue, ai-je dit.

J'ai sorti une chemise propre que j'ai accrochée à la porte de l'armoire ; tu as étalé des vêtements sur le lit. Je t'ai regardée te débarrasser de ton pantalon de survêtement et plier ton sweat-shirt pour le lendemain. Tu portais un soutien-gorge blanc et une culotte assortie, et je me suis demandé si tu avais fait exprès de choisir cette couleur pour souligner le bleu sur ta hanche. Elle était encore enflée, et tu as grimacé en t'asseyant sur le lit, comme pour me le faire remarquer. Tu as enfilé un pantalon large en lin et un haut ample de la même matière qui dénudait tes épaules anguleuses. J'ai choisi un collier de grosses perles vertes sur l'arbre à bijoux de ta coiffeuse.

— Tu veux que je te le mette ?

Tu as hésité, puis tu t'es assise sur le petit tabouret. J'ai passé les bras par-dessus ta tête pour tenir le collier devant toi, et tu as relevé tes cheveux. J'ai ramené les mains vers ta nuque, serrant le collier contre ta gorge pendant une fraction de seconde, et je t'ai sentie te crisper. J'ai ri, puis j'ai attaché le fermoir.

— Superbe, ai-je fait. (Je me suis baissé pour te regarder dans le miroir.) Essaie de ne pas te ridiculiser aujourd'hui, Jennifer. Tu bois toujours trop à ce genre d'événements et tu fais du rentre-dedans aux invités.

Je me suis levé pour mettre ma chemise, choisissant une cravate rose pâle pour aller avec. J'ai enfilé ma veste avant de me regarder dans le miroir, satisfait du résultat.

— Autant que tu conduises, d'ailleurs, puisque tu ne bois pas, ai-je dit.

Je t'avais proposé plusieurs fois de t'acheter une nouvelle voiture, mais tu tenais absolument à garder ta vieille Fiesta déglinguée. Je montais le moins possible dedans, mais je n'avais plus l'intention de te laisser conduire mon Audi depuis que tu l'avais cabossée en essayant de te garer ; j'ai donc pris place sur le siège passager de ta bagnole pourrie et je t'ai laissée m'emmener à l'exposition.

Quand on est arrivés, il y avait déjà des gens autour du bar, et notre entrée a suscité des murmures d'admiration. Quelqu'un a battu des mains et les autres l'ont imité, mais il n'y avait pas assez de monde pour qu'on puisse appeler ça des applaudissements, et le résultat était plus embarrassant qu'autre chose.

Tu m'as tendu une coupe de champagne et tu en as pris une pour toi. Un homme aux cheveux bruns ondulés s'est approché de nous, et j'ai compris à ta façon de le regarder qu'il s'agissait de Philip.

— Jenna !

Il t'a embrassée sur les deux joues et j'ai vu ta main effleurer si brièvement la sienne que tu as sans doute cru que je ne le remarquerais pas. Si brièvement que ça aurait presque pu être involontaire. Mais je savais que ce n'était pas le cas.

Tu m'as présenté, et Philip m'a serré la main.

— Vous devez être très fier d'elle.

— Ma femme a un immense talent, ai-je répliqué. Bien sûr que je suis fier d'elle.

Philip a hésité avant de reprendre la parole.

— Je suis désolé de vous l'enlever, mais je dois absolument présenter Jenna à certaines personnes. Son travail les a beaucoup intéressées, et…

Il n'a pas achevé sa phrase, préférant frotter son pouce sur ses doigts en me lançant un clin d'œil.

— Loin de moi l'idée de faire obstacle à d'éventuelles ventes, ai-je dit.

Je vous ai regardés faire le tour de la salle ensemble, la main de Philip ne quittant jamais le creux de tes reins, et j'ai alors eu la certitude que vous entreteniez une liaison. Je ne sais pas comment j'ai fait pour garder mon calme pendant l'exposition, mais je ne t'ai pas quittée des yeux. Quand il n'y a plus eu de champagne, j'ai bu du vin, et je suis resté près du bar pour éviter d'avoir à revenir à chaque fois. Je t'ai observée tout le long. Tu arborais un sourire que je n'avais pas vu depuis longtemps, ça m'a rappelé la fille qui riait aux larmes avec ses amies au bar de l'université. Tu ne riais plus, ces temps-ci.

Ma bouteille était vide et j'en ai demandé une autre. Les serveurs ont échangé un regard, mais ils m'ont obéi. Les gens ont commencé à partir. Je t'ai observée tandis que tu leur disais au revoir : tu en embrassais certains, tu serrais la main à d'autres. Aucun n'était traité aussi chaleureusement que ton *commissaire*. Quand il n'est plus resté qu'une poignée d'invités, je suis venu te voir.

— Il est temps de rentrer.

Tu as eu l'air mal à l'aise.

— Je ne peux pas partir maintenant, Ian, il y a encore des gens. Et je dois aider à ranger.

Philip s'est approché.

— Jenna, c'est bon. Ce pauvre Ian t'a à peine vue : il a sûrement envie de fêter ça avec toi. Je vais me débrouiller tout seul et tu viendras récupérer tes œuvres demain. L'expo a eu beaucoup de succès, bravo !

Il t'a seulement embrassée sur une joue cette fois-ci, mais j'étais à deux doigts d'exploser de rage.

Tu as acquiescé. Tu semblais déçue par Philip : tu aurais préféré qu'il te demande de rester ? qu'il m'envoie balader pour te garder avec lui ? Je t'ai pris la main et je l'ai serrée pendant que tu continuais à lui parler. Je savais que tu ne dirais rien, et j'ai serré de plus en plus fort jusqu'à t'écraser les doigts.

Philip s'est enfin tu. Il m'a tendu la main et j'ai dû lâcher la tienne. Je t'ai entendue souffler et je t'ai vue te frotter les doigts.

— Ravi de vous avoir rencontré, Ian, a dit Philip. (Il t'a jeté un rapide coup d'œil avant de me regarder à nouveau.) Prenez soin d'elle, d'accord ?

Je me suis demandé ce que tu lui avais raconté.

— Comme toujours, ai-je répondu d'une voix douce.

Je me suis tourné vers la sortie et je t'ai prise par le coude, enfonçant mon pouce dans ta chair.

— Tu me fais mal, as-tu dit à voix basse. Les gens le voient.

C'était la première fois que je t'entendais me parler sur ce ton.

— Comment oses-tu te payer ma tête ? ai-je soufflé. (On a descendu l'escalier, croisant un couple qui nous a souri poliment.) Tu as passé l'après-midi à flirter avec lui devant tout le monde, à le toucher, à l'embrasser ! (En atteignant le parking, je n'ai plus pris la peine de parler à voix basse, et mes mots ont résonné dans la nuit.) Tu baises avec lui, hein ?

Tu n'as pas répondu, et ce silence m'a mis hors de moi. Je t'ai saisi le bras et je te l'ai tordu dans le dos, le pliant jusqu'à ce que tu cries.

— Tu m'as amené ici pour te moquer de moi, hein ?

— Non !

Des larmes coulaient le long de tes joues, maculant ton haut de petites taches sombres.

Mon poing s'est serré de lui-même, mais juste au moment où mon avant-bras commençait à se contracter, un homme est passé par là.

— Bonsoir, a-t-il dit.

On s'est immobilisés, à cinquante centimètres l'un de l'autre, jusqu'à ce qu'il disparaisse dans l'obscurité.

— Monte dans la voiture.

Tu as ouvert la porte du conducteur et tu t'es installée sur le siège, t'y reprenant à trois fois pour mettre la clé dans le contact et la tourner. Il n'était que quatre heures, mais il faisait déjà nuit. Il avait plu, et tu plissais les yeux chaque fois qu'une voiture arrivait en face, ses phares se réverbérant sur l'asphalte mouillé. Tu pleurais encore, et tu t'es essuyée le nez du revers de la main.

— Regarde dans quel état tu es, ai-je dit. Philip sait que tu es comme ça ? une poule mouillée pleurnicharde ?

— Je ne couche pas avec Philip, as-tu répondu.

Tu as marqué une pause entre chaque mot pour insister, et j'ai tapé du poing sur le tableau de bord. Tu as eu un mouvement de recul.

— Je ne suis pas le genre de Philip, as-tu repris. Il est…

— Ne me prends pas pour un idiot, Jennifer ! J'ai des yeux. J'ai vu ce qu'il y avait entre vous.

Tu as brusquement freiné à un feu rouge, puis tu as redémarré sur les chapeaux de roues quand il est passé au vert. Je me suis tortillé sur mon siège pour t'observer. Je voulais voir ton visage, lire dans tes pensées. Savoir si tu pensais à *lui*. J'ai vu que c'était le cas, même si tu essayais de le cacher.

Dès qu'on arriverait à la maison, je ferais en sorte que ça cesse. Dès qu'on arriverait à la maison, je ferais en sorte que tu ne penses plus à rien.

46

La cour d'assises de Bristol est plus ancienne que le tribunal de première instance, et la solennité transpire de ses couloirs lambrissés. Les huissiers entrent et sortent rapidement du prétoire, leurs toges noires créant des courants d'air qui soulèvent les papiers sur le bureau de la greffière à chacun de leur passage. Le silence est pesant, comme dans une bibliothèque où l'interdiction de faire du bruit donne envie de crier. Je me frotte les yeux et la salle d'audience devient floue. J'aimerais pouvoir garder cette image : les formes brumeuses aux contours imprécis rendent l'atmosphère moins menaçante, moins sérieuse.

Maintenant que je suis là, je suis terrifiée. Mon courage s'est envolé. Bien que j'éprouve une peur bleue de ce que Ian me ferait si je ressortais libre, ce qui m'attend en prison m'effraie soudain tout autant. Je serre les mains et je plonge mes ongles dans la chair de ma main gauche. Dans ma tête des pas résonnent sur une passerelle métallique ; je vois des couchettes étroites dans une cellule grise aux murs si épais que personne ne m'entendra crier. Je ressens tout à coup une vive douleur au dos de la main, et quand je baisse les yeux je m'aperçois que j'ai enfoncé mes ongles si fort que je saigne. Je m'essuie et le sang laisse une traînée rose sur ma peau.

Le box dans lequel je me trouve peut contenir plusieurs personnes ; deux rangées de fauteuils sont fixées au sol, les sièges relevés comme au cinéma. Trois côtés sont vitrés, et je me tortille timidement sur mon siège tandis que le prétoire commence à se remplir. Il y a beaucoup plus de spectateurs aujourd'hui qu'à l'audience préliminaire. La simple curiosité qui se lisait sur le visage des tricoteuses du tribunal de première instance laisse ici place aux regards haineux de ceux qui réclament justice. Un homme, au teint olivâtre et avec une veste en cuir deux fois trop grande pour lui, est penché en avant sur son siège. Il ne me quitte pas des yeux, la bouche déformée par un rictus de colère. Je me mets à pleurer, et il secoue la tête avec une moue de dégoût.

La photo de Jacob se trouve dans ma poche et je glisse ma main autour en tripotant les coins.

Les équipes juridiques se sont agrandies : chaque avocat est assisté de plusieurs personnes, assises derrière lui et penchées en avant pour se murmurer les dernières consignes. Huissiers et avocats sont les seuls à avoir l'air détendus ici. Ils échangent des plaisanteries à voix haute sans se soucier de l'assistance, et je me demande pourquoi il en va ainsi ; pourquoi un système chercherait-il si délibérément à s'aliéner ceux qui en ont besoin ? La porte s'ouvre en grinçant pour laisser entrer une nouvelle vague de spectateurs, mal à l'aise et hésitants. Je retiens mon souffle à la vue d'Anya. Elle se glisse au premier rang à côté de l'homme à la veste en cuir, qui lui prend la main.

Vous devez vous rappeler que c'était un petit garçon. Qu'il avait une mère. Et qu'elle a le cœur brisé.

Les seuls sièges vides de la salle d'audience sont ceux du banc des jurés. Je les imagine occupés par douze hommes et femmes venus écouter les témoignages, m'observer, décider de ma culpabilité. Je leur ai épargné ça ; je leur ai épargné le supplice de se demander s'ils avaient pris la bonne décision ; j'ai épargné à Anya la souffrance de voir la mort de son fils étalée devant le tribunal. Ruth Jefferson m'a expliqué que ça jouerait en ma faveur : les juges sont plus cléments envers ceux qui évitent à la justice les frais d'un procès.

— Veuillez vous lever.

Le juge est âgé. Les histoires d'un millier de familles se lisent sur son visage. Ses yeux perçants embrassent tout le prétoire, mais ne s'attardent pas sur moi. Je ne suis qu'un chapitre de plus dans une carrière pleine de décisions difficiles. Je me demande s'il est déjà fixé à mon sujet – s'il sait déjà combien de temps je vais devoir rester derrière les barreaux.

— Votre Honneur, le ministère public poursuit Jenna Gray… (La greffière lit un document d'une voix claire et neutre.) Mme Gray, vous êtes accusée de conduite dangereuse ayant entraîné la mort et de délit de fuite. (Elle lève les yeux vers moi.) Que plaidez-vous ?

Je m'accroche à la photo dans ma poche.

— Coupable.

Un sanglot étouffé s'échappe de la tribune du public.

Elle a le cœur brisé.

— Vous pouvez vous rasseoir.

L'avocat du ministère public se lève. Il prend une carafe posée sur la table devant lui et se sert lentement. Le bruit de l'eau remplissant son verre résonne dans la salle d'audience silencieuse, et quand tous les regards sont tournés vers lui, il commence.

— Votre Honneur, l'accusée plaide coupable d'avoir provoqué la mort de Jacob Jordan, un enfant de cinq ans. Elle a reconnu que sa conduite ce soir-là ne correspondait absolument pas à ce que l'on est en droit d'attendre d'une personne responsable. De fait, l'enquête de la police a démontré que la voiture de Mme Gray a quitté la route pour monter sur le trottoir juste avant l'accident, et qu'elle roulait à une vitesse comprise entre soixante et un et soixante-huit kilomètres/heure, bien au-delà de la limitation à cinquante kilomètres/heure.

Je crispe mes mains serrées. J'essaie de respirer lentement, calmement, mais la boule dans mon ventre m'en empêche. Les battements de mon cœur résonnent dans ma tête et je ferme les yeux. Je vois la pluie sur le pare-brise, j'entends le cri – mon cri – quand j'aperçois le petit garçon sur le trottoir ; il court, puis tourne la tête pour dire quelque chose à sa mère.

— En outre, Votre Honneur, après avoir renversé Jacob Jordan, le tuant vraisemblablement sur le coup, l'accusée ne s'est pas arrêtée. (L'avocat du ministère public balaie la salle du regard, sa grandiloquence se révélant inutile en l'absence de jury à impressionner.) Elle n'est pas descendue de la voiture. Elle n'a pas appelé les secours. Elle n'a pas manifesté de remords, pas plus qu'elle n'a proposé son aide. Au lieu de cela, l'accusée a pris la fuite, laissant le petit garçon de cinq ans dans les bras de sa mère traumatisée.

Je me souviens qu'elle s'est penchée sur son fils, son manteau le recouvrant presque, le protégeant de la pluie. Les phares de la voiture faisaient ressortir chaque détail, et j'ai mis mes mains sur ma bouche, horrifiée.

— On pourrait imaginer, Votre Honneur, qu'une telle réaction soit due au choc. Que l'accusée soit partie sous l'effet de la panique et que quelques minutes plus tard, peut-être quelques heures – peut-être même un jour plus tard –, elle soit revenue à la raison et soit allée voir la police. Mais au lieu de cela, Votre Honneur, l'accusée a fui la région pour aller se cacher dans un village à cent cinquante kilomètres de là, où personne ne la connaissait. Elle ne s'est pas rendue. Elle plaide peut-être coupable aujourd'hui, mais c'est uniquement parce qu'elle ne peut plus s'enfuir, et le ministère public, avec tout le respect qu'il vous doit, demande que cet élément soit pris en considération au moment de prononcer la peine.

— Merci, maître Lassiter.

Le juge prend des notes sur un bloc de papier, et l'avocat du ministère public incline la tête avant de se rasseoir en relevant sa toge derrière lui. Mes paumes sont moites. La haine du public est presque palpable.

L'avocate de la défense rassemble ses papiers. Même si je plaide coupable, même si je sais que je dois payer pour ce qui est arrivé, j'ai soudain envie de voir Ruth Jefferson se battre pour moi. La nausée monte en moi quand je comprends que c'est ma dernière chance de parler. Dans quelques instants, le juge rendra son verdict, et il sera trop tard.

Ruth Jefferson se met debout, mais avant qu'elle puisse dire quoi que ce soit, la porte du tribunal s'ouvre brusquement. Le juge lève des yeux sévères, manifestement contrarié.

Patrick détonne tellement ici que je ne le reconnais pas tout de suite. Il me regarde, visiblement ému de me voir menottée dans un box aux vitres blindées. Qu'est-ce qu'il fait là ? Je m'aperçois que l'homme qui l'accompagne est le capitaine Stevens, qui adresse un bref signe de tête au juge avant de se diriger vers le centre de la salle d'audience pour se pencher vers l'avocat du ministère public et lui parler à voix basse.

L'avocat écoute avec attention. Il griffonne quelque chose sur un papier, qu'il tend ensuite à Ruth Jefferson à l'autre bout du banc. Le silence est pesant, comme si tout le monde retenait son souffle.

Mon avocate lit le mot et se relève lentement.

— Votre Honneur, puis-je bénéficier d'une courte suspension d'audience ?

Le juge King pousse un soupir.

— Maître Jefferson, dois-je vous rappeler combien d'affaires j'ai cet après-midi ? Vous avez eu six semaines pour vous entretenir avec votre cliente.

— Toutes mes excuses, Votre Honneur, mais j'ai ici des éléments nouveaux qui pourraient avoir une incidence sur la défense de ma cliente.

— Très bien. Vous avez quinze minutes, maître Jefferson. Passé ce délai, j'ai la ferme intention de rendre mon jugement.

Il fait un signe à la greffière.

— Veuillez vous lever, lance celle-ci.

Tandis que le juge King quitte le prétoire, un garde pénètre dans le box pour me ramener au sous-sol.

— Qu'est-ce qui se passe ? dis-je.

— Aucune idée, ma belle, mais c'est toujours la même histoire. Je passe mon temps à monter et à descendre comme un foutu yoyo.

Il m'escorte jusqu'à la pièce étouffante où j'ai parlé avec mon avocate il y a moins d'une heure. Ruth Jefferson arrive presque aussitôt, suivie du capitaine Stevens. Ruth se met à parler avant même que la porte se soit refermée derrière eux.

— J'espère que vous vous rendez compte, Mme Gray, que les tribunaux ne prennent pas à la légère l'entrave au cours de la justice.

Je ne réponds rien, et elle s'assoit. Elle remet une mèche brune rebelle sous sa perruque d'avocate.

Le capitaine Stevens sort un passeport de sa poche et le lâche sur la table. Je n'ai pas besoin de l'ouvrir pour savoir que c'est le mien. Je les regarde, lui et mon avocate exaspérée, puis je tends la main pour toucher le passeport. Je me souviens du jour où j'ai rempli le formulaire pour changer de nom avant le mariage. J'avais essayé une centaine de signatures, demandant à Ian laquelle faisait le plus adulte, laquelle me ressemblait le plus. Quand le passeport est arrivé, c'était la première preuve tangible de mon changement de situation, et j'avais hâte de le montrer à l'aéroport.

Le capitaine Stevens se penche et pose les mains sur la table, son visage au niveau du mien.

— Vous n'êtes plus obligée de le protéger, Jennifer.

J'ai un mouvement de recul.

— S'il vous plaît, ne m'appelez pas comme ça.

— Racontez-moi ce qui s'est passé.

Je ne dis rien.

Le capitaine Stevens parle doucement, et son calme me tranquillise, me rassure.

— On ne le laissera plus vous faire de mal, Jenna.

Alors ils savent. Je laisse échapper un petit soupir et regarde d'abord le capitaine Stevens, puis Ruth Jefferson. Je me sens tout à coup épuisée. Le capitaine ouvre un dossier marron sur lequel je vois écrit « Petersen » – mon nom d'épouse. Le nom de Ian.

— On a reçu beaucoup de signalements, dit-il. Des voisins, des médecins, des passants ont appelé, mais jamais vous, Jenna. Vous ne nous avez jamais contactés. Et quand nous sommes venus, vous avez refusé de nous parler. Vous avez refusé de porter plainte. Pourquoi ne pas nous avoir laissés vous aider ?

— Parce qu'il m'aurait tuée.

Il y a un silence avant que le capitaine Stevens reprenne la parole.

— Quand vous a-t-il frappé pour la première fois ?

— Est-ce que c'est important ? demande Ruth en consultant sa montre.

— Oui, réplique sèchement le capitaine Stevens.

Elle s'adosse à sa chaise en fronçant les sourcils.

— Ça a commencé pendant notre nuit de noces.

Je ferme les yeux en me remémorant la douleur surgie de nulle part et la honte d'avoir raté mon mariage avant même qu'il ait commencé. Je me souviens de la tendresse de Ian quand il est revenu, de la douceur avec laquelle il s'est occupé de mon visage endolori. Je lui ai demandé pardon, et j'ai fait ça pendant sept ans.

— Quand vous êtes-vous rendue au foyer de Grantham Street ?

Je suis surprise qu'il en sache autant.

— Jamais. Ils ont vu mes bleus à l'hôpital et ils m'ont posé des questions sur mon mariage. Je ne leur ai rien dit, mais ils m'ont donné une carte en précisant que je pourrais aller là-bas quand je voudrais, que j'y serais en sécurité. Je ne les ai pas crus – comment est-ce que j'aurais pu être en sécurité si près de Ian ? –, mais j'ai gardé la carte. Le fait de l'avoir me donnait l'impression d'être un peu moins seule.

— Vous n'avez jamais essayé de partir ? demande le capitaine Stevens.

La colère se lit sur son visage, mais elle n'est pas dirigée contre moi.

— Si, des tas de fois, dis-je. Ian allait au travail et je commençais à faire mes valises. Je faisais le tour de la maison pour récupérer les souvenirs que je pouvais raisonnablement emporter avec moi. Je mettais tout dans la voiture… la voiture était toujours à moi, vous voyez.

Le capitaine Stevens secoue la tête sans comprendre.

— La carte grise était encore à mon nom de jeune fille. Ce n'était pas voulu, au départ – juste une de ces choses que j'avais oublié de faire quand on s'est mariés –, mais par la suite, c'est devenu important pour moi. Tout était au nom de Ian – la maison, le compte en banque… j'ai commencé à avoir l'impression de ne plus exister, de lui appartenir moi aussi. Alors je n'ai jamais changé la carte grise. Ce n'était pas grand-chose, je sais, mais… (Je hausse les épaules.) Bref, je chargeais mes affaires dans la voiture, puis je changeais d'avis et je remettais tout exactement au même endroit. À chaque fois.

— Pourquoi ?

— Parce qu'il m'aurait retrouvée.

Le capitaine Stevens feuillette le dossier. Il est incroyablement épais et pourtant il ne doit contenir que les épisodes ayant entraîné un signalement à la police. Les côtes cassées et la commotion cérébrale qui m'ont valu un séjour à l'hôpital. Pour chaque marque visible, il y en avait une douzaine d'autres cachées.

Ruth Jefferson pose une main sur le dossier.

— Je peux ?

Le capitaine Stevens me regarde et j'acquiesce. Il lui tend le dossier et elle commence à le parcourir.

— Mais vous êtes partie après l'accident, observe le capitaine Stevens. Qu'est-ce qui a changé ?

Je respire à fond. J'ai envie de répondre que j'ai enfin trouvé le courage de partir, mais c'est faux, bien sûr.

— Ian m'a menacée, dis-je doucement. Il m'a dit que si jamais j'allais voir la police, si jamais je racontais ce qui s'était passé à quiconque, il me tuerait. Et je savais qu'il était sérieux. Ce soir-là, après l'accident, il m'a tellement battue que je ne tenais plus debout. Il m'a ensuite relevée et m'a plaqué le bras dans l'évier. Puis il a versé de l'eau bouillante sur ma main et je me suis évanouie. Après ça, il m'a traînée jusque dans mon atelier et il m'a obligée à le regarder tout casser… tout ce que j'avais fait. (Je ne parviens pas à lever les yeux vers le capitaine Stevens. C'est tout juste si je peux parler.) Et ensuite, il est parti. Je ne sais pas où. J'ai passé la première nuit sur le sol de la cuisine, puis j'ai rampé jusqu'à l'étage pour m'allonger dans le lit. J'ai prié pour mourir, pour qu'il ne puisse plus me faire de mal quand il reviendrait. Mais il n'est pas revenu. Plusieurs jours sont passés et j'ai peu à peu repris des forces. J'ai commencé à imaginer qu'il était parti pour de bon, mais il n'avait presque rien emporté avec lui et je savais qu'il pourrait revenir à tout moment. J'ai compris que si je restais avec lui, un jour il me tuerait. Et c'est là que je suis partie.

— Racontez-moi ce qui s'est passé avec Jacob.

Je mets la main dans ma poche pour toucher la photo.

— On s'est disputés. J'exposais dans un entrepôt. C'était l'exposition la plus importante que j'avais jamais organisée, et j'avais passé plusieurs jours à tout installer avec le commissaire, un homme qui s'appelle Philip. Ça se passait en journée, mais Ian s'est quand même soûlé. Il m'a accusée d'avoir une liaison avec Philip.

— C'était vrai ?

Cette question indiscrète me fait rougir.

— Philip est gay, dis-je. Mais Ian ne voulait pas l'admettre. Je pleurais et je ne voyais pas bien la route. Il avait plu et les phares m'éblouissaient. Il me hurlait dessus en me traitant de salope et de putain. Je suis passée par Fishponds pour éviter les bouchons, mais Ian m'a forcée à arrêter la voiture. Il m'a frappée et il a pris les clés ; il avait tellement bu qu'il tenait à peine debout. Il conduisait comme un fou en hurlant qu'il allait me donner une bonne leçon. On traversait un quartier résidentiel et Ian conduisait de plus en plus vite. J'étais terrifiée. (Je me tords les mains sur les genoux.) Et c'est là que j'ai vu le garçon. J'ai crié, mais Ian n'a pas ralenti. On l'a renversé et j'ai vu sa mère s'effondrer comme si elle avait été renversée elle aussi. J'ai essayé de descendre de la voiture, mais Ian a verrouillé les portes et il a entamé une marche arrière. Il n'a pas voulu me laisser y retourner.

J'avale une grande bouffée d'air et un petit gémissement s'échappe de ma gorge au moment où j'expire.

Le silence s'abat sur la petite pièce.

— Ian a tué Jacob, dis-je. Mais c'est comme si c'était moi.

47

Patrick conduit prudemment. Je me prépare à un millier de questions, mais il attend que Bristol soit loin derrière nous avant de parler. Quand les villes laissent place aux champs verdoyants et que les contours déchiquetés de la côte apparaissent devant nous, il se tourne vers moi.

— Tu aurais pu aller en prison.

— C'est ce que je voulais.

— Pourquoi ?

Il ne me juge pas, il cherche juste à comprendre.

— Parce qu'il fallait que quelqu'un paie pour ce qui s'est passé, lui dis-je. Quelqu'un devait être condamné pour que la mère de Jacob puisse retrouver un peu de tranquillité en sachant que quelqu'un avait payé pour la mort de son fils.

— Mais pas toi, Jenna.

Avant de partir, j'ai demandé au capitaine Stevens ce qu'ils allaient dire à la mère de Jacob, soudain confrontée au procès avorté de la personne qu'elle croyait coupable.

— On va attendre qu'il soit derrière les barreaux avant de lui annoncer quoi que ce soit, m'a-t-il répondu.

Je me rends compte à présent que mon comportement va l'obliger à revivre tout ça.

— Dans le coffret avec ton passeport, dit tout à coup Patrick. J'ai vu… j'ai vu un jouet d'enfant.

Il s'interrompt sans formuler sa question.

— C'était pour mon fils. Ben. J'étais terrifiée quand je suis tombée enceinte. Je pensais que Ian serait furieux, mais il était aux anges. Il affirmait que ça allait tout changer, et même s'il ne l'a jamais dit, j'étais certaine qu'il regrettait la façon dont il m'avait traitée jusque-là. Je croyais que ce bébé serait un tournant pour nous : que Ian se rendrait compte qu'on pouvait être heureux tous les trois.

— Mais ça ne s'est pas passé comme ça, fait Patrick.

— Non. Au début, il était aux petits soins avec moi. Il me traitait comme une princesse et me disait toujours ce qu'il fallait que je mange et ce que je devais éviter. Mais au fur et à mesure que mon ventre a grossi, il est devenu de plus en plus distant. Comme s'il ne supportait pas que je sois enceinte – comme s'il m'en voulait, même. Au septième mois, j'ai fait en repassant une marque de brûlure sur une de ses chemises. C'était stupide de ma part. J'ai été distraite par le téléphone, et je m'en suis aperçue trop tard. Ian est devenu fou. Il m'a donné un grand coup de poing dans le ventre et j'ai commencé à saigner.

Patrick s'arrête au bord de la route et éteint le moteur. Je fixe le terrain en friche devant nous. Une poubelle déborde et des papiers d'emballage dansent dans la brise.

— Ian a appelé une ambulance. Il leur a dit que j'étais tombée. Je pense qu'ils ne l'ont pas cru, mais qu'est-ce qu'ils pouvaient faire ? Les saignements s'étaient arrêtés quand on est arrivés à l'hôpital, mais je savais qu'il était mort avant de passer l'échographie. Je l'ai senti. Ils ont proposé de me faire une césarienne, mais je ne voulais pas qu'on me l'enlève comme ça. Je voulais le mettre au monde. (Patrick me tend la main mais je ne la prends pas, et il la laisse retomber sur son siège.) Ils m'ont donné des médicaments pour déclencher l'accouchement et j'ai attendu à la maternité avec les autres femmes. J'ai vécu les mêmes choses qu'elles : les premières douleurs, le gaz hilarant, les visites des sages-femmes et des médecins. La seule différence était que mon bébé était mort. Quand on m'a enfin emmenée en salle d'accouchement, la femme à côté de moi m'a fait un signe de la main et m'a souhaité bonne chance. Ian est resté avec moi pendant l'accouchement, et même si je lui en voulais, je lui ai tenu la main en poussant, et je l'ai laissé m'embrasser sur le front, car après tout, qui d'autre était là pour moi ? Et je n'arrêtais pas de me dire que si je n'avais pas brûlé sa chemise, Ben serait encore en vie.

Je me mets à trembler et je presse les mains sur mes genoux pour me calmer. Les semaines qui ont suivi la mort de Ben, mon corps a essayé de me faire croire que j'étais une mère. Mes seins étaient douloureux, et je pressais mes mamelons sous la douche pour faire sortir le lait qui s'y accumulait, humant la douce odeur qui remontait jusqu'à mes narines. Un jour, j'ai levé les yeux et j'ai surpris Ian à la porte de la salle de bains en train de m'observer. J'avais encore le ventre arrondi, la peau distendue et flasque. Des veines bleues sillonnaient mes seins gonflés et du lait dégoulinait le long de mon corps. J'ai vu sa moue écœurée avant qu'il fasse demi-tour.

J'ai essayé de lui parler de Ben. Juste une fois – un jour où la douleur de l'avoir perdu était si intense que je pouvais à peine mettre un pied devant l'autre. J'avais besoin de partager mon chagrin avec quelqu'un – n'importe qui – et je n'avais personne d'autre à qui parler à cette époque. Mais il ne m'a pas laissée finir ma phrase.

— Ça n'est jamais arrivé, a-t-il dit. Ce bébé n'a jamais existé.

Ben n'a peut-être pas vu le jour, mais il a vécu. Il a vécu en moi, respiré mon oxygène, partagé ma nourriture. Il faisait partie de moi. Mais je n'ai plus jamais reparlé de lui.

Je ne parviens pas à regarder Patrick. Maintenant que j'ai commencé, je ne peux plus m'arrêter, et les mots se précipitent hors de ma bouche.

— Il y a eu un horrible silence quand il est sorti. Quelqu'un a lu l'heure à haute voix, puis ils me l'ont mis dans les bras, délicatement, comme s'ils ne voulaient pas lui faire mal, et ils nous ont laissés seuls avec lui. Je suis restée une éternité comme ça, à contempler son visage, ses cils, ses lèvres. Je lui ai caressé le creux de la main en imaginant qu'il pouvait attraper mes doigts, mais ils ont fini par revenir pour me l'enlever. J'ai crié en m'accrochant à lui jusqu'à ce qu'ils soient obligés de me donner un calmant. Mais je ne voulais pas dormir, parce que je savais qu'en me réveillant je serais à nouveau seule.

Quand j'ai fini, je regarde Patrick et vois ses yeux remplis de larmes, et quand j'essaie de lui dire que ça va, que tout va bien, je me mets à pleurer moi aussi. Nous nous cramponnons l'un à l'autre dans la voiture au bord de la route, jusqu'à ce que le soleil commence à disparaître, puis nous rentrons à Penfach.

Patrick gare la voiture au camping et m'accompagne sur le sentier du cottage. Le loyer est payé jusqu'à la fin du mois, mais je ralentis en repensant aux mots de Iestyn, au dégoût dans sa voix quand il m'a demandé de partir.

— Je l'ai appelé, indique Patrick en lisant dans mes pensées. Je lui ai tout expliqué.

Patrick parle d'une voix calme et douce, comme si j'étais une patiente qui se remettait d'une longue maladie. Je me sens en sécurité avec lui, ma main blottie dans la sienne.

— Tu pourrais aller chercher Beau ? dis-je tandis que nous arrivons au cottage.

— Si tu veux.

— Je veux juste que tout redevienne normal.

En disant ces mots, je me rends compte que je ne suis pas certaine de savoir ce qu'est la normalité.

Patrick tire les rideaux et me prépare du thé, puis quand il voit que je suis au chaud et confortablement installée, il dépose un petit baiser sur mes lèvres et s'en va. Je regarde autour de moi ces petites choses qui ont fait ma vie ici dans la baie – les photos et les coquillages, le bol de Beau par terre dans la cuisine. Je me sens plus chez moi ici que pendant toutes ces années à Bristol.

Je tends spontanément le bras vers l'interrupteur de la lampe à côté de moi. C'est la seule lumière allumée au rez-de-chaussée et elle inonde la pièce d'une chaude lueur abricot. Je l'éteins, et je me retrouve plongée dans l'obscurité. J'attends, mais mon pouls reste régulier ; mes mains sont sèches ; aucun frisson ne parcourt ma nuque. Je souris : je n'ai plus peur.

48

— Et on est sûrs que c'est la bonne adresse ?

Ray posa la question à Stumpy, mais balaya la pièce du regard pour inclure le reste de l'assistance. Moins de deux heures après avoir quitté la cour d'assises, il avait réuni un groupe d'intervention et Stumpy avait contacté le service de renseignements du secteur pour obtenir l'adresse de Ian Petersen.

— Absolument certains, répondit Stumpy. Selon le registre des électeurs, il est domicilié au 72 Albercombe Terrace, et les renseignements ont croisé leurs informations avec celles du service des cartes grises. Petersen a perdu trois points pour excès de vitesse il y a deux mois, et ils ont renvoyé son permis à cette adresse.

— Bon, fit Ray. Espérons qu'il soit chez lui. (Il se tourna pour briefer le groupe d'intervention qui commençait à s'impatienter.) L'arrestation de Petersen est d'une importance capitale, non seulement pour la résolution de l'affaire Jordan, mais aussi pour assurer la sécurité de Jenna. Petersen est un individu violent, c'est ce qui a poussé Jenna à le quitter après plusieurs années de maltraitance.

Les policiers présents dans la pièce hochèrent la tête, l'air farouchement déterminés. Ils savaient tous quel genre d'homme était Ian Petersen.

— Sans surprise, continua Ray, l'ordinateur central fait état d'un avertissement pour voie de fait et de condamnations pour conduite en état d'ivresse et trouble à l'ordre public. Je ne veux prendre aucun risque avec lui, alors on entre, on le menotte et on sort. Compris ?

— Compris, répondirent-ils en chœur.

— Eh bien, allons-y.

Albercombe Terrace était une rue ordinaire avec des trottoirs étroits et trop de voitures stationnées. La seule chose qui distinguait le 72 de ses voisins était les rideaux tirés à toutes les fenêtres.

Ray et Kate se garèrent dans une rue adjacente et attendirent d'avoir la confirmation que deux membres du groupe d'intervention avaient atteint l'arrière de la maison de Petersen. Kate coupa le contact et le silence les enveloppa, uniquement perturbé par le cliquetis du moteur qui refroidissait.

— Ça va ? demanda Ray.

— Ouais, répondit sèchement Kate.

Elle avait cet air résolu qui ne laissait rien transparaître de ses sentiments. Ray sentait son sang bouillir dans ses veines. Dans quelques instants, l'adrénaline l'aiderait à faire le boulot, mais pour le moment elle n'avait nulle part où aller. Il tapota du pied sur la pédale d'embrayage et jeta un nouveau coup d'œil à Kate.

— Tu as ton gilet ?

En guise de réponse, Kate se frappa la poitrine et Ray perçut le bruit sourd du gilet pare-balles sous son sweat-shirt. Un couteau était facilement caché et vite sorti, et Ray avait vu trop de drames évités de justesse pour prendre le moindre risque. Il tâta la matraque et la bombe lacrymogène accrochées à sa ceinture, rassuré par leur présence.

— Reste près de moi, dit-il. Et s'il sort une arme, fous le camp.

Kate haussa les sourcils.

— Parce que je suis une femme ? (Elle ricana.) Je me replierai en même temps que toi.

— Au diable le politiquement correct, Kate ! (Ray frappa le volant du plat de sa main. Il se tut et fixa la rue déserte à travers le pare-brise.) Je ne veux pas qu'il t'arrive quoi que ce soit.

Avant que l'un ou l'autre ait le temps d'ajouter quelque chose, leurs radios grésillèrent.

— Zéro six, patron.

Les équipes étaient en place.

— Bien reçu, fit Ray. S'il sort par la porte de derrière, attrapez-le. On y va.

— Compris, répondit la voix.

Ray se tourna vers Kate.

— Prête ?

— Plus que jamais.

Ils se dirigèrent d'un pas résolu vers l'avant de la maison. Ray frappa à la porte et se hissa sur la pointe des pieds pour regarder par la petite vitre au-dessus du heurtoir.

— Tu vois quelque chose ?

— Non.

Il frappa une nouvelle fois, et le bruit résonna dans la rue déserte.

Kate enclencha sa radio :

— Tango Charlie 461 à Central, vous pouvez me passer Bravo Foxtrot 275 ?

— Allez-y.

Elle parla directement avec les deux policiers à l'arrière du bâtiment.

— Du mouvement ?

— Négatif.

— Bien reçu. Restez en place.

— OK.

— Merci, Central. (Kate remit la radio dans sa poche et se tourna vers Ray.) C'est l'heure de la grosse clé rouge.

Deux spécialistes du groupe d'intervention balancèrent un bélier métallique rouge vers la porte. Le bois céda dans un fracas assourdissant et la porte s'ouvrit en claquant contre le mur d'un couloir étroit. Ray et Kate s'écartèrent et les policiers entrèrent, se déployant par groupes de deux pour inspecter chaque pièce.

— RAS !

— RAS !

— RAS !

Ray et Kate les suivirent à l'intérieur sans se perdre de vue en attendant la confirmation de l'arrestation de Petersen. À peine deux minutes plus tard, le lieutenant en charge du groupe d'intervention descendit l'escalier en secouant la tête.

— La maison est vide, patron, annonça-t-il à Ray. La chambre a été nettoyée à fond, et il n'y a plus rien dans l'armoire ni dans la salle de bains. On dirait qu'il a mis les voiles.

— Merde ! (Ray tapa du poing sur la rampe d'escalier.) Kate, appelle Jenna sur son portable. Demande-lui où elle est et dis-lui de ne pas bouger.

Il se dirigea à grandes enjambées vers la voiture, et Kate dut courir pour le rattraper.

— Elle est sur répondeur.

Ray s'installa au volant et démarra.

— Où est-ce qu'on va, maintenant ? fit Kate en bouclant sa ceinture.

— Au pays de Galles, répondit-il d'un air résolu.

Il aboya des instructions à Kate en conduisant :

— Appelle les renseignements pour qu'ils te sortent tout ce qu'ils ont sur Petersen. Contacte la police de la Thames Valley et fais en sorte qu'un agent passe chez Eve Mannings à Oxford ; il l'a déjà menacée une fois, et il y a de fortes chances qu'il y retourne. Appelle nos collègues de la Galles du Sud et lance une alerte au nom de Jenna Gr... (Ray rectifia.) Petersen. Je veux qu'ils envoient quelqu'un au cottage pour s'assurer qu'elle va bien.

Kate nota les consignes au fur et à mesure, puis fit un compte rendu à Ray après chaque coup de fil.

— Personne n'est en service à Penfach ce soir, ils vont envoyer quelqu'un de Swansea, mais il y a un match de foot là-bas et toute la ville est paralysée.

Ray poussa un soupir exaspéré.

— Ils ont compris la situation ?

— Oui, et ils ont dit qu'ils en feraient une priorité, mais ils ne savent pas à quelle heure ils pourront y être.

— Nom de Dieu ! pesta Ray. Il ne manquait plus que ça !

Kate tapota son stylo contre la vitre tandis qu'elle essayait le portable de Patrick.

— Ça sonne dans le vide.

— Il faut à tout prix qu'on ait quelqu'un, dit Ray. Quelqu'un du coin.

— Et les voisins ?

Kate se redressa et se connecta à Internet sur son téléphone.

— Il n'y a pas de voisins… (Ray regarda Kate.) Le camping, bien sûr !

— Je l'ai. (Kate trouva le numéro et le composa.) Allez, allez…

— Mets le haut-parleur.

— Camping de Penfach, bonjour, Bethan à l'appareil.

— Bonjour, ici l'inspecteur Kate Evans de la brigade criminelle de Bristol. Je cherche Jenna Gray. Vous l'avez vue aujourd'hui ?

— Pas aujourd'hui, ma chère. Mais je croyais qu'elle était à Bristol ? (Il y avait une note de prudence dans la voix de Bethan.) Tout va bien ? Qu'est-ce qui s'est passé au tribunal ?

— Elle a été acquittée. Écoutez, je suis désolée de me montrer aussi pressante, mais Jenna est partie d'ici vers trois heures et je voudrais m'assurer qu'elle est bien arrivée. Elle est revenue en voiture avec Patrick Mathews.

— Je ne les ai pas vus, ni l'un ni l'autre, dit Bethan. Mais Jenna est bien là, elle est descendue sur la plage.

— Comment vous le savez ?

— Je viens d'aller promener les chiens, et j'ai vu un de ses messages sur le sable. Mais il était un peu bizarre, ça ne ressemblait pas à ce qu'elle écrit d'habitude.

Ray sentit l'inquiétude monter en lui.

— Que disait le message ?

— Qu'est-ce qu'il y a ? répliqua Bethan. Qu'est-ce que vous me cachez ?

— Qu'est-ce qu'il disait ?

Ray n'avait pas eu l'intention de crier, et l'espace d'un instant, il crut que Bethan avait raccroché. Quand elle reprit enfin la parole, l'hésitation dans sa voix suggérait qu'elle avait compris que quelque chose n'allait pas.

— Il disait juste : « Trahi ».

49

Je ne comptais pas m'endormir, mais on frappe à la porte et je redresse brusquement la tête en frottant mon cou engourdi. Je mets une seconde à savoir où je suis, et on frappe de nouveau, de façon plus insistante. Je me demande depuis combien de temps Patrick attend devant le cottage. Je me mets péniblement debout et grimace tandis qu'une crampe me saisit le mollet.

J'ai un mauvais pressentiment en tournant la clé, mais la porte s'ouvre avec fracas avant que je puisse réagir et je me retrouve plaquée contre le mur. Ian est tout rouge, sa respiration hachée. Je me prépare à recevoir un coup de poing, mais il ne vient pas, et je compte les battements de mon cœur tandis qu'il referme lentement le verrou.

Un, deux, trois.

Rapides et violents, cognant dans ma poitrine.

Sept, huit, neuf, dix.

Le voilà prêt. Il se tourne vers moi avec un sourire que je connais aussi bien que le mien. Un sourire qui n'atteint pas ses yeux, qui laisse présager ce qu'il me réserve. Un sourire qui me dit que même si la fin approche, elle ne sera pas rapide.

Il me prend par la nuque, appuyant le pouce sur mes cervicales. C'est désagréable, mais pas douloureux.

— Tu as donné mon nom à la police, Jennifer.

— Je n'ai pas…

Il m'attrape par les cheveux et me tire vers lui d'un coup sec. Je plisse les yeux en m'attendant à une explosion de douleur. Mais quand je les rouvre, son visage est à quelques centimètres du mien. Il empeste le whisky et la sueur.

— Ne me mens pas, Jennifer.

Je ferme les paupières en me disant que je peux survivre à ça, même si chaque partie de mon corps aimerait le supplier de me tuer sur-le-champ.

De sa main libre, il me saisit la mâchoire et promène son index sur mes lèvres avant de glisser un doigt dans ma bouche. Je résiste à l'envie de vomir quand il appuie sur ma langue.

— Tu m'as trahi, espèce de salope, dit-il d'une voix aussi douce que s'il me faisait un compliment. Tu as fait une promesse, Jennifer. Tu as promis que tu n'irais pas voir la police, et qu'est-ce que j'ai vu aujourd'hui ? Je t'ai vue racheter ta liberté en m'enlevant la mienne. J'ai vu mon nom – mon putain de nom ! – à la une du *Bristol Post*.

— Je vais leur dire. (Je tâche d'articuler malgré son doigt.) Je vais leur dire que ce n'était pas vrai. Je vais leur dire que j'ai menti.

Je bave sur sa main et il a une moue de dégoût.

— Non, réplique-t-il. Tu ne vas rien dire à personne.

Sans lâcher mes cheveux, il me libère la mâchoire et me gifle violemment.

— Monte à l'étage.

Je serre les poings le long de mon corps, sachant que malgré la douleur je ne dois pas me toucher le visage. J'ai un goût de sang dans la bouche et j'avale discrètement ma salive.

— S'il te plaît, dis-je d'une voix ténue qui semble appartenir à quelqu'un d'autre. S'il te plaît, ne…

Je cherche les mots justes, les mots les moins susceptibles de l'énerver. *Ne me viole pas*, ai-je envie de dire. C'est arrivé si souvent que ça devrait m'être égal, et pourtant je ne supporte pas l'idée de l'avoir sur moi une fois de plus ; de l'avoir en moi, m'obligeant à émettre des sons à mille lieues de la haine que j'éprouve pour lui.

— Je ne veux pas faire l'amour, dis-je en maudissant ma voix brisée qui trahit l'importance que j'y accorde.

— Faire l'amour avec toi ? crache-t-il, des gouttelettes de salive éclaboussant mon visage. Ne te flatte pas, Jennifer. (Il me lâche les cheveux et me regarde de haut en bas.) Monte à l'étage.

Mes jambes menacent de se dérober sous moi tandis que je fais les quelques pas qui me séparent de l'escalier, puis je me cramponne à la rampe pour monter, sentant sa présence derrière moi. J'essaie de calculer dans combien de temps Patrick va revenir, mais j'ai perdu toute notion de l'heure.

Ian me pousse dans la salle de bains.

— Déshabille-toi.

J'ai honte de lui obéir aussi facilement.

Il croise les bras et me regarde enlever laborieusement mes vêtements. Je pleure à présent à chaudes larmes, même si je sais que ça va le mettre hors de lui. C'est plus fort que moi.

Ian bouche la baignoire et ouvre le robinet d'eau froide, mais pas celui d'eau chaude. Je suis debout devant lui, nue et grelottante, et il observe mon corps, visiblement écœuré à cette vue. Je me souviens de l'époque où il m'embrassait dans le cou avant de promener ses doigts avec une extrême douceur, presque avec vénération, entre mes seins et sur mon ventre.

— Tu ne peux t'en prendre qu'à toi-même, soupire-t-il. J'aurais pu venir te chercher quand je voulais, mais je t'ai laissée partir. Je ne voulais plus de toi. Tout ce que tu avais à faire, c'était de la boucler, et tu aurais pu continuer ta petite vie minable ici. (Il secoue la tête.) Mais non, hein ? Il a fallu que tu ailles voir la police pour tout leur déballer. (Il ferme le robinet.) Monte dans la baignoire.

Je ne résiste pas. Ça ne sert plus à rien maintenant. J'entre dans la baignoire et m'assois. L'eau glaciale me coupe le souffle et me mord le ventre. J'essaie de me convaincre qu'elle est chaude.

— Maintenant, tu vas te laver.

Il prend une bouteille d'eau de Javel par terre à côté de la cuvette des toilettes et dévisse le bouchon. Je me mords la lèvre. Une fois, il m'a fait boire de la Javel. Un jour où j'étais rentrée tard après un dîner avec mes amis de la fac. Je lui ai dit que je n'avais pas vu le temps passer, mais il a versé l'épais liquide dans un verre à vin et m'a regardée l'amener à mes lèvres. Il m'a arrêtée après la première gorgée et a éclaté de rire en me disant que seule une idiote aurait accepté de boire ça. J'ai vomi toute la nuit, et j'ai gardé le goût chimique dans la bouche pendant plusieurs jours.

Ian verse de la Javel sur mon gant de toilette. Le liquide déborde et goutte dans la baignoire, où les taches bleues s'étendent à la surface de l'eau comme de l'encre sur un buvard. Il me tend le gant de toilette.

— Frotte-toi bien.

Je frotte le gant de toilette sur mes bras, essayant de m'asperger d'eau en même temps pour diluer la Javel.

— Maintenant, le reste du corps, dit-il. Et n'oublie pas le visage. Fais ça bien, Jennifer, ou je le fais à ta place. Peut-être que ça te lavera de tes péchés.

Il m'oblige à nettoyer toutes les parties de mon corps à la Javel, et quand j'ai terminé, ma peau me pique. Je m'enfonce dans l'eau glaciale pour soulager cette sensation de brûlure, incapable d'empêcher mes dents de claquer. Cette douleur, cette humiliation – c'est pire que la mort. Vivement que ce soit fini.

Je ne sens plus mes pieds. Je tends le bras pour les frotter, mais c'est comme si mes doigts appartenaient à quelqu'un d'autre. Je suis frigorifiée. J'essaie de me redresser pour garder au moins la moitié du corps hors de l'eau, mais il me force à rester allongée, les jambes péniblement repliées sur le côté pour tenir dans la petite baignoire. Il rouvre le robinet d'eau froide jusqu'à remplir la cuve à ras bord. Mon cœur ne cogne plus dans mes oreilles, mais bat timidement dans ma poitrine. Je me sens faible et engourdie, et j'entends les mots de Ian comme s'ils provenaient de très loin. Je claque des dents et me mords la langue, mais je perçois à peine la douleur.

Ian est resté debout près de la baignoire pendant que je me lavais, mais il est désormais assis sur la lunette des toilettes. Il m'observe froidement. Il va me noyer, je suppose. Ça ne prendra pas longtemps – je suis déjà à moitié morte.

— Ça a été facile de te retrouver, tu sais. (Il s'exprime avec désinvolture, comme si nous étions de vieux amis en train de discuter au pub.) Ce n'est pas difficile de créer un site Internet sans laisser de traces, mais tu es si stupide que tu ne t'es pas aperçue que n'importe qui pouvait trouver ton adresse.

Je ne dis rien, mais il n'a pas l'air d'avoir besoin de réponse.

— Vous autres les femmes, vous croyez pouvoir vous débrouiller toutes seules, poursuit-il. Vous croyez ne pas avoir besoin des hommes. Mais dès qu'on n'est plus là, vous n'êtes plus capables de rien. Vous êtes toutes les mêmes. Et les mensonges ! Nom de Dieu, ce que vous pouvez mentir ! C'est aussi naturel que de respirer, chez vous.

Je suis si fatiguée. Si désespérément fatiguée. Je me sens glisser sous la surface de l'eau, et je me secoue pour rester éveillée. J'enfonce mes ongles dans mes cuisses, mais je les sens à peine.

— Vous croyez pouvoir vous en tirer impunément, mais on finit toujours par vous démasquer. Les mensonges, les coups bas, les trahisons…

Ses mots ne m'atteignent pas.

— J'ai été très clair dès le début, continue Ian. Je ne voulais pas d'enfants. (Je ferme les yeux.) Mais on n'a pas notre mot à dire, hein ? C'est la femme qui décide. C'est elle qui choisit si elle avorte ou pas. Putain, et mon choix à moi dans tout ça ?

Je pense à Ben. Il aurait pu être en vie. Si seulement j'avais pu le protéger quelques semaines de plus…

— Un jour, on m'annonce que je vais avoir un fils, dit Ian. Et je suis censé fêter ça ! Fêter un enfant que je n'ai jamais voulu. Un enfant qui n'aurait jamais existé si elle ne me l'avait pas fait dans le dos.

J'ouvre les yeux. Les carreaux blancs au-dessus des robinets sont parcourus de fissures que je suis du regard jusqu'à ce que mes yeux se remplissent d'eau et que tout devienne flou. Il dit n'importe quoi. Ou peut-être que c'est moi qui ne comprends pas. J'essaie de parler mais ma langue est engourdie. Je ne lui ai pas fait d'enfant dans le dos. C'était un accident, mais il était heureux. Il affirmait que ça allait tout changer.

Ian est penché, les coudes sur les genoux et les mains près de la bouche, comme s'il priait. Mais ses poings sont serrés et une veine palpite furieusement sur sa tempe.

— Je l'avais prévenue, reprend-il. Je lui avais dit que je ne voulais rien de sérieux. Mais elle a tout gâché. (Il me regarde.) C'était censé être une histoire sans lendemain, un petit coup vite fait avec une fille sans intérêt. Il n'y avait aucune raison que tu l'apprennes un jour. Sauf qu'elle est tombée enceinte, et qu'au lieu de foutre le camp elle a décidé de rester et de faire de ma vie un enfer.

Je m'efforce de comprendre ce qu'il raconte.

— Tu as un fils ? finis-je par parvenir à articuler.

Il me regarde et rit jaune.

— Non, ça n'a jamais été mon fils, rectifie-t-il. C'était le rejeton d'une salope polonaise qui nettoyait les chiottes au boulot. J'étais juste le donneur de sperme. (Il se lève et lisse sa chemise.) Elle est venue me voir quand elle a su qu'elle était enceinte, et je lui ai bien fait comprendre que si elle le gardait, il faudrait faire sans moi. (Il soupire.) Je n'ai plus entendu parler d'elle jusqu'à ce que l'enfant entre à l'école. Et ensuite, elle ne voulait plus me lâcher. (Il grimace en se lançant dans une piètre imitation d'un accent d'Europe de l'Est.) *Il a besoin d'un père, Ian. Je veux que Jacob sache qui est son père.*

Je relève la tête. Dans un effort qui me fait crier de douleur, je m'appuie au fond de la baignoire pour me redresser.

— Jacob ? dis-je. Tu es le père de Jacob ?

Ian me dévisage un instant en silence, puis me saisit brusquement le bras.

— Sors.

Je trébuche sur le rebord de la baignoire et m'effondre par terre, les jambes ankylosées après une heure passée dans l'eau glaciale.

— Couvre-toi.

Il me lance mon peignoir et je l'enfile, m'en voulant d'éprouver de la gratitude. J'ai la tête qui tourne : Jacob était le fils de Ian ? Mais quand Ian a découvert qu'il avait renversé Jacob, il a dû…

Quand je comprends enfin la vérité, j'ai l'impression de recevoir un coup de couteau dans le ventre. La mort de Jacob n'était pas un accident. Ian a tué son propre fils, et maintenant c'est mon tour.

50

— Arrête la voiture, ai-je dit.

Tu n'as pas réagi, et j'ai saisi le volant.

— Ian, non !

Tu as essayé de me le reprendre et on a heurté le trottoir avant de revenir au milieu de la route, évitant de justesse une voiture qui arrivait en sens inverse. Tu n'avais pas d'autre choix que de lâcher l'accélérateur et de freiner. On s'est arrêtés en diagonale sur la chaussée.

— Descends.

Tu n'as pas hésité, mais une fois sortie tu es restée plantée près de la portière, debout sous la bruine. J'ai fait le tour de la voiture pour venir de ton côté.

— Regarde-moi.

Tu n'as pas levé les yeux du sol.

— Regarde-moi, j'ai dit !

Tu as lentement redressé la tête mais tu regardais derrière moi, par-dessus mon épaule. J'ai changé de position pour entrer dans ton champ de vision, et tu as tout de suite regardé de l'autre côté. Je t'ai empoignée par les épaules et secouée de toutes mes forces. Je voulais t'entendre crier, j'arrêterais à ce moment-là, mais tu n'as émis aucun son. Ta mâchoire s'est serrée. Tu voulais jouer, Jennifer, mais je gagnerais. Je te ferais crier.

Je t'ai lâchée, et tu n'as pas réussi à dissimuler ton soulagement. Il se lisait encore sur ton visage quand j'ai fermé le poing pour te l'envoyer dans la figure.

Je t'ai frappée sous le menton et ta tête est partie en arrière, percutant le toit de la voiture. Tes jambes se sont dérobées et tu as glissé par terre. Tu as enfin émis un son, un gémissement, comme un chien battu, et je n'ai pas pu m'empêcher de sourire devant cette petite victoire. Mais ça ne suffisait pas. Je voulais t'entendre me demander pardon, avouer que tu flirtais, avouer que tu baisais avec quelqu'un d'autre.

Je t'ai regardée te débattre sur l'asphalte mouillé. Mais ça ne m'a pas libéré – la boule de rage chauffée à blanc continuait de grossir dans ma poitrine. Je finirais ça à la maison.

— Monte dans la voiture.

Tu t'es péniblement remise debout. Du sang ruisselait de ta bouche et tu l'as en vain étanché avec ton écharpe. Tu as essayé de retourner sur le siège du conducteur mais je t'en ai empêchée.

— De l'autre côté.

J'ai mis le moteur en marche et ai démarré avant que tu aies fini de t'installer. Tu as poussé un cri, affolée, et tu as claqué la portière avant de chercher frénétiquement ta ceinture. J'ai ri, mais ça n'a pas apaisé ma rage. Je me suis demandé si je n'étais pas en train de faire une crise cardiaque : ma poitrine était si comprimée, ma respiration si difficile et si douloureuse. Et tout ça, c'était ta faute.

— Ralentis, tu vas trop vite, as-tu dit en postillonnant du sang sur la boîte à gants.

J'ai accéléré pour te montrer qui commandait. On traversait un quartier résidentiel tranquille avec de jolies maisons, et une rangée de voitures étaient garées de mon côté de la route. J'ai déboîté pour les dépasser, malgré les phares qui arrivaient en sens inverse, et j'ai mis le pied au plancher. Je t'ai vue lever les bras pour te protéger le visage ; la voiture d'en face a klaxonné et fait un appel de phares tandis que je me rabattais juste avant qu'il soit trop tard.

La pression a légèrement diminué dans ma poitrine. J'ai gardé le pied sur l'accélérateur et on a tourné à gauche, dans une longue rue toute droite bordée d'arbres. J'ai soudain reconnu l'endroit, même si je n'étais venu qu'une fois. C'était là que vivait Anya. Là où je l'avais baisée. Le volant m'a échappé des mains et la voiture a heurté le trottoir.

— S'il te plaît, Ian, ralentis !

Il y avait une femme avec un enfant sur le trottoir une centaine de mètres plus loin. L'enfant portait un bonnet à pompon, et la femme… j'ai serré le volant plus fort. Je me faisais des idées. Imaginer que c'était elle, juste parce qu'on était dans sa rue. Ça ne pouvait pas être Anya.

La femme a levé les yeux. Elle avait les cheveux détachés, et malgré le temps, elle ne portait ni bonnet ni capuche. Elle me faisait face et riait, le garçon courant à ses côtés. J'ai soudain cru que ma tête allait exploser. C'était elle.

J'avais mis Anya à la porte après l'avoir baisée. Je n'avais aucune envie de remettre ça, ni de voir sa jolie tête vide traîner au bureau. Quand elle avait réapparu le mois dernier, c'est tout juste si je l'avais reconnue : et maintenant elle ne voulait plus me laisser tranquille. Je l'ai vue se diriger vers le faisceau des phares.

Il veut connaître son père, il veut te rencontrer.

Elle allait tout gâcher. Ce garçon allait tout gâcher. Je t'ai regardée, mais tu avais la tête baissée. Pourquoi est-ce que tu ne me regardais plus ? Tu avais l'habitude de poser ta main sur ma cuisse quand je conduisais, de te tortiller sur ton siège pour pouvoir m'observer. C'est à peine si tu posais les yeux sur moi à présent. J'étais déjà en train de te perdre, et si tu découvrais l'existence de ce garçon je ne te récupérerais jamais.

Ils traversaient la route. J'avais atrocement mal à la tête et tu pleurnichais. On aurait dit une mouche qui bourdonnait à mon oreille.

J'ai écrasé l'accélérateur.

51

— Tu as tué Jacob ? dis-je, presque incapable de prononcer ces mots. Mais pourquoi ?

— Il allait tout gâcher, répond simplement Ian. Si Anya avait gardé ses distances, rien ne leur serait arrivé. Elle ne peut s'en prendre qu'à elle-même.

Je repense à cette femme devant la cour d'assises, avec ses tennis fatiguées.

— Elle avait besoin d'argent ?

Ian rit.

— Si ça n'avait été que ça ! Non, elle voulait que je sois un père. Que je voie le garçon le week-end, qu'il dorme à la maison, que je lui achète des putains de cadeaux d'anniversaire...

Il s'interrompt tandis que je me lève avec précaution en me cramponnant au lavabo au cas où mes jambes endolories ne supporteraient pas mon poids. Mes pieds me piquent en se réchauffant. Je me regarde dans le miroir et je ne me reconnais pas.

— Tu aurais appris son existence, reprend Ian. Et celle d'Anya. Tu m'aurais quitté.

Il est debout derrière moi et pose doucement les mains sur mes épaules. J'aperçois sur son visage cette expression que j'ai vue tant de fois après m'avoir battue. Je croyais y déceler des remords – bien qu'il ne se soit jamais excusé une seule fois –, mais je me rends compte à présent que c'était de la peur. La peur que je le voie comme il est vraiment. La peur que je n'aie plus besoin de lui.

Je me dis que j'aurais aimé Jacob comme mon propre fils ; je l'aurais accueilli, j'aurais joué avec lui, je lui aurais offert des cadeaux rien que pour voir la joie sur son visage. Et j'ai soudain l'impression que Ian ne m'a pas enlevé un, mais deux enfants, et ces deux vies gâchées me redonnent de l'énergie.

Je feins une défaillance et baisse la tête vers le lavabo avant de la rejeter en arrière de toutes mes dernières forces. Un ignoble craquement s'élève quand mon crâne heurte le sien.

Ian me lâche pour porter les mains à son visage, le sang ruisselant entre ses doigts. Je me rue à travers la chambre puis sur le palier, mais il est trop rapide et m'agrippe le poignet avant que je puisse descendre. Ses doigts ensanglantés glissent sur ma peau humide et je me débats pour me libérer. Je lui envoie mon coude dans le ventre et reçois en échange un coup de poing qui me coupe le souffle. Il fait noir comme dans un four et je suis désorientée – de quel côté se trouve l'escalier ? Je tâtonne du pied et mes orteils touchent la tringle métallique de la première marche.

Je plonge sous le bras de Ian, tendant les mains vers le mur. Je plie les coudes comme si je faisais une pompe, puis pousse en arrière de toutes mes forces pour expédier tout mon poids sur lui.

Il pousse un cri bref en perdant l'équilibre, puis tombe et s'écrase en bas des marches.

Le silence revient.

J'allume la lumière.

Ian est étendu au pied de l'escalier, immobile. Il est couché à plat ventre sur le sol en ardoise et j'aperçois une entaille à l'arrière de son crâne, d'où s'échappe un filet de sang. Je l'observe, toute tremblante.

Me cramponnant à la rampe, je descends pas à pas l'escalier sans quitter des yeux la silhouette étendue en bas, face contre terre. Je m'arrête sur la dernière marche. La poitrine de Ian bouge imperceptiblement.

Haletante, je tends un pied et le pose avec précaution sur le sol en pierre à côté de lui, m'immobilisant comme un enfant qui joue à un, deux, trois, soleil.

J'enjambe son bras tendu.

Sa main me saisit la cheville et je crie, mais il est trop tard. Je suis déjà par terre et Ian est sur moi, rampant le long de mon corps, les mains et le visage en sang. Il tente de parler, mais aucun mot ne sort de sa bouche déformée par l'effort.

Il s'agrippe à mes épaules pour se hisser au niveau de mon visage et je lui décoche un coup de genou dans les parties. Il hurle et me lâche en se tordant de douleur. Je me lève à toute vitesse et me rue sans hésiter vers la porte, luttant pour tirer le verrou qui me glisse deux fois entre les doigts avant que je parvienne à l'ouvrir et à sortir. La nuit est froide et la lune presque entièrement dissimulée par les nuages. Je fonce à l'aveuglette, mais à peine me suis-je mise à courir que je distingue les lourds pas de Ian derrière moi. Je ne me retourne pas pour savoir à quelle distance il se trouve, mais je l'entends grogner à chaque pas.

Je cours laborieusement, pieds nus, sur le sentier rocailleux, mais les grognements semblent s'atténuer et je crois que je gagne du terrain. J'essaie de retenir mon souffle, de faire le moins de bruit possible.

Ce n'est qu'en entendant le fracas des vagues que je m'avise que j'ai raté l'embranchement pour le camping. Je maudis ma stupidité. Je n'ai plus que deux options : suivre le sentier qui descend à la plage, ou tourner à droite et continuer sur le sentier littoral en m'éloignant de Penfach. J'ai pris ce chemin plusieurs fois avec Beau, mais jamais la nuit – le sentier longe le bord de la falaise et j'ai toujours eu peur que Beau perde l'équilibre. J'hésite un instant, mais je suis terrifiée à l'idée de me retrouver prise au piège sur la plage : j'ai sûrement plus de chances de m'en sortir si je continue de courir. Je tourne à droite et m'engage sur le sentier littoral. La nuit se fait plus claire tandis que le vent se lève et chasse les nuages. Je risque un rapide coup d'œil derrière moi, mais le sentier est désert.

Je ralentis jusqu'à marcher, puis je m'arrête pour tendre l'oreille. Le silence est total, excepté les bruits de la mer, et mon cœur commence à se calmer un peu. Les vagues se brisent en rythme sur la plage et j'entends la sirène lointaine d'un bateau. Je reprends mon souffle et j'essaie de me repérer.

— C'est fini, Jennifer.

Je me retourne brusquement, mais je ne le vois pas. Je scrute l'obscurité et distingue des broussailles, un échalier, et au loin une cabane de berger.

— Où es-tu ?

Je crie, mais le vent emporte mes mots au large. J'inspire à fond, prête à hurler, mais l'instant d'après il est derrière moi, le bras passé autour de ma gorge. Il me tire en arrière en me soulevant, jusqu'à ce que je commence à suffoquer. Je lui donne un coup de coude dans les côtes et il relâche suffisamment son étreinte pour que je puisse respirer. Je ne mourrai pas aujourd'hui. J'ai passé la majeure partie de ma vie d'adulte à me cacher, à m'enfuir, à avoir peur, et maintenant, juste au moment où je me sens enfin en sécurité, il est revenu pour me tuer. Je ne vais pas le laisser faire. J'ai une montée d'adrénaline et je me penche en avant. Ce mouvement le déséquilibre assez pour me permettre de me dégager.

Et je ne m'enfuis pas. Je ne m'enfuis plus.

Il tente de m'attraper, mais d'une poussée, j'écrase le bas de ma paume sous son menton. Le coup le fait reculer et il vacille au bord de la falaise pendant ce qui semble durer plusieurs secondes. Il essaie de s'agripper à mon peignoir, ses doigts effleurant le tissu. Je crie et fais un pas en arrière, mais je perds l'équilibre et l'espace d'un instant j'ai l'impression que je vais l'accompagner dans sa chute. Mais je me retrouve soudain à plat ventre au bord de la falaise tandis qu'il tombe dans le vide, et j'aperçois ses yeux révulsés avant que les vagues l'engloutissent.

52

Le téléphone de Ray sonna tandis qu'ils contournaient Cardiff. Il jeta un coup d'œil à l'écran.

— C'est la Criminelle de Swansea.

Kate l'observa tandis qu'il écoutait les dernières nouvelles de Penfach.

— Dieu merci ! s'exclama-t-il. Pas de problème. Merci de m'avoir tenu au courant.

Il raccrocha et laissa échapper un long et lent soupir.

— Elle n'a rien. Enfin, façon de parler. Mais elle est en vie, en tout cas.

— Et Petersen ? demanda Kate.

— Il n'a pas eu autant de chance. Apparemment, il a poursuivi Jenna sur le sentier côtier. Ils se sont battus et Petersen est tombé de la falaise.

Kate grimaça.

— Pas marrant, comme mort.

— Il n'en méritait pas moins, répliqua Ray. En lisant entre les lignes, je ne crois pas qu'il soit vraiment « tombé », si tu vois ce que je veux dire, mais la Criminelle de Swansea a pris la bonne décision : pour eux, il s'agit d'un accident.

Ils se turent.

— On retourne à Bristol, du coup ? demanda-t-elle.

Ray secoua la tête.

— Pour quoi faire ? Jenna est à l'hôpital de Swansea et on y sera dans moins d'une heure. Maintenant qu'on est là, autant finir le travail, et on mangera un morceau avant de rentrer.

La circulation s'améliora sur la fin du trajet et ils atteignirent l'hôpital de Swansea un peu après sept heures. L'entrée des urgences était bondée de fumeurs avec des bras en écharpe, des chevilles bandées et toutes sortes de blessures invisibles. Ray fit un pas de côté pour éviter un homme plié en deux à cause de crampes d'estomac, et qui réussit malgré tout à tirer une longue taffe sur la cigarette que sa petite amie lui approchait des lèvres.

L'odeur de fumée qui planait dans l'air froid fut remplacée par la chaleur aseptisée des urgences ; à l'accueil, Ray montra sa carte de police à une femme visiblement épuisée. Elle leur indiqua une chambre du bâtiment C, où ils trouvèrent Jenna couchée, adossée à une pile d'oreillers.

Ray éprouva un choc à la vue des ecchymoses violettes qui dépassaient de sa chemise d'hôpital et remontaient le long de son cou. Ses cheveux dénoués tombaient sur ses épaules, raides et ternes ; et son visage était marqué par la fatigue et la douleur. Patrick était assis près d'elle, un journal ouvert à la page des mots croisés abandonné à ses côtés.

— Bonjour, dit doucement Ray. Comment ça va ?

Elle sourit faiblement.

— J'ai connu des jours meilleurs.

— Vous avez traversé beaucoup d'épreuves. (Ray s'approcha du lit.) Je suis désolé qu'on n'ait pas réussi à le coincer à temps.

— Ça n'a plus d'importance maintenant.

— J'ai entendu dire que vous étiez le héros du jour, M. Mathews.

Ray se tourna vers Patrick, qui leva une main en signe de protestation.

— Pas vraiment. Si j'étais arrivé une heure plus tôt, j'aurais peut-être pu me montrer utile, mais j'ai été retenu au cabinet et le temps que je sois là-bas… eh bien…

Il regarda Jenna.

— Je ne crois pas que j'aurais eu la force de rentrer au cottage sans toi, dit-elle. À l'heure qu'il est, je serais sans doute encore allongée là-bas en train de fixer le vide.

Elle frissonna et Ray eut froid dans le dos, malgré l'air étouffant de l'hôpital. À quoi cela avait-il bien pu ressembler, là-haut au bord de la falaise ?

— Ils vous ont dit combien de temps vous alliez rester ici ? demanda-t-il.

Jenna secoua la tête.

— Ils veulent me garder en observation, apparemment, mais j'espère que ça ne durera pas plus de vingt-quatre heures. (Elle regarda Ray et Kate.) Est-ce que je vais avoir des ennuis ? Pour vous avoir menti à propos du conducteur ?

— Il y a bien un risque de poursuites pour entrave à la justice, répondit Ray. Mais ça m'étonnerait qu'on en fasse une priorité…

Il sourit et Jenna poussa un soupir de soulagement.

— On va vous laisser tranquilles, conclut-il. (Il regarda Patrick.) Prenez soin d'elle, d'accord ?

Ils quittèrent l'hôpital et parcoururent en voiture la courte distance qui les séparait du commissariat de Swansea, où leur collègue les attendait. Le capitaine Frank Rushton avait quelques années de plus que Ray, et un physique qui laissait penser qu'il serait plus à l'aise sur un terrain de rugby que derrière un ordinateur. Il les accueillit chaleureusement et les fit passer dans son bureau, leur proposant un café qu'ils refusèrent.

— On doit rentrer, expliqua Ray. Sinon, l'inspecteur Evans ici présent va faire exploser mon quota d'heures sup'.

— Dommage, répliqua Frank. On va tous se faire un resto indien ce soir. Un de nos chefs part à la retraite et c'est son pot de départ, en quelque sorte. Si vous voulez vous joindre à nous, vous êtes les bienvenus.

— C'est gentil, fit Ray. Mais il vaut mieux qu'on rentre. Vous gardez le corps de Petersen ici, ou vous voulez que je contacte le bureau du coroner de Bristol ?

— Si vous avez le numéro, je le veux bien, dit Frank. Je passerai un coup de fil quand on aura retrouvé le corps.

— Vous ne l'avez pas retrouvé ?

— Pas encore. Il est tombé à environ huit cents mètres du cottage de Gray, dans la direction opposée au camping de Penfach. Vous connaissez le coin, non ?

Ray hocha la tête.

— Le type qui a retrouvé Gray, Patrick Mathews, nous a emmenés sur place, reprit Frank. Et c'est bien là-bas que ça s'est passé, ça ne fait aucun doute. Tout concorde avec le témoignage de Gray :

il y a des traces de lutte au sol et le bord de la falaise est éraflé.

— Mais il n'y a pas de corps ?

— À vrai dire, ça n'a rien d'exceptionnel. (Frank remarqua les sourcils relevés de Ray et eut un petit rire.) On a l'habitude de ne pas retrouver de corps tout de suite. De temps en temps, on en a un qui saute, ou un gars qui glisse en revenant du pub, et il faut souvent attendre quelques jours, ou plus, avant que le corps soit rejeté par la mer. Quelquefois, il ne réapparaît jamais ; d'autres fois, on récupère juste quelques morceaux.

— Comment ça ? demanda Kate.

— Ça fait une chute de soixante mètres à cet endroit, expliqua Frank. Avec un peu de chance, vous pouvez éviter les rochers en tombant, mais une fois en bas les vagues vont vous projeter encore et encore contre la falaise. (Il haussa les épaules.) Un corps se disloque facilement.

— Bon Dieu ! s'exclama Kate. C'est à vous couper l'envie de vivre au bord de la mer !

Frank se fendit d'un large sourire.

— Bon, vous êtes sûrs que vous n'allez pas vous laisser tenter par un resto indien ? J'avais envisagé de me faire muter dans l'Avon et le Somerset à une époque, j'aimerais bien savoir ce que j'ai loupé.

Il se leva.

— On a dit qu'on mangerait un morceau, fit Kate en regardant Ray.

— Allez, insista Frank. On va bien se marrer. Presque toute la Criminelle sera là, et quelques agents. (Il les raccompagna à l'accueil et leur serra la main.) On a rendez-vous dans une demi-heure au Raj, dans High Street. Ce délit de fuite, c'est un excellent résultat pour vous, non ? Vous devriez vous arranger pour passer la nuit ici et fêter ça dignement !

Ils dirent au revoir à Frank, et Ray sentit son estomac gargouiller tandis qu'ils regagnaient la voiture. Un poulet jalfrezi et une bière, c'était exactement ce qu'il lui fallait après cette journée. Il jeta un coup d'œil à Kate et se dit que passer la soirée avec les gars de Swansea était tentant. Ce serait dommage de prendre la route maintenant, et Frank avait raison, il pourrait sans doute prétexter avoir encore quelques détails à régler demain pour passer la nuit ici.

— Allons-y, dit Kate. (Elle s'arrêta et se tourna vers Ray.) Ça va être sympa, et il a raison, on devrait fêter ça.

Ils étaient si proches l'un de l'autre qu'ils se touchaient presque, et Ray s'imagina laisser les collègues de Swansea après le resto, aller boire un dernier verre quelque part avec Kate, puis rentrer à l'hôtel. Il déglutit en pensant à ce qui pourrait arriver ensuite.

— Une autre fois, trancha-t-il.

Il y eut un silence, puis Kate hocha lentement la tête.

— OK.

Elle se dirigea vers la voiture et Ray sortit son portable pour envoyer un message à Mags.

« Je rentre. Ça te dit de manger indien ce soir ? »

53

Les infirmières se sont montrées bienveillantes avec moi. Elles ont soigné mes blessures avec une efficacité discrète, sans jamais se plaindre que je leur demande encore et encore si Ian est bien mort.

— C'est fini, dit le médecin. Maintenant, reposez-vous.

Je ne me sens ni soulagée ni libérée, juste très fatiguée. Patrick ne quitte pas mon chevet. Je me réveille en sursaut plusieurs fois dans la nuit et il est toujours là pour apaiser mes cauchemars. Je finis par accepter le calmant que l'infirmière me propose. Je crois entendre Patrick discuter au téléphone, mais je me rendors avant de pouvoir lui demander à qui il parlait.

Quand je me réveille, le soleil filtre à travers les stores de la fenêtre, striant mon lit de fines bandes de lumière. Un plateau est posé sur la table à côté de moi.

— Le thé doit être froid maintenant, observe Patrick. Je vais aller voir si je peux en avoir un autre.

— Ce n'est pas la peine, dis-je en me redressant péniblement.

Mon cou est douloureux et je le tâte avec précaution. Le téléphone de Patrick émet un bip et il le sort pour lire le message.

— Qui est-ce ?

— Personne, répond-il. (Il change de sujet.) Le médecin dit que ce sera douloureux encore quelques jours, mais il n'y a rien de cassé. Il t'a prescrit de la pommade pour neutraliser les effets de la Javel, et tu devras en mettre tous les jours pour empêcher ta peau de se dessécher.

Je replie mes jambes pour qu'il puisse s'asseoir près de moi sur le lit. Il a le front plissé et je m'en veux de lui causer tant de soucis.

— Je me sens bien, dis-je. Je t'assure. Je veux juste rentrer chez moi.

Je le vois chercher des réponses sur mon visage : il aimerait savoir ce que je ressens pour lui, mais je ne le sais pas encore moi-même. Je sais seulement que je ne peux pas me fier à mon instinct. Je me force à sourire pour lui prouver que je vais bien, puis je ferme les yeux, pour éviter son regard plus que dans l'espoir de dormir.

Je suis réveillée par des bruits de pas devant ma porte et j'espère que c'est le médecin, mais j'entends Patrick parler avec quelqu'un.

— Elle est là. Je vais aller boire un café à la cantine pour vous laisser un peu de temps toutes les deux.

Je ne vois pas qui cela peut être, et quand la porte s'ouvre sur une silhouette élancée dans un manteau jaune vif avec de gros boutons, il me faut encore une seconde pour comprendre ce qui se passe. J'ouvre la bouche mais le nœud dans ma gorge m'empêche de parler.

Eve se précipite et m'étreint de toutes ses forces.

— Tu m'as tellement manqué !

Nous nous cramponnons l'une à l'autre jusqu'à ce que nos sanglots se calment. Puis nous nous asseyons en tailleur en nous tenant les mains, comme quand nous étions petites, installées l'une en face de l'autre sur le lit superposé du bas dans notre chambre.

— Tu t'es coupé les cheveux, dis-je. Ça te va bien.

Eve touche timidement son carré parfaitement lisse.

— Je crois que Jeff préfère plus long, mais j'aime bien comme ça. Il t'embrasse, d'ailleurs. Oh, et les enfants ont fait ça pour toi. (Elle fouille dans son sac et sort un dessin froissé, plié en deux pour faire une carte de prompt rétablissement.) Je leur ai dit que tu étais à l'hôpital, alors ils croient que tu as la varicelle.

Je regarde le dessin de moi au lit, couverte de boutons, et je ris.

— Ils m'ont manqué. Vous m'avez tous manqué.

— Tu nous as manqué toi aussi. (Eve respire à fond.) Je n'aurais jamais dû dire ce que j'ai dit. Je n'avais pas le droit.

Je me revois allongée à l'hôpital après la naissance de Ben. Personne n'avait pensé à enlever le petit lit en plexiglas qui me narguait dans le coin de la pièce. Je n'avais pas encore annoncé la nouvelle à Eve, mais quand elle est arrivée, j'ai su à son expression que les infirmières l'avaient interceptée. Malgré ses efforts pour le cacher, un cadeau au papier froissé et déchiré dépassait de son sac. Je me suis demandé ce qu'elle allait en faire – si elle trouverait un autre bébé à qui donner les vêtements qu'elle avait soigneusement choisis pour mon fils.

Elle n'a d'abord rien dit, puis n'a pas pu s'empêcher de parler.

— Est-ce que Ian t'a fait quelque chose ? C'est lui, hein ?

J'ai détourné le regard, vu le petit lit vide et fermé les yeux. Eve n'avait jamais eu confiance en Ian, bien qu'il ait pris soin de ne jamais laisser personne voir son vrai visage. J'avais toujours affirmé que tout allait bien entre nous : d'abord parce que j'étais trop aveuglée par l'amour pour voir les failles de notre relation, ensuite parce que j'avais trop honte de reconnaître que j'étais restée aussi longtemps avec un homme qui me faisait tant de mal.

J'aurais voulu que ma sœur me prenne dans ses bras. Qu'elle me serre fort contre elle pour atténuer cette douleur dans mes entrailles. Mais elle était furieuse, son chagrin exigeant des réponses, une raison, un responsable.

— Ce type n'est pas clair, tu n'auras que des ennuis avec lui, a-t-elle dit. (J'ai serré les paupières.) Tu ne le vois peut-être pas, mais moi si. Tu n'aurais jamais dû rester avec lui quand tu es tombée enceinte. Ton bébé serait peut-être encore en vie maintenant. C'est autant ta faute que la sienne.

J'ai ouvert les yeux, consternée, les mots d'Eve m'atteignant en plein cœur.

— Va-t'en, ai-je dit d'une voix brisée mais déterminée. Ma vie ne te regarde pas, et tu n'as pas le droit de venir me dire ce que je dois faire. Va-t'en ! Je ne veux plus jamais te revoir.

Eve a quitté la maternité, me laissant seule avec mon ventre vide, désemparée. Les mots de ma sœur m'avaient blessée, mais elle m'avait juste dit la vérité. J'étais responsable de la mort de Ben.

Pendant les semaines qui ont suivi, Eve a essayé de me contacter, mais j'ai refusé de lui parler. Et elle a fini par cesser d'appeler.

— Tu avais cerné Ian, lui dis-je à présent. J'aurais dû t'écouter.

— Tu l'aimais, répond-elle simplement. Comme maman aimait papa.

Je me redresse.

— Comment ça ?

Le silence s'installe et je vois Eve réfléchir à ce qu'elle doit me dire. Je secoue la tête, comprenant tout à coup ce que, plus petite, je refusais d'admettre.

— Il la battait, c'est ça ?

Elle se contente de hocher la tête.

Je pense à mon père, beau et intelligent, qui trouvait toujours quelque chose d'amusant à me proposer, qui me faisait encore tournoyer à bout de bras même quand j'étais trop grande pour ça. Je pense à ma mère – toujours calme, distante, froide. Je pense à la façon dont je lui en ai voulu de l'avoir laissé partir.

— Elle a supporté ça pendant des années, explique Eve. Et un jour, je suis rentrée dans la cuisine après l'école et je l'ai vu en train de la battre. Je lui ai crié d'arrêter, il s'est retourné et m'a frappée au visage.

— Mon Dieu, Eve !

Je suis sidérée que nos souvenirs d'enfance soient si différents.

— Il ne savait plus où se mettre. Il s'est excusé et m'a dit qu'il ne m'avait pas vue, mais j'ai aperçu son regard avant qu'il me frappe. À cet instant il me haïssait, je suis convaincue qu'il aurait pu me tuer. Et puis maman a eu comme un déclic : elle lui a ordonné de partir et il a obéi sans un mot.

— Il n'était plus là quand je suis rentrée de la danse, dis-je en me souvenant du chagrin que j'avais éprouvé ce jour-là.

— Maman lui a dit qu'elle irait à la police si jamais il s'approchait encore de nous. Ça lui a brisé le cœur de le mettre à la porte, mais elle voulait nous protéger.

— Elle ne m'a jamais rien dit.

Il est vrai que je ne lui en ai jamais vraiment donné l'occasion. Je me demande comment j'ai pu si mal interpréter les choses. J'aimerais que ma mère soit encore là pour pouvoir en parler avec elle.

Une vague d'émotion me submerge et je me mets à sangloter.

— Je sais, ma chérie, je sais.

Eve me caresse les cheveux, comme quand nous étions petites, puis elle me prend dans ses bras et pleure à son tour.

Elle reste deux heures, pendant que Patrick fait des allers-retours entre la cantine et la chambre, voulant nous laisser du temps tout en veillant à ce que je ne me fatigue pas trop.

Eve me donne une pile de magazines que je ne lirai pas et me promet de revenir me voir dès que je serai rentrée chez moi, ce qui, d'après le médecin, sera possible d'ici quelques jours.

Patrick me presse la main.

— Iestyn va envoyer deux gars de la ferme au cottage pour tout nettoyer, indique-t-il. Et ils vont changer la serrure, comme ça tu sauras que tu es la seule à avoir la clé. (Il a dû lire l'angoisse sur mon visage.) Ils vont tout remettre en état. Ce sera comme si rien n'était jamais arrivé.

Non, me dis-je, ça ne pourra jamais être le cas. Mais je lui presse la main à mon tour. Son visage respire l'honnêteté et la gentillesse, et je me dis que, finalement, la vie pourrait valoir la peine d'être vécue avec cet homme. La vie pourrait être belle.

Épilogue

Les jours sont plus longs et Penfach a retrouvé son rythme habituel, perturbé uniquement par la marée estivale de familles venues profiter de la plage. L'air est imprégné d'effluves de crème solaire et de sel marin, et la cloche du magasin du village semble ne jamais s'arrêter de tinter. Le camping ouvre pour la saison avec une couche de peinture fraîche, les rayons de la boutique remplis à ras bord de produits indispensables aux vacanciers.

Les touristes ne s'intéressent pas aux ragots du coin, et, à mon grand soulagement, les villageois ne se passionnent bientôt plus pour mon histoire. Quand les jours raccourcissent à nouveau, la rumeur s'est presque éteinte, étouffée par l'absence de nouvelles informations et par la vive résistance de Bethan et de Iestyn, qui se chargent de remettre à sa place quiconque affirme savoir ce qui s'est passé. Quand la dernière tente a été démontée, le dernier seau vendu et la dernière glace mangée, tout est oublié. Là où je ne trouvais autrefois que portes closes et mépris, je suis désormais accueillie à bras ouverts.

Comme promis, Iestyn a remis le cottage en état. Il a changé la serrure, posé de nouvelles fenêtres, repeint la porte d'entrée et effacé toute trace de ce qui s'est passé. Et même si je ne pourrai jamais oublier ce soir-là, je veux rester ici, en haut de la falaise, avec pour seul voisinage celui de la mer. Je suis heureuse dans mon cottage et je refuse de laisser Ian détruire aussi cette partie de ma vie.

Je prends la laisse de Beau et il attend impatiemment près de la porte que j'enfile mon manteau pour aller le promener une dernière fois avant de dormir. Je ne peux toujours pas me résoudre à laisser la porte ouverte quand je pars, mais lorsque je suis à l'intérieur je ne m'enferme plus, je ne sursaute pas quand Bethan entre sans frapper.

Si Patrick dort ici la plupart du temps, il devine les moments où j'ai besoin d'être seule et retourne alors discrètement à Port Ellis pour me laisser à mes pensées.

Je regarde la marée monter dans la baie, en contrebas. La plage est couverte d'empreintes de promeneurs avec leurs chiens et de mouettes venues se nourrir des vers qui vivent dans le sable. Il est tard, le sentier littoral est désert en haut de la falaise où une toute nouvelle barrière rappelle aux marcheurs de ne pas trop s'approcher du bord. Un frisson de solitude me parcourt. Je regrette que Patrick ne soit pas là ce soir.

Les vagues déferlent sur la plage dans un bouillonnement d'écume blanche. Chacune avance un peu plus loin, découvrant pendant quelques secondes une portion de sable lisse et luisant avant qu'une autre vienne la remplacer. Je suis sur le point de faire demi-tour quand j'aperçois quelque chose de tracé sur le sable. Ça disparaît en un clin d'œil. La mer balaie l'inscription qu'à présent je ne suis plus certaine d'avoir vue, et la plage s'assombrit au moment où le soleil couchant se reflète dans l'eau. Je secoue la tête et reprends le chemin du cottage, mais quelque chose me retient et je retourne au bord de la falaise, me tenant aussi près du vide que possible pour scruter la plage.

Il n'y a rien.

Je resserre mon manteau pour me protéger du froid qui me saisit brusquement. Je me fais des idées. Il n'y a rien, pas de lettres majuscules bien droites. Ce n'est pas vrai. Je ne vois pas mon nom.

Jennifer.

La mer ne vacille pas. La vague suivante se brise sur le sable et les marques disparaissent. Une mouette décrit un dernier cercle dans le ciel tandis que la marée continue de monter, et le soleil glisse sous l'horizon.

Puis vient l'obscurité.

Note de l'auteur

J'ai commencé ma formation de policier en 1999 et j'ai été affectée à Oxford en 2000. En décembre de cette année-là, un garçon de neuf ans a été tué par un chauffard au volant d'une voiture volée dans le quartier de Blackbird Leys. L'enquête a duré quatre longues années, au cours desquelles d'importants effectifs ont été mobilisés. Cette affaire a constitué la toile de fond de mes premières années en tant qu'agent de police et donnait encore lieu à des investigations quand j'ai rejoint la brigade criminelle, trois ans plus tard.

Une grosse récompense a été promise, ainsi que l'immunité, pour le passager de la voiture s'il venait identifier le conducteur. Mais malgré plusieurs arrestations, personne n'a jamais été inculpé.

Les conséquences de ce crime m'ont intriguée. Comment le conducteur de cette Vauxhall Astra pouvait-il continuer à vivre avec ce qu'il avait fait ? Comment le passager pouvait-il garder le silence ? Comment la mère de l'enfant pourrait-elle un jour surmonter la perte tragique de son fils ? J'étais fascinée par les informations récoltées chaque année après l'appel à témoins lancé pour l'anniversaire de l'accident, et par le travail minutieux des policiers qui examinaient chaque renseignement dans l'espoir de trouver la pièce manquante du puzzle.

Des années plus tard, quand mon propre fils est mort – dans des circonstances très différentes –, j'ai constaté par moi-même que les émotions pouvaient altérer le jugement et modifier le comportement. Le chagrin et le remords sont des sentiments puissants, et j'ai commencé à me demander comment ils pourraient affecter le comportement de deux femmes, impliquées de façon très différente dans le même accident. Le résultat est *Te laisser partir*.

Remerciements

Je me suis toujours demandé, en lisant les remerciements, comment autant de personnes pouvaient être impliquées dans l'écriture d'un seul livre. Je comprends à présent. Je tiens à remercier les premiers lecteurs de *Te laisser partir* – Julie Cohen, AJ Pearce et Merilyn Davies, entre autres –, qui m'ont aidée à voir ce qui allait et ce qui n'allait pas, ainsi que Peta Nightingale et Araminta Whitley pour avoir cru en moi. J'ai la chance d'avoir comme agent la formidable Sheila Crowley, mais je ne l'aurais jamais rencontrée sans une conversation fortuite avec Vivienne Wordley, qui a suffisamment aimé mon manuscrit pour le lui transmettre. Merci Vivienne, Sheila, Rebecca et le reste de l'équipe de Curtis Brown pour tout ce que vous faites. Vous n'auriez pas pu me trouver de meilleure maison que Little, Brown. J'ai apprécié la brillante Lucy Malagoni dès l'instant où je l'ai rencontrée et je n'aurais pas pu rêver d'une éditrice plus perspicace et enthousiaste. Merci Lucy, Thalia, Anne, Sarah, Kirsteen et tout le monde chez Little, Brown, y compris la merveilleuse équipe des droits étrangers, qui ont tous beaucoup de travail mais parviennent à me donner l'impression que mon livre est le seul dont ils s'occupent.

Merci à mes anciennes collègues Mary Langford et Kelly Hobson : Mary pour avoir relu une première version et Kelly pour son aide de dernière minute sur quelques points de procédure. Enfin, merci à mes amis et à ma famille qui ont toujours cru en moi, qui m'ont soutenue quand j'ai décidé de quitter mon boulot pour écrire des livres et qui ne m'ont jamais suggéré d'aller trouver un vrai travail. Je n'aurais pas pu – ni voulu – le faire sans le soutien de mon mari Rob et de nos trois enfants, Josh, Evie et Georgie, qui m'ont encouragée, m'ont apporté du thé et se sont débrouillés tout seuls « juste le temps de finir ce chapitre ». Un grand merci à tous.

Achevé d'imprimer par N.I.I.A.G.
en février 2017
pour le compte de France Loisirs, Paris

Numéro d'éditeur : 88321
Dépôt légal : décembre 2016
Imprimé en Italie

Composition et mise en pages
Nord Compo à Villeneuve-d'Ascq